雷献和◎著

Socred Hoh Xil

圣地可可西里

SP 南方出版传媒 广东人民出版社
·广州·

图书在版编目（CIP）数据

圣地可可西里 / 雷献和著 . — 广州：广东人民出版社，2021.10

ISBN 978-7-218-15178-6

Ⅰ. ①圣… Ⅱ. ①雷… Ⅲ. ①长篇小说－中国－当代 Ⅳ. ① I247.5

中国版本图书馆 CIP 数据核字（2021）第 157860 号

SHENGDI KEKEXILI
圣地可可西里
雷献和　著

版权所有　翻印必究

出 版 人：肖风华

责任编辑：李力夫
责任技编：吴彦斌　周星奎
封面设计：八牛·设计　34508448@QQ.com

出版发行：广东人民出版社
地　　址：广州市海珠区新港西路 204 号 2 号楼（邮政编码：510300）
电　　话：（020）85716809（总编室）
传　　真：（020）85716872
网　　址：http://www.gdpph.com
印　　刷：三河市荣展印务有限公司
开　　本：787mm×1092mm　1/16
印　　张：22　字　　数：295 千
版　　次：2021 年 10 月第 1 版
印　　次：2021 年 10 月第 1 次印刷
定　　价：58.00 元

如发现印装质量问题，影响阅读，请与出版社（020-85716849）联系调换。
售书热线：（020）85716826

目录 CONTENTS

第一章	闯入禁区	001
第二章	卓康甲都	020
第三章	危机四伏	039
第四章	沉冤得雪	061
第五章	摘金仪式	080
第六章	寻找天珠	099
第七章	羊园失守	115
第八章	土司婚仪	136
第九章	身世之谜	156
第十章	生死营救	173

第十一章	陈年纠葛	192
第十二章	请君入瓮	207
第十三章	忠心护主	221
第十四章	祭祀典礼	236
第十五章	全城销烟	256
第十六章	迷途知返	267
第十七章	欲加之罪	285
第十八章	强敌入侵	302
第十九章	敬畏自然	317
第二十章	神圣使命	328

第一章 / 闯入禁区

"据考证，一百多年前，卓康甲都部落内部发生了一场惊心动魄的夺权之争，在内忧外患下，土司府为了阻止杀戮，保护人类的好邻居藏羚羊，率领全城百姓奋起反抗，驱赶外敌。最终，他们的家园毁于战火，土司制度也由此废除，但是多吉土司却成为草原上最勇敢的英雄，他是我们藏人的骄傲。"

青海湖藏族民俗博物馆展厅内人群熙攘，在青海民间文史展览板块，藏族女孩晋美胸前佩戴着讲解员的工作牌，她正用汉语向游客们介绍一张卓康甲都城门的老照片。

听完介绍，感兴趣的游客们交头接耳。一名中英混血的女子停驻在照片前，主动用汉语询问："请问，卓康甲都在青海哪里？"

"它就在可可西里的腹地。现在那里是禁区，为了保护高原的生态平衡，也为了游客的安全，已经禁止人类进入保护区活动了。不过可可西里的周围也很美。来到这里，你不会遗憾的。"晋美微笑着说道。

"谢谢你的祝福，我也相信一定不虚此行。"女子向晋美致谢后离开，眼中流露出一抹不易察觉的光芒。

人群中，英籍男子欧文一直悄悄注视着晋美，嘴角挂着阴险的笑容。

下班后，晋美独自走向停车场，来到自己的车前，解锁车门按钮。突然，一只手从背后伸出，捂住她的口鼻。另一名黑衣男子协助将挣扎的晋美塞进旁边一辆面包车的后座。二人关上车门，将晋美夹在中间。

面包车启动，扬长而去。地上徒留一串车钥匙。稍后，有人将它捡了起来。

冰蓝的天空下青色山脉绵延，江河湖泊纵横交错。一条蛛丝般纤细的公路，蜿蜒千余里，通向三江源自然保护区。

澄净的天空中，一只苍鹰展翅翱翔，顺着通天河一路飞去。通天河渡口房的山丘之上，三江源纪念碑巍然耸立，字痕犹存。苍鹰继续翱翔，地势逐渐开阔起来，草原一望无际。草原深处，白墙红瓦的森林公安局安静地坐落其中。苍鹰飞抵建筑上方，一个俯冲，寻找着落脚点。

"你说什么？绑架？"威严的声音忽然从局长办公室里传出。龙威右拳紧握，忽地站起，严肃地看向对面的刘班长。

"是的，龙局。接到匿名报警电话后，当地公安局第一时间出动，联系了青海湖藏族民俗博物馆。通过停车场监控，确定一名叫晋美的女讲解员于昨日下午四时遭遇黑车绑架。她的车却连夜离开了西宁，上午已进入我们的辖区。"刘班长简单介绍了情况。

"这辆车是什么情况？他们有同伙？"龙威询问。

"不确定，对方没有遮挡车牌，也没有暴露身份，一直尾随绑匪行动。电子监控显示，楚玛尔河大桥拍到了这几辆车的车牌号。"刘班长递上相关资料。

龙威看向资料，沉吟片刻："这个晋美是可可西里巡山队索朗多杰队长的妹妹？我记得他们先祖的部落就在禁区之内？"

刘班长点头："不错，卓康甲都部落的后人非常熟悉禁区，据说他们有保护藏羚羊的使命。龙局，您怀疑……"

"是盗猎者。"龙威语气肯定，"小刘，立刻通知机动队组织救援，全力搜救。同时寻求巡山队的帮助。不管对方有什么目的，都要将人一个不少地带回来。"

"收到。"刘班长表情凝重，敬礼后转身快步走到门外。

一望无际的草原上，三五成群的藏野驴悠然自得地散着步。一辆车身标有巡护标识的吉普车，沿着平坦的柏油路由远及近驶来。"欢迎来到藏羚羊的故乡——可可西里"的路牌一掠而过。

已经接到消息的索朗多杰坐在副驾驶位上，神情肃穆。驾驶座上的彭措把车开得飞快，眼睛望着前方："多杰，我很担心晋美，楚玛尔河是藏羚羊最多的地方，他们抓她肯定是想让她给他们引路。"

"晋美不会答应的，她很聪明，我们一定会带她平安回家。"索朗多杰说着忽然神色一紧，条件反射地摸到枪。只见前方停着一辆越野车，车牌很熟悉。"晋美的车！"彭措与索朗多杰交换了一个眼神。

吉普车稳稳刹住。两人拉开车门下车，警惕地打量着车前站着的混血女孩。

"我是可可西里巡山队的队长索朗多杰。护照、驾驶证麻烦出示下。"索朗多杰公事公办。

女孩从挎包内拿出证件。索朗多杰缩回按着枪的手，接过证件查阅："克丽丝，英国人，来可可西里干什么？"

克丽丝说着一口流利的中文："我是一名摄影记者，想要拍摄一些藏羚羊的照片做专访。车子熄火了，你们能帮忙吗？"

"车哪来的？"索朗多杰直接问道。

"借用的。"克丽丝回答。

索朗多杰合上证件，语气严肃道："抱歉，这辆车的车主遭遇绑架，作为嫌疑人,我要带你回公安局接受调查。彭措,修好车带她回去,我继续执行任务。"

彭措去吉普车上拿了工具箱,打开越野车的引擎盖,开始修车。

克丽丝咬着唇,犹豫了一下,试探着靠近索朗多杰:"队长,你的任务是找到那个失踪的女孩吗?"

索朗多杰眼神一闪:"你报的警?"

"是我,我一直跟着他们,可以为你指路。"克丽丝点头。

"你的目的是?"索朗多杰满眼疑惑。

克丽丝忽然慌张起来,紧紧地闭上了嘴。

"队长,发动机有问题,少个配件,修不了。"彭措拎着工具箱回来。

索朗多杰皱眉看了眼克丽丝,对方似乎松了一口气。

残阳西斜,三辆越野车行驶在荒漠中。晋美双手被胶布束缚在胸前,嘴上贴着胶布,坐在第一辆车的后排座位。与她并排坐着的人举着望远镜,不断朝远处观望。

"欧文,前面的路况太差了,离开硬路容易陷车。"司机皱着眉头。

"这里石头那么多,不会陷的。"欧文拿开望远镜,转向晋美,撕下她嘴上的胶布,"乖一点,好好指路。"

晋美朝欧文翻了个白眼:"你们找错人了,我只是个讲解员。"

欧文阴笑一声:"亲爱的,别跟我耍花招,我调查过,你就是卓康甲都部落的后人。只要你带我们进入卓康甲都,我会立刻放了你。"

晋美冷哼:"禁区很危险,你已经触犯了中国法律。"

车头忽然一沉,车身一震,越野车陷入泥泞。后面两辆车也停了下来。晋美顺势将椅背后的一支笔握在手心。司机加大油门,想将车重新倒回去,车发出巨大的轰鸣声,大半个轮胎已经被淹没了。气急败坏的欧文急忙指挥八个探险人员一起推车,陷在淤泥中的车却纹丝不动。

晋美用笔尖划破胶带，蹑手蹑脚靠近一辆越野车，突然拉开车门蹿上去，瞬间发动了引擎。她闪电般倒过弯，加速朝前开去。看守她的枪手猛然回过神，拔腿追了上去。

晋美猛踩油门，对后面的叫喊声置之不理。忽然，一声低低的咆哮传来，她惊得朝土坡看去。一头藏棕熊从土坡下爬了上来，又发出一声怒吼。晋美在惊惧中踩下了刹车，众人趁机将车围住，欧文打开车门敏捷地跳了上去。他一把夺过方向盘，制服了晋美，这才看向前方："见鬼，怎么会有一头熊？"

探险队员们也都发现了异状，在车前聚拢，呈警戒姿势。最中间的枪手紧握长枪对准藏棕熊来的方向，准备扣动扳机。晋美情急之下一把推开欧文，重新夺过方向盘，驾车猛地冲了出去。

枪声响起，车窗玻璃被子弹钻了个窟窿。藏棕熊怒了，仰天咆哮一声，全力朝他们扑来。

"快上车！"晋美说完朝外面大喊，"撤离禁区。"

听到晋美的喊声，吓得脸色发白的人们手忙脚乱地往车上挤。

藏棕熊近在咫尺，熊掌一呼，拍飞了还没挤上车的枪手。车上人已满，晋美在熊爪尖再次靠近时，启动车辆疾驰而去，同时大喊其余人赶快上第二辆车逃命。

车外剩下的几人惊魂未定，趁着藏棕熊的注意力被晋美的车吸引，顾不得地上血肉模糊的枪手，争先跑上第二辆车。

一击未中的藏棕熊在车后穷追不舍，但显然没有车的速度快。此时第二辆车启动的声音吸引了它，于是它马上掉头扑了上去，双爪划过车顶，扣住了车后悬挂的备用轮胎。

晋美觉察到异样，本能地回头，却不由得头皮发麻。藏棕熊的两只利爪刺破轮胎被卡住，整个挂在车上。好不容易挣脱开一只，便挥掌一下击碎了车窗玻璃。晋美开车转弯追上速度缓下来的那辆车，情急之下将方向盘交给欧文，然后降下车窗，抬脚奋力踹向藏棕熊的爪子。藏棕熊被踹中，整个身体往下一坠，从车上掉了下来。与此同时，晋美的车超过了这辆车，在藏棕熊的追赶下，两辆车渐渐驶向了禁区深处。

索朗多杰驾驶着吉普车行驶在公路上，后面拖着晋美那辆车。忽然几道深深的车轮印出现在侧前方的土路上。索朗多杰将车停在路边，下车查看，竟然发现草丛里有一行脚印。

"我观察过地上的痕迹，他们闯入了禁区，往楚玛尔河去了，那边都是冰川，车子走不快，我们肯定能追上。"索朗多杰返回车旁说道。

这时，一声枪响遥遥传来，几人脸色立变。顾不上许多，索朗多杰喊了一声"上车"，三人立刻上车向枪声方向驶去。

落日余晖中，索朗多杰三人来到陷车处，看见一辆崭新的越野车陷在泥泞中。彭措将晕死在车里的司机拉出来，放到平地上，试探鼻息，还好人没死。

克丽丝在远些地方发现了血肉模糊的枪手，忙招呼索朗多杰："这里有人，还活着。从他的伤势和地上的脚印来看，他们遇上了藏棕熊。"

"你怎么知道？"索朗多杰深深地看了一眼克丽丝。

"我在伦敦的世界动物保护协会工作，经常要去野外作业，对野生动物有一些研究。"克丽丝看着索朗多杰，又道："对不起，我还不能告诉你我来这里的原因。但我保证，我绝对不会伤害这些动物，我可以用我家族的名誉起誓。"

"队长，人醒了。"这时彭措大喊。

索朗多杰与克丽丝立刻赶到吉普车前。司机已经醒来，惊魂未定地靠坐在地上。"有没有见过她？"索朗多杰拿出手机，找出一张晋美的照片给司机看。

司机下意识点头，又飞速摇头，然后讲了几句英文。克丽丝见索朗多杰一脸懵，主动翻译道："他说，欧文要这个女孩给他们带路。你们找的人就在他们手里。"

弄清楚了事情原委，索朗多杰决定让彭措带二人回去与公安局的人会合，汇报情况后尽快将司机和枪手送去医院治疗，他自己一个人去追赶那伙人。

藏棕熊锲而不舍地跟着两辆车一直进入冰川地带，却不知何故忽然放缓了速度，不再追赶。

欧文刚松了口气。突然间，一条裂缝出现在车周围。行驶在前面的司机还没反应过来，车已经碾了过去。裂缝以秒速在车底陷成一个冰窟窿，只听到"嘎啦啦"一声巨响，车后部轮胎首先压碎了冰面，冰水从车尾灌入车头，车身下沉，很快只剩下一个车顶。

晋美和欧文紧急停车下来，眼睁睁看着车顶消失在面前。一起下车的四名探险队员面面相觑。太阳高照，他们却感到奇冷无比。一个队员率先跑向欧文："欧文，这里太危险了，我们回去吧。"

"回去？你开什么玩笑！听着，我们已经抵达冰川脚下，只要攀登上冰川，就能到达长江的源头。有她在，从那里一样可以去卓康甲都。"欧文语气冰冷。

"卓康甲都对你来说，比他们的命重要？"晋美气愤不已。

"没错！你最好给我老实点，找不到卓康甲都，谁也别想活着出去！"欧文的话让气氛彻底降到了冰点，大家沉默着各自上车。

天色暗下来，紧张赶路的几人停下来休息。越野车停在茫茫冰川雪地，车的背风口位置支了一顶黑色的大帐篷。

四名探险队员不幸患上了雪盲症，双眼红肿、泪流不止地躺在帐篷里。

欧文见四人情况不容乐观，又仔细盘算了食物、汽油等物资，决定扔下他们自生自灭。晋美听后忙劝阻道："欧文，我可以带你去卓康甲都,但你不能丢下他们。"欧文不紧不慢却态度强硬:"听好了,我没有征求你的意见,我只是在通知你。明天早上,我会留下他们,然后徒步穿越冰川,你做好思想准备。"

晋美疲惫地靠在车座椅上,无可奈何地望着摔门下车的欧文。

风雪中,头戴手电筒和护目镜的索朗多杰裹紧衣服,背着包艰难跋涉。忽然,一束车灯照亮了前方的路。

索朗多杰回头,用手挡住光,辨认出车里的克丽丝:"谁让你回来的?"

"彭措,他帮我修好了车。"克丽丝停车,拉开车门,"是我说服他让我回来帮你的。没有车,你根本寸步难行。"

"自作主张!"索朗多杰嘀咕了一句,严肃道:"下车,我来开。"

克丽丝冲他露出一个温柔且得逞的笑脸。

森林公安局经过调查,发现了上周有一支以考察为名义的英国私人探险队入境。这个团队共有十名成员,以欧文为首脑。他们的行动非常低调,警觉性也超过一般人,晋美就是被他们带走的。

与此同时,索朗多杰通过卫星电话联络上局里,汇报了已经找到两名成员的情况。公安局立即开启卫星定位,全面追踪电话位置,以确定搜索方位。龙威知晓索朗多杰是牧民出身,野外生存经验极为丰富,因此将升级的多人大营救的主指挥定为索朗多杰,另外再调一支机动队从旁协助,由刘班长负责。

金盆红日跃出山峰。风雪停止,越野车在堆满厚厚积雪的冰川上艰难前行。忽然,车陷在雪中不动了。索朗多杰看向燃油表,显示为零。他转头看向克丽丝:"我们得步行了。"

克丽丝爽快地抱着背包拉开后门下车。两人站在车外,感受着凛冽的寒风。远处，天空与雪地连成一线，世界白茫茫的一片。

索朗多杰拿出护目镜递给克丽丝，克丽丝慌忙道谢。索朗多杰想了想，解下一把腰刀递过去："拿着，防身。"克丽丝接过腰刀，仔细收好。索朗多杰又打开后备箱，将背包等物资拿出来，一股脑背在身上："走吧，跟着我的脚印。"

雪地里印出两行深深的脚印。克丽丝胸前挂着相机，抬起脚，踩上前面的脚印，一步一步向前。

经过一夜辗转反侧，晋美决定冒险带四名患雪盲症的队员逃离。黎明时分，几人悄悄准备好，车子启动，还是惊动了帐篷里熟睡的欧文。看到有人追出来，晋美慌乱地猛踩油门，车子冲进了雪地里。

"停车！再跑我就开枪了！"欧文在后面边追边喊。

砰的一声，一颗子弹击中车尾，车身猛地一震。晋美竭力稳住方向盘，继续往前开。忽然，白茫茫的雪地里，她依稀看到有两个人影在前方晃动。

"救命！"晋美大喊。

索朗多杰和克丽丝循着枪声，朝左前方看去，一辆越野车正朝这边驶来。克丽丝还没反应过来，索朗多杰一手握枪，一手揪住她的后衣领把她拉到身后："趴在这儿别动。"

克丽丝老实地趴在雪地上，取出那把腰刀暗暗握紧。

欧文连发两枪，击中后车轮胎。他停止射击，正要绕到前面，突然车前方蹿出来一个高大的黑影，举着枪："警察，不许动！举起手来，否则我就要开枪了！"

欧文不敢置信地看向索朗多杰，没有动。

"我再说一遍，放下枪！双手放在头顶。"索朗多杰再次喊道。欧文不情愿地放下手枪，慢慢举起双手。

索朗多杰靠过去，一脚踢开地上的手枪，反拧住欧文的胳膊，将他压在越野车上。晋美立刻下车捡起手枪,然后退回索朗多杰身边,欣喜道:"哥哥。"

"没事吧?"索朗多杰见到晋美,心里顿时松了口气。

晋美摇摇头。索朗多杰又上下打量了妹妹一番,然后收好枪,开始盘问欧文。

欧文拒不承认来抓藏羚羊的事实,只说自己是个探险家,是过来探险的。确认了他的身份,索朗多杰直接代表中国青海省三江源国家公园森林公安局,以涉嫌盗猎中国一级保护动物、故意伤人罪,以及绑架罪给他戴上了手铐,然后询问其他人的去向。晋美指了指车里患雪盲症的四人:"四人在这儿,还有一辆车和三个人遇到了冰川开裂,没能救下来。"

趁兄妹俩说话没人注意,欧文双手握紧一把瑞士军刀,冲向朝这边走来的克丽丝。丝毫没有防范的克丽丝一下被欧文箍住脖子,不由吓得大叫一声。

"放开她!"索朗多杰一惊,回身就要冲过去。

"都别过来。"欧文用刀尖对准克丽丝的脖颈。他看出索朗多杰眼中的紧张,冷冷一笑,更用力地勒紧克丽丝:"手铐钥匙扔过来,放我走,不然就杀了她。"

索朗多杰权衡后,只得将钥匙扔过去。

"欧文,你没有路可跑,我劝你不要伤及无辜。"晋美说道。

"少废话。"欧文边说边飞快地打开手铐。摆脱束缚后,他一手扭住克丽丝的胳膊,一手卡着她的脖子,扯着她往后退:"都不许跟过来。"

索朗多杰转身嘱咐晋美:"你待在这里,支援很快就到。"晋美点头,忧心忡忡地看着哥哥追上去的背影。

搜救队在周队长的指挥下加紧搜寻,通过卫星装置追踪,很快发现彭措的返回车辆。两辆警车及一辆救护车呼啸着前去接应。

双方见面，搜救队员立即将两名伤者抬上救护车，先行返回。彭措向周队长汇报了情况，想着索朗多杰两人的食物只能维持三天，汽油撑不到一天，对他们的安危非常担心。

冰川上，欧文一手勒着克丽丝来到一处瀑布附近。他没有意识到危险，只顾不断警告跟在身后的索朗多杰不要靠近。索朗多杰瞅准时机，一个箭步冲上去，狠狠将欧文扑倒在地。欧文猝不及防，瑞士军刀已经掉在雪地里，但他不甘示弱，抬起腿踢向索朗多杰，两个人在雪地里扭打成一团。

忽然，欧文脚底一滑，重心下移。他感到不妙，反手一把拖住索朗多杰的胳膊。索朗多杰被欧文带着滑向悬崖，眼看要刹不住，情急之下克丽丝拔出腰刀，抛向索朗多杰："接住！"

索朗多杰单手在空中接住刀，狠狠往雪地中一划。欧文已滑出瀑布顶端，身体凌空在悬崖之上，融化的冰川奔腾而下，形成壮观的瀑布。他蓦地吓出一身冷汗，抓紧索朗多杰的衣袖："救我，我不想死！"

插在雪地里的腰刀晃动起来，索朗多杰的半截身体慢慢滑出悬崖边。一旁的克丽丝心急如焚，一个箭步上前趴到雪地上，双手紧紧抱住索朗多杰的双腿。正在此时，放心不下的晋美赶了过来，毫不犹豫地趴下抱住克丽丝的双腿。他们一个抱一个，在瀑布上方形成坚固的人形锁链。

稳住身体后，索朗多杰正要将欧文拉上来，忽然身下覆盖着白雪的冰川表层开始慢慢下沉。索朗多杰一惊，急忙转头对克丽丝大喊："快松开，这里要塌了。"

话音未落，身下的那块雪地已经整个陷了下去。欧文、索朗多杰、克丽丝和晋美四人跌入滚滚瀑布中。

一阵翻腾，索朗多杰率先从水中冒出头。他擦了一把眼睛上的水花，望向周围。这是一个天然的露天洞穴，银白色的湖水在阳光下泛着涟漪，未融化的冰块随意地漂浮着。

不远处，晋美和克丽丝相继钻出水面，二人似乎被呛到了，用力咳嗽着。稍远一点，欧文不住地扑腾。

几人上岸，将湿漉漉的衣服和鞋一字排开，呈 SOS 状晾在岸边的碎石块上。除了索朗多杰身上还有一个背包，里面有少许的食物和一瓶水之外，其他人身上的所有东西包括通信工具都已不见踪影，只能寄希望于搜救人员可以发现他们。

天气寒冷，索朗多杰想办法生起篝火，四人沉默地围坐在旁边。接下来困难重重，如果天黑还没人发现他们，他们只能靠自己走出去。

"都别慌，我们会一起离开的。"索朗多杰安慰大家。

突然间，太阳躲进云层里，乌云蔽日，狂风肆虐。暴风雪就要来临，索朗多杰忙招呼大家穿好衣服赶快离开。

四人走了一段时间，风雪越来越大，每人都是一身冰雪，周围是漫天遍野的雪幕。索朗多杰挡在三人前方，硬币大小的冰雹噼里啪啦地砸在身上，他似乎感觉不到疼痛，脚底下已经结了厚厚的冰。一行人疲惫不堪，忽然欧文双手抱头，蹲在地上用力呕吐起来："头疼，我的头疼死了，谁有止痛药？"

晋美看了看："是高原反应。"

"别……别丢下我……多杰……"欧文虚弱地说道。

"治头疼我有办法。"索朗多杰走回欧文身边，从口袋里摸出一条红布带子，三下五除二缠绑在了欧文的额头上。欧文不知是不是心理作用，竟然不呕吐了。

克丽丝感兴趣道："队长，你这是什么疗法？还挺有效的。"

"我们巡山队常年在高原奔走，都会准备几根带子在身边，头疼难受的时候绑在头上，就什么病痛都没了，这也是没有办法的办法。"索朗多杰解释道。

欧文插嘴道："为什么你们不多准备些药在身上……"

晋美瞪了他一眼："忙着抓你呢，谁还顾得上药。"

欧文被噎得说不出话，又无法反驳。

索朗多杰笑笑："好了，这一带崇山峻岭没有人烟。前面有个山谷，我们去那里避风雪。"

昏暗中四面雪山巍峨，如猛兽列队耸立在天边。前面依稀看得见一个小山谷的轮廓。走到近前，大家感到一股诡异的死寂笼罩着山谷。这里的风是静止的，没有冰雹，只有雪无声地下着。

克丽丝和晋美敏感地觉察到这里没有生机，非常不对劲。快被冻僵的欧文却嫌弃女人胆小，吵着要立刻进去。

索朗多杰举着手电筒仔细观察了一下："大家跟紧我，有情况就立刻退出来。"四人小心地走进山谷。

山谷中，黑魆魆的巨型石堆跃然映入眼帘，似一座巨大的古城楼，给人一种压抑又神秘的感觉。石堆的上方，堆着一个藏羚羊头颅形状的石块。一座明代藏式建筑风格的古城郭静静地展现在几人面前。

克丽丝惊呼一声，语带欣喜："这是我见过的最大的玛尼堆了！"

"小声点，不要惊扰到这里的动物。"索朗多杰连忙制止。

这时手电筒的光定格在他们头顶上方的一块石头上。那上面带着烈火灼烧的痕迹，依旧能辨认出刀刻的藏文——卓康甲都。

晋美和克丽丝同时面露讶异，但又各自压下心思。

索朗多杰同样心念一动，指向另一边道："一百多年前，卓康甲都遭受战火焚烧，成为一座死城。里面可能会有未知的危险，我们最好不要进去，先去那边的山洞过夜，明天一早就离开。"

山洞里，篝火堆无声地燃烧着，一丝白光从外面照进来。克丽丝从梦中突然惊醒，瞳孔蓦地放大。愣怔了一下，她转过头，身旁的位置空着。不远处,索朗多杰和欧文还在熟睡。克丽丝马上想到晋美的去向,立刻起身赶了过去。

城门前,晋美仔细打量着那块刻有藏文"卓康甲都"的石头,然后迈步向里走。

"晋美!"克丽丝从背后大喊。

晋美停住脚步,转过身:"你怎么来了?"

"我跟你一样,对这里很好奇。我在世界动物保护协会工作,最近在做关于藏羚羊和生态环境的课题,所以才会来到它的故乡。自从听了你的故事,我就对这座古城很感兴趣。"克丽丝说道。

晋美打量了克丽丝一眼:"我的故事是从老阿妈的口中听来的,其实我也没有来过这里。"

"那土司府保护藏羚羊的故事是真实的吗?"克丽丝追问。

"我相信它是的。"晋美肯定地回答。

索朗多杰醒来,发现晋美和克丽丝均已不见踪影,忙摇醒身边的欧文。猜到她们可能去了卓康甲都,二人急忙追了过去。

卓康甲都城内,一路上残垣断壁,碎石遍地,杂草却极少。太阳把墙壁照得白灿灿的,晋美和克丽丝的眼前一片灰白惨淡。

街道上寂静无声。一只秃鹫蹲在墙垛上,紧盯着街道上两个女生的背影,圆圆的眼睛明亮又略显诡异。

一间破落的宅院吸引了晋美和克丽丝。宅院大门保存得尚算完整,斗拱上的彩绘只剩下蓝、红、绿三色依稀可辨。门楣上绘着符咒,上方呈凸字形状,中间留有一寸的空间,原本供奉的圣物已不见踪影。大门顶上安放着一对羊角。克丽丝认出是雄性藏羚羊的角,说明这里曾经是土司府。

两人穿过通道，进入一个小院子。小院子的南侧通向另一道门，门后面连着曲折的回廊，尽头有一栋石头砌成的板楼，孤傲地耸立着。

晋美打量着那栋楼，感觉好像有双眼睛一直在暗处观察着她们，可当她转头去寻找时，又消失不见。她一把拽住前面的克丽丝，示意她停下："有人跟踪我们。"

克丽丝紧张地往空无一人的回廊前后看看，低声道："晋美，你不要吓唬我，这里面除了我们，哪里还有其他人？"

晋美又观察了一下四周："希望是我弄错了，走吧。"克丽丝紧跟着晋美，不放心地朝后面又望了几眼，确认没有多余的"眼睛"，这才继续向前走。

穿过回廊，忽然一个人从旁边伸手拍住克丽丝的肩膀。克丽丝惊吓得尖叫着甩开。

"行了，是我！"索朗多杰熟悉的声音响起。

"队长？你吓死我了……"克丽丝心有余悸。

索朗多杰黑着脸，严肃地望着旁边的晋美："我警告过你们，不要进来。立刻跟我出去。"

晋美看了眼克丽丝，乖乖承认了错误。一行人从廊柱间穿过，不知触到什么机关，地面忽然裂开，四人躲闪不及，一起掉了下去。瞬间地面又重新合上。

那栋板楼里，一张嵌在焦壁上的藏式护法面具后，忽然睁开一双猩红的眼睛。

土司府里，四人落地，在黑暗中紧张地摸索。索朗多杰忽然触碰到一个火折子，他用其点燃旁边烛台上的蜡烛。大家看清这是一个四面都是石头的密室，他们掉下来的地方有张床榻，似乎没有出口。几人互相望望，幸好都没有受伤。

"这里是哪儿？为什么会有机关？"欧文气急败坏。

"这里不可能有活人，应该是意外触碰的。大家留意下周围，密室的主人准备了床褥、烛台和拜垫，这应该是一间静室或者祭室，一定有别的出路。"索朗多杰边观察边安慰大家，然后端着烛台将角落里的蜡烛一一点燃。

晋美独自走到一面石壁前，注意到壁上刻着岩画，画中是守护神格萨尔王，有羊形纹饰和羊的完整形象，图案由简易到复杂，那些正是藏羚羊。

"哥哥，过来看。"晋美喊道。

索朗多杰立刻举着烛台走到晋美身边。克丽丝和欧文也跟了过来。

"格萨尔王是古代藏族人民的英雄，这里有他的画像，说明部落子民信仰守护神的力量。并且，他们对藏羚羊有崇拜情结，根据画面推测此情结至少延续了五百年。藏羚羊和守护神并列，代表着这里的神灵，它们是被禁止猎杀的。这些都跟老阿妈说的一样。"晋美指着画，有些兴奋。

"你就是为了验证这些，才进入古城？"索朗多杰问道。

"我从小听这些故事，根本不知道真假，现在我敢确定了，卓康甲都存在过，我们是部落的后人，有责任要保护好藏羚羊。"晋美的眼睛里闪着光芒。

索朗多杰无奈又宠溺地揉了揉晋美的头发："以后不准再做这些危险的事。"

晋美笑着点头。

"我去那边找出口，你们都小心点。"索朗多杰朝旁边走去，几人原地散开。欧文仍注视着那些岩画，眼神贪婪。

克丽丝边走边看，并在墙面上摸索着是否有机关。忽然，一块石头从头顶上方坠落下来。她还没反应过来，旁边的索朗多杰一把将她拉开。封闭的幽暗空间里，扑面而来的男性气息让克丽丝的脸腾地红了，她下意识要往墙上贴,索朗多杰抢先一步揽住了她的腰:"别动。"

"怎,怎么了?"克丽丝在索朗多杰的眼神里识别到危险。

索朗多杰保持着搂腰的动作,慢慢将克丽丝拉到自己身后才松开手。克丽丝看见墙壁上有块凸起的石头。刚刚她的后脑勺差一点就要碰到这块石头。

晋美循声赶来:"发生什么事了?"

"别过来,这里可能有机关。"索朗多杰连忙制止。几人小心翼翼地退到安全范围。

索朗多杰伸手握住石头,慢慢转动,伴随着一道沉重的声响,面前的石壁晃动起来。

在跳跃的烛火中,石壁从正面翻转至背面。当它停止晃动时,一幅古代女子的岩画出现在四人面前。女子巧笑嫣然,身着百年前的白色藏装,头发编成数股小辫,额前压着颗琥珀,珊瑚和玛瑙珠串成的巴珠分坠两边,胸前佩戴着嘎乌,一双黑色的眼眸苍茫静谧,举手投足间透露出难以言喻的尊贵典雅。

克丽丝眼中闪现出惊愕,以及欣喜:"是她,真的是她!"

"你认识画中的人?"索朗多杰问。

"她叫卓玛央金,是土司府的女主人。"克丽丝说着从贴身的衣服里取出一个防水袋,打开里面的唐卡。画面缓缓展开,女孩的容貌装扮几乎与岩画中一致,"这幅唐卡是我曾祖母的遗物,用来纪念一位叫卓玛央金的藏族女孩。如果我没有猜错,唐卡上绘制的内容,就是卓玛央金的前半生。我想知道故事的结局,想确认她又是否真的存在,才会冒险闯入禁区,真的对不起。"

索朗多杰听完一时不知该说什么。这时,外面传来一道声响。

"什么人?"索朗多杰喝问一声,来到墙壁前,用眼神示意众人后面有东西。他轻轻敲了敲墙面,又慢慢摸索,发现了一个凹进去的机关。他触碰石面,一条狭长的通道出现在眼前。一道黑影闪过,隐入黑暗中。

"站住！别跑！"索朗多杰率先追出去，晋美举着烛台紧跟在后，其余二人也只好跟上，一同在又长又黑的通道里飞奔。

黑影跑至通道尽头，冲到门边飞快地按下一块石头，一道石门缓缓移开，白昼的光亮照了进来。

索朗多杰往前赶了两步，借着外面的光线，看见头顶上方有一条悬挂火把的铁链。他随即冲刺，向上方高高跃起，徒手抓住空中的铁链，并借由铁链甩动的弧度，飞身扑向门口的黑影。

黑影被索朗多杰狠狠地压制在身下，徒劳地挣扎着："你们这些恶魔、强盗……你们不得好死，你们会有报应的！"一张历经沧桑的脸露出来，是个七八十岁的老人，脖子上挂着嘎乌。

索朗多杰松开钳制老人的手："您是谁？"

"我不会把土司之位交出来的，不会的，我不会的……"老人顾自说着。

晋美走上前，注视着老人的胸前："您是上一任土司？"

"他不是，象征土司之位的嘎乌绘有藏羚羊图腾，他这个是普通的嘎乌。"索朗多杰仔细看了看说道。

"他们都死了，死了……阿爸让我守在这里，这里是我的家，我不能离开……我的家……"老人语无伦次，絮念不止。

克丽丝和欧文终于赶到跟前，老人感觉到危险，蜷起身子缩在角落里抿紧了嘴唇。索朗多杰忙挥手让他们站远一些。

老人怯怯地坐在那儿，不时瞥一眼索朗多杰。待老人放松了些，索朗多杰耐心说道："老人家，我是可可西里巡山队的队长索朗多杰，他们三个都是我的……朋友。有什么话您可以告诉我，别怕，我们绝对不会伤害您。我的职责就是保护藏羚羊，打击盗猎，和你们一样。"

"藏羚羊，对，要保护藏羚羊！"老人神情坚定。

"您愿不愿意告诉我，为什么会孤身一个人住在这里？"索朗多杰问道。

"岩画上的女人,她是谁?"晋美急着插话。

老人见有人接近,一下子又紧张起来,将头埋下去:"女人,都是那个女人……"

索朗多杰轻声安抚:"老人家,画中的女人,您认识吗?"

"认识,我当然认识!她是土司府的女主人。一百多年前,土司府发生的所有事都跟她有关系……那一天,是藏羚羊的祭祀典礼……"在老人娓娓的叙事声中,一百一十年前的卓康甲都鲜活地呈现在他们眼前。

第二章 / 卓康甲都

一片连绵起伏的群山里,部落村庄若隐若现。卓康甲都城头上,置有一尊完整的藏羚羊石像,下方刻着"卓康甲都"四个字。兵丁在城楼上和城门口来回巡逻检查。

街道上,人流熙熙攘攘。道路两旁,百姓们手捧哈达,翘首以盼。还有虔诚的信徒们匍匐在地,磕长头前往寺庙。

寺庙内烟火缭绕,众多红衣喇嘛坐在地上诵经。土司府的大少爷格桑,正在寺庙住持嘉措大喇嘛的注视下,带头上香。身后,是其他小部落的首领。随着格桑举香高拜,众人弯下腰去。上完香,格桑双手合十向嘉措行礼,嘉措还礼,众人直起腰。喇嘛吹响法号,煨桑炉燃起霭霭烟雾,风马旗冉冉升上高空。

城外草原上空苍鹰盘旋。一块空地上尘土飞扬,马蹄疾驰。一只黄羊被一群猎手追逐着,惊恐得横冲直撞,直至被围在中央无处可逃。

郎嘎接过身边随从递来的一支响箭,瞄准,开弓拉箭,响箭发出一声犀利的尖叫声朝黄羊飞去。同时间,嗖的一声,另一支响箭在空中与郎嘎的箭撞击在一起。黄羊瞅准时机,撒腿飞奔。

郎嘎一脸怒气,分开围观的猎手,迎向对面马背上的年轻男子:"好你个多吉,净坏我的好事,别以为你是土司府的二少爷,我郎嘎就不敢办了你!"

多吉义正词严:"你坏了卓康甲都的规矩。阿爸严令,祭典期间城中百姓不得狩猎,违者要罚十两银。"

听到此话,其他猎手纷纷露出怯意。郎嘎却哈哈大笑:"赛马会竟连猎物都不能狩,还玩个什么劲?你想拿到钱,得先让我好好教训教训你!"

郎嘎正要打马上前,多吉身边的巴桑忽然驱马挡在前面。郎嘎怒道:"巴桑,连你也要跟我作对吗?快让开!"

多吉也小声劝说巴桑:"你让开,放心。"

巴桑担心地瞥了眼多吉,见他一脸正气,毫无畏惧,巴桑不得不让开。

郎嘎和多吉同时打马上前,郎嘎扬起乌尔朵就朝多吉的头部挥去。乌尔朵用毛线编织而成,本是狩猎和放牧的工具,郎嘎在其中部宽带内包了石头,甩动起来呼呼作响,被它打中会头破血流。

多吉俯身躲过,叫好声四起。郎嘎使出更大的力气,再次挥着乌尔朵而来。多吉将身子紧贴马背,趁乌尔朵还没旋转回到郎嘎手里,猛地揪住绳的另一端往自己身边一拽。郎嘎惨叫着摔下马背,眼看屁股要开花,多吉眼疾手快,朝他伸出手。郎嘎反应过来时,已被多吉单手拎住,挂在马腹上。他的脸瞬间青了:"放开我!快放开我!"

多吉松手,郎嘎毫无防备,扑通一声掉在地上,他气呼呼爬起来,脸色更难看了:"多吉,你真敢松手!就不怕摔死本少爷!"

多吉跳下马,走到一边拍打衣服一边骂骂咧咧的郎嘎面前:"十两银。"

"快给钱,堂堂边巴家族的少爷,输了可别不认账!"巴桑故意在旁边起哄。

围观的猎手纷纷附和,郎嘎恨不得找条地缝钻进去。他愤愤地伸手,从随从那儿讨了十两银子,丢给多吉:"你给我记着!这个仇我一定会报!"

"多吉少爷真厉害,不愧是格萨尔王的传人、卓康甲都的第一勇士!"几个猎手纷纷夸赞。

土司府内,土司丹增一边更衣一边询问大管家桑措祭典的准备情况。

桑措恭敬道:"和往年一样,都备齐了。"犹豫了一下,桑措再次开口,"老爷,我看您……今年的身体不如以往,要不将祭典往后推上几日?"

丹增摆摆手:"不用,我这身子骨还扛得住,毕竟是最后一次了,要给老祖宗一个交代,过了明晚,我就能正式退位了。"

说话间,两名端着茶水和洗漱用品的婢女躬身进入屋内,小心翼翼地举着盘子跪在一旁。

丹增穿好衣服,来到盆前洗手。桑措挥手让两名婢女退下,从盘子里拿起毛巾,递给丹增:"格桑大少爷待人宽和,行事果断,必定是位贤主。"

"我知道。"丹增接过毛巾擦手,"多吉还没回来?"

"二少爷昨日巡山,捡到了一只小藏羚羊,多半是去看它了。"桑措回答道。

"多吉这孩子心地善良,就是太实心眼,得罪人而不自知。罢了……索旺呢?"丹增再问。

"三少爷近日一直在府中待着,没有出去喝酒。"桑措说道。

"也算是有点长进。"丹增拍了拍桑措的肩膀,"好了,时辰到了,我们走吧……"

桑措跟随丹增穿过曲折的回廊来到板楼前,两名下人推开门,恭请丹增入内。二人进去后,门立刻又被关得严严实实。

板楼正面设有一张祭桌，供奉着卓康甲都第一任土司桑央的纸质画像。桑措走到画像后的墙壁前，按动机关，一道石门徐徐向旁移开。狭长幽暗的地下通道出现在二人面前。

"别让任何人进来打扰我。"丹增说完独自走入通道。

进入密室，烛光燃起，昏暗的空间被照亮。丹增端起烛台，径直来到一面石壁前。他按下墙上凸起的石头，石壁从正面缓缓翻转至背面，显出一幅壁画来，画中的女子嫣然浅笑，气质脱尘。

丹增点燃一支香，插入香炉内，烟气缭绕中，他凝视着壁画上的女子，眼神深情又痛楚："对不起，夫人，我来陪你了。"

城内，巡游的队伍浩浩荡荡走过街道。四个壮丁抬着一幅藏羚羊的图腾画像走在队伍的最前面。随后是披着红绸的马队，格桑骑马走在最前面，身后被各部落首领们簇拥着，接着是高举着经幡的随从和吹着法号的喇嘛。道路两旁的百姓纷纷匍匐在地，恭迎藏羚羊神灵从自己身上踏过，赐予福祉。

街道边的一所茶楼上，索朗次仁和儿子扎西坐在二层靠窗的位置，一边饮茶，一边观察着楼下的巡游队伍。扎西把玩着手中的茶盏，嘴角忽然划过一丝坏笑。他将茶盏瞄准人群中的格桑，但还未来得及掷出，索朗次仁一把握住他的手腕。

"阿爸，凭什么他格桑能接受百姓们的爱戴，我们却只能像老鼠一样躲藏起来？我们已经躲了十八年了，难道这还不够吗？"扎西不满。

"你懂什么？给我放下。"索朗次仁低声呵斥，"扎西，土司府并不可畏，只是你要记住，投向敌人的一定得是锋利的匕首，扔出去就要置对方于死地！没有这个觉悟，就不要打草惊蛇。"

扎西一愣，垂下头："阿爸，我知错了。"说着重新坐回桌边。

土司府前厅门口，桑措正拿着一本礼单，核对商客及部落首领们送来的、庆贺格桑上任的礼物。下人跑到跟前："大管家，那个强盗头子来了！"

桑措蹙眉，抬头已瞥见贡布抱着一坛酒径直闯了进来。他立刻挥退下人，顷刻间变了副笑脸，恭敬地迎上："二当家真是稀客呀，什么风把您给吹来了？敝府真是蓬荜生辉！"

贡布哈哈大笑："桑措老儿，别来无恙啊。丹增那个老东西呢？还活着吗？"

"老爷前几日偶感风寒，身子不适，现在正在静室打坐。劳烦您移步正厅，与客人们一起享受美酒佳肴。"桑措说着做出请的动作。

贡布转了转眼珠："行了，爷爷我认识路，你忙吧！"说着放下酒坛，大摇大摆朝正厅方向走去。走到墙根处，贡布回头一看桑措又低头在忙，连忙从旁边的小道上溜进后院。

密室里，丹增盘腿在床榻上打坐，面前的茶几上摆着五谷稻穗、酥油和茶。忽然，贡布的声音隐约从外面传来："丹增，快出来！你给我出来！"

密室内，丹增终于睁开了双眼。

贡布大步走到密室门口，正在摸索机关在哪儿，眼前的石门轰的一声打开了，丹增走了出来。贡布刚想挤进去，石门又轰的一声合拢了。

丹增作势诘问："你这强盗真是大胆，连祭室都敢闯？你不在山里蹲着，跑我土司府来做什么？"

贡布嘿嘿笑着："我来是有件事要说，不过要等多吉那小子回来，我想让你做个见证人。"

多吉来到后院索旺房间外，听到里面传出男女嬉戏的声音。他推门进去，粉红色的帐幔中，索旺以一方手帕遮目，正胡乱摸索。一把抓住多吉,索旺兴奋地摘下手帕。见美人竟变成多吉,索旺脸色立变,一下将人推开。他挥退婢女,不耐烦道:"你来干什么?"

看着满脸不悦的索旺,多吉轻声道:"我就是想喊你去吃饭。"

"我不吃,谁爱吃谁去吃!"索旺大吼着将多吉推出门去。

看着面前紧闭的门,多吉十分茫然。他想了想,正要抬手再次敲门,就见丹增带着贡布、格桑向这边走过来。见多吉站在门外,丹增问道:"索旺怎么样?"

"阿爸,索旺说他不想吃饭。"多吉没有多说什么。

丹增点点头:"行了,随他去吧。多吉,你过来,你阿古有话要跟你说。"

多吉忙给贡布行了礼。

"哈哈哈,好小子,几年不见,长得更结实了。到爷爷我面前来,阿古有东西要给你!"贡布笑着从腰间解下一把腰刀,递给多吉。

腰刀的刀柄刻着羊头的纹路,刀鞘用红色的宝石和金子镶嵌,看上去名贵不凡。多吉有些不明所以,迟疑着:"这……"

"阿古给你,你就拿着。"丹增笑道。

多吉双手接过腰刀,再次向贡布行礼:"谢过阿古,不过阿古为何送我礼物?"

贡布与丹增对视一眼,哈哈笑道:"多吉,你在你阿爸和大哥面前收了阿古这把刀,以后就是阿古的好女婿了。好女婿,快叫声阿爸来听听!"

多吉呆愣愣问道:"金珠答应了吗?"

"傻小子,自古都是父母之命,媒妁之言。我让金珠嫁给你,那丫头敢不嫁?再等上一段日子,她在大英帝国的学业就要完成了,等她一回到草原,我立刻就让你们俩成亲!"贡布说着转过头,"丹增老儿,就这么说定了!"

"金珠是个好姑娘,你舍得我倒没意见。"丹增说完二人都笑了起来。

格桑走到发愣的多吉面前，拍了拍他的肩膀："恭喜你了，多吉。"多吉憨厚地笑了笑。

丹增看向大家："好了，我们也该回到酒桌上去了，可不能让其他客人久等。"

"爷爷我就不去了。多吉，很久没跟你赛马了，陪阿古比一场？"贡布问道。

多吉以征求的目光看向丹增，丹增垂眸点头示意。多吉高兴地和贡布一道率先离开。

等他们全都走后，一直站在门后偷听的索旺满脸不屑地回到桌前："土司府跟强盗联姻，真是自甘堕落。"

草原上，多吉和贡布纵马驰骋。看着英姿勃发的多吉，贡布夸赞不已。两人你追我赶，向草原深处狂奔而去。

幽深寂静的峡谷，蜿蜒的山路盘旋而上，一支马帮驮着山货在山间行走。身着黄衣，戴着红色面具的卓玛央金，手握长鞭，英姿飒爽地走在最前方。听说附近几里地都是强盗的地盘，婢女诺布特意吩咐帮头要打起十二分的精神。卓玛央金却很是不屑，她倒想会会这帮传说中不仅劫货还吃人的强盗，到底有多恐怖。

远处山头上，贡布和多吉骑马并立，望向这支马帮，贡布突然掉转马头："傻小子，回去喝酒吧。"

多吉赶紧拦住贡布："等一下，阿古！里面有女人，不能劫！"

"阿古看那个黄衣小儿很机灵，偏偏又戴着张古怪的面具，叫我手里痒得很，非要叫他给爷爷我摘下看一看是哪家的小少爷！你要想瞧热闹，就赶紧跟上来。"贡布说完，已经策马下山，多吉只好追了上去。

马帮一路小心翼翼。快到峡谷口，贡布忽然蹿出来，惊吓到了所有人。卓玛央金立刻握紧长鞭，将队伍护在身后，喝道："你是何人？"

贡布勒马止步："想知道你爷爷我的名号，就先摘下面具让我瞧瞧你是哪家的小少爷！"

"混账！区区强盗，本少爷的脸也是你想看就能看的？先吃我一鞭！"卓玛央金扬起长鞭冲向贡布，啪啪就是两鞭。贡布没见过这么咄咄逼人的鞭法，连着躲了好几下才缓过神。他抹嘴嘿嘿一笑，劈手就要去夺鞭，没想到这鞭子在对方的手里像条蛇一样灵活，一下缠住他手背，啪的一抽，反倒在他的手臂上落下一道伤痕。

多吉骑马赶到时，二人正在空地上缠斗。一条火红色的长鞭在卓玛央金的手中使得出神入化。贡布虽然孔武有力，但吃不住鞭子的速度。只见长鞭甩向贡布的腰际，贡布顺势跳马避开，但长鞭又瞬间回弹钩住他的小腿。卓玛央金狠狠一拽，贡布滚落下马，抱腿痛呼："臭小子，哎哟……"

贡布哀号叫骂，卓玛央金潇洒地跃下马背，再次扬起长鞭。鞭子的另一头却突然被人扯住。她吃了一惊，转头看去，对方也正盯着她看。卓玛央金猛地一抽，鞭子纹丝不动，心中不免紧张起来："松手！"

多吉扯着鞭子，看向贡布："阿古，您没事吧？"

贡布骂道："你瞧阿古像没事的样子吗？还不快过来帮忙！"

多吉看了卓玛央金一眼，松开长鞭，翻身下马，走向贡布。卓玛央金趁机收回鞭子，一脸戒备地盯着多吉，然而多吉心无旁骛，只是将贡布扶了起来，细心地帮他掸了掸尘土。

贡布站直身体活动了一下，发现自己的脚崴得不轻。他瞅瞅不远处的卓玛央金，心情坏到了极点："多吉，阿古相中他那张面具了，你去把它掀下来，好好灭灭他的威风！"

"阿古，您要面具做什么？"多吉为难。

"让你去你就去，哪来这么多话？阿古的话也不听了？"贡布生气道。

多吉摇了摇头，无奈地朝卓玛央金走去。卓玛央金早就防备着这个人高马大又一脸傻样的汉子，她摩挲着手里的长鞭，厉声喝道："你站住！"

"我想要你脸上的面具。"多吉停下，直接说道。

"你们这些强盗真是欺人太甚，看我怎么教训你！"卓玛央金以为多吉在挑衅，恼怒地扬鞭甩了过去。多吉没有躲避，而是凌空一抓。长鞭缠在多吉的胳膊上，卓玛央金向后一拽，多吉丝毫未动。她立刻往外一抽，多吉见鞭子滑走，猛地伸手握住，用手背将其缠住，往自己身边一拉。卓玛央金一个踉跄，跌向地面。多吉迅速单手捏住她的胳膊，像拎小鸡一样夹住她，却并没意识到自己的手戳到了其胸部。

卓玛央金又羞又恼，弃去长鞭，转身从腰间拔出一把匕首。多吉顺势握住她的手腕，一个翻转，将她制住。卓玛央金又抬脚袭向多吉，两人一道摔在地上。多吉很快调整动作，一手钳制住卓玛央金，一手就要去掀她的面具。"呜呜呜，你压得我好痛，呜呜……"卓玛央金忽然低声抽泣起来。

多吉一时愣住，随即松开手："对不起！"

贡布正等着看卓玛央金的笑话呢，结果多吉偏偏在紧要关头住手，气得他在一旁干着急："傻小子，别中了他的招，赶紧掀啊！"

卓玛央金偷眼瞄了一眼多吉，抽噎着说道："你掀吧，回去让我阿爸打死我就是了……谁叫我生下来就是个丑八怪，尽丢他的脸……你以为我想戴面具呢……呜呜……"

本在犹豫的多吉闻言起身，充满歉意地退开两步："别哭了，你快回家吧。"

"那我的货呢……"卓玛央金带着哭腔问。

"我阿古没有想要你的货，他喝醉了酒在说浑话呢。你将他打下了马，我也害得你摔了一跤，双方扯平了。你快走吧。"多吉憨厚地说。

卓玛央金赶紧爬起来。

多吉回到贡布身边，将马牵了过去。贡布一边念叨，一边坐上马背，两人策马离开。

诺布小跑上来，摇了摇卓玛央金："小姐，您哪儿疼啊？奴婢听见您哭了，到底摔哪儿了？"

"谁说我哭了？我是骗他呢。"卓玛央金摘下面具，一双清澈美丽的眼睛毫无哭过的痕迹，嘴角还挂着一丝得逞的笑容。

土司府内，桑措拿着一份名单来到丹增房间："老爷，今天送来的礼单，老奴已经全部清点过，让下人搬进库房了。还有这份单子上面是明天祭祀仪式要来的人，您请过目。"

丹增看着名单："……许先生的商队到了吗？"

"中原下雨，路上就耽搁了，未时才到，要不现在请人过来？"桑措请示。

"罢了，让他歇着吧。"丹增摆摆手。

桑措又从怀中掏出一摞账目本："老爷，这是老奴让人统计的商队数和货物种类，总共五十家商队，个个都有拿得出手的上等货。今年是卓康甲都准备最齐全的一年，老奴听底下的人说，希望今年开金路的天数能延长几天，似乎都想趁着庆典人多，多赚些钱糊口，不知道老爷您心里是什么想法？"

"先放着，回头让格桑处理。过了今晚他就是卓康甲都的新土司了，这些事也应该学会自己上手了。"丹增笑着道。

屋外，天空蔚蓝。

蓝天下，一座威风凛凛的寨子掩映在一片树林中，"多金寨"三个大字悬挂在寨门的正上方。

卓玛央金率领马帮进了寨子，将马匹牵进马厩，与诺布一起朝屋内走，边走边喊："阿爸，我回来了！这趟货押得很顺利……"

奶妈迎出来："我的央金回来啦！"

央金摘下面具交给诺布，亲昵地揽着奶妈的肩膀边走边问阿爸和大哥怎么不在。

奶妈笑眯眯道："次仁老爷和扎西少爷出去办事了，说是要晚两天才回来，老爷临走前特意嘱咐我，他回来会给你带好吃的奶酪糕。"

"奶酪糕只有庆典上才会有，阿爸他们去卓康甲都了？"央金问道。

"在你阿爸面前，可千万不要提卓康甲都。"奶妈认真叮嘱。

"我知道，他最讨厌那里的人了，他也不喜欢别人看到我的脸，出门总让我戴着面具，还要扮成男子。"央金有些不高兴。

"好了，我的央金，你长这么漂亮，次仁老爷是为了保护你才这么做的。他可不想他的宝贝叫其他人给拐了去！"奶妈笑着拍了拍央金，"你一路上受苦了，我让下人准备了洗澡水，快去洗洗换身衣服吧。"

央金亲了一下奶妈："谢谢奶妈，我这就去。"

回到房间，央金站在木桶前准备宽衣沐浴。她褪下衣裳，转眸瞧见胸侧的两道手指印，脑海中瞬间浮现出多吉抓到自己的一幕。央金脸颊一红，用力拢紧衣裳，眼眸中含着怒气："禽兽！"

诺布正在一旁往洗澡水里放花瓣，看见央金又把衣服穿上了，不解道："小姐，您这是要去干什么呀？"

央金咬牙："找人算账去，我卓玛央金的便宜可没这么好占！"

卓康甲都城内热闹非凡。沿街楼顶摇曳着经幡，转经的百姓川流不息。多吉和贡布牵马随着人流，慢慢朝仓木客栈的方向走着。

进了客栈，贡布忍着脚痛，大摇大摆坐在一张酒桌前，招呼店小二上两坛酒。多吉赶紧拦下，要了一坛酒及两道下酒小菜，另外又要了一间上房给贡布休息，然后转身出去找曼巴（藏语，医生）。

一个刚下楼的绿袍男子与多吉擦肩而过。男子转头，望向多吉的背影，嘴角挑起一抹冷笑。

多吉正闷着头往曼巴的住所赶，突然一个人撞到了他的腰部。多吉条件反射地摸向腰间，发现佩刀不见了，急忙转身看去。卓玛央金一手把玩着佩刀，一手环着胸，正等着多吉。

"还给我！"多吉伸出手。

"你先道歉。"央金扬眉。

"为什么要道歉？我又不认识你！"多吉有点莫名其妙。

"你……不要脸……"央金气恼不已，"刚才在峡谷里，是谁摸了我的胸？你今儿不好好道歉，就别想拿回你的东西！"

"是你？"多吉猛然醒悟，"对不起，我不知道男人的胸不能碰。"

央金气得脸色发白："你的意思是，女人的胸就能随便摸了？"

多吉有些发蒙："我也没碰过女人的胸……"

央金火冒三丈，挥手就要扔刀，多吉忙一脸诚恳道："我都道歉了，你快把东西还给我。"

"做你的梦！"央金握紧佩刀，扭头闪入巷子，多吉急忙追了上去。

央金一路狂奔，多吉箭一般穷追不舍。眼看就要追上，多吉奋力伸手想握住央金的肩膀，却被她灵活地侧身躲过，一转身往反方向跑去。多吉一个箭步蹿了过去，一把拧住她的胳膊。央金见挣脱不了，索性麻利地将佩刀塞进胸口："你拿啊？你敢！"

多吉毫不犹豫地伸向央金的胸口去掏佩刀，却突然愣住了。

央金也呆住了，等反应过来才一把推开多吉，狠狠甩了他一耳光："不要脸！"然后气呼呼跑了。

多吉握着刀愣在原地，良久，他一拍脑门，终于想起一件事："曼巴？"

夜色渐浓，贡布的桌上已经摆了两个空酒坛。他仰头喝完手中最后一坛酒,将坛子猛地往桌上一摔:"人呢?都上哪儿去了?给爷爷我滚出来!"

店小二急忙跑过来:"二当家,您真不能喝了呀,多吉少爷回来见到您这样,会责怪小人的!小人还是扶您上去歇息吧。"店小二说着伸手去搀扶贡布。

"我不去,我要喝酒……"贡布不情愿地被店小二扶着,跌跌撞撞向后院走去。

刚刚安顿好的汉商许冠恒带着仆人许平去土司府拜访,两人出了客房往外面走廊走,迎面正遇见与店小二拉拉扯扯闹情绪的贡布。店小二一时没有防备,腰部撞到栏杆上,疼得龇牙咧嘴。许冠恒立刻上前将人扶住。

"你个老东西是谁啊?胆敢拦你爷爷的路!看招!"贡布张牙舞爪地冲许冠恒便是一记猛拳。

许冠恒被逼得连连后退躲闪。突然,贡布的拳头狠狠砸在廊柱上,竟将柱子给捶出一个窟窿。只见柱子晃了晃,一大片栏杆倒了下去。

"二当家,您可手下留情啊!这可都是钱啊!"店小二哭喊着。

贡布已经打红了眼,一把将店小二推开,挥拳直奔许冠恒。不过这一拳还没落下,手肘就在半空被赶来的多吉给拉住了。

"放开我,你这傻小子!"贡布挣扎。也许力气消耗得差不多了,多吉一放手,贡布就喘着粗气一屁股坐在了地上。

"许先生,真对不住。阿古他喝醉了,如果有什么地方得罪了您,我向您赔个不是。"多吉拱手道歉。

"我倒是不碍事,只是那位小兄弟……还有这个栏杆……"许冠恒伸手指了指。

多吉看看旁边摔得一脸血痕的店小二和一排倒下去的栏杆,了然地伸手到腰间,却只摸出一两银。他想了想,将佩刀取下递给店小二:"这把刀很珍贵,你先拿给掌柜,好好保管,回头我拿钱来赎。"

店小二感激涕零地接过刀:"谢谢多吉少爷。"

一扇窗后,身着绿袍的扎西看完走廊里发生的事,不动声色地走回木桌前,向正在喝茶的索朗次仁讲述了事情的经过。

听说多吉将佩刀抵押给了店小二,又得知这把刀的来历,索朗次仁的眼中闪过一抹精光:"这刀是木尔多寨的当家信物,贡布把刀给了多吉,说是定下他做女婿,实则是想将他培养为木尔多寨的下一任当家。贡布这个强盗,霸占着城外连接城内的要塞,光收取过路费就能养活寨子里的几百号人。我们多金寨跟他们比,实力相差悬殊。土司府跟他联姻,实在是太精明了。"

"您的意思是,丹增这么做,是想壮大土司府。那我们的计划……"扎西迟疑道。

索朗次仁忽然驻步,轻笑一声:"不,扎西,眼前就有一个好机会,只要我们好好利用,就能坐收渔翁之利。"

扎西眼珠转了转,恍然大悟:"我明白了,阿爸。"

"好孩子,去办得漂亮一点。"索朗次仁叮嘱道。

夜色中,扎西在昏暗的巷子角落里物色了一个乞丐,给了他一袋银子。乞丐并不满足,又指指扎西身上的绿色长袍。扎西解下长袍,丢给乞丐。

不一会儿,乞丐趁客栈柜台周围空无一人,拿着银子将多吉的佩刀赎了出来,然后匆匆离开。

街巷上寂静无声,一个提着药袋的婢女快步走过来,无意中瞥见乞丐手中的佩刀。

许冠恒随多吉一起来到土司府,丹增听闻客栈发生的事情,有些哭笑不得:"这个贡布横起来是六亲不认,居然对许先生都敢动手,等他明日酒醒了,我一定……咳咳……要好好说说他。"

听到咳嗽声,许冠恒关心道:"老爷身体可好?"

丹增摆摆手:"偶感风寒,并无大碍。今夜见到许先生,我对这次开金路的期望更大了。"

"老爷谬赞了,自从中原和卓康甲都打开丝绸之路,您一直很照顾在下的生意,在下感激不尽。"许冠恒拱手致谢。

"许先生不必客气。当年要不是你带着商队来到这里,卓康甲都和中原的贸易之路又怎会打通?你不但为我们带来丝绸和茶叶,还悉心维护着我们和中原的友好关系。既然每年都要过来,许先生有没有想过在卓康甲都建立汉人商号,让我们汉藏两地的关系更加紧密?"丹增询问道。

"在下也正有此意,准备商贸会后再向您提起呢。"许冠恒笑着点头。

丹增爽朗大笑:"可算想到了一处。常言道'行商坐贾',以许先生的实力,早该开设商号,惠己利民。选址建铺的事就交给多吉,择日开张,我一定到场。"

许冠恒起身一揖:"有老爷这句话,在下便安心了,定不负所托。"

卓玛央金跑回客栈后越想越气,恨恨地坐在木桌前反复擦拭一把锋利的匕首。诺布胆战心惊地站在旁边不敢多言。

"哼,一刀将他的心挖出来才解气。不行,杀了他太便宜,不能白白叫他给摸了去啊!"央金摆弄着匕首愈发烦躁,忽然,她灵光一闪,兴奋道:"对啊,我要摸回来!诺布,熄灯吧,明天再去找那个傻子玩!"

诺布轻舒了一口气,待央金在榻上躺好,轻轻吹灭灯,屋内陷入一片黑暗。顷刻间,清亮的月光盈满窗棂,梦幻般朦胧美好。

二更的钟敲过后,月亮悄悄匿入云层。浓厚的雾气弥漫上来,渐渐将月亮遮得严严实实。多吉来到马厩前,喂了马准备去巡园。格桑拿着一件蓑衣走过来:"拿着,夜里会有暴雨。大哥知道那些藏羚羊是你的朋友,遇到盗贼不要硬拼,放出信号弹,大哥就会赶到你身边。"

"知道了。"多吉接过蓑衣,转身解开拴在栏杆上的绳子,翻身上马。

正在这时,贡布风风火火闯了进来:"多吉,多吉……刀不见了……"

"什么刀?"多吉下马。

"就是阿古送你的佩刀啊!阿古一觉睡醒,觉得口渴得很,就让那小二弄杯水来喝。结果他说,有个小崽子把押在他那里的刀给赎走了。阿古的刀明明给了你,怎么跑他手里去了?赎刀的崽子又是打哪儿冒出来的?"贡布疑问重重。

多吉简单解释了一下抵押佩刀的经过,纳闷道:"不过我还没来得及跟大管家支钱,想着明天一早去赎。"

"多吉,你陪阿古去一趟客栈,找小二问清楚那人的模样身段,佩刀肯定能找回来!巡园的事交给我。"格桑说道。

"格桑,你说得在理,多吉,快跟阿古走。"贡布拉着多吉就走。

隔壁房间内,梅朵披着衣裳倚靠在床边,认真地绣完一件男士外袍,收起线。婢女琴格赶紧端来药罐,将药倒进碗里:"小姐,这婚服都绣完了,您也该喝药了吧,奴婢都温了一个时辰了。"

梅朵将袍子细心地收到一旁,轻轻活动着酸疼的手腕:"拿过来吧。"

喝完药,梅朵将碗递还给琴格:"把这收拾干净,不要让大哥看见。"

"奴婢这就去了。"琴格一转身看见格桑站在门口,吓得立刻端着碗溜走了。

梅朵见到格桑想起身行礼,格桑抢先一步按住她:"你身子不好,快躺着,又哪里不舒服了吗?"

"老毛病了,是琴格大惊小怪。大哥怎么还没歇息?"梅朵微笑道。

"梅朵,我们都已经订婚了,怎么还叫大哥?"格桑打趣。

梅朵羞赧地低下头去。格桑不好再逗她,转头看见叠在枕头旁的男士外袍,眼前一亮:"这是你亲手绣的?真好看,我们梅朵的手艺真是越来越好了。"

格桑一边欣赏袍子上的绣花纹路,一边就要将它换上,梅朵连忙伸手阻止:"现在还不能穿!"手指相触的瞬间,梅朵赶忙缩回了手,紧紧捏住被针扎到的手指。格桑立即握住她的手,心疼地吹了吹:"好,我不穿,等成亲那天再穿。梅朵,手还疼吗?"

梅朵轻轻摇了摇头,将手指从格桑手心里抽回来,"祭祀的事还没忙完吗?"梅朵关心地问道。

"都准备妥当了,只是还得去趟园子,藏羚羊都在那里,总有人想着它们身上的皮子。梅朵,"格桑深情地看着梅朵,"成亲后,还能为我缝衣服吗?我想一直穿着你给我做的衣服!"

"嗯。"梅朵深深地低下头。

格桑笑着转身离去。脚步声远去,梅朵才抬起早已红透的脸。

黑夜中,街道一片死寂。伴着急促的马蹄声,多吉与贡布穿街而过。一道闪电伴随着惊雷在他们身后炸裂。

郎嘎与随从趁夜偷偷摸摸溜到仓木商号外,翻墙进入院落后,朗嘎挨个查看库房,看到一间屋内整齐地码着丝绸和上好的茶砖,他得意地亮出手中的火折子。

不一会儿,商号库房内浓烟滚滚,燃成一片火海。下人们乱糟糟地提着水桶跑进跑出。火光映照中,多吉与贡布策马而来。远远看见火势,多吉急忙冲到跟前喊住人群中正在指挥救火的许冠恒。

许冠恒循声转头,眼神十分冷静。他冲多吉摇了摇头,露出一个稍显宽慰的笑,多吉领会了他的意思,提起马缰绳,追上前方的贡布。许冠恒收回目光,忽然眉目一动,看向遗落在角落的一件配饰。他低头捡起,是一块晶莹剔透的玉佩。

"许先生，这是？——"许平正要询问，许冠恒做了个噤声的动作，走到无人处，将玉佩交给他："去查一下，这是谁的物件。"许平瞬间明白其中的利害关系，悄悄收起玉佩而去。

多吉追着怒气冲冲的贡布闯进客栈，一进门贡布就大喊大叫："人呢？都给爷爷我滚出来！"见到店小二慌慌张张跑出来，贡布冲过去一把拎起他往墙上重重一摔，"爷爷的刀去哪儿了？刀是在你手上不见的，今儿找不回来爷爷我就掐死你个崽子！"

店小二连滚带爬站起来，又吓得跪下："二当家，方才我已经与您说过了，绝对没有一句是假话啊。当时客栈打烊了，那人拿了一袋银两说是来取佩刀的，小人就没多问。后来二当家您喊我，我就顺口一提，才知道闯了大祸……二当家，您可饶命啊！"

一旁的多吉耐心询问："那人长什么模样？穿什么衣服可还记得？"

店小二努力想了想，手指向一边，哆嗦道："那人，那人穿了件绿袍子，往那个方向去了。"

"怎么不早说？"贡布瞪了店小二一眼，就往外冲。多吉冲店小二点头示意，快步跟了出去。二人打马离开。

雨淅淅沥沥下了起来。格桑来到藏羚羊园，给后腿受伤的小藏羚羊换药，包扎伤口。小家伙贴着格桑暖呼呼的袍子，毛茸茸的脑袋使劲往他怀里蹭。格桑温柔地摸摸它的小脑袋，微笑着看它怯生生地吮吸自己的手指。

忽然间，格桑一手抱起小藏羚羊，警觉地吹灭眼前的灯。随即，他将小家伙放在地上，小家伙立刻朝其他的藏羚羊奔去，紧紧挤在一起。

格桑摸出腰刀，贴近门边。一道闪电穿过窗户打在他身后的墙壁上。蒙着面的扎西举起手中的佩刀，狠狠扎向格桑的后背。格桑猛地转过头，举起手中的腰刀挡住。他借着光看清楚佩刀上的宝石，脸色立变："你不是来赶羊的！你是谁？"

扎西并不说话，用力往下一劈，格桑手中的腰刀掉落在地。来不及躲闪，格桑被活生生卸下了一条胳膊。屋子里的藏羚羊惊慌地嘶叫起来。格桑忍着剧痛，拉开身后的门。一只母羚羊带头窜出，其余的藏羚羊纷纷跟上。外面暴雨如注，只有模糊的天光。

"到底是谁派你来的？你想得到什么？"格桑边说边摸向信号弹，但还没来得及掏出，一把飞刀倏地扎中他的胸口。他不敢相信地瞪大了眼睛，身体随之瘫倒在地上。

扎西走到奄奄一息的格桑面前，拔出他胸前的刀，又狠狠刺入心脏："我想要你的命！"又一道闪电划破血腥雨夜，照亮扎西像鹰一样阴狠、毒辣的双眼。他看了眼四周，拖起格桑的尸体走进大雨中。

园外的小土坡旁，一个人浑身湿透，身子紧紧地贴着泥巴。他用力捂着嘴，不敢发出一丝动静。

多吉和贡布马不停蹄地找遍了城里城外，毫无头绪。看时间不早，两人一脸疲惫地返回城内。

"真邪门了，整座城连外面都找了，怎么就找不到那绿袍崽子呢？"贡布大骂。

"阿古，都怪我，我不该拿佩刀去抵押……"多吉一脸歉意，"刀若是找不回来，我再命人打造一把一样的送您。"

贡布抬头看了看太阳："行了，傻小子。吉时就快到了，你回府吧，阿古再去祭坛瞧一瞧。那里人多，估计能有收获！"

多吉点头，二人分开。

第三章 / 危机四伏

土司府内，迟迟不归的格桑让大家等得心焦。时间一点点流逝，丹增忽然起身："不等了。"

"阿爸，你们先行一步，我去找大哥。"索旺一说完就要出门。

"索旺，别想着开溜。你大哥做事向来有分寸，他到现在迟迟没有现身，一定是让什么事情给绊住了，我们去祭坛等他。"丹增说罢转头看向桑措，"多吉呢？怎么也不见人？"

"二少爷刚回了府，这会儿正在房间更衣。"桑措躬身回道。

"我大哥主持的祭祀仪式，他这会儿才回府里，摆明是不把大哥放在眼里。去告诉他，全府的人就等着他一个，错过了吉时唯他是问！"索旺借机挑唆。

"行了。"丹增不耐烦地打断索旺，"桑措，让多吉赶紧跟上来。"说完带头走出正厅。索旺跟在他身后，一脸的不满。

街道上，下人高举土司府旗帜开路，人们纷纷避退到两侧，恭迎土司。丹增一身盛装走在前面，身后跟着众部落首领，再往后是索旺、多吉以及郎嘎等年轻的少爷们。

多吉无视郎嘎对他露出的不怀好意的笑容，扫视着周围。发现格桑并不在列，他抬起肩膀碰了碰索旺，向他询问。

索旺十分嫌弃地往旁边挪了一步："你还真够虚伪的，大哥昨晚就没回来，你现在才问起他！"

多吉一惊："他没回来？去哪儿了？"

索旺没好气道："我怎么知道？你这么关心他，你去找啊。"

多吉似乎想到什么，立刻站住，转身离开队伍，逆着人群朝反方向走去。没走几步，他就看见人群中有一张熟悉的面具。只是一瞬间，那面具就不见了。他脚步顿了顿，快速离去。

卓玛央金戴着面具在街道上闲逛，忽然发现暗处站着的索朗次仁，吓得忙与诺布躲进一条巷子中。

诺布一脸如临大敌的样子："小姐，趁老爷还没发现，咱们赶紧走吧！"

"我不走！阿爸说过，只要他还活着，就绝不会踏入卓康甲都一步。可是，他现在人就在这里！我想知道他为什么不让我进城，自己却出尔反尔？这里面一定有隐情。"卓玛央金说着从墙后探出头，看向街道对面。索朗次仁正用阴鸷的眼神牢牢盯着涌动的人群。

诺布担忧道："老爷要是发现您怎么办？"

"不让他看见我的脸就行了。有了！"央金望了望四周无人，取下面具用手沾了些墙角的炭灰，涂抹在自己的脸上。一张明艳动人的脸顷刻间变得脏兮兮的。接着她又让诺布脱下身上的男仆装，与自己的少爷装交换。

卓玛央金飞快穿好衣服，又将头发随意地拨了拨，摘下诺布头上的帽子戴上："你先回多金寨，我办完事就回去。"说着摆了摆手，示意诺布赶快离开，然后再次探出头去，索朗次仁却已经不在了。她朝四周张望一番，向远处走去。

地上，那张面具静静地躺着。

祭坛前，百姓们翘首以待。卓康甲都的各部落首领、汉商许冠恒、贡布及异国商队等都已到场。丹增却屏退众人，垂眸静坐在图腾后方。桑措站在三步开外，听候差遣。

格桑的迟到引起了大家的各种猜测，人们不禁悄悄议论起来。

桑措忽然走出，向嘉措大喇嘛使了个眼色。嘉措会意，捶响手中的嘎巴拉鼓。鼓声起，前排坐在地上的小喇嘛们，也不约而同地敲起鼓，鼓声震耳欲聋。

太阳升到空中，时辰已到。

丹增叹了口气："是天意啊。"

丹增整装从图腾后方走出，接过香来到祭台前点燃，躬身下拜。身后，所有人同时跪拜下去，齐声诵道："天道鸿启，佑我甲都，风调雨顺，畜满栏圈！敬天爱人，神明庇护，五谷丰登，族泰民安！"

祈祷完毕，丹增起身将香插入香炉，然后为油灯添加酥油。忽然，一声马嘶传来。众人皆被吸引，循声望去。

远处，一匹发狂的红鬃马朝祭坛方向冲来，它的身侧似乎还驮着一袋重物。人群中发出一声尖叫，索旺极快地侧身躲过，劈手抓住飞起到半空的马缰绳，踩准马鞍的脚踏，一跃而起，翻上马背。他双手用力一扯，红鬃马的前蹄腾空，稳稳地停住。

索旺跳下马，皱着眉头嫌弃地看向挂在马腹上的麻袋，招手叫两人将东西卸下。袋子落地，一张惨白的脸露了出来。

"大哥！"索旺大惊失色，一把挥开两人，扑上前去。失去一条左臂的格桑已经死去多时，心脏的位置插着一把镶着红宝石的佩刀。

跟上来的丹增认出格桑，当即瘫坐在地，双目一闭，晕厥过去。贡布远远望见那把刀，登时震惊地拨开身边的人，冲了上去："这刀怎么会在这儿？"

骚动的人群中，索朗次仁与扎西不动声色地离去。

板楼内，听闻噩耗的梅朵伤心欲绝地跪在桑央土司的画像前烧香祈祷："先祖在上，保佑我阿爸平安无事，保佑他早日醒来，保佑大哥……保佑大哥……早……早……"梅朵心如刀绞，眼泪扑簌簌涌落，哭着哭着，忽然呼吸急促，用力咳出一口血来，整个人像被抽去所有的力气，软软地栽倒在拜垫前。

"小姐！"琴格大叫一声，急忙上前去扶，同时对外大喊："来人呐，快来人呐！"

正厅内，一起过来的部落首领们集聚一堂，交头接耳地议论着格桑的死和丹增的病情。一旁的郎嘎听着听着，满不在乎地打岔道："如今这情况啊，就是土司府得罪神灵了呗。"

边巴冷着脸与曲晋一道进来，闻言立刻制止道："逆子，住嘴，土司府也容你议论！"

郎嘎闻声，急忙换了副表情："阿爸。"

曲晋打量着郎嘎，笑嘻嘻道："边巴老爷，令郎这番话叫我们听了还好，若是让有心之人听了，传到丹增老爷耳中，恐怕会引起误会啊。"

"曲晋老爷，我儿也是担心土司府。他的无心之言，我相信丹增老爷知道后也不会怪罪的。郎嘎，还不跟我过来。"边巴说着带朗嘎走出大厅。

曲晋打量着二人的背影，不屑地转过身，又是一脸微笑。

父子二人来到一处无人的角落，朗嘎抢先开口："阿爸，我早就看土司府的人不顺眼了，这次真是老天爷也在帮我们。"

"混账！我边巴一心效忠丹增老爷，怎么生出了你这个混账儿子！我问你，昨晚那把火是不是你放的？"边巴谨慎地再次打量周围。

"什么火？我没有！"朗嘎一口否认。

"还狡辩？我已经听府里的下人说了，你白天在赛马会上聚众猎杀黄羊，多吉罚了你，你就存心报复，晚上找人麻烦。"边巴质问。

"多吉当众给我难堪，我给他一个下马威怎么了？"朗嘎不再掩饰，愤愤道。

"郎嘎，你真是糊涂啊，你知不知道，你烧的是许冠恒的货物。那个汉商与土司府关系匪浅，要是让丹增知道是你做的，叫我怎么保你？"边巴无意扫了一眼郎嘎的腰间，忙问："你的玉佩呢？"

朗嘎摊了摊手："我也不知道，昨晚就丢了。"

边巴一惊："你把玉佩给丢了？那可是土司府赏赐的玉佩，整个卓康甲都只有一块！你……净给我添乱！"边巴咬了咬牙，"郎嘎，等丹增老爷醒来，我就向他禀明一切，再带你去向许冠恒负荆请罪。"

"不行的阿爸，丹增老爷向来铁面无私，许冠恒也不是善茬。他们肯定不会轻易饶过我的。"朗嘎说着眼珠一转，"阿爸，您看格桑都已经死了，丹增老爷也不省人事。多吉和索旺不中用，咱们干脆……反了他？您不就能保住我了吗？"

"闭嘴，休要胡说！"边巴一巴掌甩到郎嘎脸上，"这句话我只说最后一遍，边巴家族一生效忠土司府，绝无二心。你要是再敢口出狂言，休怪阿爸对你无情！从今天起，你给我在家禁足半个月。现在就回去！"

郎嘎目瞪口呆地捂住脸，好一会儿，才满脸不甘地扭头走掉。

房间内，丹增悠悠醒转，一直守在旁边的索旺紧张地上前一步，握住丹增的手："阿爸？您醒了！"

"格桑……"气若游丝的丹增费力吐出两个字。

"阿爸，我是索旺。大哥……已经不在了。"索旺悲戚地别过脸去。

这时，出去寻人的多吉快马赶回土司府，直奔丹增房间。刚到走廊，贡布忽然闪出，一把将他拽住："多吉，你现在不能进去！"

"为什么？我在集市上听说阿爸昏倒了，我要进去看他。"多吉一脸焦急。

贡布压低声音："阿古跟你说，那把刀……"

"刀找到了？"多吉连忙问。

索旺听到外面的动静，立刻气呼呼跨出门，一拳击中多吉的脸颊："你这个叛徒，我就知道是你杀了大哥！"多吉被打得往后退了两步，看着索旺一脸不敢置信。索旺再次上前揪住多吉的衣领，一边狠狠地挥舞着拳头，一边声嘶力竭喊着："你这个凶手！杀人凶手！"

"索旺，事情都没有查清楚，你怎么就认定是你二哥干的？"贡布试图劝说。

"不是他还能是谁？这把刀不是你送给他的吗？现在刀就插在我大哥的胸口上，你还敢说凶手是别人？"索旺双眼通红。

"刀昨晚上就丢了！我跟你二哥找了一宿都没找到！"贡布忙解释。

"他杀了人，刀自然就丢了！阿古，你最好不要帮他说话，要不然我会以为你也是帮凶！"索旺发狠道。

"你这臭小子，真是冥顽不灵……"贡布正打算强行将索旺拖开，多吉忽然瘫倒在地，他望着愤怒的索旺，喉结滚动了一下："是我害了大哥……我不该，让他替我去巡园的……"

索旺挣脱贡布，拔出匕首欺身上前："我现在就为大哥报仇！"

远处走来的桑措看到这一幕，急忙上前阻止。贡布抢先一步伸手，两人一左一右架住索旺。

"够了，都住手！"忽然一声苍老的声音响起。众人循声望去，只见丹增扶着门框，虚弱地靠在一旁，眼睛里早已失去了往日的神采。

"桑措，去叫其他人散了。多吉、索旺，你们两个跟我进来。"丹增掀了掀眼皮，看向贡布，"你也进来吧。"

桑措行礼退下。索旺随着丹增进屋，贡布拉起地上的多吉，随即跟上。

屋子里，丹增疲惫地坐到桌前，让多吉讲一遍丢刀经过。多吉详细说明了事情的前因后果，索旺却完全不肯相信，语气激动道："胡诌！你怎么不说是你故意将大哥支去园子，趁着周围荒无人烟将他杀了？"

"我跟多吉一直在一起，他不可能去杀人！"贡布出言辩解。

"那就是你们俩合谋杀的！"索旺脱口而出。

"索旺！咳咳……"丹增忍住咳嗽，"如果人真是多吉杀的，他没必要将刀留下当证据。"

"因为当时有人看见了，他一时惊慌，忘记了拔刀。"索旺言之凿凿。

听到这话，其他人不由得都愣住了。

"早上派去园子的人已经回来了，说是找到一名随从。这随从吓得魂不附体，想必是看见了事发经过，只要带来当面对质，就能知道凶手是谁。阿爸，要传人过来吗？"索旺问道。

丹增闭了闭眼，点头同意。

丹增房间里，一名随从被人带过来。他跪在地上，身子蜷成一团，瑟瑟发抖。

丹增语气温和："但说无妨，无须害怕。"

听到丹增的声音，随从慢慢放松下来，尽力回忆："小人落了东西，回头去找，约莫是在后半夜到的园子，就看见有人拿着刀正往格桑少爷的胸口捅。他捅了一刀又一刀，似乎要将少爷的心脏给剔出来。小人从未见过有人下手如此狠毒，一时腿软摔在了山坡上。那人似乎发现小人，朝山坡看了一眼……接着，他就不见了……"

"那人用的什么刀？"索旺追问。

"那刀甚是金贵，上面……还镶着红宝石。"随从说着，见到索旺递过来的佩刀，"对，就是这把！"

贡布着急道："认刀有什么用，看清他的模样没有？"

随从被贡布一吼，吓得低垂下头："那人蒙着面，小人……看不清脸。"

索旺上前一步："脸没看清，身形总记得吧？你抬起头来，看看我们这些人里，有没有凶手？"

随从小心翼翼地抬起头，先看了看索旺，又看向贡布。贡布睁着一双铜铃般的大眼，正凶神恶煞地盯着他。他吓得一哆嗦，又顺着多吉的靴子慢慢往上看去。当他看到多吉的脸时，眼前的人忽然与扎西重合——一道闪电照亮扎西的脸，一双眼睛像鹰一样阴狠、毒辣。

随从的身子顿时往后一仰，连连后退："别杀我，求求您别杀我！"

多吉呆住了，众人也一脸不敢相信地看向多吉。

"不，不是我——你再好好看看……"多吉急了。

"别杀我……求求您……"随从磕头如捣蒜，只顾一味地求饶。

索旺这时高声喝道："人证物证俱在，多吉，你还想怎么狡辩？"

"去你爷爷的，这崽子明明说了，没看清脸！"贡布大骂。

"照你这强盗的逻辑，杀人凶手但凡只要用布遮住脸，就能为所欲为了？"丝毫不退让的索旺指向多吉，"他就是凶手！阿爸，法不阿贵，您不能徇私！"

丹增挥手示意下人将受惊的目击者带出去。接着，他起身来到多吉面前，仔细端详着他："多吉，你还有什么话要说？"

"我没有杀大哥。"多吉直视丹增。

丹增颓然闭上眼睛："多吉，你是阿爸一手带大的，阿爸知道你的性格，你从来不会说谎。可是，现在所有证据都指向你，阿爸若偏袒了你，那死去的格桑怎么办呢？你说你丢了刀，言下之意是拿了这把刀的人就是杀害格桑的凶手。阿爸愿意给你五天时间，你去把这人找出来，要是找不着，也就不要怨阿爸了，好吗？"

"您不能这么做！"索旺抢先嚷道。

丹增又看了看多吉，转头道："索旺，我累了，想歇一会儿，你们都出去吧。"

索旺一跺脚，狠狠地剜了多吉一眼，扭身出去。贡布张了张嘴想说什么，见丹增已经兴致索然地走向床边，只好跟多吉一块儿出去。

不甘心的索旺抱着双臂站在长廊里。贡布一见立刻一把将多吉护到身后，多吉却越过他，主动朝索旺走过去。

"多吉，这五天我会死死盯着你，你要是敢溜走，休怪我立刻杀了你！"索旺恶狠狠道。

多吉神色一动，问道："索旺，我为什么要杀大哥？"

"你问我，我问谁？也许你想当土司？你知道阿爸要将位置传给大哥，就将他杀了。他死了，你就能得偿所愿！"索旺恨恨道。

"我不想当土司，只有大哥才配得上。"多吉语气平静。

"呵，记住你说的话！"说完，索旺大步离开。

多吉看着他远去的背影，忽然转身对贡布说道："阿古，我现在自身难保，不能连累金珠，成亲的事请您收回吧。"

贡布忙摆手："不成，阿古亲自给你们定的亲，现在反悔岂不是个无胆鼠类？这传出去，还叫你爷爷我怎么立足？"

多吉想了想："那就等我解决完这件事。等金珠回来，我亲口问她，她若同意嫁我，我便正式向她提亲。阿古，就这么说定了，您回去吧，寨里的兄弟们该惦记您了。"

"可是……"贡布叹了口气，"行吧，你要是……阿古是说万一，万一找不到凶手，千万别傻乎乎地回土司府，去山里找阿古，阿古一定保你！"

多吉点头，贡布拍了拍他的肩膀，两人分别。

拖着沉重的步伐，多吉一步步走向殓房。格桑全身用白藏毯裹着，安详地躺在经文上。多吉痛苦地跪坐在旁边，颤抖着手忍不住摸向格桑失去左臂的空荡处。片刻后，多吉猛地站起，毫不犹豫地向外走去。

一间客栈内，索朗次仁将一封写好的信装进信封。扎西观察完情况合拢窗户，回到桌前，不放心地问："阿爸，这样做妥吗？收到这封信，丹增就会知道我们在卓康甲都。他若报复您怎么办？"

"我倒要看看，他会怎么报复我！这么多年了，他知道我的存在，也知道我恨他入骨，但是不管我做什么，他却一直没有动静。他这么忍着，只会让我恨透了他！"索朗次仁恨声道。

扎西恍然大悟："所以您才写了这封信，想给他致命一击？"

"我等了十八年，要杀死他早就动手了。我就是想提醒丹增，我无时无刻不在看着他，我要看着他活，活得越久越好，然后眼睁睁地看着整个土司府覆灭在他的眼前。家破人亡，生不如死！"索朗次仁正说着，门外忽然传来一声异响。两人互看了一眼，扎西立刻推开门，地上翻倒着一个装着水的铜盆。扎西立刻追了出去。

不小心听到屋内谈话的店小二惊恐至极，手忙脚乱地逃出客栈，慌不择路向街上奔去。扎西追出客栈，轻盈地跃上屋顶，纵观四下除了跌跌撞撞的店小二外并无旁人，遂径直跃至店小二面前，扬起手中的匕首。

"求求你，饶我……"店小二求饶声未落，已被扎西活生生削去了舌头。

店小二痛得几乎晕厥，向后摔在墙上。扎西正要再下第二刀，忽然有脚步声响起，并传来询问声。扎西慌忙掷出匕首，隐入巷中。

不一会儿，多吉出现在巷口，正要往里边查看，忽然墙角一张静静躺着的面具吸引了他。多吉捧起面具，用袖子仔细揩净上面的灰尘。

"怎么就找不到阿爸呢？难道是我眼花了？"卓玛央金自言自语、百无聊赖地在街道乱晃。突然一道黑影闪过，身形像极了扎西。

"大哥——"央金眼前一亮，急忙追了过去，黑影却已经消失。她丧气地转过头，正撞见多吉拿着面具站在不远处一个巷口。央金顿时怒目圆睁："我说东西怎么不见了，原来是叫你给偷了！"

多吉正要将面具收进怀中，忽然听到背后一声叱骂，他转过头，昏暗的灯光下是一张脏兮兮的脸,多吉并不认识,遂解释道:"这是我捡的。"

"谁让你捡了?没经主人同意拿走就是偷。"央金说着一把抢过面具,"还我!"

"是你?"多吉一怔,认出央金。第一次见到面具下的容颜,又见她穿的衣服与之前不同,多吉不免多看了几眼。

央金感觉他的目光下移,一把捂住胸口:"不要脸!你眼睛往哪儿看呢?还没摸够是吗?"

"不不,对不起。我还有事,先走了。"多吉慌忙转身。

"慢着,你摸了我两回,一句道歉就想走?"卓玛央金劈手亮出长鞭,对着多吉的腰间甩去。连续挥空几鞭,央金眼珠一转,佯装摔倒。多吉见状果然伸手去拉。卓玛央金趁机一个扫堂腿,将多吉扑倒在地,又用长鞭迅速缠住他的双手,在头顶上方摁住。

多吉双手挣脱不开,又不好直接将央金从自己身上掀下去,脸涨得通红:"放开我!"

"我凭本事抓的人,就不放!要不你哭一个呗?"央金说完,故意将手按向多吉的胸前。

多吉身子一下僵住。月光下,他定定地望向央金满是炭灰的脸,这似曾相识的场景让他想起小时候与格桑的那次摔跤比赛。

从小力气大的多吉每次都能轻而易举地将格桑摔在地上,但格桑经过仔细观察,趁着多吉一时失误,一招将他绊倒在地,迅速出击,压住了多吉,然后道:"多吉,论力气,大哥绝对赢不了你。只是你要记住,无论何时都不要对你的敌人大意,他们最会攻击你柔软的地方,只要一击就能致命。不过你放心,只要大哥在,就不会让人伤着你……"

看到多吉通红的脸上浮现一丝笑意,抵着多吉胸膛的央金忽觉心情有些微妙,忙郁闷起身:"行了,硬邦邦的像块木头,你走吧。"

多吉却忽然发出低低的抽泣声，小猫似的十分隐忍。央金瞬间怔住："哎，你怎么哭了啊？"

多吉没搭话。央金摸着下巴琢磨了一会儿，忽然想起好像中原的《风物志》里说，男女有别，陌生男女有肌肤之亲会按私情罪当场处死，难道他们卓康甲都也有这种规矩？遂对多吉喊道："喂，是男人就别哭！这样好了，我对你负责，等我满十八岁，我就娶你……不，我嫁给你总行了吧？"

"我不是这个意思。"多吉吓得立刻打断她。

央金狠狠瞪视他，嘴唇微微噘起："那你什么意思啊？你嫌弃我？我们都互相摸过了，你还不想负责？"

多吉愣了一下，闷声道："我，我会负责。"

"那行，我答应你，还有一个月阿爸就要为我举办摘金仪式，等仪式结束，我就是大人了，那时候我就来找你。"央金的眼睛皎洁明亮，看得多吉的心好像也沉沦了进去。不过多吉很快反应过来："不行，我大哥被人杀了，大家都以为我是凶手。阿爸给我五天时间，找不到真正的凶手，就要处死我，我不能害你。"

央金瞪大眼睛，不敢置信："你是你阿爸亲生的吧？还是你阿爸老糊涂了？你这么笨，还喜欢哭，哪有胆子杀人？行了，你跟我走，你阿爸不信你，我信你。"

多吉惊讶地看着央金，想不到她会这样信任自己："可是，我还要找凶手。"

"你真傻……找不到人怎么办？你真要去死吗？"央金气哼哼问。

"要。"多吉低头道。

"你……"央金恨不得揍多吉一顿。憋着气琢磨了一会儿，央金看了看四周："你现在是我的人，死不死由我说了算。这样，我来替你找凶手！这里说话不方便，你跟我走。"说完不由分说拉着多吉就走。

月光拉长斜影，街道寂静无声。黑暗的角落里，昏死过去的店小二满脸是血，腹部插着扎西掷出的那把匕首。一个人由远及近走来，停在店小二身边。

扎西回到客栈，索朗次仁听闻事情经过，脸色阴沉："怎么连这点小事都办不好？"

扎西小心翼翼观察着索朗次仁，解释道："听声音，当时经过的人应该是多吉，他一身蛮力，我不是他的对手，只能先回来。不过那两刀即使不足以致命，也绝对会让那店小二开不了口。阿爸要是担心，我再出去找一找。"

索朗次仁摆摆手："罢了，现在还有更重要的事要你去做。我刚收到消息，土司府的人在藏羚羊园找到了一名奴才，说是亲眼看到过杀害格桑的凶手，现在人已经被土司府保护起来，正在暗中缉拿真凶。你今晚就去把他处理干净，记住，可别再出什么岔子了！"

扎西目露凶光："我明白。"

央金将多吉带到客栈，知晓了事情经过后，她仔细分析了这件事里的两个关键人物：一是店小二，他能认出那件绿袍；二是那个证人，他与多吉素未谋面，却一口咬定多吉就是凶手，这其中必有蹊跷。因此应该先从证人口中设法套话，而不是在街上盲目寻人。

多吉听完央金的分析，茅塞顿开，急忙起身拉央金一起去找证人问话。

央金摆手拒绝："我不方便露面，你去吧，明日辰时再来此处见我。"

多吉走到门边，忽又回头："我叫多吉，你呢？"

"卓玛央金。"央金一笑。

"央金……央金，真好听。"多吉念叨着开门出去。

瞧着多吉的样子，央金不禁弯起嘴角："傻子。"

夜色深沉，蒙着面的扎西悄悄从屋顶翻入土司府内。一队巡逻的护卫走过来，扎西身手敏捷地隐入栏杆后，待他们走过，又朝另一个方向寻去。

丹增房间内，披着外衣坐在灯下看信的丹增眉头紧皱："见信如见人，天道好轮回，节哀顺变。"桑措看着丹增十分担心，却不敢发一言。

"他来了。"丹增克制住手部的抖动，将信放到烛火前点燃。

"要不要差人去客栈？"桑措小心询问道。

丹增痛苦地叹了口气："抓他太容易了，我还不想见他。"

"他害死了夫人啊，老爷您心慈手软，当年饶过他一命，可他未必不会存心报复。"桑措有些急。

"次仁终究是我弟弟，我已经失去了达娃，不能再没有弟弟了。当年那件事是我愧对于他。他也知道分寸，不会回来这土司府的。"丹增语气低沉地摆摆手，"不要说了，去吧。"

桑措欲言又止，停顿了一下还是开口道："那二少爷的事，您也真的不管了？"

"这是多吉命中注定的劫，过不过得去且看他的造化，你我又怎能与天斗呢？若是老天爷开眼，叫他过了这一关，那他就是卓康甲都选中的新主人了。"丹增说着，二人都没注意到索旺端着一碗药来到门外。听到这话，索旺握紧拳头，一言不发地掉头走开。

漆黑的客房内，作证的那名随从双目紧闭，瑟瑟地在床上抱成一团。幽灵般在土司府内搜寻了一圈的扎西很快发现了证人所在处，他悄无声息地破窗进入房间，不等那人睁眼，干净利落地一刀刺入其喉咙。扎西抽回匕首，还不忘拿出一块绢帕，将匕首上的血迹抹去。

门外忽然传来急促的脚步声，扎西闪电般推窗而出。

多吉走进客房，一眼看见窗户有条缝隙。他顿感不妙，疾步朝床前走去，果然，那名随从已经没了呼吸，触目惊心的鲜血染透了被褥。

"他死了？"跟在后面的索旺一惊。

多吉走向窗边查看："我们来晚了一步。"

索旺看着那名死者，又看看多吉，眼睛里忽地冒出怒火："这就是你为什么要带我过来盘问他的原因！你太狠毒了，竟然打这种心思！你先将人杀死，又强行拽我过来，让我给你做不在场的证明。你以为这么做就能洗脱你的嫌疑吗？"

"人不是我杀的，他顺着窗户逃走了，现在去追还来得及。"多吉急道。

"你想跑？跟我去见阿爸，看阿爸这次还如何为你说话！"索旺冷哼一声，不由分说拽住多吉的胳膊就往屋外拖。多吉试图挣脱钳制，但正在气头上的索旺力气大得惊人，两人拉扯着到了院子。

正在巡逻的护卫队听见嘈杂声赶了过来。看清是多吉和索旺在纠缠，护卫长立刻吩咐手下去叫大管家。

梅朵额头上覆盖着毛巾，躺在床上休养，脸上了无生气。听见外面似乎有多吉的声音，她挣扎着起身。琴格不敢阻拦，只能拿件衣服给她披上。

多吉和索旺还在纠缠，护卫队员们束手无策地杵在一旁。梅朵走上前："二哥、三哥，大晚上的，你们这是在做什么？"

索旺愤愤地收回手，不怀好意地一笑："梅朵，你来得正好。你可知道，你的夫君就是被你的好二哥杀死的。"

"什么？"梅朵震惊，整个人瞬间往下一瘫，琴格赶紧扶住。梅朵蠕动着嘴唇，满眼不可置信地看着多吉。

"别说了。"多吉又急又气。

"凭什么不让我说，你敢杀人就别不承认！你以为把证人杀了就能洗脱嫌疑了吗？有种你把我也杀了，把我们土司府的人全部杀光，这样就没人能阻止你了！"索旺正嚷嚷着，突然一记耳光扇了过来。

"混账！给我滚回房去！"丹增沉着脸出现在索旺身侧，后面跟着桑措和随从。

索旺愣了一下，随即愤怒大叫："阿爸，该滚的是多吉，不是我！我不明白，从小您就惯着多吉，从来不会罚他，只会责罚我，做错事的也永远只有我！我们都是您的孩子，为什么您就只偏袒他一人！"

桑措见丹增脸色越来越差，连忙劝道："三少爷，少说两句吧，您不能再气老爷了啊！"

"杀兄之仇不共戴天。我就等他五天，五天后他若交不出凶手，我就亲手宰了他。"索旺说完，不再看任何人一眼，怒冲冲地径直离开。

丹增气得浑身颤抖，强忍着身体不适低声吩咐大家各自回屋。

"阿爸，大哥他真的……"梅朵虽不相信，但还是忍不住问了出来。

多吉想要说些什么，但看着梅朵伤心欲绝的样子，还是闭上了嘴。

丹增调整情绪，温和道："梅朵，事情还没有水落石出，你不要胡思乱想。琴格，送小姐回去。"

琴格搀扶梅朵离开后，丹增忽然咳嗽起来，桑措忙轻轻帮他拍打后背。

"阿爸？"多吉很是担心。

"什么都别说了，你也去吧。"丹增咳了一阵，对多吉挥挥手，然后对桑措道："桑措，去将那可怜的孩子葬了吧。再起张告示，说土司府要办丧事，将开金路的时间往后延上几天。"

桑措点头，伸手去扶丹增。丹增轻轻摇了下头："我想跟达娃说会儿话，你别跟着了。"桑措撤回手，两人各自离去。

一直潜藏在屋顶上的扎西见四下无人，也一跃消失。

无人的街道上，扎西取下蒙面的布条。一道身影忽然晃出，朝他背后袭来。扎西侧身躲过，一把扣住那人的手腕。当看清楚眼前的人后，他又惊又喜，一把将人拖到旁边的巷子："央金，你怎么敢来这里？"

"你能来，我为何不能来？方才在街上，就觉得那人像你，没想到我出来碰碰运气，还真叫我碰上了。"央金笑嘻嘻道。

"这里不安全，跟我来。"扎西说着拉起央金就走。

两人来到一处偏僻的荒屋，扎西从容地走进去，从角落里拖出一捆干草铺在地上。央金却噘起嘴巴："大哥，你是故意整我呢？半夜三更的，把我拉到荒山野岭来，还要在一间破屋子里过夜，搞得跟被人追杀似的。"

"行了，阿爸若是知道你来城里，你比现在也好不了多少。"扎西笑着拍了拍身侧，央金赶紧跑过去坐在他身边："大哥，阿爸不是说，他这辈子绝对不会踏进卓康甲都一步吗？他带着你过来，神神秘秘的，是要做什么？"

"他要做的自然是大事，我也不方便过问。等时机成熟了，阿爸肯定会告诉你。现在城里出了事，人人自危，你明天一早就回多金寨去。"扎西严肃起来。

"我不回！"央金抗议。

"乖，阿爸办完事很快就会回去，让他看见你不在家，岂不是露馅了？到时候我可帮不了你。好了，回去的时候我给你带奶酪糕，你想吃几块？"扎西哄道。

"两块。"一提到奶酪糕，央金立刻妥协。

"好，就带两块。快睡吧，明天还要早起赶路。"扎西宠溺地轻轻拨开央金脸上的头发。央金顺势躺靠在扎西的膝盖上，闭上眼睛。皎洁的月光洒入屋中，扎西看着央金的睡颜，眼神中充满了柔情。

翌日清晨，街上贴出告示："天降横祸，格桑新亡，死者为大，丧事在即，择日出殡，神人同泣，金路即开，稍事延后，金光万丈，祈福百姓——土司府。"不少百姓围观议论，叹惋唏嘘。

央金在扎西的监督下,不得不早早离开。临行前,她骑马立于山头,留恋地俯瞰着卓康甲都城,思绪万千。良久,才掉转马头,朝远方驰去。

多吉按约定来到客栈,却扑了个空。询问伙计,才知道央金昨晚就没在,一大早托人送来银子结了账。听到这个消息,多吉顿觉有些沮丧,转身出了客栈。闷闷地在街上走了一会儿,多吉忽然想起央金昨天分析的另一个人,他眼睛一亮,忙向仓木客栈赶去。

客栈里,仓木正在柜台算账,听多吉打听店小二,无奈道:"您来得真不凑巧,这人昨晚上忽然不见了,我差人找了一整晚都没见着。这不,刚发现库房里少了三十两,肯定是他偷拿了银子跑回乡下去了。"

"他乡下老家在哪儿?"多吉追问。

"一个山沟子里,要翻两座山,离这儿得有三百里路……"仓木的话还没说完,多吉转身就走。

看着多吉骑马飞奔而去,仓木啧了啧舌,继续埋头算账。

扎西送走央金后回到客栈,对索朗次仁谎称夜里回来怕吵着他歇息,睡在了隔壁,接着转述了他在土司府看到的情形:"多吉已经在我的安排下离开了卓康甲都,我已命人暗中下手。就算他能活着回来,也摆脱不了嫌疑,照样会被丹增处死。这么一来,土司府势必要得罪木尔多寨,我们的计划就没人能够阻挡了。"

索朗次仁阴笑道:"看着自己的孩子自相残杀,死了也没个全尸,丹增纵然再冷血,心里恐怕也不好受吧。扎西,格桑那只胳膊你可收好了?"

扎西点头:"已经埋了。"

"做得好。以防万一,我们今天就走。"索朗次仁说完与扎西收拾东西离开了客栈。

卓玛央金一路打马飞驰，经过一片湖泊时，远远望去水天相接、碧草连天，令人心旷神怡。她翻身下马，在湖边一处树荫下枕着双臂小憩。马儿在她身边悠闲地吃着青草。

忽然间，一声枪响打破沉寂。央金一骨碌从树荫下爬起来，闪躲到树后。马儿受到惊吓，撒腿便跑。远处的藏羚羊群已乱作一团。一只雌性藏羚羊倒卧在血泊中，紧接着又是三声枪响，羊一只接一只地倒下。受伤的藏羚羊不断挣扎着发出惨叫。

央金咬牙握紧长鞭，从树后悄悄探出头观察。一拨偷猎者除两人望风外，其余人丢下土枪，拿出剥羊皮的利刃，狞笑着骑马冲向倒地的藏羚羊。央金悄悄摸起两块石头，安在长鞭中间，对准两个要下手剥皮的人用力甩了出去。石块先后击中他们的后脑勺，二人手中的利刃立刻掉落在地。另外二人立刻警惕起来，向着央金的方位连续扣动扳机。央金在草地就势一滚，土枪打中她身前的泥土，又一枪击在她的手臂边，顿时草屑飞溅。

这时远处几声马嘶响起，四人面面相觑，顾不得地上的藏羚羊，连忙策马离开。

央金松开捂住手臂的手，鲜血瞬间冒了出来。她顾不得疼痛，奔到藏羚羊旁。三只已经死了，还有一只小羊的腿受了枪伤，趴在地上泪眼婆娑地看着她。

正在赶路的多吉听到枪声急速打马赶到湖边，看到这一地惨景，心痛不已。又见央金手臂受伤，忙翻身下马，着急地拉她来到一旁的草地。

多吉用腰刀小心地割开央金的衣服，露出受伤的部位。虽只是灼伤，但她还是疼得忍不住呻吟了一声。多吉看了一眼央金，手上的动作更加轻柔。检查、清理完央金的伤口后，多吉摸出一瓶药膏给她擦上，又从腰间拿出一块红色布条，三两下缠住伤处，然后嘱咐道："没伤着骨头，不过这几日不能碰水。"

央金歪头看着多吉："你怎么不问我为什么不打招呼就走？"

多吉边去检查那只小羊羔,边闷声道:"你的事,我不好过问。"

"那你就不担心我一走了之,再也不回来找你?"央金继续问。

"那我就去找你。"多吉语气坚定。

央金低笑一声:"多吉,你是个曼巴吗?"

多吉动作熟练地包扎着小藏羚羊:"不是。我喜欢小动物,阿爸就让我去巡山,山里有很多偷猎藏羚羊的人,有时候碰到受伤的羊羔,我就会给它们处理伤口。"被包扎好的小藏羚羊乖乖地倚在多吉的怀中,不时低鸣几声。

"方才我就觉得奇怪,偷猎罢了,他们为何要剥羊皮?"央金纳闷道。

"是为了羊绒。这些藏羚羊的绒毛很柔软,据说能织成比黄金还贵的披巾。这披巾有个波斯名字叫沙图什,深得王公贵族的欢心。部落的猎人们为了获得金子,就专门偷杀藏羚羊,趁它们活着将皮子剥下来,能得到最好的羊绒,然后卖给雇用他们的商人。"多吉解释。

央金惊呼一声:"这哪是什么黄金披肩,分明就是活生生的命。他们将命披在身上,可有考虑过那些羊羔的感受?它们也会疼,也会哭,也会死。小羊羔没了妈妈,多可怜啊!"

多吉抚摸着怀中的小羊羔,眼神坚定:"所以,我想守着它们,只要我还在,他们就不敢轻举妄动。央金,我也……想守着你,等这件事解决了,我们就……"

"好。"没等多吉说完,央金飞快答道。

"啊?"多吉一脸懵懂地看向央金。

"等你大哥的事告一段落,我们就去草原上生活。我们和羊群在一起,谁敢打它们的主意,得先问过我的鞭子答不答应!"央金摸着鞭子,用霸气的语言掩盖住内心的羞怯。

多吉惊喜地使劲点头:"嗯。那你还要走吗?"

"你想我走吗?"央金低头。

"不想。"多吉用力摇头,一脸憨笑地看着央金。

休息了一会儿,两人将藏羚羊的尸体埋入湖边的草地里,小小的坟头上插了一截枯树枝。随后二人上马,沿着湖畔而去。

四个偷猎人逃回山中的一间木屋,英国商人威廉见几人并未成功,不由分说地开枪将几人灭口。然后吹了吹枪口,蓝色的眼睛中透出阴狠和狡诈。

多吉和央金见天色已晚,遂找了一处山洞休息。多吉点燃一簇篝火,跳跃的火苗在岩壁上映出两人的影子。

央金抱着膝,头枕在手臂上,看多吉专注地烤土豆。火光照在多吉的脸上,照得他的眼睛亮晶晶的。

一声尖锐的鸣叫打破这温馨的时刻。多吉感知到危险,立即扑向央金,揽住她的腰就地一滚。一支支利箭自山洞上方射向他们刚才坐的地方。多吉起身,拉住卓玛央金的手,带着她隐藏到一块石头后面。

六个黑衣杀手背着箭筒,自山洞上方探出头。他们互看一眼,拿出准备好的绳索,滑落到山洞内。几人自动分为两队,向里面左右包抄过去。

多吉后退几步,发现去路已断,他拔出腰刀,警惕地看向周围。

杀手们蜂拥而上,将他俩团团围住。多吉和央金背贴背,一个拿着腰刀,一个握紧长鞭。

"谁派你们来的?"多吉开口。

"少废话,杀了他!"杀手们一起朝多吉冲来。多吉并不想取人性命,只是用腰刀奋力防御。

央金解决完一人,回眸看见多吉只是左躲右闪,而杀手们目的明确,次次对他下狠手,不免心中焦急。又一剑刺过来,央金甩出长鞭,缠住那人手腕,还没来得及撤回,另一杀手趁机侧身将剑尖上挑,长剑在空中画了半圈，狠辣地攻向央金的后背。铁剑入骨，央金痛呼一声，膝盖一软，向下跪去。

多吉一见霎时双目赤红，提刀一脚将那杀手踹开，扶起央金。鲜血从她的后背源源不断地渗出，很快将衣裳浸透。多吉将央金安置在一旁，杀气腾腾地看向那杀手。

那人被多吉狼一般的眼神看得心中一慌，下意识将剑锋横着一转，还未来得及出招，多吉已经腾挪到他的身前，出刀刺向其腹部。那人哀号一声，倒在地上。多吉回身，又是几招，干脆利落地将其他人全部放倒。

多吉匆忙返回央金身边，表情无措："央金？央金？"

央金脸色惨白，已经昏迷了过去。多吉脱下外袍将央金裹起来，抱向外面。

月色下，央金面白如纸，发丝凌乱。多吉怀抱着她驱马向回赶。颠簸中，央金悠悠醒来。绚烂的光芒照亮夜空，央金望着信号弹的方向："多吉，我要回家，我们就在这里分别吧。"

多吉勒马："你的家在哪里？我可以送你回去。"

央金摇摇头："不行，我是从家里偷跑出来的。你送我回去，他们一定会发现的。还有，你的时间不多了，必须尽快找到杀你大哥的凶手。今天的这批杀手，可能就是凶手派来的，你一定要保护好自己，知道吗？"

"我知道，可我担心你。"多吉忧心地望着央金。

"这点小伤我还死不了。答应我，要好好活着，我会再来找你。"央金伸出小指，与多吉的小指缠在一起。就在这一瞬，央金忽然微微侧身，仰起头，轻轻吻住多吉的下巴。

多吉愣了下神，不自觉地抱紧央金。

"再见了，多吉。"央金飞快地抽身离去，策马跑远。

第四章 / 沉冤得雪

烈日透过叶隙，威力不减。卓玛央金骑在马背上，愈发感觉有气无力。背上的伤疼得她几乎喘不过气来，额上全是密密的冷汗。忽然，央金手中的缰绳一松，迷迷糊糊从马背上跌落下来。在她失去知觉前，似乎看见有人逆着光朝她走来。

留在多金寨的诺布迟迟不见小姐回来，焦急地在房间内走来走去。索朗次仁不放心女儿，过来看望。刚走到门外，扎西忽然出现，喊住索朗次仁。

索朗次仁驻步回头："扎西，你来得正好，随我一同进去看看央金。"说完径直推门进屋。在他推门的一瞬间，屋内的帐幔同时垂下。索朗次仁见帐幔低垂，心中不免生疑。正要再往前走，诺布上前拦住："老爷请留步，曼巴说小姐不能见风。"

"走开。"索朗次仁不耐烦地呵斥了一声。诺布还想再拦，见其凌厉的眼神，心中一寒，低头退到一边。

索朗次仁伸手撩开帐幔，眼中的疑惑瞬间被心疼取代。躺在床上的央金脸色苍白，听到动静后虚弱地睁开眼，见是索朗次仁，挣扎着要起身。索朗次仁急忙摆手示意她躺下："阿爸就是来看看你，你且歇着吧。

诺布，照顾好小姐，别让她见风。"

"是。"诺布连忙应道。

索朗次仁回身看向扎西，扎西颔首，二人走向屋外。待门关上后，央金和诺布同时喘出一口气。

"小姐，您怎么样？"诺布仔细看了看央金，差点哭出来，"怎么流了这么多血？手臂也受伤了，这到底是怎么回事呀？"

央金咬牙挤出一个笑容："没事，死不了。路上遇到偷猎的人，不小心中了埋伏。这件事千万不能让阿爸知道，你去打盆水来，帮我清洗一下伤口。"

诺布擦了擦眼泪，转身离开。央金蹙紧眉头，慢慢坐起身，想起刚刚及时赶来救自己，又紧急跳窗而出为自己遮掩的扎西，心里一阵温暖。而看到包住小臂的红布，她的眼睛里不禁泛起一片忧色："也不知道他怎样了。"

多吉接到巴桑的消息，快马直奔草原。牦牛毛编织的黑色帐篷前，巴桑正坐在门口捣药。他脚边有个药罐，里面煎着汤药。多吉跳下马，热情地揽住巴桑的肩。

巴桑带多吉去看被他救下的店小二，并将捣好的药敷在伤处。多吉边打下手边感叹："我找了他几天，幸好是被你给救了。"

"那晚我走货回来，在街角正好碰见他。当时他浑身是血，已经晕死过去。我将人带回来，才发现他的舌头已经被割去，敷了药到现在一直没有苏醒。多吉，找到他真的就能抓住杀死格桑的凶手吗？丹增老爷给你的时间只剩两天，就算他能醒来，也说不了话啊。"巴桑满心关切。

多吉皱着眉头，陷入苦恼中。

巴桑敷完药，又转头过来，试探着问："多吉，格桑出了这事，梅朵她还好吗？"

"不好。"多吉回答得很干脆。

"我这里有些草药，能帮我拿给她吗？"巴桑问道。

多吉点头，巴桑立刻转身去取药包。

回到土司府，多吉去给梅朵送药。琴格将提着一挂草药候在门外的多吉请进屋。

梅朵披上衣裳，走向桌子。因许久未下床，梅朵脚步踉跄，险些被桌腿绊倒。多吉及时伸手扶住，梅朵不动声色地退后一步："二哥，坐吧。"

多吉讪讪地缩回手，在梅朵对面坐下："这是巴桑给你的药，说是对你的身子有好处。"

梅朵勉强一笑："替我谢过巴桑少爷。"

多吉将草药放在桌上，抬头看向满腹心事的梅朵："梅朵，你心里有什么想问的就问吧，二哥一定都告诉你。"

梅朵犹豫了一下，开口道："我想知道那一晚，到底发生了什么？"

多吉详细讲了那天的情形，心痛不已道："梅朵，我若知道园子里有埋伏，说什么也不会让大哥去的……大哥救了我的命，我却害了他，都怪我……"

梅朵听到这里，眼中已蓄满泪水，看着自责不已的多吉，出声打断："二哥，事已至此，后悔自责也于事无补。你既答应了阿爸，就应该找出真凶，也不枉大哥疼你一场。而我，自会为他祈福超度，愿他走得了无牵挂。"

一时间气氛有些悲伤，琴格突然想到什么，小心翼翼地开口："小姐，有句话奴婢不知当讲不当讲。奴婢好像见过那个凶手……"

梅朵大惊："琴格，你怎么现在才说？"

多吉也看向琴格："琴格，你看到了什么，照实说出来。"

"那晚奴婢去帮小姐取药，曾见到一个绿袍人手握金刀匆忙从仓木客栈离去。当时约莫酉时正一刻，奴婢回到府中，更夫正好敲响二更天的锣。所以，奴婢记得非常清楚。还有，那个绿袍人瞧着甚是面熟，奴婢后来一想，是小姐经常施舍的乞丐。那人离开后，往寻花问柳的地方去了。"

多吉和梅朵对视一眼，都有些振奋。

"我知道了，琴格，谢谢你。"多吉说完，匆匆离去。

妓院门口，老鸨指挥着两个壮汉将一个乞丐扔出来，乞丐衣不蔽体，却一直嚷嚷着要进去见里面的姑娘。不断遭到老鸨的奚落和壮汉的阻拦后，乞丐顿时撒起泼来："我不进去也行，把袍子还给我！"

老鸨使了个眼神，一个妓女将一件绿袍子扔了出来，砸在乞丐的头上。周围看热闹的人们顿时炸了锅："绿袍子？凶手！他是凶手！""抓住他！"

乞丐见势不妙，也不管什么袍子了，拔腿就跑。一拨人声势浩大地跟在他后面穷追不舍。

这时，多吉骑着马拦住了他的去路。乞丐顿时双腿一软，跪坐在地上："多吉少爷，您救救我，我真的不是凶手！"追赶的人看见多吉，纷纷驻足。

多吉看了他一眼，翻身下马："救你也行，跟我去土司府，说出真相。"乞丐连连点头。

土司府公堂外，百姓们里三层外三层围得水泄不通。丹增端坐在公堂上方，桑措站在他的身旁执笔记录。乞丐详细讲了那晚有人拿银子让他去赎刀的经过，以及一时贪心向那人索要了这件绿袍子的事。然后乞丐在几把刀中正确指认出了多吉那把佩刀，证明了他所言不虚。最后在丹增的示意下，乞丐一一看向旁边站立的多吉、索旺等人，边看边不住摇头："这里没有那人，那少爷长得细皮嫩肉，模样甚是好看。"

索旺不服气道："阿爸，这人来历不明，不能听信他的一面之词。

儿子以为，多吉为了掩盖行凶之罪，故意与他串通一气，您一定要明断啊！"

百姓听闻这话，顿时一片哗然。

丹增眉峰微动，似在思虑。这时梅朵在琴格的搀扶下来到堂前："阿爸，梅朵有话要说。事发当晚，琴格正好经过客栈，看见这人握着金刀离开。三哥若是怀疑，可叫琴格上前辨认一二。"

琴格讲完当晚所见，丹增一脸了然："多吉，那晚你跟贡布一起寻刀，可有人为你二人证明？"

坐在旁边的许冠恒拢手一拱："老爷，当晚库房着火，敝人出门查看火情，曾见到多吉少爷与二当家驰马经过。"

仓木也挤到人群前列："多吉少爷问出刀的下落，就与二当家往城外去了，小人亦可作证。"

"你们，你们这些小人……"索旺气急败坏。

丹增冷静道："索旺，事已如此，真相大白。有人故意混淆视听，将杀害格桑的罪名嫁祸给多吉，现已证实多吉清白，将所有嫌疑人一并释放。至于索旺，你恶意传播流言，牵连无辜，罚你闭门思过一月。好了，都散了吧。"

索旺狠狠盯了多吉一眼，负气离去。

多吉上前一步："阿爸，虽然我已洗脱嫌疑，但杀害大哥的凶手还没抓住，请阿爸答应我，让我继续追拿真凶！"

丹增点头答应，然后邀许冠恒移步正厅。

对于库房失火导致货物受损之事，丹增对许冠恒表达了歉意，并表示已命人彻查此事，定会有个交代。

许冠恒道过谢，从袖中取出那块青玉玉佩，递给丹增："关于那纵火犯，我倒是有一丝线索。"

丹增接过玉佩，眉头深深皱起："许先生，真是对不住。这青玉乃是我所赐之物,世上仅有一块。没想到朗嘎竟闯下如此大祸,边巴对土司府忠心,可这郎嘎好勇斗狠……哎……这次,我是不会保他的。"

许冠恒沉吟了一下劝慰道:"老爷不必为难。就算是郎嘎少爷所为,边巴老爷曾抵御外族部落入侵,为土司府立下过赫赫功劳。若因此事就要拿他儿子问罪,他必定不会甘心。来日部落之间生了嫌隙,在下便是罪人了。依在下之见,不如小事化了。"

"可这?岂不是委屈了先生?"丹增于心不忍。

"老爷对在下照拂,在下一直心存感激。这件事就这样吧。"许冠恒宽厚一笑。

半晌,丹增又叹了一口气:"我答应你,会调查清楚此事。"

"如此甚好。"许冠恒起身拱手告辞。

一轮皎洁的明月,给空荡荡的藏羚羊园铺上了一层银辉,显得更加空旷冷清。内心苦闷的多吉来到园外,想着以前藏羚羊挤挤挨挨、热闹温馨的场面,一时不禁有些愣怔。

忽然耳边传来咩咩的羊叫声。多吉低头看去,一只后腿上绑着布条的小藏羚羊正怯生生地看着他。

多吉惊喜万分,一把将小藏羚羊搂入怀中:"你怎么回来了?其他羊呢?"

小藏羚羊贴着多吉的胸膛,无比乖顺地叫了一声。紧接着,一只又一只藏羚羊从远处的土坡外奔过来。它们经过多吉身边,奔入园内,高兴地跳跃着,就像回家的孩子。

多吉看着这一幕,不由得用手背揩拭着眼睛:"太好了,你们没事,都记得回家。"

这时怀里的小羊挣扎起来,多吉撒手将它放下,小羊却并没有奔向母羊们,而是走到园外,又回头看了眼多吉。

多吉一头雾水:"你想让我跟你走?"小藏羚羊叫了一声,转身朝土坡奔去，多吉急忙跟上。

小藏羚羊跑了一会儿，停在一块光秃秃的山坡上。多吉看着它，心里忽然一动，立刻拔出腰刀躬身在地上四处试探。刀尖戳过地面，多吉陡然感觉到一处土地明显有些松软。他跪在地上疯狂向下挖，挖着挖着，刀尖触到异物。他丢下刀，用手又扒了几下，发现了一截布料，顺着布料往外扯了扯，竟然露出两根手指。多吉喜极而泣："大哥，是大哥……"

回到土司府，多吉直奔殓房。推开门，见丹增和梅朵都在，他高兴地将事情说了一遍。

"神明显灵了，格萨尔王庇佑。"丹增激动地仰头长叹。

梅朵更是泪流满面："大哥，你终于可以整整齐齐地去了，我真是太高兴了……"

晨光初醒，万物素洁。灵堂里挂满白绫、白绸、白花，人们皆着白衫，气氛凝重。

丹增穿白披麻，站在土司府二楼的走廊上，长久地凝视着院子中格桑的棺木。梅朵将一朵白花缓缓放在格桑的耳边，多吉和索旺合力盖上棺木。

"跪！"随着桑措一声高喊，所有人齐刷刷跪倒一片。梅朵一个踉跄差点跌倒，身后的琴格急忙扶住。

院中两排红衣喇嘛吹起长号。八个下人抬起棺木走出院子。

一路上冥纸与雪花漫天共舞。多吉捧着格桑的牌位，步履沉重。百姓们自发地手捧酥油灯夹道默哀。

送行队伍到达寺庙，嘉措身披袈裟主持安葬仪式。格桑的尸体被裹上层层白布，封进一个巨大的泥瓶中。长号冲天齐鸣。

葬礼结束，梅朵留下为格桑点千盏酥油灯祈福，丹增与多吉等人先行离开。

夕阳沉到地平线下，黑夜来临，万籁俱寂。崇山峻岭间，一名西洋传教士在雪中蹒跚而行。夜空中阴云密布，四周白茫茫一片。突然间，他脚底一滑，往山下滚去。

传教士护紧身上的包袱，一路滚落到一个雪坑中。挣扎中，看见不远处有一座孤零零的小木屋，屋内亮着温暖的烛光。他努力向木屋伸手呼救。屋门打开，威廉看了看眼前的情况，毫不犹豫地将黑洞洞的枪口对准了传教士。

威廉换上传教士的衣服，佩戴上十字架，拿出包袱里的圣经和神学院学位证件，嘴角微微一斜："谨遵神的旨意，阿门。"

开金路的日子终于到了。这天阳光明媚，积雪消融。整个卓康甲都城的百姓都涌上街头，街道上大小商号开铺，经幡飘扬，人群熙攘，热闹非凡。

丹增身穿土司服，站在塔楼下。他敲响金钟，两条横幅从塔楼上垂下，上书："开金路，行贸易，百姓安康！迎商队，换百货，族民富裕。"横批"百年贸易"。

百姓们欢呼鼓掌，丹增转身看着众人，面上带着欣慰。商人们、部落首领们，兴高采烈地目送丹增走上经幡飘扬的塔楼，多吉和桑揩跟在他身后。

丹增走上塔楼，微笑着面对众人。然后接过嘉揩手中的金色鼓槌，击金鼓三下："开金路，三日。"

喇嘛的长号声响起。塔楼下面的空地，戴着鹿皮面具的舞者随着器乐的节奏而跳跃，以此歌颂人与自然和谐相处的虔诚之心。百姓们也戴着面具走上街头，载歌载舞。

仪式结束，各部首领聚到土司府正厅，商议新任土司人选。格桑突逝，不知凶手是否冲着土司之位而来。在擒拿到真凶前，丹增不敢贸然定下土司人选。至于府中事务，提议暂由多吉代为处理。

另外，这次的货物还是由边巴和曲晋共同负责，严格彻查藏羚羊绒和沙图什。如有人携带出城，一律抓起来按规矩处置。

会议结束，众首领散去，丹增单独喊住了边巴。边巴内心一紧，又尽量装作神态如常。丹增却已将他的小动作收入眼中。

桑措给边巴看茶后，丹增举起茶盏："边巴，你是我身边最值得信任的人，很多事情我也放心交给你去做。你若是遇到什么难处，但说无妨。"

边巴喝了口茶，理了下思路："谢丹增老爷体恤，边巴确实有一事要说。几年前，我与格桑少爷共同出征抵御南蛮部落入侵，立下赫赫功劳。丹增老爷曾当众赏赐给我一块青玉玉佩，我将此玉转赠给小儿郎嘎。不料，这玉佩前几天不慎遗失，至今下落不明，还望丹增老爷宽恕小儿！"

丹增不动声色："玉佩遗失并非你我所愿，你无须自责。"

"我只是担心那玉佩万一落入歹人手中，闹一出栽赃嫁祸，边巴可不比多吉少爷智勇双全，只怕到时就是长了十张嘴也说不清。"边巴故作忧虑。

"边巴府向来对土司府忠心耿耿，难道我还不了解你的为人？"丹增说着挥手示意，桑措端上一只盘子，里面放着一块玉佩。

边巴仔细一看，正是郎嘎那一块，他的额头立刻冒出密密的冷汗。

丹增微笑道："你丢失的玉佩在此，拿去吧。桑措无意在路边拾得，认出是我所赐之物。今日喊你过来，便是想物归原主。"

边巴看着笑眯眯的丹增，强装镇定地接过玉佩，收入腰间："谢丹增老爷。对了，祭典前夕小儿聚众猎杀黄羊，得罪了多吉少爷。我已处罚小儿，命他在府中闭门思过。边巴在这儿给多吉少爷赔个不是！"

丹增摆摆手："郎嘎只是贪玩，多吉罚了他银两，这事就过了。"

边巴心中有侥幸也有不安，忙恭敬告退。丹增望着眼前的空盘，脸上的笑容渐渐消失。

桑措送走边巴回到厅内。丹增回过神来:"边巴今日这番话,时刻暗示自己有功,不能轻易动他。如今玉佩已经归还。桑措,依你看该如何处理?"

"老爷,自从土司府颁布禁止狩猎的公告以来,边巴和曲晋两位老爷一直不对付。曲晋支持适当猎杀,改善民生,毕竟藏羚羊有生死循环,应当物尽其用。边巴是站在土司府这边的,一心保护,将藏羚羊奉为部落图腾。两大部落势力相互制衡。依老奴之见,眼下确实不能轻易动郎嘎少爷。"桑措说道。

"许先生也是这个意思。难为他一个汉人,商贸货物受损还要为我们部落之间的和平做出退让和牺牲。他如此深明大义,我真是愧对于他。"丹增感慨。

"老爷,许先生这般所为,您更不该辜负他的心意,许先生受损的货物不妨给予双倍补偿。"桑措提议。

丹增想了想:"就这么办吧,叫多吉过来见我。"

"二少爷还在街上与民同欢,毕竟是开金路的大日子,有土司府的人在,百姓们心中会更加尊敬土司府。等二少爷回来了,老奴第一时间叫他。"桑措回道。

丹增点点头。

多吉回到土司府,丹增让他明天去书房看账本,多吉却没有兴趣,他只想去巡园,只想守着那些藏羚羊。

听到多吉说让索旺去看,丹增叹了口气:"多吉,你是真不懂阿爸的心思还是假不懂,索旺虽然聪明,但是以他的资质,并不是合适的土司人选。在阿爸心中,格桑是第一位,现在他去了,这个位置也只有你能坐。人人都争着当土司,为何就你这么不情愿?你是顾忌索旺?怕他说你抢了格桑的位置?"

多吉眼神犹疑:"不是……"

"那是为什么？阿爸只有你跟索旺两个孩子了，索旺还是小孩心性，心思不够成熟。多吉，眼下只有你能为阿爸分担，阿爸让你暂代土司一职，也是为卓康甲都的百姓们着想。"丹增说道。

刚刚来到屋外的索旺恰好听到丹增这席话，不由得愤恨离去。

"索旺很好，他会长大的。"屋内的两人浑然不觉，多吉还在替索旺解释。

"傻孩子，阿爸老了，已经到了退位的年纪，怕是等不到了。生老病死乃命中注定。多吉，你真心想帮阿爸，就去做这个土司吧。"丹增声音中透着沧桑。

"可是……我没有信心能够做到像阿爸那样。"多吉低下头。

"阿爸教过你，真正的强者靠的不是拳头，是仁慈的心。还记得阿爸跟你讲过的格萨尔王的故事吗？"丹增问道。

多吉点头："我记得，他是草原上的英雄，我们部落的守护神。他为民除害，保护百姓，为部落带来了自由、和平、幸福的生活。我想成为他那样的人。"

"你有这样的想法很好。阿爸不图你能有大作为，只要能带领部落的百姓过上和平安定的生活，能有一处庇护藏羚羊的家园，就满足了。多吉，只有你能帮阿爸分忧了，帮帮阿爸吧，好吗？"丹增满眼期待。

多吉看着丹增，最终点了下头。

"好孩子！"丹增欣慰地拍了拍多吉的肩膀。

落日余晖映照着草原。金发碧眼穿着正统的英式长靴和马甲的理查德看着眼前的美景不由感叹："金珠，我长这么大，还是头一次见到这么辽阔美丽的草原，大自然真是太神奇了。"

旁边同样卷发、穿一身洋服的金珠微微一笑："理查德教授，如果你感叹完了，我有一个好消息和一个坏消息要告诉你。好消息是晚上你可以住着最爱的帐篷，数星星。坏消息是……"金珠调皮地耸了耸肩，摊开手中的地图，"我们迷路了，食物早上已经吃完了，如果天黑前走不出去，我们今晚会饿肚子。"

理查德拿过金珠手中的地图，对着落日辨认方向。忽然，远处传来马蹄声。两人屏气凝神，侧耳倾听，脸上不由得露出惊喜。

金珠打马走上一个小土坡。远处，央金和诺布骑着马正朝这边跑来。两人忙奔了过去。

央金和诺布见迎面来了一男一女，急忙勒住马察看。理查德和金珠也不约而同地勒住马，二人下马，正要朝央金走去，却被喝住："不要靠前，你们是何人？"

金珠和理查德互看一眼，金珠立即行了个高原礼："扎西德勒！"

看到金珠行高原礼，央金心中松懈，翻身下马："你是高原儿女？"

"正是，我叫金珠，刚从英国留学回来。这是我们学校的理查德教授，跟我一起过来做野生动植物研究。我们俩在草原上迷了路，干粮也吃完了，只好厚着脸皮拦下你的马，实在没有恶意。"金珠解释。

"这好办，你们跟着我走就行。"央金爽快道。

"非常感谢，卓玛！"理查德说着就牵起央金的手，放在唇边印上一吻。

央金迅速抽回手，甩出长鞭："你做什么？别动手动脚。"

金珠看到央金如此警惕，立刻笑着上前解围："抱歉，理查德教授是英国人，这是他们向女士表示尊敬和感谢时的问候方式。他不知道我们这边男女之间不能有肌肤之亲。"

央金收起长鞭："既是无意，那便算了。我叫卓玛央金，这是我的婢女诺布。马上要下雪了，你们快上马跟我离开。"

天边黑云滚滚，冷风乍起。

多金寨碉楼高耸，绿树成林。央金等人刚到寨门口，就见扎西抱臂站在那儿。一看见央金,扎西不由得怒道:"你胆子不小啊,伤还没好全就敢瞒着我往外跑。我看你身边这婢女也留不得了。"

央金嘻嘻一笑:"好了大哥,你别吓诺布了,我还带着客人呢,给个面子嘛。"

扎西转目看去,理查德和金珠已经下马,向他招手示意。他极力忍住愠怒,露出一丝微笑:"二位从哪来?"

金珠快人快语道:"你就是央金的大哥啊,真是一表人才。我叫金珠,这位是理查德教授,我们在草原上迷了路,幸亏遇到央金肯收留我们一晚。不知道会不会打扰到你们?"

"金珠?这个名字分明在哪儿听过?她是……贡布的女儿?"扎西心里一动,客气道:"来者即是客,二位请进。"

四人跟着扎西牵马进入多金寨。理查德第一次见到山寨,好奇地四处观望,眼中满是赞叹。

"诺布,先带二位客人去正厅用茶,我去请阿爸过来。央金,你跟我过来。"扎西说着向金珠二人示意,与央金一同离开。

索朗次仁板着脸坐在屋内,一名下人正在向他汇报什么。扎西和央金进屋,下人告退出去。

"央金,你身体还没好,怎么就出来了?"索朗次仁关心问道。

央金走了过去:"阿爸,我已经好多了,就和诺布出去转了转。我们在草原上遇到两个有趣的人,他们刚从大英帝国回来,就想带给阿爸见一见。"

索朗次仁眉头动了动:"哦,既然我的央金觉得他们有趣,那阿爸肯定要见一见。你先去正厅招待他们,阿爸跟你大哥说两句话就来。"

央金回头看了眼扎西,点头出去。

"什么人都带回来,央金不懂事你也不懂?晚上处理得干净点。"索朗次仁待央金走远后吩咐道。

扎西上前两步："阿爸，这两人对我们很有用处，其中那个女孩是贡布的女儿金珠，所以我才将他们带回来的。央金和金珠十分投缘，想留她住一日。儿子倒以为，这是个跟贡布结交的好机会，不妨将他们留下多住几日。"

索朗次仁想了想点头同意。扎西躬身，蓦地松了一口气。

灯火阑珊的街道上，满心愤恨的索旺不顾禁足令跑出来喝酒。醉醺醺的他一手拿着一个酒壶，脚步虚浮，边走边大骂多吉。忽然，他狠狠将手中的酒壶砸向地面，酒水溅到一个身穿黑袍的人身上。那人一言不发地看着索旺。

索旺身子一软，背贴着墙壁瘫坐在地上。那人慢慢走到索旺面前，蹲下来："愤怒是魔鬼，如果你不想受到它的支配，上帝可以帮助你。"

"我不信什么狗屁上帝，如果你不想死就滚开！"索旺大喊。

那人轻笑一声，从袖袍内取出一把手枪，扬了下。索旺的酒立刻醒了一半，他看了眼四周，一把揪住那人的领口："你是谁？"

"威廉神父。天父指引我来此处广施教义，寻找他的子民，我听到了你心中的愤怒和痛苦，我想帮助你。"假冒神父的威廉不紧不慢说道。

"你能帮我杀了他？"索旺精神一振。

"不，杀掉一个人太容易了，将你心中的痛苦，百倍千倍地偿还给他，这才是上帝惩罚魔鬼的最高境界。"威廉嘴角挂着一抹若有若无的笑。

清晨，索旺睁开眼，发现自己身处一间陌生的客栈。他警惕地从床上翻身坐起，看到坐在窗前的威廉。

威廉放下手里的圣经："醒了？"

索旺披上衣服，穿好靴子，走到窗前："你带我回来到底有什么目的？"

"我想跟你做个交易。我想见这里最大的官，作为回报，我会帮你达成所愿。而这个，是送给你的礼物。"威廉不动声色地将一把手枪放到桌上，推到索旺面前。

"这里最大的官是我阿爸和丹增土司。你想见他，倒也不是不行，只是我现在不方便为你引荐。"索旺盯着枪，有些为难。

"只要你愿意帮忙，多长时间我都可以等。"威廉痛快说道。

索旺不再犹豫，收起手枪："你在此等我的消息，一个月后，我会差人接你进府。"

威廉点头微笑："多谢，索旺少爷。"

纵火案不了了之，听许冠恒讲了事情经过后，许平道："丹增老爷欠了咱们人情，以后肯定会在生意上多关照我们，只要留在这儿，说不定就能找到小姐的下落了。"说到这儿，许平突然意识到什么，急忙啪了啪嘴，"我不是故意的，都怪我嘴快，欠打，真欠打！"

"没事，二十年了，我早就释怀了。就凭一颗金珠，人海茫茫，又去哪儿找到她呢？我现在只想将商号开起来，吸引更多中原的商人到这里来。都说汉藏一家亲，我希望通过贸易，与他们成为真正的一家人。"许冠恒淡淡道。

"许先生，你放心，你的愿望一定会实现的。"许平眼神坚毅。许冠恒笑笑，微微点了下头。

书房里，多吉在翻看商号汇总的账目，边巴和曲晋已经查过所有的货物，里面没有藏羚羊绒和沙图什。城门那边也没有发现有人私自夹带藏羚羊绒出城。

多吉向在一旁督促他的丹增汇报完这些情况，又想起那天的偷猎者，严肃道："阿爸，有件事忘记跟你说了。之前我在城外的太阳湖，遇到了四个偷猎的猎手，他们枪杀了三头藏羚羊，我已将尸体就地埋了。"

丹增大怒："这些猎手真是无法无天，竟连神灵都敢伤害，倘若查到是哪个部落的人干的,一定抓起来严惩不贷。"

"阿爸,我有个主意。他们神出鬼没,令我们防不胜防。湖泊又是藏羚羊繁衍生息的地方,它们通常会在晨昏时分在草滩上活动。我想挑选一些体格健壮的男人,组建一支火铳兵,轮流去那边巡守,一来能保护藏羚羊幼崽,二来或许能抓到偷猎的猎手。"多吉提出自己的想法。

"这主意倒是不错,就按照你说的办吧。"丹增很快答应了。

这时,琴格匆匆忙忙跑进书房:"二少爷,您赶紧跟我去寺庙看看小姐吧,小姐她又发病了。"

多吉看了一眼丹增,迅速起身与琴格离开。

经过诊治,梅朵悠悠苏醒,看到床边的多吉,虚弱道:"二哥,你怎么来了?唉,我这身子,总是拖累二哥和琴格。"

"梅朵,别这么说,等你退了烧,我带你回府。"多吉安慰道。

"二哥,我不想回府,我想去园子看看,你能带我去吗?我梦到格桑了……他孤零零地坐在园子里,哭得很伤心。他问我那晚为何不让他试穿婚服,他那天想穿的,是我阻止了他,不让他穿……是我……"梅朵说着,泪水汹涌而出。

多吉上前将流泪不止的梅朵拥入怀中:"别说了,他知道的,他会体谅你的。"

梅朵终于哭出声来,哭得肝肠寸断。多吉轻轻地一下又一下拍着她的后背。不知过了多久,梅朵哭得累了,渐渐睡着。

曲晋和边巴虽共同负责货物的查检,但曲晋心里急得很。眼看开金路的日子就快过去,却一直没机会对沙图什下手。这天,郁闷的曲晋和手下两个部落的小首领在茶肆里想办法,却不料被隔壁桌的威廉逮到机会。

威廉向曲晋介绍了自己,承诺能帮他解决难题。曲晋犹豫了一下还是跟着他来到客栈详谈。

两人一个想要钱财，一个想要土司之位，倒是一拍即合。曲晋详细向威廉介绍了卓康甲都的情况，以及丹增、边巴、多吉、索旺等人。

威廉听完后一笑："我明白了。曲晋老爷不用担心，也不必急于一时的利益。我有一计，需要老爷帮忙。一旦成功，我们不仅能够成立卓康甲都最大的藏羚羊绒供应商号，还能让你如愿坐上土司之位。"

曲晋大喜："此话当真？"

"句句属实。我需要时间来筹备此事，请你务必耐心等候。"威廉说道。

"一言为定。"曲晋不由得喜形于色。

索朗次仁获知多吉正在组建一支火铳兵的消息，一张脸阴沉得骇人。扎西见后说道："这个多吉真是碍眼，要不，我今晚去杀了他？"

"现在城里肯定戒备森严，就算你进得去也不是他的对手。何况，你去杀他只会便宜丹增，这样的局面不是我想要的！扎西，央金的生辰快到了吧？"索朗次仁问道。

"下月初五。"扎西答。

"你去将整个草原最优秀的猎手都请过来，给她办个体面风光的摘金仪式。我养育了她十八年，羊毛出在羊身上，她也是时候该回报我了。"索朗次仁阴笑道。

扎西闻言一惊，想说些什么，但瞥见索朗次仁那张阴沉的脸，只能闭嘴。

"派出去的人记得处理干净。"索朗次仁再次嘱咐后紧握拳头，"丹增！我早晚会让你尝到我的痛苦，再把你抢走的东西全部拿回来！"

火铳队很快建立起来。多吉耐心细致地一步步教兵丁们怎么正确操作火铳，并立下规矩，不到万不得已绝不能轻易开枪，更不可将枪对准百姓和同伴。

月余，火铳队已经有模有样。

经过一段时间筹备，许冠恒新开的商号正式开业。丹增带着多吉送上礼物，祝贺许冠恒商号入驻卓康甲都。

许冠恒道过谢后领丹增和多吉进屋入座。丹增笑容满面："许先生，以后不妨与土司府多走动，好向中原传递我们部落友好开放的态度，邀请更多的汉人到我们卓康甲都来做客。"

"在下正有此意，前几日已传书回中原，向亲朋好友报信。相信明年的开金路贸易，一定会比今年更加热闹。"许冠恒点头道。

"如此甚好，自古汉藏是一家，有许先生这位汉人大使在，我相信中原朝廷会感受到我们的诚意。部落和平统一，百姓生活安定，我的任务也就完成了。接下来，就要看多吉了。"丹增微笑道。

许冠恒立刻道："多吉土司年少有为，在下愿助一臂之力，共结两地友好。"

丹增连连点头，表示放心。

这时，巴桑急匆匆来到商号外，一眼看到多吉："多吉，人醒了。"

多吉眼前一亮："阿爸，我回去一趟。"随即与巴桑离开。

两人回到土司府，直奔桑措房间。桑措正陪着那店小二坐在桌前。

"你是不是看见了凶手？他才想杀你灭口？还记得他的模样吗？"多吉迫不及待地问了一连串问题。

店小二一一点头。

"太好了。"多吉无比兴奋。

"二少爷，您先别高兴得太早。他虽然知道真凶是谁，可是眼下他不能开口说话，又不会写画，我们根本无从下手。"桑措提醒道。

多吉转头看了眼巴桑，巴桑一脸无奈："他留在我那儿也破不了案，我想起之前你跟我提起有人曾追杀你，就把人送来你这儿了。或许他收到消息，就会再次行动。我们提前防备，肯定能抓他个正着！"

多吉立刻果断拒绝："他是唯一的知情人，不能让他冒生命危险。"

店小二闻言，竟有些发愣。

桑措劝道："二少爷，没有十足的把握，我们当然不能冒险。我会将他安排在密室，亲自照料他的起居，那凶手若真的闻风而至，我会护他周全。"

多吉犹豫不决，店小二忽然抓住他的手，不断点头，表示同意桑措的决定。

"那就有劳大管家了，巴桑，这段时间也辛苦你了。"多吉终于点头。

第五章 / 摘金仪式

日子一晃而过，转眼金珠和理查德已经在多金寨逗留了一个月。这天傍晚，金珠与央金提出告辞，不然她担心她阿爸见不到她会派人把整片草原都搜一遍。

央金不禁哈哈大笑："说得你阿爸像个强盗似的。"

金珠迟疑了一下："央金，有些话我想告诉你，听完后如果你不想跟我做朋友了，我也不会怪你。"

央金见金珠有心事，安慰道："只要你愿意说，我就愿意听。"

"我阿爸是这个世上最胆小、最侠肝义胆的强盗，可我却从来不敢在任何人面前提起他。我第一次发现他是个强盗头目时，觉得天都要塌了。后来我长大了，才能体谅到阿爸当时的心情，他的身边养着几百号弟兄，都是从主人家死里逃生的奴仆，见不得人只能躲在山里。不打劫就没有粮食吃，大家就会饿肚子。久而久之，我也就装作没有发现。央金，你现在知道这些，会嫌弃我这个朋友吗？"金珠一口气说完，眼睛里盛满希冀。

"金珠，你是你，你阿爸是你阿爸。我说过，我拿你当朋友，这句话绝不会收回。现在，我更加肯定这个决定是对的，你跟我来！"央金一把握住金珠的手，带她来到祠堂。

两人跪在香案前。央金指着墙上的一幅画像："这是我们多金寨的祠堂。她叫达娃，是我的阿妈，我一出生她就离开我了。我带你见她，就是想让她见证我们俩结拜为姐妹。你愿意吗？"

"我愿意。"金珠郑重说道。

央金拿起一壶酒，倒满两只碗，递给金珠一碗。两人高举手中的酒碗，立誓结拜为姐妹，然后激动地将酒一饮而尽。

金珠接受了央金的提议，答应等她的摘金仪式结束后再离开，陪她度过人生中最重要的一天。两人正叽叽咕咕说个不停，奶妈过来喊央金，两人各自分开。

央金跟着奶妈经过院子，看到院中堆着一箱箱贺礼，不禁问道："这些是哪来的？"

奶妈笑眯眯解释："年轻的勇士们送来的。你明天就成年了，按照这里的规矩，可以选个合适的人带进帐篷。你阿爸把他们都召集过来，是想让你挑一个称心如意的郎君。"

央金闻言，垂眸一笑，心里嘀咕着：是有个还算称心的人。

来到次仁的屋内，央金小鸟依人般："阿爸，您找我？"

"阿爸想听听你的意见。明天摘下项圈，你就可以嫁人了。阿爸只有你一个女儿，想给你办得体体面面，所以将可可西里年轻的勇士都请过来了，顺便也让你那两个朋友开开眼，看看我的宝贝女儿是什么身份。"索朗次仁说道。

央金有些扭捏："我不喜欢人多，太麻烦，一个就够了。"

"这么说，你已经有中意的男子了？是哪一个？家住何处？"索朗次仁笑着追问，眼神却一片冰冷。

"您不是把人都请过来了，明天见了就知道了。"央金红着脸推脱。

"我的小央金居然还会难为情，行，阿爸不问了，你去休息吧，明天一定要打扮得漂漂亮亮的。"索朗次仁一脸慈祥。

央金俯身行礼后离开。

扎西操持搭好帐篷后进屋来汇报。索朗次仁收起脸上的笑容，询问央金看上的人是谁。扎西浑身一震，不敢相信央金竟有了心上人。

索朗次仁瞥了他一眼，便心知肚明："你这大哥是怎么做的？连妹妹动了春心都不知道？"

扎西微微思忖，心中有了答案："阿爸息怒，我想到这人是谁了，明天他一出头，我就立刻杀了他。"

次仁点头："扎西，我知道你很疼央金，可你要记住，报仇才是第一位。央金的心思太过简单，她的心里没有仇恨，只有让她斩去七情六欲，才会为我们所用。明天就是锻炼她的绝佳机会，杀掉她最爱的人，看着爱人惨死在自己眼前，痛不欲生的滋味会激起她的仇恨。那个时候，我们的复仇计划才刚刚开始。"

扎西领命离去。

回到房间，央金将一封写好的信交给诺布，让他送到多吉手中。她原本以为索朗次仁恨着卓康甲都，所以一直不敢开口说多吉的事，想等摘金仪式结束后，趁夜深人静偷偷溜走，日后再将他带回来。不过刚刚听说整个可可西里的年轻男子都被请了来，当然也应该包括他。因此她得赶紧通知多吉，明天，所有事情就都解决了。

诺布收好信离开。央金看着眼前的铜镜，露出一抹甜蜜的笑容。

赶到卓康甲都，城门已经关了。诺布没办法，只能请守城的两个兵丁帮忙将信转交给多吉。听说是多吉少爷的信，兵丁一口答应下来，立刻差人送到土司府。

下人拿着书信正送往多吉房间，半路却被索旺喊住。他一把拿过信，抽开看了看，竟揉成一团丢进了水池里。

索旺解除禁足令后，立刻向丹增介绍了威廉。在桑措的安排下，威廉以传教士的身份拜见了丹增。

威廉首先展示了他抢来的身份证件、大英帝国皇家神学院学士学位证书等，然后提出需要得到土司的支持，让百姓接受教会的授课，信仰天父。

丹增看了证件后打消了疑虑，但对威廉的要求却表示没办法帮忙。卓康甲都在信仰上是自由的，就算身为土司也无权干涉。这里虽百家争鸣，佛教、道教、天主教等自成一派，也并不排斥外来的教义，但还是要尊重百姓的信仰。

听到缘由，威廉表示不做强求，但又提出想要一处安身之所，也好长久留在此处，宣扬教会文化，缔结两国的友好关系。

丹增答应待跟各族部落首领共同商议后，再给出决定。

索旺借口向威廉请教一些大英帝国的礼仪律法，以老师的名义留下威廉短住。丹增见索旺肯学习异国文化，甚是宽慰。他哪里知道，两人竟是做了交易。

作为交易，威廉带索旺去练习枪法。两人来到树林中的一间茅屋，威廉残忍枪杀了一位老阿妈，直言好枪法需要鲜血才能练出来。没想到威廉会用活人做靶子，索旺大吃一惊，又百般纠结。在威廉的诱导下，索旺最终还是将枪口对准了闻声赶来的老人的儿子。男人中枪倒地的瞬间，索旺的眼中闪过一抹狠厉，与之前判若两人。

摘金仪式终于到来了。多金寨锣鼓喧天，热闹非凡。厅堂上坐满了草原上最优秀的猎手，他们个个身手矫健，期望最终能进入对面山坡上那顶帐篷。因为这里有条不成文的规矩，摘金仪式表面上是给即将成年的女子举办成人礼，实则当晚就要择一位夫婿。谁能打动她，就能抱得她进入那边的帐篷，享受鱼水之欢。

时辰到，扎西走进大厅，引众人移步后院。

山寨后院正中燃着一堆熊熊大火，外围是一群喇嘛在诵经。索朗次仁站在制高点环视众人，拖长音调："今日爱女出闺仪式，多谢各位到场。我略备薄酒请大家畅饮，请吧！"

众人皆举杯祝贺。饮罢一杯，索朗次仁放下酒杯，吩咐下人去请央金。

卓玛央金在金珠的陪伴下，拐过长廊，踏入院落。觥筹交错间，众人闻声看去，皆痴痴呆住。

理查德压抑不住眼中的赞叹，率先走上去："央金，你今天真是太惊艳了。"

"高原上的女子个个都是格桑花，尤其是像今天这样的摘金仪式，更是要盛装打扮。你看那些勇士，全是冲着央金来的，就为了获得她的青睐。"金珠瞥了一眼理查德。

"对对，我想起第一次见到你时，就跟现在的感觉一样。"理查德认真说道。

金珠的脸忽地红了，急忙转过头去。

央金将二人的对话听在耳中，颇有意味地笑着，眼睛却眨也不眨地看向那些猎手。里面并没有熟悉的面孔，她不禁有些失望，又有些疑惑。

索朗次仁示意众人安静，伸手请央金过去。捕捉到她脸上的神情，索朗次仁不禁神色一动。

央金走到他身前，跪坐在铺好的垫子上，大喇嘛一手执着银瓶，一边拿着木枝，围着央金将圣水洒在她的身上，予以祝福。

站在两边的男女击打大鼓和铜钹，同时歌声响起："天上的太阳哎，光芒万丈。地上的人儿哎，正当花样。从今往后哟，跟着太阳走。从早到晚哟，别为相思愁。"

大喇嘛转完一圈，将银瓶和木枝交给旁边的小喇嘛，又仔细擦干净双手，上前弯腰取下央金佩戴在胸前的金项圈，放入盘中，交给索朗次仁。

索朗次仁转而交给身边下人,并挥手示意他退下。

大喇嘛将手掌放在央金的头顶,默数三秒,索朗次仁学着他的样子,也将手掌放在央金的头顶。接着,索朗次仁扶起央金:"高兴一点儿,大家都看着呢。"

央金不忍让索朗次仁面上难堪,只得强作欢颜,与他一起走向人群。小喇嘛们对着天空吹响长号。

仪式进行得差不多了,理查德和金珠向央金告别。目送他们骑马离去,央金愈发难过:"金珠离开我已经够难受了,他还偏偏不来!非要我去找他吗?"

跟在旁边的诺布吓了一跳:"都怪奴婢没有送到信,小姐,您罚我吧。今晚您要是不选一个人进帐篷,别说老爷的脸上挂不住,您的名声传出去也不好听,别人还以为您被抛弃了呢!"

两人正说着,扎西过来叫央金赶紧回去。

央金愁眉不展:"他没来,他们不是我要等的人,大哥,我不想选他们中的谁,我只要他。"

扎西眼中掠过一抹痛楚:"你可以去找他,但不是现在,你今晚必须留在这里。"

央金沉默半晌,咬了咬牙:"我,我明白了。"

夜色渐浓,迎来了今晚的重头戏。猎手们围着篝火欢呼庆祝,山坡上扎着的那顶帐篷似乎在向他们招手。

央金坐在高处,快快不乐,篝火照亮她的脸,让她看上去更加明艳动人。大胆的猎手们上前发出邀约,她拒绝了一个又一个。

篝火快熄灭了,众人面面相觑,不敢再有所行动。良久,一个自视甚高的人再次走向央金,单膝跪下:"美丽的央金小姐,我能有幸与您共度今晚吗?"

央金看着眼前的人，一言不发。那人等了半天，不见央金有任何回应，正要放弃时，一只纤细的手忽然伸到他面前："可以，但是你要听我的话。"

那人欣喜若狂，立刻握住卓玛央金的手，带她往帐篷内走去。央金回头看了一眼远处的索朗次仁，眼中没有任何喜悦之情。旁边的扎西看着那双交缠在一起的手，却是嫉妒得发狂。

进入帐篷，央金坐在铺好的床铺上，手里拿着长鞭轻抚。那人见央金并不理会自己，讪笑着慢慢挪向床铺："原来央金小姐有这个爱好，怎么不早说！"说着一脸垂涎地就要扑上去。突然，一把匕首飞来，直插入他的背部，那人没来得及说什么，就直直倒了下去。

一道身影闪入帐篷，正是扎西："你现在就走，阿爸这边我来处理。"

"大哥，他对我出言不逊，你也不用杀了他啊。"央金嗔怪道。

"他冒犯了你，必须死。别说这些了，你沿着南面走，去木尔多寨找金珠，这边的事一处理完，我就去接你。"扎西嘱咐道。

央金目露感动之色，上前拥抱了一下扎西，随后收拾好鞭子出了帐篷。扎西感受着央金的温度，仿佛石化了一样，许久没有回过神。

漆黑的夜空忽然划过一道惊雷，紧接着狂风暴雨袭来，浇得央金浑身湿透。她牵着马在茫茫树林中走着走着，见到一间破旧茅屋，门口歇着的马匹甚是眼熟，央金忙推门进去。

破落的屋内，金珠和理查德正在收拾行装。见到央金进来，两人都不敢置信。

"央金，你怎么来了？这可真是太好了。昨晚金珠还哭着说，你为什么不肯来送她，原来是准备了一个大惊喜！"理查德高兴地说道。

金珠语气欢悦："央金，见到你我真的太开心了，你身上的衣服全湿了，过来，快换上我的衣服。"理查德识趣地走到外面。

央金接过金珠递过来的干衣服："我也舍不得你们，这不就来了嘛。"

看着换好洋装的央金，金珠惊叹："你啊，真是穿什么都好看。这次一定要在我家多住几天，不住满一个月，我可不会放你走！"

央金笑着："好，都依你。"

一大早，索朗次仁发现央金不见了，怒气冲冲找来扎西，一个巴掌狠狠扇过去："为什么违背我的命令？你平时护着她就算了，这种大事上也给我捣挑子，下一次你是不是连我的话也不用听了？"

扎西一动不动站在那儿："儿子不敢。"

索朗次仁继续教训道："扎西，你是我的孩子，我很清楚你心里在想什么，包括你那点小心思。今日我就坦白跟你说吧，央金是仇人的孩子，我对她百般宠爱，只有一个目的，就是让她心甘情愿地替我向丹增复仇！你给我记清楚了，央金的身份就是颗棋子，她不是你妹妹，更不是我的女儿！"

扎西蠕动着嘴唇，脸色从红到白，最后似乎恢复了清明："阿爸，我一直记得您的教诲，这次我放央金走，没有跟您汇报确实做得不妥。不过我这么做，并不是出于一己私欲，也不是同情央金，而是我发现她的爱人并不在那些猎手中。她离开后，一定会去找那个男人，我已经派人跟了上去，一有发现就将那人杀掉，再把央金带回来。到时候，您想怎么训练她，我绝不会干预！"

"最好是你说的这样，出去！"索朗次仁哼了一声。扎西躬身倒退着离开。

谨慎起见，丹增不仅召集了所有部落首领到土司府商议威廉之事，还给朝廷写了奏章，让人快马加鞭送上去。

众首领见过威廉，问了些问题，曲晋最后装模作样道："这个耶稣基督教我还是第一次听人提起，不过只要合乎规矩，不会危害到百姓的信仰和我们的神灵，我相信在座各位都会接受。"

众人互相看看，纷纷点头附和。

见大家都没意见，丹增开口："神父，既然要给你一处安身之所，建成什么样子你自己拿捏吧。"

威廉掏出一卷图纸，呈给桑措："这是基督教教堂的建筑图，如若老爷不嫌弃，建成这样就好。"

丹增接过桑措递上来的图纸，点了点头："那就择日选址，建基督教堂。"

梅朵自觉身体好了很多，要多吉带她去藏羚羊园看那只小羊。

山坡上的冻土已经形成一片片的湿地。藏羚羊们在园子里住惯了，把这里当作了家，开山了也迟迟不肯走。不过梅朵知道，它们属于大自然，总归是要走的，所以她想亲自送送那只小藏羚羊。

小藏羚羊个头已经蹿高一大截，腿上的伤也已经好了，蹦蹦跳跳的非常活泼。梅朵摸了摸小羊，看着它水汪汪的大眼睛，心里百感交集。她打开羊栏，小藏羚羊抬起头张望着，慢慢走了出去。小藏羚羊走上土坡，看见远处的山，径直朝那边跑去。

"起风了，回去吧。"多吉解下自己的外套披在了梅朵身上。梅朵怔了一下，点了点头。

路上，狂风暴雨突袭，两人不得不找了一个茅屋避雨。半夜又遭遇了狼群的袭击，早上回到土司府时，梅朵惊吓受凉之下昏昏沉沉，已显得十分虚弱。

丹增将多吉叫进书房问明了情况，赶紧吩咐桑措去请曼巴替梅朵诊治。看到多吉胳膊上的几道爪印，心疼地叮嘱他一定要好好养伤。随后丹增拿出教堂的建造图纸，交代明天和神父选定建造地点后，就由多吉负责此事。

多吉正拿着图纸，一名婢女慌慌张张地来报："老爷、二少爷，小姐……小姐怕是不行了。"

丹增听到此言，整个人不禁往后一退。多吉连忙上前扶住："阿爸，您先别急，我们先去看看情况。"二人跟着婢女急忙往外走去。

房间内，梅朵躺在床上昏迷不醒，脸上无半分血色。不久，多吉请来了七八位曼巴——为梅朵诊治，却没有丝毫效果。多吉心急如焚，央求几位曼巴再想想办法。

几人商议良久，一位老曼巴忽然想到一个人——格萨尔王大士留在人间的信使嘉措活佛，或许能救梅朵一命。

丹增即刻前往寺庙去见嘉措。了解了梅朵的病症，嘉措想到九眼石天珠，这是天上神灵的宝物。当时的阿利安人求神佛庇佑，天珠就降落到人间，所以民间便认为天珠是天降的宝石，拥有神秘的力量。这九眼石天珠又是天珠中最珍贵的，如虔诚供养，便可以获得格萨尔王大士的加持与庇佑，梅朵的病痛自然不治而愈。

不过时至今日，天珠作为存量极少的顶级珠宝，不仅能入药治病，亦是彰显地位、财富的宝物，尤其贵重稀有。相传格萨尔王攻打大食国获胜后，从大食国国王的宝库中，发现许多奇珍异宝，其中就包括了珍贵的天珠。格萨尔王取出天珠供养三宝和众护法，分发给战士及百姓，又将剩余的天珠埋藏在各地作为未来财富受用的根基。若是有缘寻到一处天珠穴，就能向地神请出天珠。而天珠穴一般隐藏在寸草不生的地势高拔之处，比如木尔多山。

见有希望，丹增急忙道谢回去安排。

寂静的夜晚，燃烧的火把如一条红色巨龙蜿蜒在整个木尔多山山脉。央金、金珠和理查德沿着火把指引的路朝山顶的山寨走去。

贡布早早率领着一帮弟兄来到寨门口，远远看见有人朝这边走来，急忙抬手示意身后的土匪们敲响锣鼓，满心愉悦地亲自下山迎接金珠。

行走的锣鼓队紧跟在身后。

金珠看见贡布,立刻冲了上去:"阿爸!"

"哈哈哈,好女儿,你终于舍得回来了!"贡布眉开眼笑。

后面的央金一眼认出这人正是和自己在山谷里交过手的土匪,心里一阵嘀咕。

"阿爸在这里,金珠当然要回来。对了阿爸,我还带了两位朋友给你认识!"金珠笑着转身,介绍央金和理查德。

贡布打量了眼理查德,见他金发碧眼,微微皱了皱眉。再看央金身穿洋服,面纱遮面,隐隐觉得那双眼睛十分熟悉:"我们是不是见过?"

"老爷,别来无恙!"央金开口道。

贡布听见她的声音,心中一惊,再往其腰间看去,赫然藏着一条红色长鞭:"是你这个古灵精怪的小少爷,你这甩鞭子的本事,爷爷我可早就领教过了,今日你进了我的地盘,保准你有来无回!兄弟们!拿下!"

金珠立刻挡在央金身前:"住手!谁敢拿人!"

"金珠,我的小祖宗诶,你快让开,这个小少爷可是一肚子坏水,上次阿爸吃了他的亏,你千万不要叫他给骗了!"贡布急忙说道。

"阿爸,您说什么呢?央金是个女子,再说了,您不是这木尔多山方圆百里的二当家吗?怎么会吃她的亏?"金珠满脑子疑问。

小土匪们闻言,也都好奇地看向贡布,贡布的脸一阵红一阵白,支支吾吾不知该说什么。

这时央金摘下面纱,行了个礼:"老爷说得不错。之前我替阿爸押货,确实是以男子打扮好遮人耳目。为的就是提醒那些拦路的劫匪,不要轻举妄动。不想,您正好出现,无意得罪,在这里,央金先赔个不是。"

贡布见央金给了个台阶,立刻赔了个笑脸:"央金说得对,事情就是这样。阿爸又不是真的想要劫货,就是见这小少爷戴着面具,十分有趣,想逗弄逗弄他。谁知道,那天喝多了酒,就从马背上摔下来了。"

金珠松了口气:"原来是这样啊,阿爸,我和央金已经结义为姐妹,她对我还有救命之恩,您呀,可千万不许为难她。"

"误会解开,上门就是客。来来来,快进去,阿爸收到你的信,早就准备好酒菜,等着你们回来开饭呢。"贡布忙招呼。

金珠一手拉着贡布,一手揽住央金,理查德跟在后面,一起朝山寨里走去。

多吉听说九眼石天珠或许能够庇佑梅朵逢凶化吉,立刻就要去木尔多山寻找。可建教堂的事迫在眉睫,这一走,少则也要十天半月,丹增有些发愁。

这时索旺自告奋勇:"阿爸,您忘了,我也是您的儿子。神父是我的老师,我也更了解他的喜好,若是我能亲自为他建教堂,想必他心中十分欢喜。"

"建教堂牵扯到方方面面,不是一份容易的差事。"丹增显然不放心。

索旺微蹙眉头,有些不高兴。转念又想起威廉说的,做大事者,一定要学会忍耐,遂强扯出一丝笑,神态自若道:"多吉能做的,我也能做。阿爸,我已经想通了,我就剩这么一个哥哥,阿爸又极为器重他,想要栽培他为下一任土司,那我这个做弟弟的自然要帮哥哥的忙,协助阿爸打理好土司府。"

"索旺,你真这么想?"丹增对索旺态度的转变又是意外又是惊喜。

索旺微微一笑,又转身对多吉说:"多吉,之前是我不懂事,对你出言不逊,你不会记恨我吧?"

多吉满心欢喜:"这是什么话,我们本就是亲兄弟,是一家人,我怎么会记恨你。"

丹增看到兄弟俩和睦的样子,心中甚是宽慰:"既然如此,教堂的事就交给索旺,多吉不在的这段时间,你就跟桑揩到书房学习。"

"是,那孩儿先告退了。"索旺目露狡黠,转身离开。

"多吉，你这次去木尔多山，替阿爸好好跟你阿古赔个礼，格桑的事是我处理得不妥，他那人心直口快，只要跟他解释清楚就不会心存芥蒂。你和金珠的婚事还是能成！"丹增对多吉嘱咐道。

"阿爸，我正要跟您说呢。那把佩刀……我一直想拿去还给阿古，当面向他赔礼。我只当金珠是妹妹，对她没有非分之想，她也未必看得上我。何况，我已经有了心上人，我们两情相悦，已经私订终身。阿爸，您不会怪我自作主张吧？她是个好姑娘，我想跟她过日子。"多吉说出了自己的想法。

丹增没料到多吉已经有了心上人，沉吟了一下道："也罢，你们真心相爱，阿爸也不能棒打鸳鸯。你好好跟阿古说清楚，回头把那姑娘明媒正娶进门，别委屈了她。"

多吉道谢后高兴地离开。丹增看着他的背影，喜忧参半。

索旺出了土司府，与威廉来到一家妓院，等在那儿的曲晋见到索旺，不禁哈哈大笑："原来神父背后的高人是索旺少爷，失敬失敬！不过，我实在想不明白，您为何要帮我？"

"曲晋，你应该清楚，阿爸已经让多吉暂代土司一职，位置早晚是他的。我和多吉从小不合。这位置既然要有人坐，就得让人心服口服。给他，不如给你！"索旺一仰头，喝光了杯子里的酒。

"那您想得到什么呢？金钱？权力？还是……美女？"曲晋问。

"我只想让看不起我的人后悔，让我讨厌的人千倍百倍地痛苦。"索旺恨恨道。

"索旺少爷说的是，那些看不起我们的人是该为此付出惨痛的代价。为了我们的大计，干杯！"曲晋话落，三人举杯。放下空杯，曲晋又问："接下来我们要做何打算？"

"建教堂只是第一步，事成之后要靠曲晋老爷帮忙招揽信徒，成立商队。城门戒备森严，出城需要用到土司印章，这个就要仰仗索旺少爷了。"威廉早做好了规划。两人听后纷纷点头应承。

得知丹增出行与威廉选看教堂地址,心中积满怨气的朗嘎召集了一拨人,准备进行报复。多金寨的暗探得知这个消息后,立刻报给了索朗次仁。索朗次仁思索了一番,派扎西去助朗嘎一臂之力,以取得他的信任。

丹增和威廉边走边讨论教堂的地址,几个老弱妇孺和乞丐模样的人一直不紧不慢地跟着他们。

索旺察觉后,正要上前赶他们离开。却忽然注意到乞丐们望向对面街道上的一间茶肆。郎嘎正坐在窗前,乞丐们见他点头,立即散开了。索旺神色一动,立刻打马朝那间茶肆赶去。

来到二楼,发现里面空无一人。靠窗的位置上,一杯茶水还冒着热气。

"中计了!"索旺心中一凛,马上快步离开。

隔间门后,郎嘎心有余悸地拍了拍胸口:"谢谢啊!从今儿起你就是本少爷的朋友了,我叫郎嘎,你叫什么名字?"

扎西颔首:"扎西。"

丹增、威廉和桑措骑马转过街巷,一群乞丐凭空冒出来,拦住他们的马匹讨要吃的。丹增心中十分不忍,转头盼咐桑措给他们些银子。桑措下马分发银子之际,一个小乞丐手夹钢针,趁无人注意,走到丹增的身后对准马腿狠狠刺了下去,马长嘶一声,狂奔出去。丹增条件反射抓紧马缰绳,马儿却一个腾转,甩下丹增,朝远处奔去,吓得路上的老百姓纷纷避让。

"老爷,老爷!"桑措赶上来,看到躺在地上一脸痛苦的丹增,惊吓不已。

这时索旺也打马赶上，嘱咐桑措照看好丹增后马不停蹄地追了上去。随后跟上来的威廉看着眼前的惨状，眯了眯眼，有种不祥的预感。

索旺追着马匹来到草原上，他解下乌尔朵，套成一个圈用力丢过去。马儿的脖子被套住，被迫停下，却忽然口吐白沫，倒在了地上。索旺上前查看，发现马的后腿上扎着一根钢针，而钢针四周已全部变黑。

金珠带着央金和理查德在木尔多山上逛累了，三人坐在一道瀑布前休息。忽然一只断了角的藏羚羊出现在他们的视野里。

理查德拿起胸前的望远镜，随即一脸欣喜若狂："是藏羚羊，我终于看到藏羚羊了。金珠，木尔多寨真是一块宝地，我简直太爱它了。"

金珠白了他一眼："你爱的哪是什么山寨，分明就是藏羚羊。"

"可是，它怎么只有一只角？"央金问道。

"不用惊讶，藏羚羊的羊角平滑锋利，是雄羚间争夺配偶的武器，雄羚一岁开始长角，大约两岁半性成熟，它们实行的是一夫多妻制，也可以称为"后宫制"。最强壮的雄羚可以获得二十只雌羊，而羸弱的雄羚不是受伤就是死亡，这是它们之间战斗的结果。胜利的雄羚会带着雌羊远离群体，此后形影不离，直到怀上小藏羚羊。雄羚和雌羚就会再次分开，这个时候所有怀孕的雌羊们会聚集到一起，形成数量壮观的大群，迁徙至另一个地方生下小羊羔。而雄羚们没有迁徙的习惯，会继续留下来，等待来年的争霸赛。"说起藏羚羊，理查德滔滔不绝。

"雌羊们为什么要大费周章，冒着危险去陌生的地方生小羊羔？留在这儿跟雄羚在一起，不好吗？"央金再次发问。

理查德摇了摇头："这个谜团至今也没有人能够解开，所以我这次来可可西里，就是希望能有机会近距离观察它们，了解它们的喜好、行为和习惯。"

金珠温柔一笑："放心，理查德教授，你这么努力，肯定能够成为解开这谜团的第一人。我和央金一定会帮你实现愿望。"

"说到了解藏羚羊习性，我倒是认识一个人。"央金说着，声音低了下去。在金珠的催问下，她轻轻叹道："一个故人，也不知有没有机会再见。"

然而此时，多吉正独自骑马向木尔多山而来。

丹增腰脊受挫，万幸的是椎骨没有断裂，只需卧床一月，调理好便可痊愈。

索旺发现了淬毒的钢针，又见朗嘎与那群乞丐似有联系，已经猜到是他怀恨报复，但无凭无证，对外只说是马受惊所致。

郎嘎一脸得意地带着扎西回到府中，边巴手握乌尔朵怒气冲冲等在院子里。郎嘎一见，吓得脸都变了色，立刻跪在地上求饶。

吵闹中边巴得知儿子竟然已被索旺看到，一时气血攻心，身体颤抖着不知如何是好。朗嘎见状再次怂恿道："阿爸……要我说，都这时候了，您就别想了，再想土司府的人就该上门了。咱们得抢在他们前面下手才是啊！"

"你真是要气死老子！"边巴喘着粗气，挥手示意下人们退下。

扎西有些头痛地看着这出闹剧，上前两步："边巴老爷，在下有一计或许能解燃眉之急。"

郎嘎急忙介绍了扎西。边巴想了想，将他俩带到书房。

在扎西的建议下，边巴给除了曲晋外的各部落首领都写了信，约定二更过府一聚。

时辰到，各部落首领们集聚一堂。边巴向大家介绍了扎西，扎西跟大家打了招呼后，谎称丹增出事时他正与朗嘎在附近茶肆办事，目睹了整个事情经过。而他出身苯教，略懂巫术，觉得事情蹊跷，遂斗胆替卓康甲都卜了一卦。卦象显示，卓康甲都得罪了神灵，今日种种异象皆为警示。

听了扎西的话，众人议论纷纷，有些不知所措。

边巴接着说道："今日之事，倒令我想起了一件事。卓康甲都本是一片乐土，族民生活其乐融融。自从那个威廉神父到访以后，丹增老爷便拿了一块土地出来给西洋人建教堂，这绝对是开了先例。土地本该是用来种植粮食的，日后若是南蛮部落大举来犯，我们又从何处获得足够的粮草？"

"可是，这建教堂涉及两国之间的和平关系，我们当时也都同意了呀，现在反悔岂不是让人看了笑话？"一个首领说道。

郎嘎反驳道："看笑话又如何，比起被神灵降罪，这差别待遇可是一天一地了。"

扎西环顾四周，见时机已成熟，开口道："除此之外，在下听闻丹增老爷终身只娶过一任夫人，这位达娃夫人，早在十八年前就下落不明，至今生死未卜。按照卓康甲都的规矩，土司府巩固地位办法有二，第一缔结姻亲，第二绵延子嗣，这自然就跟女人分不开干系。现在，丹增老爷病重，更是需要人悉心照顾的时候。如果有人前去美人谷为他请上一位阿姆拉，或许就能改变卓康甲都现在的命格，一切将迎刃而解！"

"这个主意不错啊，一来能够照顾到丹增老爷，二来要是真能破解卓康甲都的危机，真是一举两得。"有人立刻赞成道。

"可是，这丹增老爷能同意吗？他曾发誓再也不娶，阿姆拉的事自那以后便无人敢提。"又有人说道。

扎西看了看众人："诸位老爷不必现在就拿主意，不如明日进府看过丹增老爷的伤势后再行定夺。"

首领们纷纷点头，而后告辞离去。

边巴转头看向扎西，眼中有些疑惑："扎西，这阿姆拉的事你怎么事先没跟我商量？"

扎西认真说道："老爷，曲晋和那个洋人神父早已暗中勾结，我们将丹增老爷摔伤之事转移到教堂之上，未必能成，只是给他们一点警告罢了。您并不想真的造反，那就只能做成一件大事，才能上位。挑选阿姆拉可谓是大功一件！"

边巴沉吟片刻，欣然接受："此言有理，就按照你说的办。"

扎西微微一笑，胸有成竹。

连续几日赶路，多吉终于到了木尔多寨。让他没想到的是，第一个见到的人竟是央金。刚好走到寨门口的央金见到多吉，两人都愣住了。还没来得及说话，贡布惊喜的声音传来："好女婿，你可舍得来投靠阿古了！"

央金脸上的笑容瞬间凝固。多吉没想到贡布竟这样称呼他，赶紧下意识看向央金，试图要解释："不是的，央金……"

贡布三步并两步来到多吉面前："多吉，阿古看到你真是太高兴了，你过来。"说着回身拉住金珠的手，"这是阿古的好女儿金珠，金珠，你的未婚夫多吉……你们快认识认识！择日不如撞日，明儿咱们就将喜酒办了，你们说好不好？"

"阿爸！"

"阿古……"

金珠和多吉都大吃一惊，同时叫起来。一旁的央金再也听不下去了，眼泪模糊了她的视线，她倔强地擦掉眼泪，悄悄回身向山寨内走去。多吉着急地望着央金的背影，却被贡布死死拽住。

回到客房，央金开始收拾自己的衣服。过了一会儿，金珠过来敲门。

央金立刻停下动作，迅速整理好心情："门没关，你进吧。"

金珠推开门，一脸郁闷地走进屋子。忽然看见床上的包袱，立刻问道："央金，你这是要做什么？"

央金仍低着头："我想家了，想我阿爸和大哥，我不能待在这儿了。"

金珠急了："可我还有很多话没跟你说，还有很多有趣的东西没带你看呢。你要是走了,谁陪我解闷啊?"

"有理查德教授。还有他。"说到他时,央金又怔了一下。

"哪个他?哦,你是说多吉啊?我才不想见到他呢!你不知道,我和多吉的婚约是阿爸擅自定下的,我们之间根本就没有感情。再说,他已经拒绝我了。"金珠一脸无奈。

"啊?他拒绝你?"央金愣了一下,心底升起一丝喜悦。

"是啊,刚才你走后,他竟然当着我的面说不喜欢我。我阿爸的脸啊,是一阵白一阵青,我从没见过他那么生气过。糟了,怎么没见到理查德教授,他不会误会了吧?"金珠想起理查德,忽然紧张起来。

央金心里轻松了许多,安慰金珠道:"理查德教授是个很开明的人,你跟他说清楚就没事。"

金珠点点头,依旧愁容满面:"不过,我现在倒是有些担心多吉了。他拒绝了我,阿爸肯定不会轻易饶了他,或许还会要他的命!"

"这可不行,我们快去看看。"央金一听急了,放下手里的衣服就往外走。

"央金,你担心他做什么?难道你们认识?"金珠的话还没说完,央金已几步出了门口,金珠只得跟上。

第六章 / 寻找天珠

议事堂内，贡布暴跳如雷，一脸愤怒地质问多吉为什么拒绝这门婚事。多吉诚恳地向贡布赔礼道歉后，说明了来木尔多山的目的，答应等找到九眼石天珠替梅朵治病后任凭贡布处置。

贡布一听这话，更气得抓耳挠腮。一把抓起多吉归还的佩刀，向他的心窝子上扎去。多吉一脸无所畏惧，并不躲闪。贡布看着他的脸，叹了一口气，收回刀："你不肯做爷爷的女婿，以后就滚得远远的，别再让爷爷我瞧见！"

多吉退后两步："阿古！我出事的时候，您力挺我，我永远都记得。日后木尔多寨若有危难，多吉上刀山下火海，必定前来相助。"

贡布板着脸无动于衷。多吉小心翼翼打量了贡布一眼，准备离开。

"你站住！"贡布转过脸，强忍不爽，"你这个歉道得毫无诚意，若是诚心，就该跪下跟爷爷磕三个响头，再敬上一碗酒，这才像话！"

多吉闻言一愣，稍后，他终于反应过来，立刻跪下连磕三个响头，然后端上一碗酒。

贡布接过酒一饮而尽，再次拿起刀放到多吉手里："这把刀不必还回来。它的主人曾经救了阿古一命，它比阿古的生命还要重要，阿古将它送给你，本是想让你做阿古的女婿，当这木尔多寨的主人。现在，你已经是卓康甲都的新土司了,拿着它当个念想吧,日后送给心上人,或许可以保佑她逢凶化吉。"

多吉双手捧起佩刀,小心收起。

这时央金和金珠来到门前,看到屋内气氛融洽,不禁疑惑不已。

贡布看见金珠,朝她招手道:"金珠,阿爸已经替你狠狠教训过多吉了,以后他就是你的义兄,退婚的事你别往心里去啊。"

金珠纳闷道:"刚才您还要打要杀呢,才一会儿他就成我义兄了?"

贡布忙比了个手势:"诶,小声点,别让他听见。就这么说好了啊,回头,你喜欢什么样的男人,阿爸再给你挑一个。"

"这可是您说的!"金珠一喜,忍不住低头偷笑。

一旁的央金看向多吉,千言万语尽在不言中。

从厅内出来,多吉跟着央金来到寨门外,多吉迫不及待说道:"没想到我们会在这里见面。刚才你也看到了,这都是误会,你不生气吧?"

央金低着头幽幽地说:"我生不生气重要吗?那天,你如果不想来就应该跟我明说。我不会再纠缠你,也不会白等你一场,像个傻瓜一样。"

多吉愣住:"你为何这么说?"

央金抬起头:"我送了一封信给你,你没有收到吗?"

"你给我写信了?是想见我吗?你想我了!"多吉兴奋起来。

"谁想你了?你……没收到信?也不是故意失约的?"央金的心顿时轻盈起来。

"我要是知道你想见我,不管我在哪里,我都会立刻赶来见你的。"多吉一脸诚恳地掏出贡布送的那把佩刀递给央金,"这是我最珍贵的东西,它能护你平安,你拿着。"

央金接过刀,抚摸着上面的纹饰:"这真是一把好刀!谢谢你,多吉!"

多吉简略讲了来木尔多山的目的,然后说道:"阿爸已经同意我们的婚事了,等我找到九眼石天珠,请嘉措活佛算个好日子,就去你家提亲。"

央金红着脸点头:"我听说这天珠非常罕见,尤其是九眼的,找到它可没这么容易。既然她是你的大嫂,也就是我的大嫂,我帮你一起找。"

边巴深夜召集众人密会自然瞒不过曲晋等人。为防止他们将事情甩到自己头上,并借题发挥,阻止教堂的建立,曲晋与威廉、索旺紧急商量了对策。

果然,第二日索旺正在原定的地点指挥工匠们干活儿,一群部落的小首领们忽然冲过来阻拦。

"丹增老爷还没有到此地亲眼看过,你们就大兴土木建造宫殿,如此迫不及待,这居心何在?"一个首领质问。

索旺循声走到跟前:"老爷,这并不是宫殿,而是诸位老爷亲自答应为神父所建的教堂,用来传播教义,缔结两国和平所用。老爷,莫不是记性不好,过一晚就给忘了?"

"我们确实是答应了。不过昨天事出突然,我们担心丹增老爷的伤势,特意请来高人卜上一卦,可卦象却显示这块地就是恶魔出现的根源,绝不能用它来建造教堂,小则坏了风水,大则会给卓康甲都降下灾祸。丹增老爷摔马之事就是一个警告!"另一人振振有词道。

索旺微微一笑:"诸位老爷如此为我阿爸的身体着想,本少爷感激不尽。不知您请的是哪一位高人?比起嘉措活佛的本事又如何?嘉措活佛已经进府,这会儿正在阿爸跟前开坛做法,为他祈福禳灾。若你们依然认为建造教堂会坏了风水,大可以当着神灵的面亲自问问。"

几个首领面面相觑,显然没料到索旺居然会搬出嘉措。安静了片刻,一个首领反应过来,招呼大家一起前往土司府。

看着他们的背影,索旺不禁冷笑一声:"幸好曲晋早有准备,他们怕是要无功而返了。"

土司府院中早已设好香案、香炉、贡品等物。曲晋和边巴等人聚集在一处围观嘉措焚香，为神灵祭献贡品。接着，大家分别向嘉措问询了丹增的病痛能否去除、建房是否有鬼魅相扰以及边巴问出的婚事可成否，结果皆为大吉。

曲晋面露得意之色，边巴也松了口气。这时桑措过来领众人去见丹增。

房间内，丹增虽躺在床上不能动弹，精神已经好转。

边巴上前说道："大家都很担心老爷的身体，亲眼见到您无碍，我等就放心了。"

"边巴老爷真会说笑。你若担心老爷的身体，请嘉措活佛为老爷占上一卦，祈福禳灾便是。又何必劳师动众，喊上我们一大帮子人过来，这不是打扰到丹增老爷静养吗？"曲晋讥讽道。

"曲晋，我边巴是个粗人，想得自然没你这么周到。我一心想着要亲眼见到老爷无碍才能放心，可不是随便祈个福就能代替的。"边巴辩解。

"我为老爷祈福是怕有人空穴来风，将老爷摔马之事加以丰富联想，怪罪到一些无辜之人的身上。若此事影响到两国之间的和平，这个罪名又该谁来担？"曲晋步步紧逼。

丹增眉头紧锁："只是马儿受惊将我甩下去，这事怎么跟两国扯上关系了？"

曲晋连忙解释："老爷不知，今日有人出面阻拦教堂动工，说是会破坏风水触怒神灵，而老爷被甩下马就是神灵的警告。可这嘉措活佛刚请示过神灵，神灵表示非但不会怪罪，还会加以相助。如此说来，建造教堂乃是大功一件，能为老爷您添福增寿的。"

"说到添福增寿，我举双手赞同。丹增老爷，您大概忘了，您该到退位的年纪，按照规矩，我等应该为您选一位阿姆拉，伺候您的饮食起居。"边巴顺势道。

丹增蹙了蹙眉，强忍面上的不悦："我已是风烛残年，又何必去祸害小姑娘。这条旧俗本就饱受诟病，应该改一改，我看这件事就不要再提了。"

边巴却坚持道："可规矩就是规矩，这是神灵的旨意，也是每一任土司都必须经历的。若是老爷执意要坏了规矩，卓康甲都发生任何不测，恐怕老爷都担不起这个责任！"

"边巴，你如此咄咄逼人，意欲何为？"曲晋诘问道。

"那你如此袒护那名西洋传教士，又为哪般？"边巴毫不相让。

丹增头痛欲裂，实在没心思听两人抬杠。他挥了挥手："行了，我摔下马纯属意外，教堂的事按照原定的计划进行。至于阿姆拉，你们执意要选，就差人前去美人谷吧。"

曲晋转动着狡黠的眼珠："丹增老爷，既然您同意了，那这次迎接阿姆拉的重任，就交给德高望重的边巴老爷来办吧。"

丹增无奈地点了点头。

边巴立马上前："那边巴就恭敬不如从命，应下这份差事了。"

荒凉的山谷间，多吉和央金漫无目的地翻地找寻九眼石天珠，幸亏有金珠和理查德帮忙。两姐妹走在一起边找边聊天，金珠得知多吉是为了央金才拒婚，倒是甘拜下风，真心为央金高兴。

央金看得出理查德看金珠的眼神很不一般，又见金珠期期艾艾，如同情窦初开的少女，忍不住低头偷笑。

夕阳渐渐落到地平线下，寂静无声的山谷中几人还在提着灯笼忙碌。

山鸟鸣叫，天光渐亮。一直伏案查阅古籍资料的理查德突然开心地用力一捶桌子："太好了！"

金珠刚走到门外，听见理查德在屋内开心大笑，正满脸疑惑地要推门，理查德忽然将门拉开，见到金珠，兴奋地一把抱住她："我找到开启天珠穴的方法了。"

"这是真的吗？"金珠愣了一下，脸色微红地问道。

理查德松开金珠，拉着她进屋，指着桌上的典籍："你看，只要找到像图中这样排列的岩石阵，就表示下面藏有格萨尔王亲手埋下的天珠。我们不必将整个木尔多山都翻过来找，只需要派些人手去寻找类似的岩石阵，再搬开巨石挖掘天珠即可，这样能够省下大把的时间和劳动力。"

"我们快去将这个好消息告诉多吉和央金吧，他们两个人估计天不亮又去犁地了。"金珠说完，二人急忙出屋。

贡布听金珠说起这件事，二话不说，立刻叫上所有弟兄帮忙。巴桑担心梅朵的病，也特意赶了过来。

大家分成几组分头排查，走过的地方插上风马旗作为记号。很快，山谷中到处高高飘扬起风马旗，大有星星燎原之势，逐渐蔓延整座木尔多山。

最后，标满密密麻麻记号的地图上，只剩角落里与南蛮人的部落相接壤的一处湖泊还没去过。此处是传说中的魔鬼湖，相传峡谷内曾经生活着一只大魔王，这只魔王每天要吞噬掉千万生灵，包括人和所有的禽兽，迫于它的淫威，谁都束手无策。在一个雷雨过后的良辰，降妖伏魔的格萨尔王大士找到魔王，将它逼入一片浩瀚浑浊的湖中，命令它不得残害水族，终身在此虔诚忏悔。那片湖就是现在的魔鬼湖。

与之毗邻的峡谷内住着南蛮人，那里人人崇拜勇士，个个骁勇善战。他们徒手就能打死一只雪豹，将豹皮穿在身上，脖子上挂着獠牙制成的项链，每一颗都代表他们的战功。外人万一不小心误入他们的领地，按照他们部落的规矩，打败最强大的勇士，才可以安全离开。

大家商量后，多吉、央金、金珠、理查德和巴桑五个人一起出发前往最危险的魔鬼湖。

边巴父子率领着迎亲马队，抬着花轿，浩浩荡荡来到美人谷。一见谷内仙子般白衣飘飘的女子，朗嘎的眼睛瞬间移不开了。边巴赶紧低声斥责，朗嘎不情愿地收回目光，改用余光偷偷打量。

早已收到消息的谷主千挑万选出最出色的及笄女子，进行祭天仪式后交由边巴护送离开美人谷。

自边巴启程，扎西一直派人监视着他们的行踪，并设下路障，让他们无法绕路，只能进入多金寨的地盘。索朗次仁夸奖了扎西筹划得当后，询问央金的下落，要他赶快找她回来。

扎西心里一痛，有些不舍："阿爸，我们真的要这么做吗？央金她……"

索朗次仁面色冷峻："扎西，你要我说多少次。我苦心筹谋多年，等的就是这一天。丹增根本不知道他还有一个女儿在世，更不会对美人谷的人起疑心。为了报杀母之仇，我相信，央金一定会按照我说的去做。"

"您对丹增的恨意，已经到了要让他们父女自相残杀的地步了吗？"扎西小心问道。

"是，我恨他，我早就恨透了他。央金是我最大的一步棋，不然我怎么会留着达娃的女儿！扎西，你还啰唆什么，还不快去将她找回来！"索朗次仁提高声音。

扎西只得退出房间，走向一处空地，犹豫着从袖中掏出一个信号弹。

多吉一行五人日夜兼程向魔鬼湖赶。夜色中，央金看见空中忽然闪起红色的亮光，她的脸色立刻变了。代表危险的红光闪了三次，最后一次消失时，卓玛央金咬牙打马来到多吉身旁："多吉，对不起，我不能陪你去找天珠穴了。寨子里应该出现了紧急情况，我必须回家，等我解决完事情，会立刻来找你，一定要等我。"

"好，我等你。"同样看到信号弹的多吉给了她一个坚定温暖的眼神。

央金又对金珠、理查德和巴桑挥了挥手，然后拉起马缰绳，毅然驱马离开。

马蹄声远去，多吉始终没有转身。稍后，他才打起精神，对众人说道："前面就是魔鬼湖了，大家千万要小心。我打头阵，巴桑垫后，一切看我的手势行事。"

众人点头，一行人小心翼翼往峡谷内走去。

走了一段路，人们眼前果然出现了一个湖泊。湖光潋滟，中间耸起一小块土地，犹如一座天然小岛。

理查德看看图纸，肯定地说："没错，天珠穴就在这里。"

大家正欲寻船上岛，多吉隐约感觉到周围的气氛有些不同寻常，似乎有一双眼睛观察着他们的举动。他警惕地环顾四周，却什么都看不到。

金珠小声催促："还等什么呀，那里有只木船，趁没人我们赶紧上岛。"

几人还未到木船旁，头顶突然落下来一张巨网，将他们全部罩住。五个身上披着兽皮、头上插着羽毛、胸前佩戴獠牙项链的南蛮人，拿着棍棒从树林的阴暗处走出来。多吉终于明白刚才那种异样的感觉从何而来。

四人被捆住手脚，扔至木船一角。南蛮人划动船只，将他们带到湖面中心的岛屿。

岛屿上树木繁茂，一处摆满动物头骨的祭典台上正在进行酋长的继位仪式。年轻的酋长古都面色严肃，正襟危坐。

多吉一行四人被带下船，推搡到祭典台上被迫跪下。多吉向古都解释了来此本无意冒犯，只是为了寻找一味药材救命，但古都仍凶狠地命人立刻处死他们。一群南蛮人拿着长矛一拥而上之际，空中忽然响起一声枪响。所有人都怔住，下意识停了手。

理查德双手握着一把手枪，忍住眼底的惊恐，强装镇定地与他们讨价还价。古都盯着那把手枪看了半响，最终答应接受决斗挑战。多吉等人若能打赢便可离开并能向他们提一个条件。

决斗定在第二天，多吉等人被暂时关在一处由树枝搭建的牢房中。

巴桑和多吉讨论着明天的比试，理查德却自始至终不发一言，满脑子都是刚才古都胸前的那串獠牙项链，那上面镶着一块毫不起眼的黑色石头，而石头上似乎有只眼睛。这只眼睛在理查德眼前不停眨呀眨，很久他才迷迷糊糊睡了过去。

夜色中，雾气弥漫。湖水汹涌地拍打着停泊在岸边的船只。水流从地势低洼处悄悄漫延而上，逐渐蜿蜒流向整座岛屿。

清晨，白雾依旧没有散去，湖水还在继续上涨，整座岛屿诡异而危险。

祭典台上，多吉和古都你来我往，决战正酣。打着打着，多吉又想起与格桑小时候的那次比试，不由得屏气凝神，认真观察古都的一招一式。蓦地，多吉寻到一个机会，挥拳打中古都的脸，趁势又将勒住自己的绳索反向缠绕在古都的脖子上，将他紧紧压制在地。古都面对此景，只能气急败坏地闭上眼睛，拍打大腿表示投降。

"我要带着我的同伴还有天珠一起离开这里。"多吉提出要求。

"你们当然可以走，不过天珠是什么？我们确实不知道那是什么东西，更没有人见过。"古都坐起来说道。

这时，理查德和金珠分开众人走到近前。理查德扬声道："多吉，不要相信他们，酋长项链上的石头就是天珠原石。"

"你不要胡说！"古都急忙否认。

"是不是胡说，拿下来看一眼便知。即便我们猜错了，这也是你原本就答应我们的条件。我们就想要你脖子上的项链，你给还是不给？"金珠步步紧逼。

古都脸色立变，有些怨恨地看了一眼金珠，不甘心地捂住项链："你这样勒住我，我没办法把项链取下来。"

多吉松开绳索，盯着古都慢慢将项链从脖子上取下，就在交给多吉的瞬间，一个南蛮人忽然惊慌失措地来报："酋长，不好了，现在整个岛上都是湖水，小岛很快就要沉了。"

古都趁多吉分神之际，抓起项链就跳下祭典台："所有人，跟我登船撤退。"

一部分南蛮人抵挡住多吉等人，另一些人护送着古都登上了木船。不一会儿，所有船只扬帆离去，整座小岛也即将淹没在水中。

"多吉，我们现在怎么办？"巴桑有些惊慌。

"造船。"多吉当机立断。

还来得及吗？几人都一脸疑问。多吉来不及解释，握紧拳头用力砸向祭典台，上面的木板立刻破了个窟窿，他掀起木板的一端，用力拆了下来。巴桑和理查德立刻明白了多吉的意图，赶紧上前帮忙。

很快，他们撬出了两块长型大木板，用绳索紧紧缠到一起。这时，湖水已经漫到了祭典台上。四人爬上木板，金珠和理查德坐在中间，多吉与巴桑一前一后，每人拿着一支长矛用力划水。这条简易的木板船在湖水的推助下，慢慢漂向了湖面。

金珠欣喜地看着漂浮在水面上的船，对多吉生出了一丝敬佩。

巴桑却愁眉苦脸道："命是保住了，但是没拿到天珠，我们不是白来一趟吗？"

"谁说我们没有拿到天珠？"金珠缓缓张开左手，手心里赫然握着那块天珠原石。大家都惊喜万分。

原来在古都转身逃跑的一刹那，贴近他的金珠眼疾手快，一下挥出藏在手里的刀片，神不知鬼不觉地割断项链抓住了那块落下的原石。

"我已经数过了，正好有九只眼睛。"金珠笑着向大家展示。

多吉高兴之余，也一脸疑惑："你们怎么知道天珠原石在酋长的项链里？"

金珠笑道："我们这里除了理查德教授，谁还喜欢盯着野兽的獠牙看啊？是他注意到那块石头上有只眼睛，再加上我们去过天珠穴，还找了一个南蛮人逼问，才知道百年前有人曾在这里捡到了一颗天珠。我们推测那颗天珠必定会交给酋长保管,代代相传,这么一来,就对上了。"

"其实,我们当时不敢肯定那就是天珠原石,幸好赌对了。只是可惜了这座岛屿,这里物产资源丰富,不过南蛮人开发过度,打破了整个生态平衡,最终沉入水中。也许,这就是大自然对人类的贪婪做出的惩罚吧。"理查德在胸前画了个十字,为这座岛屿祈福。

看着远处慢慢沉下去的岛屿,多吉几人都双手合十,虔诚地闭上了眼睛。

卓玛央金马不停蹄赶回多金寨,一进院子,诺布又惊又喜,开口却低声劝央金趁没人发现赶紧走。央金不明所以,正待询问,扎西的声音从背后响起:"央金,阿爸等你很久了,跟我来吧。"

央金宽慰地拍了拍诺布,跟着扎西离开。诺布站在原地,一脸着急。

"这么急叫我回来有什么事?不是说等你处理好,就会去木尔多山接我吗?难道阿爸那边发现了什么……"央金走在扎西身侧,问出一连串的问题。

扎西停下脚步,转过身面向她:"放心,该处理的大哥都已经处理好了,你进去后最好什么都不要提起,按照我说的去做就行。"

央金走进屋内,见索朗次仁背对着门口站着,央金立刻上前低头认错:"阿爸,我已经知道错了,您就原谅我一回,我保证以后再也不会不辞而别了!"

"央金,阿爸没有怪你,阿爸只是想起你死去的阿妈。这么多年了,你都已经长大成人,却没能许个好人家。阿爸觉得很亏欠她,更亏欠你。"索朗次仁努力做出悲伤状。

"不,阿爸,您从来没有亏欠过我们,是我太任性了!"央金连忙说道。

"央金,阿爸要跟你说件很重要的事。"索朗次仁面色凝重,"你知道你阿妈是怎么死的吗？要不是那个人，你也不会连阿妈的面都没见上，不会连亲口叫一声阿妈的机会都没有。"

央金急了："他是谁？为什么要害死我阿妈？"

索朗次仁一脸哀戚："如果可以，这个人的名字阿爸一辈子都不想再提起。他就是卓康甲都的一都之首——丹增。那个衣冠禽兽根本就不配做土司。当年，我跟你阿妈青梅竹马，私订终身，谁知那禽兽看上你阿妈，非要将她强娶回去，还废了阿爸的一条右腿。你阿妈当时已经怀上了你，她忍辱负重，直到生下你才托人悄悄送给阿爸，接着她就自缢身亡了。"

"真是欺人太甚！丹增怎么能够这样对我们？"单纯的央金信以为真。

"十八年了，阿爸只要一闭上眼睛，就会想起你阿妈，她孤立无援，该有多绝望多难过啊，唯有死才能解脱。只可惜，阿爸不能亲手为她报仇，都怪阿爸这条废腿！"索朗次仁痛心疾首，竟从腰间取出一把匕首，扎向胸口，"杀妻之仇不共戴天，阿爸不能为你阿妈报仇，活着也没有意思。央金，你已经长大了，阿爸也能放心离开，希望你阿妈能够原谅我的懦弱。"

央金急忙劈手夺过匕首："阿爸，您不要这样！错的人是丹增，凭什么我们这么痛苦。该死的人是他！阿爸，以前我不知道仇人是谁，现在知道了，我愿意去杀了他！"

索朗次仁见她中计，偷偷露出一个得逞的笑容，随后开口道："央金，阿爸不想阻拦你，只是你贸然潜入卓康甲都，恐怕会中了土司府的奸计。若你真的想替你阿妈报仇，阿爸倒是有一计策。"

央金闻言，目光坚定："只要能替阿妈报仇，央金愿意不惜任何代价。"

瞭望塔楼上，扎西用单孔望远镜注视着央金离开的背影，下意识叹出一口气："央金，对不起。"

这时，一名下人来报目标已出现。扎西立刻收起眼中的依恋和不舍："吩咐下去，所有人整装待命，随我外出迎接贵客。"

天色越来越暗，边巴和郎嘎一行人穿梭在树林中，早已疲惫不堪。前面就是多金寨，边巴高声嘱咐众人一定要打起精神来，小心行事。

寨门外，扎西命人举着火把，照亮了边巴等人的来路。郎嘎远远看见对面站着的扎西，顿时兴奋地挥手大喊："哎，扎西！你怎么在这儿呢？"

扎西对着下马的郎嘎以及跟着赶来的边巴，摘下帽子鞠了一躬："上次没来得及介绍，多金寨正是在下的家。"

边巴警觉："你是索朗次仁的儿子？"

"不错，我阿爸已经设下酒宴恭候多时，只是边巴老爷似乎特意绕了远路过来，可让在下一番久等。"扎西微笑道。

边巴心中一惊，感觉落入一个圈套。但是郎嘎根本没有察觉到异样，他上前拍着扎西的肩膀，一脸哥俩好的样子："扎西，你简直是神机妙算啊！我阿爸说你们多金寨的人不好惹，让我们多绕了一天的路，可累死本少爷了。这不，都是旧相识，就说我阿爸多心了吧。"

扎西一笑："多金寨向来热情待客，也不知是谁故意在外污蔑我们的名声，害得边巴老爷虚惊一场，如此确实是我们待客不周，一会儿在下亲自向二位陪酒谢罪！里面请。"

扎西引路，所有人跟着进入多金寨。

庭院中，索朗次仁早已摆下酒宴，边巴却恭敬客气，始终保持警惕。索朗次仁自然看出边巴的心思，不动声色地告辞离开。

边巴不敢饮酒，严令朗嘎也一滴酒不准沾，一定要加派人手看好阿姆拉，绝不能出任何差错。

郎嘎一脸不屑，倒也乖乖答应。入夜，他抱着佩刀在客房和衣而卧，时刻注意对面阿姆拉屋子周围的动静。

夜色渐深，郎嘎打了个哈欠，困意渐渐来袭。他强撑着眼皮，就要慢慢合上时，门外忽然传来一阵轻盈的脚步声。郎嘎警觉地坐起身，推开门看向院中，皎洁的月光下，一切如常。

翌日清晨，多金寨门口，乔装成阿姆拉婢女的诺布扶着央金坐进软轿。

郎嘎检查完队伍，向边巴汇报一切正常。边巴又再次向守在阿姆拉屋外的下人们确认他们一步未曾离开过，这才舒展眉目，拱手向索朗次仁道谢并告别。

索朗次仁笑眯眯地看着边巴一行人出了寨门，转头吩咐扎西："不用留活口。"

扎西提刀来到阿姆拉住过的房间，毫不犹豫地刺向两名被绑着手脚、堵着嘴巴的女子。殷红的鲜血，瞬间绽开成朵朵刺目的花。

红日照耀，卓康甲都安静祥和。一阵鞭炮声打破了城郭的宁静。带有十字架标志的基督教堂落成。索旺率领众部落首领前来祝贺，并代表丹增送上一块写有"和平神圣"四字的匾额。

威廉道过谢，将匾额悬挂在教堂最显眼的位置。庆祝仪式过后，众人散去。威廉、曲晋和索旺三人坐下议事。

索旺偷拿土司印章盖在一封入城通牒上，交给威廉。有了它，商队就能畅通无阻。威廉满目笑意地收了起来。

听说护送阿姆拉的队伍安全通过了多金寨，今日便能抵达。曲晋有些坐不住，威廉却稳如泰山，劝曲晋不用在意，边巴不足为惧。他们主要对付的人是多吉，他如此爱惜藏羚羊，是他们生意的最大障碍。

针对看守藏羚羊园的火铳队，曲晋专门训练了一批猎手，每人都配置了改良版土枪。他们谋划着要在藏羚羊园上演一场大戏。

土司府中,下人们在院中煨桑,门口摆放着恭迎阿姆拉进门的美酒,地上铺着绘有吉祥图案的毯子。桑措满意地看了一眼,转身离开。

来到丹增房间,桑措见丹增正在床边尝试着行走,忙过去搀扶:"您的伤势还没完全好,别不小心扭到哪里再受伤了。"

丹增却避开桑措:"我自己能走,都是一把老骨头了,不走动更容易受伤。"

桑措见劝不住,只好退到一旁小心跟着:"按照老爷的吩咐,仪式一切从简。今晚阿姆拉会在静室歇脚,明日卯时旭日东升的第一缕阳光照进来时,是阿姆拉进府的吉时,她需先在府中住上三日才能与老爷行礼,等过了大少爷的百日祭后圆房。不知老爷想将她安排在哪个别院?"

"竹苑吧。"丹增想了想道。

"那竹苑虽空置已久,却是一处雅静之所。那老奴这就去安排。"桑措说着躬身退出。

走廊上,见琴格慌慌张张地跑过去,桑措急忙喊住她:"你这丫头,在府中乱跑什么?"

琴格赶紧站住,躬身行礼:"我家小姐咳血咳得厉害,怕是快熬不住了。奴婢想去找那老曼巴,再给小姐开服药。"

桑措皱眉呵斥:"胡说八道,梅朵小姐不会有事的。二少爷已经快马加鞭在赶回来的路上了,今晚申时一定会到。"

"这是真的?那奴婢这就回去禀告小姐,好让她有个盼头。"琴格惊喜地往回跑去。

卓康甲都城门外,许多百姓在排队进城。守门的兵丁远远看见边巴的队伍浩浩荡荡过来,赶紧疏散了人群,为迎亲队伍让出主干道。边巴满意地挥了挥手，一行人鱼贯进入城内。

同时间，多吉和巴桑也赶到了城门外，经过阿姆拉乘坐的轿子时，里面的央金刚好放下掀起一角的轿帘，二人错行而过。

回到土司府，多吉和巴桑直接去见丹增。半躺在床榻上的丹增看到多吉，坐起身："回来了就好，你阿古托人捎信来说你们去了南蛮部落，我心中非常担心，怕你出了什么意外。现在看到你无碍，我就放心了，天珠可拿到了？"

多吉点头，从怀中拿出一个布包打开，正是那块九眼石天珠原石。

丹增仔细看了眼天珠，点点头："没错，就是它。"

多吉将布包递给身后的巴桑："巴桑，先拿去给梅朵吧。"巴桑接过布包，转身出去。

多吉在对面的椅子上坐下："阿爸，我回来的时候看见阿姆拉的轿子了，您真的要娶妻？"

丹增叹了口气："唉，你走后发生了一些事，边巴提出挑选阿姆拉只是为了争功。你也知道，阿爸心里只有你们阿妈一个人，哪还会娶什么妻？只是可怜了这个女子，年纪轻轻就被卷入了夺权争斗中。我已经让桑措把她安排到竹苑，希望能够让她远离这些纷扰。"

多吉知晓了事情的原委，也是无奈。又见丹增的伤势已无大碍，遂告辞准备去藏羚羊园看看。

索旺得知多吉要去巡园，顿时沉不住气了。他们的计划就在今晚，为了计划不受到影响，威廉示意索旺解决掉这个麻烦。

第七章 / 羊园失守

巴桑来到梅朵房间，喜滋滋地将布包交给憔悴不堪的梅朵。梅朵的眼睛亮了一下，又黯淡下去。听到他们历经千难万险才拿到天珠，梅朵很是担心多吉，坚持坐在门口等他过来，看他无恙才安心。巴桑无奈，又不放心梅朵，只好坐在旁边陪她一起等。

多吉回屋更衣，准备去看下梅朵就去巡园。索旺忽然敲门进来，多吉很高兴索旺能来找他，忙拎起水壶给他倒水。索旺伸手接过水壶，分别给多吉和自己倒上，并不着痕迹地将一些白色粉末弹入多吉的茶盏中。

"听说你刚从木尔多山回来，我有些担心，过来看看。路上顺利吧？"索旺说着将茶水推到多吉面前。

多吉端起来一饮而尽："挺顺利的。索旺，多亏有你，教堂才能这么快建好，阿爸的身体也很快痊愈了。我真高兴，我们兄弟俩能够像以前一样……"

"是吗？你高兴就好。"索旺一脸假笑。

多吉忽然感觉头有些昏沉，使劲儿摇晃了一下，却更加天旋地转，眼前只剩下模糊的影子。他迷迷糊糊趴在了桌上，很快不省人事。

"多吉？"索旺特意推了推多吉，然后转身离开。

巴桑陪着梅朵坐到天黑，也没看见多吉。看着梅朵失望的样子和羸弱的身体，巴桑心里隐隐有些气愤，劝说了梅朵几句，告辞后直奔多吉房间。

到了多吉屋内，巴桑见他竟趴在桌子上睡觉，不由得上去推了一下："快醒醒，我们等了你半天你怎么……"话没说完，多吉竟猛地向后摔在了地上。巴桑这才发觉不对，忙上前去看。多吉终于睁开眼睛，晕乎乎问道："巴桑，你怎么在这儿？什么时辰了？"

巴桑伸出手去扶多吉："过酉时了，我……"

"酉时了？"多吉急忙强撑着起身，推开巴桑朝屋外走去。

一出门，正遇见在院子里巡逻的护卫长，多吉忙问："火铳队在何处？"

护卫长奇怪道："都在后院歇着呢，不是您传信让他们都回来的吗？"

"不好，要是有人对羊羔动手，简直易如反掌！"多吉急忙上马朝藏羚羊园赶去。巴桑见事情古怪，也紧跟其后追了上去。

多吉和巴桑拼命打马赶到园子，一只秃鹫盘旋在上空。多吉率先跳下马背，看到四名守卫倒在地上，栏门大开。园中，地上躺满了被剥了皮的藏羚羊的尸身，血红的骨肉触目惊心。

多吉不断揉着发胀的额头，强打起精神，摸了摸地上沾着鲜血的泥土，感受了下余温，立即抓起一把土枪朝园外走去。"把他们抓回来，一个都不能放过！"多吉说着已经迈出园子。巴桑从守卫的尸身旁捡了把枪，赶紧跟上。

山坡上，多吉用马灯照亮地上的痕迹。一行新鲜的马蹄印踏过草地，往山坡深处而去。多吉跳下马背，拍了拍马屁股，示意它离开。巴桑随后跟上，也将马匹驱走。

多吉将火药上膛，举起土枪对着黑黢黢的山坡，空放了一枪。枪声响彻整个山谷，山坡下还没走远的黑衣人一震，马儿也吓得嘶叫起来。见行踪已暴露，黑衣人立刻举枪瞄准多吉的方向。

隐藏在灌木丛后的多吉和巴桑，根据子弹确定了黑衣人的大概位置。两人交叉射击，互相掩护，很快接近了他们。多吉揉了揉太阳穴，打起精神，与黑衣人奋力一搏。这帮人训练有素，纷纷亮出尖刀，一拥而上合力攻击多吉。

多吉头昏脑胀，身手不如往常，只能勉强应付。突然，一个黑衣人寻机一刀扎进多吉的小腹，多吉强忍住痛，抬脚将其踢飞。就在黑衣人准备一举解决掉多吉时，巴桑端着土枪疯了一般从山坡上面冲下来。黑衣人见状不再恋战，立即扔下多吉撤退。

多吉捂着肚子虚弱说道："快去追他们，一定要把皮子拿回来。"

巴桑担忧地看了眼多吉的伤，正要往前跑，只听扑通一声，多吉晕倒在地。"多吉！"巴桑大喊一声急忙折了回来。

经过清点，有七十二只藏羚羊惨遭杀戮，占园子总数的三成。按照老规矩，丹增吩咐人将尸体全都焚烧，又派人看紧剩余的藏羚羊。另外下令加强城门戒备，再派一支队伍在城中搜查有无可疑人物，这些人带着藏羚羊绒应该还没来得及出城。

房间内，多吉半躺在床上，脸色发白，腹部的伤口已经用纱布包扎好。丹增前来看望，桑措示意所有下人离开，屋内只剩下他们三人。

丹增详细询问了昨晚发生的事，心渐渐沉了下去，最后道："多吉，你既然要坐土司的位置，哪怕只是暂代，也有无数双眼睛在暗中死死盯着你。稍有差池，就会丢掉性命！外面的人不可怕，最可怕的是自己人，阿爸想让你防着点索旺……"

多吉忙抢过话头："阿爸，这件事我一定要查个水落石出。但如果真的牵扯到索旺，我绝对不会饶过他。这些人太残忍了，他们杀害了那么多藏羚羊，我一定要为它们讨回公道！"

丹增点点头："好，阿爸知道藏羚羊园是你和格桑的命根子，格桑去了，现在藏羚羊园也没了，你比谁都难过。这两天你先养好身体，调查的事让桑措去做，这件事一定会真相大白的。"

吉时已到，阿姆拉的轿子停在装饰一新的土司府的门口，绣有吉祥图案的毯子从落轿的位置铺开，延伸向院子中。

索旺和桑措站在门口迎接。诺布掀开轿帘，扶央金下轿。头戴白色斗笠的央金在嘉措的指引下，先绕着门口的白石走一圈，又来到黑石前，将它踢翻。

嘉措和众人齐诵："神灵保佑阿姆拉！"随后喇嘛吹响长号，央金迎着初升的太阳迈入院内。

教堂的一个房间里，堆放着几个鼓鼓囊囊的麻袋。威廉打开其中一个，拿出藏羚羊绒看了看，满意地抬头看向曲晋："土司府怎么也不会想到，他们要找的东西就藏在眼皮子底下。以防万一，这批货我们过几天再脱手。"

曲晋点点头："神父思虑周全，现在城中风声鹤唳，我已经吩咐猎手们闭紧嘴巴，不要走漏半点风声。"

威廉阴险笑道："没有人能够抵抗'软黄金'的诱惑，他们的嘴巴更没有你想的严实。放心，我已经替你斩草除根了。"

曲晋深深蹙起眉头："你动我的人不跟我商量？神父，我可是花费了好些心血在他们身上，你将他们都杀了，那下一批货谁去做？我上了位，又有谁来保护我？"

"黄金。"威廉上前一步，直视曲晋的眼睛，"我们用黄金购买大量的武器，有了武器，就会拥有更多的黄金。到时候，别说是卓康甲都一个小小的土司，整个可可西里都唾手可得。"

"你想要整个可可西里?"曲晋一惊。

"对,我的目标是成立国际上第一大藏羚羊绒供应商号!我要源源不断地产出黄金,将沙图什贩卖到各国各地,控制住天下所有的黄金命脉!"威廉野心勃勃。

曲晋立刻俯身:"我愿为神父效犬马之力,誓死追随左右。"

威廉满意地点点头,又转身看向那些藏羚羊绒,露出贪婪的目光。

入夜,央金穿上夜行衣,扎上面巾。诺布已经打听清楚丹增房间的位置以及护卫巡逻的规律,央金默默记下,推开门隐入夜色中。

多吉的房间里,特意赶来的巴桑正在诉说他的发现。那天他看多吉状态不对,像是误食了带有麻醉成分的草药,于是带走了桌上用过的茶盏。经查阅《本草纲目》,才知道里面竟残留有曼陀罗花的成分。这种花奇毒无比,误食花籽后会令人产生幻觉,甚至是死亡。花瓣入药,则可以充当蒙汗药使用,令人头晕目眩,浑身乏力。那天只有索旺来过,巴桑推测往茶水里下药的八成就是他。

多吉立刻否认,却忽然又想起护卫长说火铳队是接到自己的消息才回来的,可他并没有吩咐过。

巴桑听到这情况,提议立刻去问清楚,看看到底是谁在搞鬼。

院子里,央金藏在廊柱后面,待巡逻的护卫走远后,继续悄悄往前走。没多久,脚步声响起,她立刻闪入一处角落躲避。

对面的长廊上,多吉和巴桑往这边走来。见到多吉,央金一愣,后背不小心碰到屋门,发出咯吱一声脆响。央金暗叫一声不好,拔腿就走。

多吉听到声音,扭头去看,只见一道黑影一闪而过。没多想,多吉扔下巴桑就追了上去。

多吉穷追不舍,见与央金的距离逐渐拉小,忽然上前一步去抓她的肩膀，央金慌忙避开并出手抵挡。打斗中，央金发现多吉腹部受伤，动作不由得慢了一拍，却被多吉趁机揪住面纱，猛地掀开。央金下意识用手去挡住脸。

"是你？"多吉一眼认出央金。

央金没有说话，看了眼追过来的巴桑，转身飞上屋檐。震惊不已的多吉抓着面纱，内心久久不能平静。

诺布正在屋内不安地来回走动，正在这时，几下轻微的敲门声忽然响起，诺布吓了一跳，条件反射般拔出一把匕首，慢慢接近屋门，小心翼翼问道："是谁？"

央金小声答："嘘，是我！"

诺布听出央金的声音，急忙收起匕首，将门打开一道缝隙。央金闪身进屋，诺布迅速掩上门："小姐，您可担心死我了，奴婢还以为您被他们捉住了！"

"我不会那么容易被抓住，只是没想到多吉会在这里。"央金神色微紧。

关上门，诺布顺势将后背抵在门上，深深吁出一口气："小姐，是他？"

央金揭开面纱，脱下白袍，露出黑色的夜行衣："我被多吉看到脸，他肯定会怀疑我。这下麻烦了！今晚他们肯定会加强戒备，我们明晚再想办法动手。"

离开竹苑，多吉两人继续朝火铳队而去。索旺接到下人汇报，为避免暴露，果断掏出手枪结果了那人，而后迅速做了伪装。

多吉和巴桑听到枪声，急忙赶到索旺屋外。见一名下人倒在血泊中，急忙询问握枪站在后面的索旺。

索旺乏力地看了眼多吉："他有问题。"然后眩晕地向一旁倒去。多吉冲上去扶住，与巴桑合力将他搀扶到床边躺下。

巴桑注意到桌上有杯喝过的茶水，拿起来闻了闻，又来到那名下人的身边，在他腰间搜出一包药粉，打开，用手指捻了捻，确定是曼陀罗花粉。

这时，听到枪声的丹增与桑措也匆匆赶到。见索旺中毒晕睡过去，不由皱紧眉头。过了一会儿，服用了催吐药丸的索旺忽然猛吸一口气，睁开眼，伏到床边呕吐不止。多吉拍着索旺的背，让他好过一些。

"索旺，你感觉如何？"丹增问道。

索旺喘了几口气，有气无力地抬起眼："阿爸，我好多了……这个奴才胆大包天，竟敢假传主人的命令调回了火铳队，使得藏羚羊园遭到伏击。我怀疑他是贼人的眼线，想要问清楚，没想到他事先在我的茶水里下了药……我一时情急……"

丹增盯着那把枪："这把洋枪不是我们卓康甲都的东西，你从哪儿得来的？"

"是威廉老师送给我的见面礼。"索旺答道。

丹增沉思不语。

"阿爸，这件事很清楚，是有人故意想要栽赃嫁祸给索旺，让我们兄弟反目成仇，再对土司府下手。之前，他们也是这么对我的，幸好被阿爸识破了，他们的目的才没有得逞！"多吉说道。

"多吉，你的意思是凶手是同一个人？"丹增看向多吉。

多吉点点头："他们用的手法一致，不排除这种可能。不过，凶手想要得到的不只是藏羚羊绒，而是土司之位。只要找到那批藏羚羊绒，或许就能揪出幕后主使，大哥的案子就能破了！"

丹增凝神片刻，轻叹出一口气："现在就等他们自投罗网。夜深了，你们休息吧，这件事我自有主张。"

护卫队将尸体搬走，几人先后离开。当一切都归于平静，索旺的嘴角划过一丝冷笑。

转天，丹增派人邀威廉来土司府，坚决将手枪归还。威廉见不好推辞，心念一转，提出将枪送给火铳队，算是他的一片心意。丹增客气地道过谢，也就作罢。

梅朵自从佩戴了天珠，脸色逐渐红润起来。想着丹增的腰带有些旧了，就让琴格寻了布匹和绣线，准备绣一条新的正好当作丹增成亲的贺礼。为了感谢多吉，自然也有他的一份。

琴格心疼梅朵身体刚刚好些，以免她担心，并未将多吉受伤的事告诉她。现在看着她专注挑选绣线，裁剪样式，忙忙碌碌的样子，琴格也只好反复叮咛她要慢慢做，多休息，千万别累着。

索朗次仁知道了血洗藏羚羊园的事，心里很是高兴，立刻派属下石达给扎西送信，让他注意这件事的发展。最好能跟动手的人交往，他敢肯定这个人会让卓康甲都变天。但是不能影响到他们的计划，卓康甲都是他索朗次仁的，绝不能落入外来人手中。

街道上，石达刚刚把信交给扎西，就听郎嘎大叫着"扎西"走了过来，遂立刻自觉地消失而去。

郎嘎亲热地上前一把揽住扎西的肩膀。扎西有些反感，但没有作声，一眼看到他手里的药瓶。郎嘎正愁没人分享，见扎西打量，急忙示意他附耳过来，一脸贱兮兮道："我跟你说，这个可是好东西，叫七步香，好不容易才弄来的。"

"蒙汗药？你要它做什么？"扎西好奇。

"我相中了一个小美人，这几日梦里都是她，土司府又戒备森严，所以要靠它帮忙啊。"郎嘎压低声音。

"土司府哪有什么美人？"扎西一怔。

"怎么没有，阿姆拉啊！本少爷一路护送她进城，就算没有见到她的脸，想必也是惊为天人……"郎嘎得意道。

扎西的脸色瞬间变了，他捏紧拳头，逼迫自己不要立刻扭断郎嘎的脖子，然后一言不发地离开。

郎嘎正说得起劲，见扎西居然丢下他跑了，连忙叫喊着追了过去。

夜色深沉，郎嘎蒙着面悄悄来到竹苑外。院子中，六个护卫守在阿姆拉的屋外。朗嘎拿出小药瓶，倒出两粒药丸，放在门口角落里点燃，然后掏出扇子不停朝里面扇烟雾。

护卫们闻到一股异香，大家面面相觑，正纳闷间，一个接一个倒在了地上。

郎嘎躲在门口得意一笑，又朝外面看了眼，见没人经过，立刻闪身进门，往阿姆拉的屋子走去。

屋内，早一步赶到的扎西站在央金身后，伸手捂住她的口鼻，这正好将央金圈在怀中。央金似乎感觉到有些不对劲，下意识要避开扎西的接触。

扎西附到央金的耳边轻声道："别动！"随后掏出一粒药丸给央金服下，才松开了手，"这是解毒丸，吃了就不会中七步香的毒。"

央金一头雾水："大哥，你怎么知道……"

"嘘，回头再跟你解释。"扎西比了个手势，眼睛紧盯着门外。

屋外，郎嘎已经靠近门口，慢慢地扒开门缝偷窥屋内。扎西带着央金迅速躲避到帐幔后。

郎嘎隐约看见一个人影躺在床上，心中窃喜，忙从怀里掏出一把薄刃刀伸进门缝，慢慢划开门栓。就在郎嘎推门的瞬间，扎西忽然将蜡烛吹灭了。

郎嘎吓了一跳，眼前一片漆黑，停顿了一下，隐约能看见床的方向，朗嘎试探着朝里面走去。

暗处，扎西捏紧拳头，悄无声息地接近郎嘎，用力向他脖子后面劈下去，郎嘎顿时晕倒在地。

扎西换上朗嘎的衣服，骑上一匹快马扬鞭往藏羚羊园的方向奔去。

月朗星稀。山坡上，多吉提着马灯仍在寻找走失的藏羚羊。

园外，七八个看守围在篝火旁打盹。扎西悄无声息地从他们身后闪过，正要打开栏门放出藏羚羊，忽然听到身后一声大喊："什么人？"多吉怀里揣着刚刚救下的小藏羚羊正好回来。

扎西看了一眼多吉，一脚踢开栏门，捡起地上看守的土枪对空放了一枪后转身逃走。正在打盹的众人被枪声惊醒，纷纷拿起土枪，跑向园门口。

园中的藏羚羊受到惊吓，疯了一样横冲直撞，乱作一团。

多吉的眼睛一直紧盯着扎西的身影，同时高声吩咐众人："快把枪放下，不要去追赶藏羚羊，它们刚受到惊吓，见到拿枪的会以为我们是敌人。"随后将怀里的小藏羚羊交给一个看守，自己策马向扎西逃走的方向追了上去。

扎西似乎并不急于逃走，边跑边不时回头看一眼多吉。眼看多吉就要追上，扎西忽然弃马闪入更为偏僻的林中。多吉立刻拉住马缰绳，下马跟了上去。

见多吉已被引入林中，扎西掏出匕首想要袭击，多吉猛地转身，挡住扎西的进攻。扎西却并不恋战，攻击了几下，就装作不敌的样子，让多吉无意间削下自己的腰饰，转身而逃。

多吉正要去追，腹部忽然一阵疼痛，他下意识捂住伤口，目光落到了地上那件东西上。多吉蹲下身捡起，发现它正是郎嘎的青玉玉佩。

竹苑内，诺布重新点起蜡烛，主仆两人将不省人事的朗嘎用绳子绑住手脚，用布塞住嘴巴，等待扎西回来。

不久，扎西返回。进屋点了郎嘎的穴道，弯腰扛在肩上准备将他送回府。并嘱咐央金等外面那些人醒来盘问时，只需说睡着了什么都不知道，应该不会有人为难。另外刺杀丹增的事千万要小心行动。等完成任务，就去城中的仓木客栈找他，他会设法带她离开。

央金一一点头，两人交换了个对彼此信任的眼神。扎西带着郎嘎离开。

多吉带着那块青玉玉佩回到土司府，立刻来见丹增。请示要不要带人去边巴府一探究竟。

丹增左思右想，从仓库起火到坠马受伤，其实明明知道是朗嘎所为，但碍于边巴的赫赫功绩，并没有戳破。接着边巴提出挑选阿姆拉，丹增明白是他想邀功上位罢了，也就由着他。可如今郎嘎的玉佩落在藏羚羊园，这件事处理起来就棘手了。此事若处理不妥，边巴为了护住血脉或许会与土司府翻脸。

丹增思忖再三，决定派多吉去边巴府走一趟。但在找到羊绒之前切记只是敲山震虎，不可动武。若是证据确凿，就将人带回公堂接受审判。如若真走到对簿公堂这一步，那么绝对不能再姑息凶手，遂叮嘱桑措到时候带上店小二在屏风后认人，只要他一点头，不管是谁，都要拿下。

第二天一大早，多吉率领十余名下人来到边巴府外。两名留在门口看守，其余人跟随多吉进入府中。

边巴见多吉手中拿着青玉玉佩来府，压抑住眼底的惊讶："多吉，这一大清早你来我府中有什么事？"

多吉礼貌答道："边巴老爷，昨晚有人袭园，夜太黑，我没看清楚盗贼的长相，不过那人在逃跑的时候掉下了这块玉佩，请您认一认，是不是郎嘎的随身之物？"

边巴镇定地接过玉佩，仔细看了看，又还给多吉："仅凭一块玉佩，你就怀疑是郎嘎夜袭藏羚羊园，这未免太说不过去了。要我说，是有人故意想要栽赃陷害我们父子，所以才丢下了这块玉佩。"

"边巴老爷说的不错,所以我特意来看看郎嘎有没有事。如果真是栽赃陷害,我们也好查个清楚,以免冤枉了他。郎嘎在府上吗?让他出来一见?"多吉平静说道。

"他就在府中,这会儿应该还没起,随我来。"边巴看了眼多吉,朝郎嘎的屋子走去。

多吉示意下人们留下,自己跟着边巴前去。

房间内,躺在床上昏睡的朗嘎迷迷糊糊听到有人喊他。郎嘎不耐烦地睁开眼,顿时觉得头痛欲裂。他摸了摸后脖子,忽然觉得周围的景象有些熟悉,正是他自己的房间,不由得一愣:"不对啊,我怎么在这儿?"

郎嘎一脸郁闷地坐起身,目光随即被床尾放着的几个麻袋吸引。他鬼使神差地伸手打开其中一个,立刻吓得从床上摔了下去。"藏羚羊绒?这玩意儿怎么会在我的床上?"朗嘎趴在地上失神地念叨着,此刻,门外传来脚步声和下人对边巴、多吉的问候声。

"多吉怎么来了?"惊魂未定的郎嘎慌忙爬起来,扯过被子盖住麻袋,又拿起外袍披上。

下人打开门,多吉一眼注意到郎嘎神情慌张,外袍的腰封上还有被刀割破的痕迹。

边巴没有留意儿子的异样,正色道:"多吉有些话要问你,你定要实话实说。"

多吉拿出玉佩递了过去,郎嘎的脸色顿时变了,手不由得摸向腰间:"这是我的玉佩,怎么会在你那里?"

"昨晚有人偷袭藏羚羊园,掉下了这块玉佩,莫非你不记得了?"多吉紧紧盯住朗嘎。

听到藏羚羊园,郎嘎松了口气:"你这话是什么意思?我昨晚根本就没有去过藏羚羊园,又掉的哪门子的玉佩?多吉,你捡块玉佩就想逼我认账,我才没有这么傻!"

多吉气极:"好,既然你没做过,那你告诉我,昨晚酉时到寅时这段时间你在何处?有谁可以为你作证?"

"我在……"郎嘎刚要说出口又急忙打住话头,这觊觎阿姆拉的罪名可比猎杀藏羚羊严重多了,遂转了转眼珠,"本少爷自然是在府中喝酒睡觉,这些奴婢可以为我作证。"

躬身跪伏在地的婢女们自然都连连点头。

见郎嘎认下玉佩,本有些着急的边巴这时开口道:"多吉,我看这绝对是一场误会。郎嘎这个人就是丢三落四,他一时没有防备遭人利用,希望你能将此事查清楚,不要错怪了好人。我们父子愿意配合你缉拿真凶,请先不要将此事对外声张。"

多吉听边巴说得恳切,不动声色道:"既然这样,我先回去禀明阿爸,有其他线索再过来,到时候还请二位一定要配合调查。"

"好好好,一定。"郎嘎和边巴暗自松了口气。

正要转身离开,多吉忽然瞥见郎嘎下意识瞄向被褥,他不禁跨前一步:"郎嘎,你这床上是什么东西?"

郎嘎忙拦在多吉面前:"没……没什么,一些衣物而已。"

多吉心中起疑,看了边巴一眼。边巴见郎嘎神情古怪,多吉又在一旁看着,他只得上前推开郎嘎,一把掀开被子,几个麻袋顿时露了出来。其中一个开着口,里面正是藏羚羊绒。

"阿爸,您听我解释!"朗嘎急忙大喊。

震惊的边巴抬手就甩了朗嘎一个巴掌:"混账,还解释什么?这些羊绒你是从哪弄来的?"

郎嘎捂住脸:"阿爸,我不知道,我一觉睡醒它们就在我的床上了,一定是有人想栽赃陷害我!"

这时留在院子里的下人匆匆来报:"二少爷,我们在府中发现了可疑人物，已经将他拿下。"说着两名下人将一名偷猎者押上前，多吉转头看向边巴父子："郎嘎，看来你要跟我去土司府公堂说清楚这件事了。"

"不，我是冤枉的！阿爸，您快救我啊，我真的没有偷猎藏羚羊！"朗嘎绝望地看向边巴。

边巴也有些慌，试探着说道："多吉，你先不要带走郎嘎，这件事一定有误会，我们好好说。"

"边巴老爷，土司府办案，请您不要干预。带走！"多吉一挥手，两名下人押着朗嘎向屋外走去。

拉姆眼睁睁看着儿子被人押走，急得哭天喊地，拉住边巴要他想办法救救朗嘎。

边巴脸色铁青："这是他咎由自取，我已经警告过他不能动藏羚羊绒。没想到，他财迷心窍瞒着我将羊绒都带了回来，现在证据确凿，我还怎么帮他？"

拉姆哪里听得进边巴的话，哭闹着要自己去土司府求丹增网开一面，边巴没办法，只好安慰拉姆他自有主张。

府门外的街道上，百姓们驻足观看热闹，混在其中的扎西见事情成功，悄悄退出人群，刚一转身，却见威廉出现在他面前。

土司府的公堂上，所有部落首领聚在一起。多吉坐在上方主审此案，丹增陪坐在一旁。看时间差不多，丹增向多吉点了下头，示意他开堂。

多吉简略讲述藏羚羊园接连两次遇袭，及查案过程中发现的玉佩和七十二张藏羚羊绒等证据，指认朗嘎即为凶手。

郎嘎大呼冤枉，转头指向旁边看好戏的曲晋："凶手是他！曲晋老爷得到藏羚羊绒后就杀人灭口！现在又派人偷了我的玉佩，假冒我的身份故意陷害我！"

曲晋大惊："你不要含血喷人！多吉土司，您要为我做主啊！"

多吉皱了皱眉，吩咐将证人带上来。猎手上堂，跪在郎嘎身边。

"堂下何人？是谁指使你杀害藏羚羊的？"多吉问道。

"小人旺秀，是一名猎手。"说到这儿，猎手有些犹豫地抬起头，先看了眼郎嘎，又看向曲晋，随后将目光重新落到多吉的身上，"回禀土司老爷，是郎嘎少爷。"

郎嘎目瞪口呆，扑上去就要掐死那人："你胡说什么？我杀了你这个狗奴才！"

多吉示意左右将郎嘎拉开，让猎手继续说下去。郎嘎愤怒不已，死死瞪着猎手却毫无办法。

"郎嘎少爷指使我们去偷袭藏羚羊园，想要给您一个教训。事发后，他唯恐真相败露，就将其他猎手都杀害了。小人事先防了一手，故意将藏羚羊绒埋在了园子附近，所以侥幸捡回了一条命。郎嘎少爷知道羊绒的下落后，昨晚去园中拿货，没想到被您遇上了。土司老爷，小人只是奉命行事，还请您开恩啊！"猎手说完跪地磕头。

边巴气得哑口无言，曲晋却松了口气。

多吉看了眼边巴："事情已经水落石出，边巴老爷，郎嘎是你的儿子，你可有话要说？"

"我无话可说。"边巴气哼哼道。

"阿爸，您要救我啊！救救我啊！我们护送阿姆拉有功，您快提出条件，让他们放了我！"朗嘎绝望大喊。

"混账，干出如此大逆不道的事，还不知悔改，老子没有你这种儿子！"边巴怒斥。

一旁的丹增目睹此景，终于开口："边巴，你护送阿姆拉有功，我答应过许你一个条件，只要你提出来。"

边巴咬牙："请求老爷秉公处理。"

郎嘎失声尖叫："阿爸！"

多吉看向其他部落首领："各位老爷的意思呢？"

首领们立刻交头接耳,低声议论起来。半晌,一位小首领开口道:"既然边巴老爷如此深明大义,那么按照规矩,朗嘎少爷应被处以六十鞭刑,罚一百两黄金。旺秀猎杀藏羚羊,应被没收弓箭,处以三十鞭刑,罚五十两黄金。"其他人点头附和。

"好,就这么办!带他们下去!"多吉挥手。

"我是被冤枉的,救我!救我,阿爸!"朗嘎挣扎着向边巴求救,边巴只是不断摇头叹气。

索旺趁没人注意到他,悄悄走到门口的守卫跟前附耳说了几句话。那人急忙离开,跟上押送的人。

案子结束,首领们依次告辞向外走去。屏风后,桑揩领着那个被割去舌头的店小二一个个地仔细辨认,并特意指了指边巴,店小二却接连摇头,表示并没有那天之人。

"难道,是我想错了?"丹增得知结果,愣怔地坐在椅子上,眼神一片迷茫。

公堂外,朗嘎和旺秀各自被按趴在板凳上。执行鞭刑的人与跟上来的守卫交换了个眼神,然后举起鞭子重重打下来。每落下一鞭,朗嘎就惨叫一声。他死死攥紧拳头:"多吉,你冤枉我……这个仇,我朗嘎一定要报!"没一会儿,朗嘎痛得翻了下眼珠,晕死过去。

行刑完毕,朗嘎血肉模糊地趴在板凳上一动不动,边巴心疼地匆匆走到旁边试探了下鼻息,转身命两个下人赶快去找曼巴,然后轻轻摇晃朗嘎的肩膀:"朗嘎,朗嘎,你快睁开眼睛,我是阿爸啊!"

良久,朗嘎睁开眼,嘴巴里淌着血沫艰难开口:"阿爸……我想回家……"

"好好好,我们回家。"边巴擦了一下眼睛,与下人一起将朗嘎抬到担架上。

多吉站在远处看着边巴父子，目光有些动容。

一行人小心翼翼抬着朗嘎走至边巴府外，忽然，朗嘎吐出一口血，身子歪向担架外。走在一旁的边巴急问道："郎嘎，你怎么了？"

"阿爸，我快不行了……阿爸……你为什么不相信我……"郎嘎气若游丝。

"不会的，你再坚持一下，我们很快就到家了，阿爸一定会治好你！"边巴用袖子擦拭着郎嘎嘴边的鲜血，"别说话了，你会没事的。"

郎嘎伸手握住边巴的手腕，气若游丝："我不能就这……被冤枉……报仇，丹增……"说完，手垂了下去，脑袋歪向一边。

"郎嘎？郎嘎！"边巴悲愤大吼。

闻讯匆匆跑出来的拉姆，看到担架上一动不动的郎嘎，顿时扑上去号啕大哭起来。

看了一场戏的曲晋心情不错地来到教堂，见扎西和威廉正相对而坐，他径直走过去："神父，如你所料，索旺少爷让人动了手脚，此次郎嘎怕是性命难保了。"

扎西见到曲晋，礼貌告辞。威廉微笑着看向扎西："扎西少爷，我们昨晚的合作很愉快，我很喜欢你这个朋友。"

"多金寨也很愿意交神父这个朋友，不过我还有要事在身，下次一定请你到多金寨做客，我阿爸很想认识你。"扎西说着起身离开。

曲晋一脸莫名其妙地看向威廉："神父，你认识多金寨的扎西少爷？"

威廉一笑："不错。昨晚扎西闯入教堂，想要带走藏羚羊绒。我一路跟踪他，发现他想要对付的是郎嘎。"

曲晋恍然大悟："郎嘎死了，边巴肯定要将这笔账记在土司府的身上。可这样一来，我们将藏羚羊绒双手奉上，岂不是白忙一场？"

威廉摸了摸下巴，露出阴险的笑容："为了将来享不尽的荣华富贵，区区七十二张羊皮算什么？接下来我们就静观其变，坐山观虎斗。"

月光之下，土司府清晰可辨，央金蒙着面穿梭其中。

丹增和桑措从一间厢房内走出来，丹增看起来有些心神不宁。桑措关心问道："老爷是在记挂郎嘎那件事吧？老奴本以为可以借机将凶手一网打尽，没想到店小二却不能认出凶手，大少爷的案子遥遥无期，难免您会胡思乱想。不过您也不用担心，这件事早晚会真相大白的。"

丹增叹了口气："这个早晚却不能是今晚，还是不睡了，我想去兰苑走走。"

桑措跟上径直向前走的丹增："老爷，自从夫人去世后，您就下令封闭了兰苑，就算是想念她，也是去静室打坐，怎么这会儿又想去兰苑了？"

丹增摆摆手："我想跟她说说话，你不用担心，也不要跟来。"

桑措只得停下脚步，望着丹增的背影，莫名觉得哀伤。

行至此处的央金正巧看见二人，她悄悄跃下屋顶，暗暗跟了上去。

到了兰苑，丹增推开门："我回来了。"屋内一切照旧，只是没有人在。

后面的央金听到丹增与人说话，谨慎地从靴筒内拔出佩刀，贴住墙壁等了片刻，然后小心翼翼地探出头。眼前是一间尘封已久的厢房，布置得十分温馨，处处透露着一种似曾相识感。央金疑惑万分，却没时间多想，慢慢从背后靠近丹增。

丹增站在铜镜前，神色哀伤地絮絮自语："今天差一点就能抓到杀死我们儿子的凶手，本想早些去陪你，现在看来是不行了。达娃，你会不会怪我？"

央金举起刀正要扎下去，听到这个名字顿时一愣，动作停滞在空中。

丹增感觉到屋内气氛有些异样，他从铜镜内瞥见一个黑衣人站在自己身后，立刻闪身避开，从一旁的木架子上抄起一把藏矛："你是谁？谁派你来的？"

"丹增，废话少说，拿命来！"央金回过神，举起佩刀再次刺去，丹增以藏矛抵御，令央金不能近身。见形势不利，央金伸手摸向腰间，迅速取出长鞭抽了过去。长鞭与藏矛交错，二人打得难舍难分。

混乱中，央金将一个木箱踢倒，叠放在里面的衣服倾倒在地。与此同时，一卷画像也从木箱中滚落出来，就地摊开。正是达娃的画像。央金一眼认出，不由得怔住："阿妈的画像怎么会在这儿？难道这里是阿妈生前住的地方？"

正想着，丹增举矛刺来，央金一时没有设防，手臂被刺伤。惊疑中，央金扬起佩刀飞向丹增，趁他躲避之机，捂住手臂朝门外跑去。

佩刀擦着丹增扎在了身后的柱子上。丹增追出门时，已不见了央金的踪影。

兰苑外，桑措提着灯笼在不远处等候丹增。忽然一条黑影从兰苑闪出，似乎还负了重伤。桑措立刻高喊："什么人？快，将他拿下！"

护卫队冲进院子，朝央金逃走的方向追去。

桑措也急忙跑进兰苑，见丹增站在门口似是无恙，当即松了口气："老爷，您没事吧？"

丹增摇了摇头，拿起从柱子上拔下来的佩刀，递给桑措。

桑措一脸迷惑："这是……二当家的佩刀？二少爷前不久刚向您讨去还给了他，怎么会出现在黑衣人的身上？难道他还没有将当年那件事放下？"

丹增不置可否："你去将多吉找来，我有话要问他。"

"二少爷在园子里，老奴这就差人去请他回来。"桑措躬身离开。

央金捂着手臂，仓皇地东躲西藏。身后，护卫队和府中的下人们穷追不舍。伤处流血不止，她强忍剧痛，意识渐渐有些模糊，脚步踉跄地跑向前面亮着灯的屋子。

铜镜前，梅朵梳理好头发，放下木梳，准备就寝。突然屋门一下被撞开，闪进一个黑衣人。

梅朵吓了一跳，正要喊叫，央金摇摇晃晃冲过来捂住她的嘴："别喊！"梅朵听出来人声音虚弱，隐隐闻到一股血腥味，立刻点了点头，小声问："你受伤了？"

央金放开手："别多问。"

屋外，搜寻的护卫们已渐渐逼近这里。央金扯着梅朵扑倒在床上，同时一口吹灭蜡烛："帮我打发掉他们，不然杀了你。"声音里满是虚弱却强装狠厉。黑暗中，梅朵与央金紧紧相贴，对这个神秘女子她莫名地没有恐惧，倒是充满了好奇。

这时外面有护卫出声询问："梅朵小姐，您睡了吗？"

"我已经歇下了，有什么事明天再说吧。"梅朵回道。

门外的护卫听了梅朵的话，很快就没有了动静。梅朵松了口气，央金却是一脸震惊："你就是梅朵？"

"你好像认识我？但我从来没有见过你。"梅朵说着下床点燃蜡烛，找了药和布给央金包扎伤口。

央金看了眼包扎好的伤口，又目不转睛地盯着梅朵胸前的九眼石天珠，神情有些苦涩："我听多吉提过你。"

"二哥？你是……他的心上人？"梅朵心念一动。

央金听到这句话，神色黯淡下去，极力压制住眼底的悲伤："曾经是，以后不是了。"

梅朵有些诧异，抬起头来看她。

央金迎着她的目光："我要杀你阿爸，你为什么还要救我？"

"你受伤了，如果放任不管，会失血过多而死的。"梅朵淡淡道，"姑娘，我不知道在你身上发生了什么，但是这个世界上没有谁无缘无故想去伤害别人，我相信你一定是有苦衷的，只是我想奉劝你一句话，冤冤相报何时了。如果你能跟我阿爸解开误会,那是最好。如果不能,也是因果循环,我不会因此对你另眼相待,更不会见死不救。"

央金苦笑:"你果然跟他说的一样,天真善良,丹增能有你这个女儿,是几世修来的福气。梅朵,今夜多谢你的救命之恩,但是我不会因为你的话就放过丹增,告辞!"央金朝门口走去,她打开门,又转过头来,"拜托你一件事,不要告诉他我来过。"说完很快消失在夜色中。

梅朵望着央金的背影,目露担忧。

多吉风尘仆仆地从藏羚羊园赶回,见丹增一脸严肃地坐在桌前,忙问:"阿爸,您这么急找我有什么事?"

"有个黑衣人想要我的命却没有得逞,反而留下了证据。"丹增说着示意桑措将刀拿出来,"多吉,只有你最清楚这把刀的来历。"

多吉一眼认出佩刀,当即怔住,脑子里闪现那晚与黑衣人交手的情形以及他将佩刀赠送给央金的画面。他掩饰住眼底的疑惑和震惊,解释道:"阿爸,这把刀我还给了阿古,可是他又转赠给我,当时发生了太多事,我忘记跟您说了。"

"所以此事跟二当家无关?"桑措问道。

"是,我将佩刀放在房中,可能被贼人发现顺手拿去了。阿爸,这件事交给我来调查。"多吉编了个理由暂时搪塞过去。

丹增点头:"好,黑衣人被我用藏矛刺中手臂,估计走不远。你传令下去,嘱咐城内所有曼巴,谁要是见到一个手臂受伤的男子,就即刻将他抓来土司府。"

多吉应下,拿着那把刀从屋内走出来,心里又急又气:"央金,你为什么要这么做?为什么不肯来找我?究竟发生了什么事?"

第八章 / 土司婚仪

央金回到竹苑，简单与诺布说了几句，就躺在床上昏睡了过去。诺布见央金伤得严重，一脸担忧地给她拉好被子，坐在床边守了一整夜。

"阿爸，阿妈……别离开我……我错了……阿妈……"

迷迷糊糊的诺布忽然听到一阵呓语，忙睁开眼睛查看："小姐，您怎么了？怎么这么烫？小姐，您忍一忍，奴婢这就去给您抓药。"

诺布起身出了屋，特意避开府中来往的下人，朝后院门口走去。走了没多远，多吉恰好迎面走来，诺布赶紧躬身低头，避免对方注意到自己。二人擦肩而过时，多吉还是喊住了她。

诺布吓了一跳，猛地停住，低垂着头转过身来。

"你是阿姆拉的婢女？为何一大早独自在后院行走？"多吉打量着问道。

诺布深吸一口气，慢慢抬起头："因为……阿姆拉她……她染上风寒，奴婢想去为她抓药。"

"染上风寒？那你为何不立即向护卫禀报？"多吉提出疑问。

"今天是阿姆拉跟丹增老爷成亲的日子，阿姆拉不想声张，所以奴婢才想去抓药。您要是没事，奴婢就先告退了。"诺布说着想走。

"慢着，你先去照顾阿姆拉，我随后就带曼巴过来。"多吉摆了摆手。

诺布愣了一下，只得转身回去，心里却焦急万分。忐忑不安地回到竹苑，见央金正挣扎着坐起身穿衣服，诺布赶紧上前："小姐，你醒了？"

央金看她一眼："你上哪儿去了？"

诺布欲言又止，忽然躬身跪下，一脸惶恐："奴婢刚刚见您烧得厉害，想去给您抓药。没想到刚走到后院就遇到了多吉少爷，奴婢说您染了风寒，这会儿他已经去为您请曼巴了。曼巴一来就会发现小姐的手臂受了伤，这该怎么办啊？"

"我想到一个人，你去帮我请来。"央金瞬间想到了梅朵。

过了一会儿，多吉领着一个背药箱的曼巴来到竹苑外，他停下脚步，低声交代了几句。曼巴点点头上前叩门。诺布打开门，向站在不远处的多吉欠了欠身。梅朵随后从屋内走出。

多吉惊讶地看向梅朵："梅朵，你怎么在这儿？"

梅朵浅浅一笑："我听府里的婢女说阿姆拉昨夜染上风寒，就想起我这里有些能用的草药。还好我来得及时，阿姆拉现在已经退烧了，她需要休息，晚些时候才能醒来。二哥若是信不过我的医术，可以让曼巴再进去瞧瞧。"

多吉若有所思地看了眼门口的诺布："不用了，你从小就熟悉各种草药，有你在又何必多此一举。曼巴，你退下吧。"

曼巴拎着药箱离开，刚好与听到消息赶来的桑措打了个照面。

满腹疑惑的桑措立即向曼巴打听阿姆拉的病情，梅朵抢先开口道："大管家，是这样的。阿姆拉水土不服加上风寒，气虚体弱，恐怕要卧床静心调养数日。这段时间最好不要见风，更不能受累。"

桑措迟疑了一下："阿姆拉身体有恙，也是事出突然，不是我们能够控制的。老奴这就去禀告老爷，将拜堂仪式往后延上几日，等阿姆拉身体好一些，再请嘉措活佛另择吉日成婚。"

"是。"梅朵又冲多吉道:"二哥,我还有一些话要嘱咐阿姆拉的婢女,你先走一步,我随后就回。"

多吉点点头与桑措互看一眼,一起离开。

"大管家,今晚的仪式取消真的没有问题吗?"多吉不放心地询问。

"老爷迎娶阿姆拉,宴请各路贵宾,收到邀请的都在赶来的路上,只不过昨夜忽然发生了一件事,郎嘎死了,这红事、白事撞在一起,本来就不吉利,现在另择吉日也许是神灵的安排吧。"桑措无奈道。

多吉一惊:"郎嘎死了?"

桑措叹了口气:"没错,没想到他居然连六十鞭刑都挨不住,委实可惜啊。"

"边巴会不会将矛头对准土司府?"多吉担心问道。

"老爷昨天一番话恩威并施,众目睽睽之下,边巴不好发作,但暗地里就不好说了。总之,要小心为上!"桑措答道。

多吉点点头:"我再去城门处打探下黑衣人的线索,府里的事就劳烦您操心了。"二人分别,多吉朝着院外走去。

梅朵进屋后,诺布紧跟着将门掩上。帐幔后,央金捂着手臂虚弱地倚靠在床上。诺布将帐幔撩起来挂好,梅朵径直来到床边:"他们应该不会怀疑,不过我真没有想到,你的身份是阿姆拉。"

央金扯动了一下嘴角:"梅朵,你救了我两次,我可以告诉你我身上背负着血海深仇。你阿爸害死了我的阿妈,所以我必须找他偿命。虽然我不能放弃报仇,但我答应你,在这件事调查清楚之前,我不会擅自行动。"

梅朵诧异丹增怎会如此,但也没办法多说什么,只在离开前嘱咐道:"涂在伤处的草药一日一换,我会准备好后让婢女给你送来,你好好养伤吧。"

央金点头,遣诺布去送梅朵。

诺布返回后一脸不解地问道："小姐，您怎么又改变主意不杀丹增了？"

"我留着他的命是想要查清楚一件事。昨夜刺杀时，我发现了阿妈生前住过的院子。还听丹增说他没能抓到杀死他儿子的凶手。当时我没来得及反应，后来才想起，他当时的原话是，死的是我阿妈为他生的孩子。我现在脑子特别乱，如果这位死去的格桑少爷是我的哥哥，为什么阿爸从来没有提起过？"央金疑问重重。

"小姐，您这么一说，奴婢也乱了。难道次仁老爷撒了谎？"诺布更是摸不着头脑。

"我不知道。我只是有种奇怪的感觉，我对丹增下不去手。他提到我阿妈的名字时，太温柔了，我……"央金晃了晃头，"这件事先不要告诉大哥，一切等我查清楚再动手。"

"好。不过，小姐真的要当阿姆拉吗？那多吉少爷怎么办？"诺布问道。

央金满面愁容，深深地叹了口气："他已经对我起疑，日后相逢亦是对手。以前发生的一切就当作一场梦吧。现在梦醒了，他注定只能是我的仇人！"

诺布看着央金决绝的表情，颓然不语。

木尔多寨里，在金珠陪伴下四处考察的理查德，愈发对可可西里这片神奇的、旷世罕见的土地充满敬畏。金珠知道他想要近距离观察藏羚羊的愿望，恰好贡布要去参加丹增的婚礼，于是金珠带着理查德一起前往，既可了解卓康甲都的风土人情，也能找多吉帮忙，去藏羚羊园实现他的心愿。理查德惊喜不已，兴奋地收拾了行李跟着出发了。

同样想在丹增婚礼前赶到的许冠恒，带着他的商队一直加紧赶路。经过木尔多山休息时，竟被卓老三抓进了寨子里。听到土匪们口里提到二当家，许冠恒觉得很是耳熟，于是取下腰间的配饰贿赂看守，让他给报个信，说丹增的一个朋友请求见一面。得知二当家的并不在山上，许冠恒又拿下了头上的玉簪。看守犹豫了一下，还是答应下来。

贡布、金珠与理查德骑着马，不紧不慢地赶路。三人说笑间，那个看守快马追上来，汇报了大概情况，说抓回来的中原人吵着要见二当家。

金珠一听立刻瞪向贡布。贡布一脸委屈巴巴："不可能啊，阿爸下过命令不准他们出去打劫。到底是哪个崽子干的！金珠，你和理查德先行一步，阿爸处理完此事就与你们在客栈汇合。"说完赶忙与那个小土匪策马离去。

回到山寨，卓老三正美滋滋地清点货物，贡布一脸怒气地推门进来，劈头盖脸将他训斥了一顿。

听到要把人放了，这些白花花的银子也要还回去，卓老三十万个不服，恼怒地一拳砸在墙上："二当家！是因为金珠小姐回来了吗？金珠小姐早就知道我们做的是打家劫舍的勾当，你又何必在她面前惺惺作态？我们一天是贼，就终身是贼，贼性已经刻在我们的骨血里，怎么洗也洗不干净了。我不明白，为了一个捡来的丫头，二当家你这么做真的值得吗？"

贡布双目圆睁，猛地用力掐住卓老三的咽喉，将他推抵在墙上："你再敢胡言乱语，爷爷我就掐死你个崽子！别以为跟了爷爷十几年，就可以没大没小！"

"我……咳咳……"卓老三被贡布掐得呼吸急促，满脸通红，急得不断拍打大腿。

贡布见卓老三快要喘不过气来，终于松开他："不想死，嘴巴就闭紧点，还不快去放人？"

卓老三捂着脖子咳嗽了片刻，老老实实朝外面走去。

贡布跟着卓老三来到关押许冠恒的土屋，命人解开绳子并道："兄弟们做事太过鲁莽，让你受到了惊吓。你的货物全都在院中，我们分文未取，你赶紧回家吧。"

许冠恒认出贡布，拢手一拱："多谢二当家。"

贡布下意识瞥了眼许冠恒，忽觉有些面熟："你自称认识丹增那个老儿，爷爷却对你没什么印象，你怎么知道这么说爷爷就会来见你？"

"二当家那日在客栈喝醉了酒，记不得在下并不奇怪。可在下却知道二当家与丹增老爷交情匪浅，所以抱着侥幸心理一试。"许冠恒云淡风轻说道。

"你是许冠恒，许先生？原来是你啊！哈哈哈！丹增老儿可是把你当作卓康甲都最尊贵的客人，就算爷爷我没见过也是听过你的名字的。你给我们带来不少的稀罕货物啊！这一次，还真是巧了！"经提醒，贡布猛然想了起来。

"常言道'不打不相识'，能结识二当家这样的豪杰是在下的荣幸。在下赶着去卓康甲都，想必二当家下山也是为了此事，不如我们速速启程，赶去土司府，以免错过了今夜的吉时。"许冠恒微笑道。

"好，我们先轻装上路，你的货物稍后让兄弟们送来。"贡布大手一挥。

"有劳二当家了！"许冠恒说着与贡布一起走出土屋。

知道了朗嘎的事，善良的梅朵亲自到寺庙为逝者做功德。烧香磕头后，又让琴格拿了银子去布施给穷人。琴格虽不解，但也只得按吩咐办事。一想到边巴府，琴格不由得从心底冒出阵阵寒意。自她从府中逃走，有幸被土司府收留，心里一直惶恐不安。如今，拉姆咬定土司府从中做了手脚，存心害死朗嘎。为了替儿子报仇，拉姆以琴格父母的性命为要挟，逼她为他们做事。琴格一时又惊又怕，不知该如何是好。

傍晚，心事重重的琴格低头走在街道上，悄悄溜出来的诺布慌张间恰巧与之撞在一起，双双摔在地上。

琴格沉默着捡起袖中滚落的一个药瓶,却忘了掉在地上的钱袋。诺布捡起来喊住琴格。琴格回身接过钱袋匆匆离去。

诺布看着琴格离去的背影,心中很是奇怪为什么她对那个药瓶如此紧张,以至于丢下钱袋。正要跟上去看看究竟有什么秘密,街巷一角忽然闪出一道黑影,将她拖入巷中。诺布刚要挣扎喊叫,黑影低声说:"是我。"

"大少爷?"诺布听出了扎西的声音。

扎西松开诺布:"土司府现在什么情况?听说今晚的仪式取消了?"

诺布简单解释了缘由,扎西有些激动:"她受伤了?我去看看她!"

"大少爷,您可不能去。小姐两次刺杀行动都失败了,已经引起他们的怀疑,现在府里戒备森严,您要是碰上就麻烦了。小姐要我转告您,她会见机行事,请您在此安心等候。"诺布连忙道。

扎西冷静下来:"诺布,你一定要照顾好小姐,不能让她有任何闪失。去吧。"

"奴婢明白。"诺布点头,看了眼四周,神色如常地离开。

夜凉如水,天上没有月亮,黑暗包裹了一切。梅朵坐在灯下赶制腰带,桌上的木匣子里放着一条已经绣好了的。

琴格走进屋内,将准备好的檀香放在罩子内,有些失魂落魄地看着梅朵。梅朵绣完一排针线,刚好抬起头来,注意到琴格失态的表情:"琴格,你怎么了?"

琴格连忙掩饰:"小姐,奴婢没事,可能有些累了吧。"

梅朵放下心来:"那这檀香就不用点了,免得你半夜起来还要忙活。你回屋歇着去吧,我绣完最后几针也就睡了。"

"不点檀香,小姐会睡不好的,让奴婢给您点吧。到了半夜,奴婢若是困得厉害,会请卓玛姐姐来守着您。"琴格说着走向香炉,"小姐……谢谢您收留奴婢,像阿姐一样爱护奴婢,这是奴婢上辈子修来的福分。"

奴婢真想一辈子都待在小姐身边，伺候您，看着您，陪您说话。"

"琴格，我看你啊真是累了，总在胡思乱想。好了，我答应你，这辈子只让你在我身边伺候，你不要担心了，好吗？快去睡吧。"梅朵爱怜道。

袅袅青烟从香炉里飘出，悄无声息地弥漫开来。琴格低着头，强忍住哭泣，冲梅朵深深鞠了一躬，走出屋子。

夜已深，多吉、金珠和理查德三人从闹市深处走来，理查德感叹于卓康甲都夜晚的美，尤其对那些迎风招展的彩色布条最为感兴趣。

金珠见理查德一脸好奇，笑着解释："那是经幡，人们也称它为风马旗。传说当年佛祖坐在菩提树下，手持经卷闭目思索时，一阵大风刮来，吹走了佛祖手中的经书。这些经书碎成千万片，被风儿带到了那些正在遭受苦难的百姓手中，百姓通过经书得到了幸福。为了感谢佛祖的恩赐，就在五彩布上面印上经文和佛祖的像，把它挂在风吹得着的地方，以求消灾祈福，祈求平安。"

理查德恍然大悟："所以，经幡其实是人们与灵界沟通的媒介，用来表达对上天的虔诚和敬意。而你们这里的神灵就是传说中的格萨尔王了！"

金珠笑吟吟道："聪明，在我们藏人眼中，格萨尔王是莲花生大士的化身，他是神灵，更是英雄。只要虔诚供奉，信仰他的子民就能过上和平幸福的生活。"

"这个说法真有意思，快多讲一些。"理查德热切地望着金珠。

多吉旁观金珠和理查德的亲密相处，而自己形单影只，忽然有些伤感。

贡布和许冠恒一到卓康甲都，就去拜访了丹增。丹增听说了两人的故事不禁哈哈大笑。

三人边吃边聊，喝了许多酒的贡布大大咧咧举起酒碗给许冠恒赔了不是，并保证以后许冠恒到了木尔多山就如同到家一样，自会有人专程护送。随后贡布又走到丹增面前，倒上酒："丹增老儿，跟许兄弟的事说清楚了，咱们的账还没算呢！你说说看，咱们打了半辈子的交道，你却冤枉爷爷我是杀害你儿的凶手！这口气，爷爷我还真是咽不下去！"

丹增一怔："二当家此言差矣，我什么时候怀疑过你是凶手？"

贡布醉醺醺道："事后不承认？爷爷我就知道你会来这套！桑措也在，你且问他，你那天是不是这个意思？别以为含沙射影的话爷爷听不出来！你怀疑多吉还不是因为他不是你儿子……"

丹增忽然咳嗽一声，打断贡布："二当家，你喝醉了。桑措，收拾一间客房，安排二当家歇下吧。"

桑措会意地走过来，去扶贡布。"谁醉了？爷爷脑子清醒着呢。"贡布撒着酒疯。桑措将贡布架起来带了出去，剩下许冠恒和丹增面面相觑。

丹增清了清嗓子，冲许冠恒扬起一个尴尬又不失礼貌的微笑："许先生，让你看笑话了。"

"无妨。时候不早了，在下也先告辞了。"许冠恒说着起身向丹增拱了拱手，告辞离开。

当厅内只剩下丹增一人时，他脸上的笑容消失了，心中升起惆怅。

回到房间，丹增坐在床边发愣。桑措点了安神香，安慰道："老爷，贡布的醉酒之言，您不要往心里去。"

丹增叹了口气："已经过去二十一年了，他还是没有放下啊。"

"您是怕他说出多吉少爷的身世？"桑措问道。

"那倒不会。他这个人什么都不在乎，就在乎一个义字。当年，他的大哥元丹因为沙图什死在我手里，我不忍多吉一出生就无父无母，将他带回了府中。此事过后，贡布也认识到不可滥杀藏羚羊，改邪归正，发誓绝不动沙图什。但只要事关多吉，他就沉不住气。"丹增有些无奈。

"老奴也担心，二少爷知道了真相会离开土司府回木尔多寨当土匪，那岂不是白费了老爷的一番心血？"桑措担忧道。

"我收养多吉，就是希望他不要走元丹的老路，做个顶天立地的英雄。多吉跟他的父亲不一样，他正直善良，是一位天生的领袖，假以时日必成大器。如今能瞒一天是一天，实在瞒不住也只有告诉他真相，希望他不要因此记恨我！不过杀人偿命天经地义，就算他要为父报仇，我也无话可说。"丹增忽然轻松起来。

"不会的，二少爷是个明白事理的人。"桑措忙道。

此时，在外面不经意偷听到的索旺不由得暗中握紧拳头：好啊多吉，原来你是一个捡来的贼。你还凭什么跟我争？我现在就去拆穿你的面具，让你滚回山寨！不行，如果他回了山寨，势必要找他的杀父仇人，这么一来，他找我阿爸报仇怎么办？等我找到合适的时机，再让他知道也不迟。索旺打定主意，得意地弯起唇角，悄无声息地离开。

土司府上下都在为即将举行的婚礼忙碌着。悬挂在屋顶最高处的一面经幡随风招展，院中煨桑炉青烟缭绕，下人们往来穿梭。几名婢女捧着藏式彩袍、头饰、藏靴，送至竹苑。

婢女早早就开始为央金梳洗换装。央金穿着白色薄衫坐在铜镜前，两名婢女为她梳妆完，向央金躬身行礼。候在一旁的诺布取来藏式彩袍为她更衣。央金张开双臂，诺布小心翼翼地为她穿上彩袍，戴上珊瑚、玛瑙、绿松石制成的颈饰，最后给她系上红绿蓝三色绸带。

央金转头看向铜镜中的自己，富贵典雅，美丽动人："好陌生啊……诺布，你会记住央金，还是记住阿姆拉？"

"奴婢永远会记住小姐的。"诺布定了定心绪，为央金戴上面纱。

时间差不多，央金由诺布陪着来到院中，与丹增同坐在上首位置。多吉兄妹三人以及其他宾客列为两排坐定。院子中间点着一堆高高的篝火，表演藏戏的人围着篝火跳舞祈福。

央金透过燃烧的篝火，下意识看向多吉，多吉感受到火热的视线，回看过来，央金飞快地转移开视线。

吉时到，丹增起身面向央金，接过桑措献上的青稞酒。央金也被诺布扶起，面向丹增接过酒杯。两人先用右手无名指沾酒向空中、半空、地上弹三下，以示敬天、地和祖先。然后喝一小口，把杯子倒满，再喝一口，再把杯子倒满。如此三次，把杯中酒喝完。

"扎西德勒！"丹增说着，向在座的部落首领们敬酒。众人纷纷端起酒杯，先弹酒敬神，再遵循三口一杯制，饮尽杯中酒。放下酒杯，桌上气氛开始活跃起来。

这时，门口传来骚动，紧接着，索朗次仁带着扎西出现在众人眼前。央金吓了一跳，桑措则一把护住丹增。

"丹增，终于见面了。"索朗次仁扬了扬嘴角。

"是啊，十八年了，次仁，你怎么会来？"丹增愣了一下，马上问道。

"今天是你的好日子，我当然要来向你祝贺，恭喜你得了一位新夫人。"索朗次仁阴笑着。

"既然来了，入座吧。"丹增明白来者不善，却平静如常，"酒宴继续，诸位随意畅饮。"

索朗次仁带着扎西大方入座，其余部落首领们都面面相觑。边巴看了眼淡定的索朗次仁父子，忽然从席间起身："丹增老爷，酒也喝了。这阿姆拉为何一直以面纱遮面？按照规矩，阿姆拉应该以真容示众，接受跪拜才是啊？"

"阿姆拉偶感风寒不能见风，所以才用面纱遮面，还请诸位谅解。"丹增说道。

"话虽如此，却不合规矩。我们卓康甲都向来只按规矩办事，今日又是丹增老爷的大喜之日，人人都想一睹阿姆拉的真容，如今却只能看一张面纱，这是什么道理？"边巴借着酒意喊道。

丹增犹豫了下，回头看向央金，征询她的意思。央金悄悄看向索朗次仁，见他佯装不在意，遂缓缓抬起手，掀开遮在脸上的面纱，落落大方地欠身行礼："阿姆拉向各位老爷请安。"

刹那间，所有人都屏住了呼吸。"达娃？"丹增不可置信地僵在原地。多吉的手一抖，桌上的酒杯被打翻也毫不在意。旁边的金珠和理查德也大惊失色，不敢相信阿姆拉竟然是央金。贡布却是一脸看戏的表情，想着丹增抢了儿子的女人，这下可有热闹瞧了。

索朗次仁戏谑地看着这一幕，周围的议论声此起彼伏。

桑措最先反应过来，轻咳一声，提醒丹增注意仪态。丹增强忍心中诧异，语声温和道："阿姆拉的真容诸位已经见到了，现在没有异议了吧？"

众人纷纷拜过阿姆拉后落座。边巴又瞥向斜对面的梅朵："梅朵小姐，你手边那只匣子里装的可是为丹增老爷准备的贺礼？"

梅朵微微一笑："是，这是我为阿爸亲手缝制的礼物。"

"听闻梅朵小姐擅长女工，心灵手巧，想必这份礼物一定惊为天人，何不拿出来让我们大家好好欣赏一番？"边巴提出要求。

"这……"梅朵迟疑了一下。

丹增隐约觉得这里面另有乾坤，但还是说道："梅朵，边巴老爷好奇你的手艺，就给大家瞧瞧吧。"

梅朵乖巧点头，捧起木匣子打开，里面赫然放置着一条鲜红的沙图什。

边巴立即跳起来："梅朵小姐，你这是什么意思？"

"不是的……怎么会这样……怎么会是沙图什……"梅朵目瞪口呆，有些不知所措。

正在这时，一名婢女惊慌跑来："不好了，琴格自尽了。"梅朵闻言，只觉一阵天晕地眩，一下倒在了地上。多吉抢步上前，将梅朵打横抱起，疾步向院外走去，同时吩咐婢女赶紧去请曼巴。

将梅朵抱回房间安置好后，多吉赶去后院查看情况。来到琴格身边，多吉蹲下试探了一下她的鼻息，无奈摇了摇头，随后取出一锭银子交给身后的下人，嘱咐好好安葬。

院子里，丹增神色不安地看着那条沙图什，脸色如同死灰。

部落首领们窃窃私语，看向丹增的眼神充满了质疑。威廉和曲晋默契地对视了一眼。边巴压抑住心头的窃喜环顾周围，还没等他出声，索朗次仁抢先发出了一道笑声："哈哈哈，丹增，没想到你居然是个道貌岸然的伪君子。"

"次仁老爷，你误会了。"桑措解释道。

"误会？土司府对外，可是一直打着要为百姓谋利益、享安康，信奉藏羚羊为卓康甲都图腾的旗号，现在不照样打上沙图什的主意。你这么做，你死去的阿爸可知晓？"索朗次仁尖刻问道。

"次仁！你不用故意说这些话来激怒我。我既然说得出，就会做得到，这一辈子都不会碰沙图什。"丹增恼怒不已。

贡布早已按捺不住，一拍桌子，翻身跳到沙图什近前一把夺过，大步来到丹增面前，往他眼前一摔："丹增，那这到底是什么，你给我们说清楚！"

边巴见目的达成，也站起身来："丹增老爷，之前小儿因为猎杀藏羚羊丢了性命，我没有任何怨言。如今梅朵小姐敬献沙图什，她的罪名理当跟小儿一样，您应该不会徇私吧？"

此时许冠恒缓缓起身，打断边巴煽动众人的话语："诸位老爷，容在下说一句，梅朵小姐天生慈悲心肠，方才的表现像根本就不知道沙图什在自己的木匣子中一样。试问，你们会在众目睽睽之下拿出沙图什坐实自己的罪名吗？"

边巴立刻反驳:"许先生,人心险恶,我们现在要的是证据,不是你的一面之辞。"

"依在下看来,老爷方才说的话容易误导他人,实在算不上证据。"许冠恒不疾不徐。

"许冠恒!"边巴气得怒吼一声。

丹增揉了揉额头:"行了,真相如何,将奴婢们都叫过来问话就会一清二楚。"

"但是梅朵小姐的婢女不是自尽了吗?"边巴反问。

丹增一时语塞,似乎也不知道该怎么办。

边巴乘胜追击:"丹增老爷,您贵为一都之首,口口声声说要保护神灵,严禁猎取禽兽,实则在暗中干这些丧尽天良的勾当,我为卓康甲都的百姓们鸣不平,现在就要替他们伸张正义!"

"边巴,你这是要造反吗?"桑措大喝一声。

"造反?呵,我为了土司府鞠躬尽瘁,连唯一的儿子都能牺牲。可丹增在做什么?他中饱私囊,阳奉阴违!我想问问,缴获上去的藏羚羊绒都去了哪里?是不是都被梅朵小姐织成沙图什卖给商贩,将黑心钱吞进了土司府的金库?"边巴一声声责问满是怨恨。

桑措急忙澄清:"藏羚羊绒已经全部销毁,你休要含血喷人!"

"我们不信,我们要求搜府!"

"对,搜府!丹增,你必须给我们一个说法!"首领们被煽动得连连要求搜府。

眼看所有部落首领都蠢蠢欲动,桑措心急如焚。

"丹增,你看到了,这里没有人相信你。现在你只有一个选择,让我们搜土司府。"边巴嚣张道。

"边巴,话说到这个份上,不搜是不行了。好,我答应你!"丹增平静下来。

"阿爸!凭什么让他们在我们家为所欲为?"索旺气愤道。

丹增摇摇头示意索旺不要多话。索旺气不过，狠狠剜了边巴一眼。

索朗次仁目送众人去搜府，转头又看向丹增："丹增，你看，这就是你的报应。土司府的气数将尽了。"说完，带着扎西离开。

桑措气不过，欲上去理论，被丹增拦住。贡布欲言又止地看了眼丹增，与金珠、理查德也走了出去。

街道上，贡布大步走在前面，金珠和理查德跟在身后。

"金珠，丹增老爷不过是收了一条沙图什，大家为何这么生气啊？"理查德一脸不解。

"嘘，你可千万别让我阿爸听见'沙图什'三个字，他会直接扭断你的脖子。"金珠小声比了个手势。

说话间，贡布已停住脚步，支着耳朵转身，瞪了理查德一眼："你一个西洋人专门跑到我们这里来研究藏羚羊，难道不知道沙图什是用什么做成的？"

理查德愣愣地答道："北山羊的羊绒。"

贡布愤怒地逼近一步，狠狠盯着理查德那双湛蓝的眼睛："去他娘的北山羊，他们用的是藏羚羊绒！采集羊绒的唯一办法就是直接杀死藏羚羊！你还敢说丹增收了一条沙图什不算什么？"

理查德大惊："啊？怎么会这样？这和我听说的完全不一样！外面的人都以为用的是北山羊换毛季脱下的绒毛，看来大家都被蒙在鼓里。"

"现在你知道了！你们这些外来人一个个都垂涎藏羚羊的羊绒，把它当成财富的象征，没一个好东西。金珠，走，跟阿爸回家！理查德，从现在开始，你离我们远一点！木尔多寨不欢迎你！"贡布拽上金珠就走。

"阿爸，你别这样，我不走。"金珠边挣扎边为难地看向理查德。

"金珠，你听老爷的话，先回山寨吧。我来到这里，就是为了研究藏羚羊。现在我知道了这个秘密，我想搜集证据调查清楚这件事，我要向所有人揭开沙图什背后的谎言。我有责任去做这件事。"理查德郑重道。

"这太危险了，你一个人怎么查啊？"金珠担忧道。

"放心，我会保护自己。等我弄清楚真相就去找你。"理查德安慰金珠。

"不准找！你敢来，爷爷就打断你的狗腿！"贡布拉着金珠扬长离去。

理查德停留在原地，心中下定了决心。

土司府里，边巴与众首领挨个搜查了所有房间的每一个角落，却一无所获。边巴心有不甘，皱眉想了好一会儿，忽然不怀好意地一笑："丹增，还有一个地方我怎么给忘了，兰苑，不介意我亲自去搜吧？"

"兰苑是土司府的禁地，谁都不准靠近！边巴，你敢搜我阿妈生前住的屋子，我就当场剁了你！"本就怒火中烧的索旺立刻吼道。

"怎么？怕被我们发现土司府的秘密金库，原形毕露了？丹增，你这一招真是高明啊，把沙图什藏在夫人的居所，装模作样悼念她，不让别人靠近，我们当然找不到赃物，各位老爷，你们说是不是啊？"边巴极尽所能地煽动大伙的情绪。

丹增眉头紧皱，沉吟了一下："好，你们想搜就搜吧。"

"那就请吧。"边巴洋洋得意地对丹增做了个先行的手势，其余人浩浩荡荡地跟上。

知晓了兰苑的意义，央金一时怔住，脑子里乱作一团，片刻后才与诺布匆匆追了过去。

一行人来到兰苑外，正在打扫庭院的店小二躬身避让到一边。走在最前面的一个小首领，举起腰刀就要砍向院门上的锁。忽然一条长鞭甩出，缠绕在刀上。众人看去，才发现出手的竟是阿姆拉。央金毫不顾忌丹增和边巴诧异的目光，将长鞭往自己身边一拽，那把刀从小首领的手中脱落。央金收起长鞭，冷冷一笑："兰苑是我的地盘，谁敢擅自闯入，就是跟美人谷作对。"

"阿姆拉，兰苑分明是夫人生前的居所，你何时变成它的主人了？"边巴纳闷道。

"这是我跟老爷之间的事，老爷何时想赏赐东西给我，难道还要经过你一个外人的同意？"央金不屑地瞥了边巴一眼。

"好，就算你是兰苑的新主人，丹增已经同意我们搜府，你现在加以阻拦，摆明心中有鬼！"边巴强硬道。

"这屋子里面堆放的全部是我从美人谷带来的嫁妆，每一件都是你亲自检查过的。这一路承蒙你的关照，我才能顺利抵达卓康甲都，嫁入土司府。现在你怀疑嫁妆有问题，那就是你也有责任了？"央金故意道。

"你……"边巴蔫下来，"我们可以不搜兰苑，那这沙图什又该怎么解释？"

"哦？你说它啊？经你们这一闹，我才想起来。在我们美人谷，沙图什是身份高贵的象征，谷主怕土司府怠慢了我，所以特意放置了一条沙图什。不知道昨晚婢女收拾东西时是不是昏了头，把它和梅朵小姐的贺礼混在一起，拿错了。这么说来，婢女害怕连累主子受到责罚，一时情急寻了短见也就说得通了。各位老爷，你们说是不是啊？"央金一本正经地编着谎话。

边巴被噎得干瞪着一双眼睛，哑口无言。首领们见边巴不说话，于是纷纷赞同央金所讲，对错怪丹增表示歉意。

良久，权衡再三的边巴也只好赔礼道："今日这件事是我冲动了，请丹增老爷不要跟我这种粗人一般见识！"

"既然真相已经水落石出，那各位就请回吧。"丹增摆了摆手。

众人行礼告退后，丹增看向央金："阿姆拉，你跟我进来。"两人走进兰苑。多吉一直注视着央金的背影，心事重重。

进了屋，丹增凝视着央金："像，实在是太像了。如果不是亲眼所见，真是难以置信，你跟她长得实在是太像了，就连这刁蛮率真的性格也是一模一样。"

"你是说兰苑的主人？"央金试探着问。

"不错，她是我这辈子最重要、最难以忘记的人。我欠她的实在太多了。"丹增有些感伤，"阿姆拉，你帮我守住了兰苑，我很感谢你，既然你和她有缘，我就将这兰苑赐给你。它空置了这么久，能等来新的主人，或许会重现往日的生机吧。"

"你……真的要将兰苑赐给我？"央金有点不敢相信。

"你初来卓康甲都人生地不熟，我不想委屈你。以后你就把土司府当成自己的家，有什么需要告诉桑措，他会为你办妥一切。你好好休息，我不会过来住的。"丹增嘱咐完站起身，却虚弱地踉跄了一下。

央金下意识伸手要去扶，又心有顾忌，手停在了半空中。丹增不由得冲她温和地笑了笑，转身离开。

诺布见丹增出来，躬身行了一礼，然后进屋去找央金。她不明白小姐为什么要出面帮丹增，如果引来其他人的注意，暴露了身份会很危险。

央金安慰地拍了拍诺布，解释道："一时情急，我也顾不上那么多。毕竟这间屋子是我阿妈生前住的地方，是我对她最后的回忆了，我不能看着他们把这里给砸烂。况且，梅朵对我有恩，我也不能任由她被人冤枉。"

诺布四下打量了一番："原来这里就是夫人生前住的地方，可是奴婢还是不明白，他们为什么一定要搜查这里。丹增听到搜查兰苑，看上去特别着急。"

"这正是我疑惑的地方，丹增对兰苑的感情太不一般了。如果真的是阿爸说的那样，丹增是个卑鄙无耻、奸淫掳掠的小人，不可能对我阿妈这么长情专一。而且索旺……所以，在弄清楚真相前，我们不能让丹增死。"央金无比急切地想知道事情的全部真相。

"奴婢明白了。今天次仁老爷和扎西少爷出现，奴婢还担心会发生什么事。还好，只是虚惊一场。但是，老爷要是知道这件事，会不会误会小姐啊？"诺布有些担心。

"阿爸要是问起，我自有主张。他对丹增的恨意太深了。我怀疑这里面另有隐情，所以我们要有足够的证据才能证明。诺布，你一定要帮我，我不想滥杀无辜，更不想多吉恨我。"央金眼神坚定。

"小姐放心，奴婢一定会帮您的。"诺布用力点了点头。

丹增知道琴格的来历，早就猜到一定是边巴利用琴格从中做了手脚，以报复他害死朗嘎。

回到房间，多吉听了丹增的分析，要去找边巴对质。丹增摆了摆手："琴格已死，哪里还会留下证据？现在边巴起了反叛之心，势必要跟我们杠到底，以后我们只有更加小心。再者，今天次仁的出现，让我特别不踏实。他不会无缘无故来到卓康甲都。这个黑衣人，肯定跟他有关系。"

多吉脑海里浮现央金的脸，眼神闪烁了几下，下定决心："我会查清楚的。"

梅朵醒来第一时间关心琴格，挣扎着要去见她。婢女卓玛阻拦不住，只好拿了件衣服追在后面。

跌跌撞撞的梅朵见人就问琴格在哪儿，下人们都躬身低头，不敢回答。忽然，多吉拉住梅朵的胳膊，将她带向自己的怀中。猝不及防撞上多吉的胸膛，靠在熟悉的怀抱中，梅朵忍不住呜咽出声。

多吉抚摸着梅朵的头发，叹息一声，任由她在怀中发泄。

将梅朵送回房间离开后，多吉在走廊看见央金从对面走来。央金看到多吉时愣了一下，飞快地掩饰住眼中复杂的情绪："是你啊？我去看梅朵。"

"她现在需要休息。央金，我有话跟你说。"多吉试着去抓央金的手。

央金一闪躲开："我现在是阿姆拉，你最好跟我保持距离。"

多吉缩回手："我只想问你为什么没来找我。你知不知道，我一直在等你。"

央金淡淡说道："我没有答应去找你，是你一厢情愿。"

多吉听到这话心痛不已，他摸出腰间的佩刀，递到央金眼前："等你是我自作多情，那这把刀呢？这是我在木尔多寨送你的防身之物，你当时很开心地收下了它，现在又要怎么解释？"

央金看向佩刀，神色有些慌张，迅速避开多吉的眼神："我不喜欢就顺手丢了。"

"那一晚我亲手揭开你的面纱，总不会也认错人吧？"多吉步步紧逼。

央金哂然一笑："所以，你现在是要与我对质？就因为我穿着夜行衣出现在土司府，又正好扔掉了你送我的佩刀？你怀疑我对土司府不利？"

多吉连忙解释："央金，你知道我不是这个意思。我相信你，可是……"

"不用解释了！多吉，不管你相信我还是怀疑我，我都无所谓。我早就不爱你了，所以不想去找你。如果你质疑我别有目的，那就去告诉你阿爸好了。看他是相信你还是相信我。"央金说得干脆利落。

多吉皱了皱眉，想说什么，又咽了回去。

央金神色平静，抿紧的嘴唇却暴露出此刻她心中的痛楚。她竭力隐忍着，做出无所谓的样子："没事我就走了，以后请你称呼我为阿姆拉，多吉土司！"说着转身离去，没有丝毫停留。

第九章 / 身世之谜

一出闹剧结束，边巴并没能达到目的。索朗次仁的出现让心有不甘的他眼前一亮。从猎杀与保护藏羚羊的博弈发展到土司之位之争，他清楚这两个同父异母的兄弟间的所有过节。边巴本来憎恶那些猎杀羊皮的人，但思来想去，现今只有跟他合作，才能扳倒土府。

做出决定后，边巴来到仓木客栈拜访索朗次仁。听明白边巴的来意，索朗次仁皱起眉头，故作为难："丹增出身显贵，拥有纯正的血统，深受百姓拥护。想要扳倒他可是谋逆的大罪，你敢肯定我会出手帮你？"

"论起血统，次仁兄又岂会屈于丹增之下？要不是当年丹增暗箭伤人，现在的土司之位早就是你的了。说实话，我真恨当年站错队，跟错了主子，才害我儿郎嘎白白丢了性命！"边巴急忙说道。

索朗次仁眼珠转了转，充满同情："偷猎牲畜罢了，何必将人打死？丹增实在是太残忍了！"

边巴恨声道："他冷酷残暴，昏庸无道，唯有次仁兄你亲自出面才能阻止他！次仁兄，丹增夺走了你的一条腿，难道你就不想报仇，将这土司之位给抢回来？"

索朗次仁面含戾气："仇当然要报，没有人能够夺走我的东西。"

边巴见与索朗次仁合作有望，目光中不禁闪出阴狠之色。

索朗次仁其实对于边巴转变立场、为他所用很是高兴。这样一来，他们就多了个筹码。不过，丹增应该也对边巴起了疑心，到了关键的时候，他失去了用处，再将他推出去也不迟。

商量完边巴的事，索朗次仁又嘱咐扎西做好防备，不要让央金有机会知道些她不该知道的，她的任务是刺杀丹增，最好不要节外生枝。

过来送水的奶妈走到门口，刚好听见父子二人关于央金的对话，心里一惊，险些打翻水盆。

扎西听见动静，立即开门查看。只见一摊水留在地上，奶妈已端着水盆匆匆离去。扎西几步追上去，一把揪住奶妈的衣领。知晓央金身世的奶妈正打定主意要把当年的事告诉央金，以避免惨剧发生，却没想到被生性多疑的扎西抓到并关了起来。

困在房间里，奶妈面色焦虑，想着到底怎样才能让央金知道事情的真相。无奈中，她向门外的看守讨要了布匹和绣线，想着到时候见机行事。

对于阿姆拉，桑措始终心存疑问。她虽帮了土司府，但故意隐藏一身武功，又生得与夫人如此相似，恐怕里面另有乾坤。桑措提议派人去美人谷将阿姆拉的身世打听清楚，才能让人真正安心。丹增想了想，让人拿了央金的画像前往美人谷。

这晚，诺布打探到丹增出府与许冠恒会面，多吉去巡园也不在府中。夜色下，央金常服打扮，避开护卫潜进书房，就着一盏昏暗的蜡烛认真翻找案卷，想寻找真相。在抽屉的最下层，她发现了一本破旧的族谱，疑惑地翻开：卓康甲都第十任土司斯郎平措先后娶了两位夫人，嫡长子为大夫人所出，取名丹增……次子……

央金翻过一页，却是残缺的纸张，不禁皱起眉头：有人故意撕去了这页纸？到底是谁不想让土司府的后人知道丹增还有一个亲弟弟呢？此人从未听人提起,这里面一定大有文章!央金思索着将族谱放回原处,又起身往旁边搜去,手指不小心碰到墙上的机关,头顶上方悬置的铁笼立刻坠落下来。

早已埋伏在外的护卫长率领众人破门而入的瞬间,蜡烛熄灭,两条身影飞快地遁入黑暗中。

护卫长高举火把,照亮屋子,铁笼内却空空如也:"分头搜,都搜仔细了!"护卫们拔出兵刃,散开到四个角落,却没有任何发现。

此刻,多吉捂着央金的嘴,正躲在房梁上注视着下面的一幕。

"奇怪?没人闯入陷阱怎么会启动?"护卫长不甘心地抬头朝房梁上看了一眼。多吉紧贴着央金,炙热的呼吸喷在她的耳边,两人一动不敢动。

护卫长没有发现什么,带领众人离开。屋内归于平静后,多吉带央金落到地面上,手一松开,央金立刻退开两步远,目光警惕:"你跟踪我?"

多吉摊了摊手:"我在书房看账目,是你没有发现我。"

"你不是去……那你为何要躲起来?"央金咽下想问的话,质问道。

"我想知道真相。想知道你为什么要冒充阿姆拉。"多吉盯着央金。

央金咬了咬嘴唇,迎上多吉探究的目光:"我就是阿姆拉!"

多吉思索了一下,带央金来到密室。当央金看见壁上绘制的岩画,瞬间愣住:"她是……"

"我的阿妈。"多吉望着画上浅笑的女子,似乎陷入某种回忆中,"我对她的记忆只停留在两岁。她走后,阿爸让人封闭了兰苑,又秘密打造了这间密室,平时除了他谁都不准进。这么多年,我早已经忘记了她的样子,直到阿爸让你搬到兰苑那天,我无意中跟着悄悄溜进来的索旺,才发现……"

多吉从画上收回目光,看向身边的央金:"你们长得太相似了。"

央金的心猛烈地跳个不停,她闭了闭眼睛,平复情绪后开口:"所以，从那天起你就已经怀疑我的身份？你故意装作不知情，就是想看我什么时候露馅？"

"我从来没有怀疑过你，只是想帮你。"多吉伸手扶住央金的肩膀，想找回昔日相处的感觉。

央金将他的手拂开："帮我？你发现了这幅画就以为它是我想要的？我根本不认识她！"

多吉急解释道："央金，你现在简直与之前判若两人，先是行刺我阿爸，接着反过来帮他，现在又夜闯书房翻阅族谱，我已经搞不懂你到底想要什么。"

"我想要的就是土司夫人的位置！我现在是阿姆拉，不要再喊我以前的名字！我只说最后一次，如果你怀疑我对土司府别有目的，就去向你的阿爸告发我，如果你做不到，就不要来管我的闲事。我们已经结束了，希望你能自重。"央金佯装平静。

多吉嘴唇颤抖，面色惊骇。央金则冷漠地转身离去。当她背过身时，极力克制的悲伤倾泻而出，她只能加快脚步，不让背后注视的多吉觉察到。

书房里，丹增头疼地看着美人谷主的信函，旁边摊开着原本的阿姆拉的画像。

"老爷，黑衣人夜闯土司府时，老奴就觉得蹊跷，后来一直追查不到他的行踪，此事也就不了了之。现在想来，我们追查的方向出了差错，一直以为黑衣人是个男人。如今，府中的这位阿姆拉来历不明，又身怀绝技，极有可能就是黑衣人！"桑措猜测道。

"如果她真的想杀我，又何必出手相救？"丹增眉头紧皱，百思不解。

"老奴一时也无法参透，不过老爷，阿姆拉和夫人真的太相似了，如果夫人有女儿的话，阿姆拉她会不会……"桑措试探着说道。

"不可能，那时的情况，次仁不会留下我的孩子的。"丹增断然否定。

"老奴也只是猜测。现在外面已有了一些对老爷不利的传言，不如趁此机会假意与阿姆拉合房。一来让那些流言不攻自破，二来也能试探出阿姆拉的底细。"桑措提议。

丹增若有所思地点点头。

丹增来到兰苑，见央金主仆二人在屋前恭候，便对一旁的诺布说道："你先退下吧，我有话跟阿姆拉说。"诺布点点头，转身离开。

丹增走进屋子，在桌前坐下，看向央金："我只问你一次，你是谁？谁指派你来的？"

央金面露惊惶之色，又强装镇定："神灵的旨意选中了我做阿姆拉，我就来到了这里。"

丹增不动声色地从袖袍内取出一幅画轴，递给央金："见过这个人吗？"

央金打开画轴，那日被她替换的女子的画像慢慢出现在眼前。她定了定神，摇头。

丹增看着她的眼睛，叹息一声："你嫁入府中有一段时间了，我总不来你这里，外面的人会说闲话。今夜，你准备一下侍寝吧。"

央金一激灵："什么？侍寝？"

丹增淡淡道："你是阿姆拉，是我名义上的夫人，这些你早就知道。侍寝不过是做戏给外人看，我不会碰你，你也不要露出破绽。"说完起身向屋外走去。央金愣在原处，好久没回过神来。

傍晚，央金已做好思想准备，沐浴更衣后前往丹增房间。她知道丹增拿出阿姆拉的画像，是在试探自己，暗示她此时动手一定会败露。而两人共处一室，总会找到彼此的破绽。谁先露怯，谁就输了。她还有很多谜团没有解开，她必须沉住气，不能露出马脚，不能输。

窗外雨水汇聚成帘。央金走到门口,撑起雨伞推门而出。

多吉举着一把雨伞,悄悄站在院中的一个角落,注视着丹增的房间。窗户上闪过央金的身影,忽然间蜡烛熄灭了,屋内陷入一片黑暗。多吉痛苦地丢下伞,逃进滂沱大雨中。

屋子里,央金侧身睡在床榻上,手中握着一把匕首,闭目假寐。丹增平躺在床榻下的一床被子上,没有任何睡意。良久,丹增翻了个身,央金身体一颤,下意识睁开眼。

黑夜中,丹增轻不可闻地叹息一声,柔声道:"睡吧,不用如此防备我。"过了一会儿,丹增似乎真的睡着了,央金慢慢松懈下来,眉头依然紧蹙。

经过一段时间的观察,丹增见多吉将土司府的事务打理得井井有条,便决定在他生辰时正式退位,将家族象征之物交托给他,让他独立担负起土司的责任。

这日,土司府院中早早摆好宴席,丹增坐在上首,众部落首领及府中女眷分列两侧。

多吉穿过门前的煨桑炉,来到嘉措面前。嘉措捧起喇嘛敬献的哈达,挂在多吉脖子上,双手合十。多吉接受祝福并还礼。丹增倒上一碗青稞酒,面向众人:"欢迎诸位老爷,参加我儿多吉的生辰宴,今天,我想宣布一件事。我决定正式退位,把土司之位传给多吉。"

没等众人反应过来,坐在一旁的索旺已经将酒碗砸向了地面:"阿爸,你说什么?"

丹增扫了一眼索旺,又看向多吉:"多吉,你过来。"说着将脖子上象征土司之位的带有藏羚羊图腾的嘎乌摘下,准备给多吉带上。

索旺见状立刻上前喊道:"我不同意!"

"索旺，你在胡闹什么！"丹增怒斥一声。

"我有没有胡闹，阿爸您心知肚明。我真不明白，在您心中，亲生的孩子竟比不上一个捡来的野种吗？您怎么能让野种当土司？"索旺快步走向多吉，一把夺过嘎乌。

多吉一愣，不解地看向索旺："你说什么？"

索旺直视多吉，冷笑道："实话告诉你，你根本就没资格跟我争，也没有资格住在这里！"

"索旺！"丹增横眉立目，想要制止索旺。

院中，宾客们面面相觑，俨然在等待一场好戏登场。

索旺不顾丹增的阻拦，上前一步，盯着多吉的眼睛："多吉，别以为叫一声阿爸，就能改变你骨子里低贱的血统，你不过是我阿爸捡回来的一个贼头的儿子，根本就不配当土司！"

索旺话音刚落，众人愕然，央金更是目瞪口呆。丹增颓丧地向后瘫坐在座椅上，桑措站在丹增身侧，一脸焦灼。

多吉捏紧拳头，揪住索旺的领口，吼道："不可能，你撒谎！"

"你当然不会相信了，知道我为什么讨厌你吗？因为你跟你阿爸一样，都是贼！你抢走了我的阿爸、大哥，我喜欢什么你就要抢走什么，可是现在不一样了，我会把你抢走的东西，一样一样全部拿回来！"索旺眼神狠厉，用力推开多吉的手。

多吉怔在原地，震惊而彷徨："索旺，你可以不喜欢我，讨厌我，但是绝不能开这样的玩笑！我不是阿爸的孩子，那我的亲生阿爸到底是谁？"

索旺阴恻恻一笑："呵，这件事就要问最爱你的阿爸了。"

多吉眼神受伤，转眸望向丹增："阿爸，我到底是谁？"

丹增望着他，喉咙忽然涌上一股腥味，猛地吐出一口血，陷入了晕厥。院中顿时大乱，下人们纷纷冲向丹增。

人群里，边巴轻蔑地笑了一下，曲晋也目露狡黠。

多吉仿佛察觉不到身边人的存在，离魂般倒退几步，跌跌撞撞向外走去。央金担忧地注视着多吉，用眼神示意诺布跟上。多吉来到马厩，策马奔出府。诺布赶紧骑上另一匹马追了上去。

扎西很快与威廉结盟，条件是多吉要交给他处理。威廉则想要可可西里所有的藏羚羊，他要把二十万只藏羚羊全部变成黄金。

郎嘎的事，使威廉损失了七十二张羊皮。扎西为表诚意，告知威廉城外的太阳湖是藏羚羊的原栖息地。每年春季，怀孕的雌羊就会向那儿聚集，向卓乃湖迁徙，雄性羚羊没有迁徙习惯，会继续留在原栖息地。

威廉立即与曲晋谋划赶往太阳湖狩猎，有多金寨的人暗中相助，他们相信一定会神不知鬼不觉地顺利得到羊绒。

离开金珠后，一个人在草原上艰难跋涉的理查德好不容易看见几顶黑色帐篷，犹如抓住了救命稻草，连滚带爬跑了过去。一个年轻的阿妈好心给他盛了碗肉汤，又拿了两个糌粑。

理查德双手接过食物，狼吞虎咽地吃着。吃得差不多了，他转睛看向空空的帐篷："怎么只有你一个女人，要是遇到危险怎么办？"

"他们都去草滩赶羊了，我帮不上什么忙，留在这里做饭。有獒守着我，不会有危险的。"阿妈指了指趴在帐外的藏獒。

理查德扬起眉毛："赶羊？牧人还要饲养家羊吗？"

"哪有什么家羊，是藏羚羊，它的皮子很值钱，肉还可以果腹。你刚才喝的汤就是用藏羚羊肉熬成的。"阿妈解释。

理查德一口汤水喷了出来，忙在胸前划了个十字。

外面的藏獒忽然起身狂叫。草原深处，十个猎手骑马飞驰而来，草屑、泥土四散飞扬。

猎手们回来看见理查德，立刻警惕地将他捆了，扔到帐篷角落里。

之所以没直接杀了他,是担心太惹眼,会引起土司府的注意,不如等卖掉羊绒走的时候将他丢在这里喂狼省事。

帐篷外,两个猎手忙着用刀子割下羊皮上的羊绒,放入耗牛毛编制的袋子里。

理查德琢磨着他们要卖掉羊绒就得与雇佣者见面,他要想办法弄清楚幕后的人是谁,他们又在哪些地方进行交易,然后通知多吉将他们一网打尽。想了一会儿,理查德计上心头。他费力地将头拱出帘子:"嗨,伙计,你们抓错人了,其实我们都是出来干买卖的,互相让着点,说不定我还能帮你们多挣一些金子。"

一个猎手扭头吼道:"你小子扯什么皮?少跟爷爷们来这套!"

理查德蹙眉,显然听不大懂粗话,但隐约感觉出对方起了疑,遂故作冷静继续说道:"你们要是不相信我是自己人,可以打开我的箱子,里面有一本笔记,记载的全都是跟藏羚羊相关的内容,只要摸清楚它们的喜好,就算想要获得所有的藏羚羊,也费不了什么功夫!"

两个猎手将信将疑地去翻箱子,理查德见两人态度有所松动,又道:"我问你们,这些羊绒拿去卖掉,一张可以得到多少黄金?"

"十两!"一个猎手答。

"一条沙图什呢?"理查德再问。

"不知道。"猎手摇头。

"三百两!据我所知,制作一条沙图什需要三只成年的藏羚羊。换言之,你们手上的一张皮子就价值一百两黄金。这些羊绒会先运到沙阿王朝,再送往克什米尔加工,最后制成沙图什贩卖给其他国家。大英帝国是沙图什最走俏的市场之一,现在王公贵族已经出到这个价格了。"理查德伸出手掌比了个五。猎手们惊呆了。

见已成功吸引二人注意,理查德适时打住话头:"出来干买卖的,谁不想多挣点金子养家糊口。言尽于此,信还是不信都取决于你们!"

"我信你!"一个猎手忙说。

"好，那你们交易时带上我，我有办法帮你们多要些金子。"理查德趁机说道。

悲痛欲绝的多吉一路打马飞奔，耳边不断回响着索旺的话。沉浸在痛苦中的多吉没有注意到前方的悬崖，待他蓦然发现，急忙用力勒住马缰绳，马儿长啸一声前蹄高抬，落地时踏起的石块接连滚落悬崖。多吉却被甩出马背，坠入瀑布中。

后方赶来的诺布看见这一幕，吓得勒马惊叫。

多吉顺着水流坠入湖中，本能地挣扎着跃出湖面。不远处，火光冲天，隐约传来人声。他循着亮光，慢慢朝那边游去。

湖边，理查德跟着那些猎手来与雇佣者见面。前来交易的曲晋一眼看见理查德，立刻抬手示意："来人，将这个奸细拿下！他是贡布的人，马上就地处决！"

理查德大惊，来不及抵抗，就被曲晋带来的人捉住手臂，绑在了背后。那名猎手想要解释，看看形势又默默退到一旁。

"我跟贡布早就决裂了，求财而已，不用做得这么绝吧？"眼看一个人用土枪对准自己的头，理查德急忙举起双手大喊。

"你求的是我的财，你说该不该杀？动手！"曲晋喝道。

理查德怔住，神色懊恼，绝望地闭上眼睛。枪没响，周围却传来打斗声。理查德急忙睁眼，见拿枪指着自己的人胸口插着一把匕首，已经没了气息。不远处，多吉挥着一把腰刀与曲晋的人缠斗在一起。

遭到数十名猎手围攻，还要顾及理查德，多吉一番搏斗后多处中刀，强撑着带同样受伤的理查德退到湖边，两人跳入水中。

不甘心的曲晋瞬间用土枪瞄准多吉的后背。多吉中枪，与理查德沉入湖中。

"给我追。生要见人，死要见尸！"曲晋气急败坏地将土枪摔在地上。

远处的灌木丛中，诺布竭力捂住嘴巴，不让自己发出一点声音。而另一侧的暗处，扎西和石达骑在马上，将这一切都收入眼中。扎西勾起嘴角，露出阴森的笑容。

　　夜色渐深，央金站在院中，神色不安地看向院外。惊慌失措跑回来的诺布，一下子扑倒在央金跟前。

　　听完诺布的叙述，央金惊惶地用手捂住嘴，猛然后退，瘫坐在地上。片刻，央金眼睛黯淡，悲恸摇头："不会的，他不会有事的，我现在就去接他回来。"

　　诺布难过极了，伸手抱住央金："小姐，您不要自欺欺人了，多吉土司不会再回来了，您醒醒吧！"

　　央金被诺布抱着，眼神空洞，喃喃道："诺布，我求求你，你帮我把他找回来好不好？我还有很多话没来得及告诉他，我还没有说过喜欢他，我根本就忘不掉他……"一滴泪从她的眼角落了下来。

　　诺布再也忍不住，抱着央金痛哭出声。

　　丹增还未苏醒，央金只好红肿着眼睛请桑措立即派人去缉拿曲晋，以阻止他继续对多吉痛下杀手。听央金讲了事情的大概经过，桑措有些怀疑，不知道是真是假。

　　央金焦急中向桑措说明了她是多吉心仪的女子，请他一定相信，她绝对不会加害多吉。桑措惊讶之余立刻调动护卫队去抓曲晋。

　　曲晋回到教堂，威廉听说并没有抓到多吉，担心事情会败露。两人说话间，土司府的人已到了教堂外面。威廉顿时起了杀机，他抽出一把匕首在曲晋没有防备的状况下一刀刺入他的胸口："曲晋，我也想饶了你，不过你太大意了。现在土司府的人包围了这里，我不杀你，死的人就是我！"

"你……"曲晋瞪大眼睛倒在地上。

外面脚步声响起,威廉用另一把匕首划伤自己的胳膊,又将匕首塞到曲晋手中,不紧不慢地起身向外走去。

桑措带着一队人马举着火把,将教堂重重包围。他正要抬手示意护卫长冲进教堂,门忽然打开,威廉捂着胳膊,跌跌撞撞地走出来:"桑措管家!曲晋老爷要杀我……"

护卫长与桑措交换一个眼神,立刻率人进入教堂。稍后,两名护卫抬着曲晋的尸体,跟在护卫长身后出来。

桑措皱了皱眉,看向一脸深不可测的威廉:"神父,你和曲晋老爷私交甚好,他为何突然想杀你?"

"因为我发现了他的秘密。曲晋老爷想打藏羚羊绒的主意,他在交易时被多吉土司撞见,情急之下开枪打中了对方。事后,他害怕东窗事发,就找我合计掩盖事实真相。我不愿意,他就想杀我灭口。我出于防卫动了刀,失手杀死了曲晋,希望天父能够饶恕我的罪过!"威廉说着在胸口画了个十字,双手交叉置于胸前,佯装为曲晋虔诚祷告,"愿曲晋老爷的灵魂在天堂得到安息,阿门!"

桑措见威廉态度恳切,目光毫不避讳,不由得信了几分:"神父洁身自好,不愿与人同流合污,实在是令人钦佩。"

央金不安地等桑措回来,听到曲晋竟死在威廉手里,疑惑之际却也没时间多想。出去打探多吉消息的人仍没有音信,央金只能盼望多吉会平安无事。

贡布带着金珠赌气回到木尔多山后,再没去过卓康甲都,日日待在山寨倒也怡然自得。这日,山洼里忽然来了一群野驴,贡布盼咐猎十头不带崽的回来,给兄弟们解解馋。

围猎结束，金珠清点了野驴的数目，土匪们拿出事先准备好的板车，将野驴抬到上面，然后清理场地。金珠跟在人群后面，不经意朝对面的瀑布看去，忽然发现冰川上方有两个小黑点。

理查德拖着一个简易的木制担架在茫茫冰川上艰难跋涉。他穿着单衣，腹部缠着厚厚的布条，仍有鲜血渗透出来。担架上，多吉昏迷不醒，身上盖着理查德的外套。

精疲力竭的理查德拖着沉重的双腿坚持着，坚持着，突然眼前一黑，倒在了担架旁。在他失去意识前，似乎看到金珠焦急地朝他跑来……

一道晨曦透过窗户，打在床榻上。多吉紧闭双眼，面无血色，脸上多处瘀伤。贡布担忧地坐在他的床边。已经好几天了，多吉还是昏迷不醒，若真有什么三长两短，贡布真不知道到了那边该怎么向他的亲生阿爸交代。

另一间客房里，伤势较轻的理查德已经恢复过来，瞧着笨手笨脚帮他换绷带的金珠满面含笑。金珠定定地望向理查德深邃的眼睛，正要伸手去抚摸理查德英俊的脸庞，贡布从屋外走进来，用力地咳了一声。金珠急忙与理查德拉开距离。

贡布看了眼脸颊红扑扑的金珠，又斜了眼金发碧眼的理查德，一脸不爽："你小子出来，爷爷有话问你！"

理查德跟着贡布来到院中，神情忐忑，贡布上下打量他一眼，冷哼一声："看在你救了多吉的份上，爷爷我暂时饶过你。不过你别以为这样做，爷爷就会接受你，你和金珠的事想都别想！"

理查德微微松了口气，点头："贡布老爷请放心，在您对我解除误会之前，我绝对会恪守礼仪，不会对金珠越雷池一步。"

贡布瞪起眼："一步？你想要留在木尔多寨，就必须跟金珠保持一丈远的距离。行了行了，你快跟爷爷说清楚，多吉背上的枪伤是怎么回事？"

"您带着金珠走后，我就去暗访牧民，打探藏羚羊的真实消息，没想到……后来我们顺着水流漂到了冰川脚下。金珠曾经说过，木尔多山后山的瀑布是冰川水融化汇集而成，我就抱着侥幸的心理一试，后来发生的事老爷您也知道了。"理查德简略讲了事情经过。

"曲晋这个老不死的东西，竟然敢对多吉出手，真是活得不耐烦了！这笔账爷爷一定要跟他算清楚，让他知道在这可可西里，有谁是惹不起的！"贡布听完，握紧拳头愤怒不已。

这时金珠从多吉屋内走出来："阿爸，多吉醒了。"

房间内，多吉半坐起身，眼神涣散。急匆匆跑进来的贡布一把按住多吉的肩膀："傻小子，你可算醒来了！怎么样，有没有哪里不舒服？"

肩背上的伤令多吉疼得嘶了一声，贡布急忙松开手。

"阿古，我怎么会在这里？理查德教授……他怎么样了？"多吉一时有些懵。

理查德跟着金珠随后进屋，听到多吉的话，上前一步："我好着呢，多吉，要不是你舍身保护我，我就没办法站在这里说话了，幸好你没事，否则我会内疚一辈子的！"

多吉挤出一个笑容："你也救了我，算是互相扯平了。"

贡布一屁股坐在床头，拧着眉头打断多吉："多吉，理查德说曲晋那个老东西朝你开了枪，是不是真的？他敢伤你，阿古这就去抄了他的老窝！"

多吉皱着眉想了想："阿古，这件事先不急，我有话想问你，你一定要如实回答我！索旺说我是贼头的儿子，这是不是真的？"

贡布怔了怔，沉默地扭过头。金珠见此情景，拉着理查德掩门离开。

"没错，你不是丹增的儿子。这个秘密，阿古压在心底整整二十年，每次见到你都是想说又不能说,没想到会等来这么一天!"贡布犹豫良久,还是开了口,"你阿爸是阿古的结拜义兄,叫元丹,高原上最优秀的神猎手,也是阿古的大恩人……"

原来贡布本为奴,因当时有几个兄弟得了疟疾无钱医治,被逼无奈去偷了主人的沙图什,没想到被发现,一顿严刑拷打后好不容易逃出来,又被一路追杀,幸好元丹路遇救了他,并将他带回了自己家。那帮人辗转追到草原,烧毁了元丹部族所有的帐篷,许多老弱妇孺失去了自己的家园。元丹和大家却没有怨他,他感动至深,决定誓死追随。

为了生存,贡布领大家来到一座荒山,立誓再也不要过那种任人宰割的日子,还要杀尽这群欺压百姓、不把奴婢当人看的狗东西,让他们有所忌惮,再也不敢为所欲为。这就是最初的木尔多寨。一段时间后,他们杀富济贫、惩恶扬善,迎来了许多慕名投奔的人,山寨一步步壮大起来。

人越来越多,从这条路上经过的商队和狗官却渐渐减少,为了给大家谋出路,贡布建议去百里外的卓康甲都偷沙图什,作为大当家的元丹却没有同意。他是个猎手,打了无数猎物,却唯独信奉藏羚羊,他坚信藏羚羊是高原上的吉祥神,会给他带来好运。

后来土司府出面打击劫匪,他们总是空手而归。而这时元丹的妻子拉珍就要临盆,为了母子的生活,元丹最终答应去走一趟。当他们领着几个弟兄悄悄摸进土司府的后院,还没动手就遭到了伏击。当时的土司斯郎平措带着年轻的丹增指挥护卫队与他们打成一片,混战中,丹增一箭射中了元丹的心脏。贡布欲上去营救,另外几人见形势危急,拽着贡布急忙逃了出去。护卫队要去追赶,丹增却挥手制止了。

拉珍见大家迟迟不归,心里忐忑不安,站在窗前翘首以盼。忽然腹内疼痛来袭,她捂着肚子想回到床上,不料碰倒了手边的烛台。蜡烛点燃帐幔的一角,火势瞬间蔓延了整个屋子。当有人撞开木门冲到拉珍身边的同时，初生婴儿的啼哭声响彻火海。拉珍精疲力竭地看了看身边的男婴，永远地闭上了眼睛。

讲到这里，贡布眼含泪花，扭转过身体，不敢看多吉的眼睛："你就是那一晚在这间屋子里出生的，阿古给你取名多吉，就是为了记住这一刻，希望你永远不要忘记你的阿爸阿妈是怎么死的。"

多吉震惊地打量着四周，心中不禁更加疑惑："原来我出生在木尔多寨，那为什么我会成为丹增的儿子？"

"是这样，阿古不忍你阿爸背上窃取沙图什的罪名，落得个死无全尸、游街示众的下场。所以阿古就带着你，去求土司府网开一面，想将他的尸身讨回来。丹增出面解决了这件事，他虽然年纪轻轻，但说到做到，将你阿爸的尸体完好无损地还了回来。条件就是要由他来抚养你。他信誓旦旦地保证，一定会将你视如己出，给予最好的教养。阿古当时顾不上那么多，就同意了，与他约定双方永不追悔，更不能向他报仇。再后来的事，你也知道了，阿古想将金珠嫁给你，就是想将这木尔多寨还给你，毕竟它是你阿爸的心血啊。"贡布抬手抹了一把眼睛。

多吉如鲠在喉，静默良久，才开口道："我能去看看他们吗？"

"好，你们一家人分别二十年，是该见面了！"贡布说着起身向外走去。

两人来到后山，贡布走向两座紧靠在一起的坟墓："大哥、大嫂，你们今天终于一家团圆了。"说着拿起酒壶斟了一碗酒，洒在坟前。

"阿古，我想一个人静静。"多吉盯着墓碑说道。

贡布看了多吉一眼，转身离开。

多吉伫立在坟前，一脸沉重。半响，蠕动着嘴唇，艰难出声："阿爸……阿妈……"他的肩膀轻轻抖动着，极力压抑住情绪，"我现在变成了杀父仇人的儿子，我不知道要以什么面目来见你们，更不知道以后要如何面对他。阿爸,您恨他吗?我要为您报仇吗?请您告诉我,我该怎么办……"多吉说着,身子一瘫,跪坐在了地上,用手捧着脸无声地呜咽着。

不远处的石头后,贡布泪眼婆娑地看着这一幕。

回到山寨,贡布召集了几个身手不错的兄弟,气势汹汹地直奔曲晋府。

昏迷了几日的丹增终于醒来,索旺借口前来探望,实则急着向丹增索要土司府的管理权。丹增心力交瘁,最后不得已让桑措将书房的钥匙给了索旺。待索旺离去,满目担忧的桑措将刚刚端回来的汤碗递给丹增:"老爷,梅朵小姐亲手炖的红景天乌鸡汤,趁热喝了对您的身体有好处。"

丹增接过汤碗,拨了拨,又蹙起眉头:"喝这些也是白费,别让梅朵忙活了。每个人的命里都是有定数的,它让你生你便生,它要你死你只能死。今日的局面是我一手造成的,只是苦了多吉那个孩子,我宁可他回来找我复仇,也不愿他想不开毁了自己。"

桑措犹豫了一会儿,下定决心:"其实二少爷不是不想回家,是发生了意外。"

听了桑措的叙述,丹增又惊又怒,猛烈地咳嗽了起来。桑措忙上前轻轻拍打后背安慰道:"老爷放心,老奴已加派人手去搜寻,一有消息就会传回来。至于那批藏羚羊绒,火铳队正在追回来的路上。"

丹增止住咳嗽,问道:"火铳队不在城中,园子那边又有多少人把守?"

"这……是老奴考虑不周,老奴这就调一队护卫前去巡逻。"桑措转身欲走。

"慢着,今晚我去一趟吧。"丹增叫住桑措。

土司府距离园子有几十里路,桑措担心丹增的身体,出言劝阻。丹增却坚持,桑措只好去准备。

第十章 / 生死营救

　　土司府的变故让几个小部落首领看到了机会，他们对藏羚羊觊觎多时，却不敢动手，这次特意联络边巴，计划一更天血洗藏羚羊园。他们打听到火铳队被调走，城门的兵丁也不到平日里的三成，已经想好得手后伪装成马队带羊皮蒙混出城。若真的打起来，他们手里有刚从中原弄来的一批燧发枪，远胜土司府的那些破铜烂铁，强闯也不在话下。

　　入夜，边巴等人分散埋伏在灌木丛中。远远看见园中有护卫在巡逻，边巴不禁心生疑惑。仔细一看，竟是丹增与桑措站在羊栏旁交谈，顿时皱起眉头。

　　边巴正犹豫着要不要动手，忽然看见丹增不知说了什么竟然笑了笑。边巴顿时怒火中烧，眼中闪过狠厉之色："你要了我儿郎嘎的性命，居然还笑得出来？不杀了你，怎么对得起我儿在天之灵！我现在就要为他报仇！"说着举起手中的燧发枪，对准丹增站立的位置扣动扳机。

　　弹药打中栏门，寂静的黑夜瞬间陷入一片慌乱。桑措本能地挡到丹增身前："老爷，快回营帐！"护卫和下人们纷纷拿起土枪，准备还击。

　　枪声接连响起，丹增眉头一挑，沉声道："他们是冲我来的，给我枪！"

不容桑措劝阻，丹增已经夺过身边下人手中的一杆土枪，打开前膛安装好火药，一手持枪一手拉绳，瞄准远处黑黝黝的山坡。第一发，火药掉了，第二发，是哑的。丹增生气地看向手中的土枪。

贡布带着七八个小土匪正骑马赶路，听见枪声，急忙勒住马匹，朝不远处的山坡看去："卓康甲都城内是严禁狩猎的，丹增这个老东西是怎么回事，私藏沙图什就罢了，现在已经纵容猎手横行无忌？真是太令爷爷我失望了！"贡布黑着脸，率众土匪赶到藏羚羊园，远远看见两帮人正在厮杀。

一伙儿蒙面人持着燧发枪，接连对丹增等人开枪攻击，丹增等人完全不是他们的对手，被迫退到栏门前。受惊的藏羚羊们挤在一起，无助地叫着。

边巴端着燧发枪，瞄准丹增，还没来得及扣动扳机，就感觉一个利器朝自己头部袭来。他下意识就地一滚，一柄斧头落在身侧，狠狠地插入土内。贡布骑在马上，横眉怒斥："想取丹增的命，也不问爷爷我一声？趁爷爷手下留情，还不快滚！"

边巴知道自己不是贡布的对手，愤愤地捡起枪，吩咐身后的随从赶快撤。贡布示意土匪们去追，自己骑马来到丹增身旁，居高临下地打量着他："老东西，没死吧？"

丹增抬头看了他一眼，擦了擦额头上的冷汗，微笑道："还活着，谢谢你，贡布。"

贡布转过头，重重地哼了一声。

处理好园内之事，丹增与贡布骑马返回。对贡布的及时相救，丹增再次道谢。贡布却翻着白眼，一副不想理人的样子。

丹增笑笑："还记着沙图什的仇呢？我们相识这么多年，你应该要相信我，我不会打沙图什的主意。有些事情不一定眼见为实，要靠这里去感受和相信它。"丹增指了指自己心脏的位置，欣慰一笑，"不过你对我抱有这么大的成见，还是冲上来救我，我没认错人，更没交错朋友。反倒是我亏欠了你，恐怕这辈子是还不清你的债了！"

"你欠的不是我，是我大哥！"贡布脱口而出，"你按照约定履行了承诺，所以这笔账爷爷我不跟你算，也不会找你报仇！除非是多吉想要你的命，那爷爷我就管不着了！"

丹增怔了怔，很快回过神。他听出了这话中的弦外之音，轻叹道："他想要回来替父报仇，我不会阻拦他。只是眼下，我还是要多问一句，你这个时候带着这么多兄弟下山，是为了找曲晋的麻烦吧？"

"你怎么会知道？"贡布愣愣地看向丹增。

"若不是为了多吉，你不会主动踏入卓康甲都一步，要是我猜得没错，多吉就在你的木尔多寨。不过你来晚了一步，曲晋已经死了。"丹增淡淡道。

"爷爷我还没把这一枪之仇还给他呢，他就死了，真是晦气！人都死了，爷爷我也不想待在这破地方，告辞了。"贡布拱手，打马离开。

"他还活着！"丹增望着他的背影，默默松了一口气。

理查德和金珠给多吉感染的伤口换了药，又熬了汤药给他服下，多吉好转了许多。待到晚上金珠再来送药，却不见了人影。两人找遍了寨子，金珠意识到多吉可能下山去找丹增报仇，理查德又有伤在身，遂只身骑马前往土司府。

藏羚羊园屡屡被盗，城门口也没有查到什么消息，明显是内部人所为。丹增恼火之余决心换掉所有火铳，不能在武器上先输给他们，让盗贼钻了空子。

格萨尔王诞生日快到了，按照部落的习俗，要积善行德一个月。丹增让桑措颁布文告，严禁百姓杀生吃肉，须转经朝佛，广行一善。希望他们能够看在神灵的面上,暂时收手,好让他有充足时间解决枪支问题。

扎西在索朗次仁的授意下,在卓康甲都找了一处宅院,虽然小了点,但胜在清净,里面机关密室别有洞天,如果有人想贸然闯入,绝对无法全身而退。

索朗次仁上次露面,就是想要吸引丹增,看他会有什么打算,没想到迟迟没有动静。现在城中血雨腥风,丹增就更加奈何不了他们了。倒是央金那边迟迟没有行动,索朗次仁令扎西去看看什么情况。

月色清亮,央金坐在窗前愁肠百结。诺布看着她落寞的背影,犹豫着开口:"小姐已经几夜没合眼了,如果有消息早就传回来了,您还是别等了,快去睡吧。"

央金没有答话,轻轻地叹了口气。

一道黑影从屋顶上掠过。扎西蒙着面悄无声息地翻墙入院,娴熟地朝兰苑的方向走去。不多久,多吉紧随其后,跃入院中,发现前方有道黑影,多吉的心中立刻提起防备,沉声问道:"你是谁?"

扎西身形一顿,眼神惊异,暗想:这傻子怎么还活着?

多吉见扎西站着不动,警觉地向他靠近。

"这么快就不记得我了?"扎西盯着多吉的眼睛,忽然从腰间拔出匕首,向多吉刺去。匕首划过衣边,在多吉的右臂上下分别刺中一刀。面对如此连贯流畅的刀法,多吉的眼前不自觉地闪现出那晚在树林与他交手的黑影:"原来是你!你才是那晚夜袭藏羚羊园的人?"

"眼力不错!可惜你明白得太晚,现在所有人都认定郎嘎是真凶,他也为此付出了代价。难道你想替死人翻案,承认自己断错案不成?"扎西嗤笑道。

"你为什么要这么做?你到底是谁?"多吉追问。

扎西不再多说,他接住多吉袭来的右拳,一记过肩摔,将他狠摔在地。多吉咬紧牙关，握紧拳头，爬起时肩膀上已渗出鲜血，疼得他身子打战，拧紧眉头。扎西见状，冷笑一声，大步走上前去，手里捏紧匕首："本还想饶你一命，但你认出了我，那只能送你去死了！"

扎西扬起小刀，向多吉的脖子扎去，多吉以左肘挡住小刀，用力踹向扎西的腹部。刀飞出去，扎在廊柱上，扎西后退两步，再上前时，听到护卫队的脚步声。院子内外灯火通明，护卫们举着火把，拿着藏矛往这边包抄而来。扎西狠狠盯了多吉一眼，往角落处逃去。

多吉往前走了两步，忽觉得脚步一虚，正要跌倒时，被一双手及时扶住，来人正是央金。

央金扶着快要晕厥的多吉，踉跄地推门进屋，吩咐诺布去门外看着，然后将多吉扶到床榻边坐下，仔细打量着他的伤势，关切地问道："你的肩膀上全是血，是不是伤得很重？"

多吉下意识抓住央金的手："我没事。"

央金又是担心又是激动："怎么会没事？那天你就这样跑出去，我还以为这辈子再也见不到你了，你能回来我真是太开心了。"

多吉神色一怔，望着央金快要哭出来的表情，有些讶异："你，担心我？"

央金脱口而出："我当然担心你！多吉，你为什么这么傻，就算丹增不是你的亲生阿爸，你也用不着离开啊！"

多吉听她提起丹增，眼神瞬间黯淡，苦笑一声："那是因为你不知道，丹增于我有杀父之仇！"

央金听闻此言，心中犹如巨石压过，过了半晌，才继续追问："所以，你是回来找丹增报仇的？"

多吉不知该点头还是摇头，只是苦笑。

央金叹了口气，凝视着他的眼睛，一字一句道："多吉，你听好。你的私事我本不该过问，可是我想提醒你一句，丹增再十恶不赦，对你也有养育之恩，你要报仇，必须先还恩。"

多吉的神色有些懊恼："是我没想清楚，我没有脸面面对我的阿爸，没想到会引起这么大的乱子。央金，我不能再留在这儿了，若是被他们发现会连累你的。我这就走！"说着起身欲走，却疼得嘶了一声。

央金又将他按回床榻上："你现在这个样子，走出兰苑都有困难，更别说离开土司府。趁着他们还没搜到这里，我带你走！"

"不行！"多吉连忙反对。

"你想活着离开，就必须听我的！"央金从枕头下摸出一瓶金疮药，倒出一些洒在多吉的肩膀上，又拿起一件女式袍子递给他："你身上有血腥味，披上这个，可以掩盖掉气味。"

多吉只得接过外袍披上，又被压上一顶氆氇帽。央金带着装扮好的多吉走出屋，快步向侧门走去。

听见外面的喧哗声，丹增身着氆氇从房间出来，护卫将扎在廊柱上的匕首递给他。丹增仔细观察着，匕首的末端赫然刻着一个金字。

扎西避开搜寻的护卫，闪身进入一间隐蔽的屋子。他用背抵住门，朝前看去，忽然露出一抹阴笑："找了你这么久，原来你在这里！"

店小二缩在墙角，瑟瑟发抖，显然也认出了扎西。扎西步步紧逼，店小二吓得跪在地上，喉咙间发出呜呜的声音。

"说不出话正好，那就受死吧！"扎西用力卡住他的脖子。店小二拼命挣扎间，扯下扎西右腋下的金色纽扣，紧握在手心。

解决掉店小二，扎西潜回兰苑，恰好看见央金和多吉二人牵着手向外走，眸中不由得露出杀意。

央金拉着多吉躲躲闪闪，最终还是没躲过护卫的盘查。央金以阿姆拉的身份跟护卫周旋了几句，不想索旺正好带人过来。危急中，一名下人惊慌失措地跑过来，气喘吁吁道："三少爷，不好了，小的在那边的屋内发现了一具尸体,是巴桑少爷之前带来的店小二。"

索旺思忖着,目光在央金和多吉身上转了一圈,见没什么破绽,遂带人匆匆而去。

央金下意识舒出一口气,赶紧去看多吉:"你怎么样?"

多吉一脸凝重,像是受到了重击:"店小二是唯一的证人,他死了,杀死大哥的凶手就找不到了,案子陷入死穴,这该怎么办?我大哥不能就这么白白死了……"

央金安慰道:"多吉,你先不要多想,我答应你,我会帮你查找凶手。眼下你得先逃出去,养好伤后再回来,到时候才能解决你跟丹增之间的事。"

多吉望着央金的眼睛,信任地点了点头。

两人出了侧门,多吉骑上马,消失在茫茫夜色中。一直暗中跟随的扎西,手中握着一把雪亮的匕首,跨马紧跟而去。

心存疑惑的央金来到殓房,查看店小二的尸身。留意到他紧紧握着的右手,央金小心地掰开,发现手心里有一颗金色纽扣,与她特意送给扎西的盘龙纹纽扣一模一样。

央金一怔,下意识攥紧那颗纽扣:不会的,只是巧合罢了,大哥不会这么做的!她用力摇摇头,甩开脑中的想法,将白色藏毯重新盖在店小二的身上。

昏暗无人的街道上,扎西紧跟在多吉的身后。多吉察觉到有人跟踪自己,转头查看。扎西趁势打马上前,挥出手中的匕首。多吉迅速贴着马背仰面躺下,避开这一刀,却不慎滚落下马。马儿嘶叫一声,往前跑去,恰好被街道另一头赶来的金珠拦住。

正欲再度攻击的扎西见来人是金珠,身后还跟着四个凶神恶煞的土匪,心下一惊,迅速打马离开。

金珠看向扎西离开的背影，觉得有些眼熟。她顾不得去追赶，径直下马来到多吉身前，将他小心地搀扶起来："多吉，我没来晚吧？我们都很担心你，跟我回去吧，好吗？"

多吉看向她，面露犹疑，终究是点了点头。

格桑的百日祭将至，央金提议与梅朵一起趁着明天的祭佛仪式，去寺庙为他诵经祈福。丹增听后很是赞成，想着这样也好让梅朵告别过去，另择姻缘。遂安排好祭佛仪式后，请嘉措活佛为梅朵祈福，替她向佛祖问个好去处。

寺庙外，叩长头的百姓面向格萨尔王的铜像，虔诚跪拜，一步一个等身头。他们的膝盖上缝缀着厚实的皮子，手上套着木板，额头和下巴上沾满灰色泥土。

煨桑台前浓烟滚滚，柏枝燃得噼啪作响。桑烟中，丹增带着央金、索旺和梅朵站在人流的最前面。丹增从桑措递来的布袋中取出糌粑，抛向桑火。"唵嘛呢叭咪吽"，丹增和众人念念有词。

丹增又拿起几根柏枝，添在上面："愿格萨尔王大士庇佑我卓康甲都，族泰民安。"

这时嘉措带着两个小喇嘛走过来，请丹增去正殿参加诵经仪式。丹增看向央金："阿姆拉，梅朵就先交给你照顾了，你陪她去客堂候着，仪式结束后，我们就过来。"

央金点头，与身后的诺布交换一个眼神，诺布悄然离去。

进入客堂，央金和梅朵坐在长榻上各自沉默。央金正寻思如何开口脱身去与扎西会面，梅朵忽然满面哀戚地表示想一个人静一静。央金微微松了口气，安慰地拍了拍梅朵的肩膀，起身离去。

屋门关上后，梅朵看着空荡荡的屋子，眼眶不禁湿润了。

央金在寺庙外找到扎西，二人避开人群走到一处偏僻的角落。央金拿出那颗金色纽扣，质问扎西："夜闯土司府的刺客是不是你？你为什么要杀人？"

看见纽扣，扎西一怔，随即没好气道："你来见我就是为了问这个？他看见了我的脸，我当然要杀他灭口！"

"格桑呢，也是你杀的？"央金顺势问道。

扎西听出央金语气不善，有些不耐烦地环起手臂："这件事跟你无关，你不要忘记自己进入土司府的目的！"

央金上前一步，直视着扎西的眼睛："我当然知道，但我不会像你一样滥杀无辜，就因为对方看见你的脸，就杀他灭口，你实在太残忍了！"

扎西被激怒，一下子抓住央金的胳膊，与她对视："我残忍，滥杀无辜？你瞧上多吉了，对吧？他没出现以前，你不会这么说我！"

央金皱起眉头，试图甩开："放开，你弄疼我了！"

扎西闻言，两手狠狠抓住央金的肩膀，将她锁在自己的身前："央金，你喜欢他？你告诉我，多吉究竟有什么好的，值得你为他朝思暮想？我有哪点比不上他？"

央金抗争着："因为他善良、正义，他不会像你一样，只会杀人！"

扎西猛地提起一口气，逼近央金的脸："我再比不上他，你也答应过会留在我身边。央金，我已经忍太久了，现在我不会再放你走了！"

央金还没领会这句话的意思，就被扎西猛地往后一推，按住双肩抵在墙壁上，扎西随即将脸凑了过来。央金又惊又怒，挣扎地避开扎西嘴唇的碰触："大哥，你清醒一点，我们是兄妹！"

"谁是你兄长！"扎西暴躁大吼。

"什么，你说什么？"央金震惊地瞪大眼睛。

听见央金的叫喊，扎西猛地惊醒过来，蓦地停了手："没什么，你走。"

央金慌乱地推开扎西，转身跑了。

扎西看着央金跑远的背影，暗暗攥紧拳头："央金，你逃不掉的，这辈子你只能是我扎西的女人！"

仪式结束后，众人回到客堂，丹增请嘉措为梅朵问卦。梅朵跪坐到嘉措身前，按照指示将双手伸在胸前，嘉措将七个白石子和七个黑石头放入她的掌心。梅朵合掌闭眼，上下晃动石头。

丹增和早已赶回的央金坐在旁边座椅上观看，索旺和桑措站在他们身后。

嘉措闭目，嘴中念念有词。稍后，他停止诵经，睁开眼睛看向梅朵掷在地上的石子形状。蓦地，嘉措眼眸一亮，起身对梅朵行了一个大礼。

丹增疑惑不解，转向嘉措问道："为何行如此大礼？"

"是天意啊，缘起缘灭，一切都是定数。梅朵小姐命中注定无姻缘，却与佛法有缘，宿命难违，丹增老爷还是早做打算吧。"嘉措说完欲离开。

丹增急切地起身喊住嘉措："活佛，你说的宿命到底是什么？梅朵是个温婉善良的孩子，我没有给她带来多少福分，今日前来就是希望活佛能够为她祈福，只要能够为她寻到一个良人，我愿意用我的善业为她改命！"

梅朵听闻，惊得抬眸看向丹增。

"丹增老爷，莲花生大士选中梅朵小姐为他弘扬佛法，这是圣母天命，如何能够更改？言尽于此，您请回吧！"嘉措说完，推门而出。

丹增脸色苍白，瘫坐在座椅上，忽然间他表情痛楚地用力捂住胸口，竟晕了过去。

"阿爸，您怎么了阿爸！"梅朵惊呼一声。索旺也一个箭步上前查看。

央金见此情形，环顾四周，径直走到桌前拿起烛台，朝晕倒的丹增走去。索旺立即挡在丹增的身前："阿姆拉，你这是要做什么？"

梅朵看了眼丹增，拉了拉索旺的袖子："三哥，我相信阿姆拉，你就让她试试吧。"

索旺犹豫了一下，让到一边。央金上前用烛台上的尖刺扎破丹增的手指。丹增微微颤了下睫毛，睁开眼睛。

"阿爸，您醒了！"梅朵泪眼蒙眬。

丹增悲怆地看向梅朵，伸手摸了摸她的头："我没事，都回去吧。"

众人回到土司府，巴桑恰好骑马赶来，远远看到梅朵进门的身影，巴桑迫不及待地跳下马大喊："梅朵，我给你带来消息了。"

梅朵忧心忡忡，没有听到巴桑的话，搀扶着丹增进屋去了。走在最后的索旺回身挡在门前："你有什么消息？"

巴桑机智地打住话头："这话我要跟梅朵当面说。"

索旺不耐烦道："巴桑，你难道没有一点眼力见吗？我阿爸身体不好，梅朵要照顾他，有什么话我替你转达！"

巴桑抓了抓头，有些惋惜："也没什么，就是多吉，我打听到他在木尔多山养伤。你一定要帮我转达给她啊。"

索旺暗暗眯了眯眼睛："木尔多山？我知道了，你回去吧。"随即挥了挥手，示意守门的下人关门，将巴桑阻隔在外。

第二天索旺将多吉的消息告诉威廉。如今土司府的情况还算稳定，但只要多吉回来，这样的局面必定会被打破，他不想再见到多吉。

威廉明白索旺的用意，答应会替他留意多吉。并嘱咐索旺稳住丹增，赢得他的信任。曲晋死了，威廉需要索旺来做这个一都之首。索旺也不希望边巴来夺走土司的位置，让土司府易主，自然是痛快点头。

丹增为感谢央金在客堂的出手相救，特意挑了几件精巧的首饰赏赐给她，并请她出面替梅朵选一位有缘人。他实在不忍心梅朵一个人在土司府内孤老一生，哪家少爷才适合她，他又拿不定主意。

央金立刻想到了巴桑。桑措介绍了巴桑的情况，丹增听说巴桑本就对梅朵有意，很是高兴，立刻要桑措安排巴桑来府里一趟，梅朵那边就交给央金去说。

巴桑得知丹增允了他与梅朵的婚事，兴奋不已。由于他马上要出城走一趟货，所以决定回来后立刻带聘礼来土司府提亲。

央金问了梅朵的想法，特意告诉她不用勉强，不要委屈自己，她有选择的权利。梅朵知道丹增是为她好，她不想让他为自己的事太过劳心，况且巴桑是个好人，便一口答应了这门亲事。她相信神明会给她最好的安排。

曲晋的事情过后，威廉悄悄组织人带藏羚羊绒出去。不料在城外遇见了许冠恒的商队。双方交手，在贡布的接应下，偷猎者们寡不敌众又担心暴露身份，只能舍弃货物，逃回教堂。

威廉听到汇报大怒。一个猎手将理查德落下的那本笔记带了回去，威廉翻了翻笔记，心情顿时大好，他知道，有这本笔记在，他们一定会自投罗网。

丹增得知许冠恒帮忙拦下这批藏羚羊绒，很是感激，亲自到他的商号道谢。经调查，这批羊绒来自太阳湖，藏羚羊的原栖息地，不知什么时候发生了一场屠杀。但偷猎者手脚干净，暂时没有发现什么线索。

两人谈论了一会儿，许冠恒询问道："最近中原战乱，很多商号的生意都受到影响，没有办法开张。可可西里对他们来说，反倒成了一处受庇护的桃源。他们想来卓康甲都做生意，路上还救济了不少流民，要是真来了卓康甲都，这么多人是否会给老爷带来麻烦？"

丹增微笑道："不要紧，只要他们想来，卓康甲都随时欢迎他们住下。土司府在街上有十余间闲置的店铺，到时候都可以租赁给他们。"

说话间，许平走进屋，将一个纸包递给许冠恒："许先生，您交代的都办好了，您看这样成不成？"

许冠恒接过打开。丹增见是一包铁粉，好奇问道："这是铁粉？有何用处？"

"不瞒老爷，这次的事给了在下一个提醒。贡布老爷言出必行，暗中保护着我们，才没有造成损伤，但在下也应该有自保的能力，不能时刻靠别人保护着。所以在下打算改良一下货队的装备。"许冠恒说道。

"你要改良土枪？"丹增精神一振。

"不错，一般的火药只有硫黄、硝石和木炭，在下加了铁粉，只要比例调制适当，就会大大提高火药的威力！您若有兴趣，不妨跟在下去后院试试这改良土枪的威力。"许冠恒看出丹增很感兴趣，邀请道。

心中正计划此事的丹增立刻起身，随许冠恒向后院走去。

一声巨响，火光冲天，摆在远处的酒坛子被炸得粉碎，丹增怔了怔，随后眼中浮起一抹惊叹的笑意："改良过的枪果然要比土枪好用，许先生可真是我的及时雨啊！"

"丹增老爷何出此言？"许冠恒问道。

丹增叹了口气，讲了前不久藏羚羊园发生的事。许冠恒立刻承诺等火药配置好，马上全部送到土司府，以增强土枪的威力。但只改良火药还不行，在替换弹药的时间上，土枪落后于燧发枪，并且燧发枪可以双手同时持握发射，土枪却还停留在一手持握、一手燃线的程度。总之，要有真正能与盗贼交火的火铳才可解决问题。不过清廷有例禁，民间不可私卖枪支、火药。需鸟枪守御者，必须向官府上报，立册按季查点。适逢战乱，清廷为防民间造反，打着禁绝盗匪之名，更是大肆禁枪。

说到此，两人皱着眉陷入愁思中。忽然，许冠恒眼眸一亮："丹增老爷，清廷虽然严禁买卖枪支，但是土司府的这些枪支早已登记在册，是被允许使用的。中原民间有不少能工巧匠，这次来卓康甲都谋生的流民中，就有不少手艺人。或许他们能够改良出您需要的火铳！"

丹增一听舒展了眉头："太好了，只要他们能够做到，我可以免除他们的税收，还能提供给他们永久的避居之所。"

"老爷仁慈，此事就包在在下的身上。"许冠恒许诺道。

待丹增离开，许平抱怨道："许先生，火药和巧匠都给了丹增老爷，我们商队的装备怎么办？"

许冠恒语气坚定，缓缓道："停了吧，少做些生意也不打紧。有人想击垮土司府，我不希望他们的阴谋得逞。一旦土司府易主，我失去的不仅是丹增这位知己，还可能影响到中原和卓康甲都两地的关系。再说，猎杀藏羚羊的这些盗贼简直畜生不如，就算丹增不提，我也不会放任不管。"

理查德的伤势刚好，就急着下山去找那本笔记，因为里面的东西实在太重要了。除了动植物外，还随手标注了可可西里的地图、木尔多寨的地图，如果落到懂西洋文的人手里，那就糟了。

金珠听到还有地图，不由得一惊："这件事先不要告诉其他人，尤其是我阿爸，木尔多寨是他的命根子，如果山寨出了事，他肯定会杀了你。现在我们得想个其他理由下山把笔记找回来，希望还来得及！"

忽然，一个声音从他们身后响起："我带你们下山，阿古不会怀疑。"

二人惊惶转身，见多吉倚着门框站立。三人商量了一下，确定了这次行动。

多吉以去解决与丹增之间的恩怨为借口，向贡布辞行。金珠、理查德表示放心不下，所以陪同前往。贡布见三人一起去，确实放心不少，嘱咐多吉一切结束后就回来，木尔多寨永远是他的家。多吉点头，三人扬鞭纵马离去。

一望无垠的荒漠里，三人马不停蹄奔跑着。金珠忽然发现前面有匹骆驼，示意多吉后，三人放慢速度。到了近前，见一个头上包着宽大纱巾的人晕倒在骆驼旁。

多吉下马将那人扶了起来，扯开他头上的纱巾，竟是个西洋人。

金珠从腰间解开水囊，对准那人干裂的嘴巴灌下去。喝了几口水后，那人慢慢苏醒过来，看了看三人，忙起身道谢。

"你来自哪儿？为什么一个人在这个地方出现？"理查德出言询问。

听到熟悉的英式英语，那人欣喜道："你是大英帝国人？我也来自那儿！我叫杰森，是医学传教士，这次来可可西里是为了找一个叫卓康甲都的部落。"

两人用英语交流完，理查德向多吉解释："他父亲在卓康甲都传教，他来这儿找他父亲，不幸迷了路。人应该没有问题。"

多吉点头，想了想说道："拿走你笔记的是曲晋的人，东西可能在卓康甲都城内，我们先进城，到时候再看该怎么做。至于他，就带上吧。"

听理查德说可以带他去卓康甲都，杰森眼眸一亮，连忙双手合十，用生硬的汉语道谢。三人上马，杰森骑着骆驼，一行四人再次出发。

多吉他们一下山，索朗次仁就接到了消息。考虑到贡布的探子一定会暗中跟到城门外才会放心回去禀告，于是计划等他们进了城再动手，并特意嘱咐扎西要抓活的。

傍晚，四人踏上卓康甲都宽阔笔直的主街道，早已埋伏在屋顶经幡后的蒙面杀手踩着屋檐飞起，刀光一闪，直奔街道下方的多吉四人而来。

多吉惊诧间迅速避开抹向颈间的匕首，同时一拳击中对方的胸口，将他打飞出去。后面的八名黑衣人齐刷刷拔出腰刀，砍向多吉。多吉边抵挡边命令身后的理查德带金珠和杰森往来路上撤退。

理查德调转马头，从马背上抽出一杆土枪，对金珠和杰森大喊道："跟我走！多吉能应付，我们不要给他增加负担。"

金珠焦急地看了眼被黑衣人围拥的多吉，犹豫了一下，驱马跟上理查德。

杰森却已吓懵，完全不知如何招架。骆驼也在原地打转，无论怎么驱赶都不肯迈出一步。理查德急得打马回来一把捞住杰森，将他拽到自己的马背上。

扎西站在远处，将手指屈起放到唇边，发出一声哨声。几条人影从街口和街巷两侧现身，将他们围堵在这条街上。

多吉利落出拳干倒两人，与理查德、金珠和杰森背对背，形成防护阵型："我来对付他们，你们往后面的巷子里跑。"

黑衣人冲上来，多吉反手将其摔在地上。理查德趁机牵起金珠的手就往旁边的巷子里跑。

多吉继续与杀手们缠斗，忽然扎西在背后现身："多吉，我劝你最好住手，否则你朋友的脑袋恐怕就要落地了。"多吉闻言转身，发现杰森一脸惊恐地站在原地，两名黑衣人将刀架在他的脖子上。

"又是你！你想要对付的人是我，放了他！"多吉怒道。

"你没有资格跟我谈条件，因为你这条命都是我的。"扎西阴笑着吩咐手下，"把他们带回去，逃走的那两个给我继续追！他们要是敢反抗，就都杀了！"

一队杀手领命先行离去。多吉狠狠瞪视着扎西不再动手，几个黑衣人上前将他擒住。

理查德带着金珠躲到一处隐蔽处，他们实在不明白为什么会遭到追杀。如今形势危急，如果回木尔多山搬救兵，远水救不了近火，已然来不及。金珠当机立断，让理查德去土司府报信求救。自己则悄悄跟着他们，沿路留下珊瑚珠做记号以便追踪。

扎西将多吉和杰森关进一间昏暗的囚室。经过各种刑具的折磨，多吉身上已经血迹斑斑。扎西握着鞭子，神情阴冷地站在多吉身前，将他垂下的脸抬起。

多吉强撑着恨恨笑道："那晚潜入土司府的人是你，是你将店小二杀了！如果我没想错，你就是杀害我大哥的凶手！"

扎西阴险地说道："谅你也逃不出我的手掌心，我也不怕承认，格桑那个短命鬼就是我杀的。要怪就怪他是丹增的儿子，自己投错了胎成了丹增的替死鬼。还有你、索旺、梅朵，你们每个人都要为丹增的言行负责，要为他而死！不过，我现在改变主意了，你不是丹增的儿子，又不怕死，杀了未免有点可惜，不如留着你一条贱命供我慢慢消遣。"

多吉又惊又怒，扎西满意地欣赏着眼前的一切，吩咐身后的两名下人："给我好好伺候他，别弄死了就行。"

扎西负手离去，两名下人上前，狞笑着举起手中的木棍。

不一会儿，多吉便被打得鲜血淋漓，垂着头一声不吭。杰森愤怒地出声阻止："别再打了，他快死了！"

一人不耐烦地朝杰森甩了一棍。另一人觉察出多吉似乎真有些异常，停手上前试探了下："没有呼吸了。"

那人闻言，顾不得继续教训杰森，立刻走过来，也将手指伸到多吉的鼻下："坏事了，大少爷交代过，不能打死他！"

正在两人无措时，多吉突然张口咬住那人的手指，双腿蜷起一脚踹中他的腹部，又用腿缠在另一人的脖子上，将他们先后撂倒在地上。然后看向摆放刑具的案台，双脚蹬向后面的墙壁，夹起一把匕首，掷向绑住杰森的绳子。匕首准确无误地切断了绳子，杰森解除束缚，立刻一瘸一拐朝多吉跑来。

多吉手腕上缠的却是铁链，杰森用匕首又砍又撬，一时难以弄断。忽然外面传来声响，多吉忙叫杰森赶紧走，杰森却不肯。

二人僵持间，脚步声已到了门外。门打开的瞬间，杰森回到方才绑住他的柱子前，两名晕倒的下人被拖到了案台后，好像什么都没有发生过。

一名婢女躬身进屋，掩好门抬头，正是金珠。多吉和杰森顿时松了口气。

金珠披着婢女的衣服，疾步朝多吉走来，小声说道："我是来救你们的，你们快跟我走。"

"你带杰森走，不用管我。"多吉说道。

金珠摆弄着多吉手上的铁链，语调坚持："不行，我不会让你一个人留在这儿。"

多吉急了："没有钥匙是打不开的，不要浪费时间，快走！"

金珠犹豫不决。门外忽然传来扎西的声音："既然你们都不想走，那就干脆一起留下好了。"

"扎西大哥！"看到推门而进的扎西，金珠大吃一惊，"追杀我们的人是你？你为什么要这么做！"

扎西看了眼金珠，又将目光转向多吉："因为他知道得太多，你跟他搅和在一起，算你时运不济。你跟央金姐妹一场，放心，我会给你一个全尸！"

金珠气愤地朝扎西翻了个白眼："没想到央金竟会有你这样一个表里不一的大哥！我真是为她感到痛心！"

扎西挥了下手，示意身后的石达："还愣着干什么，把她和这个西洋人一起拉出去砍了。"

一旁的多吉听到央金的名字时，震惊到无以复加，他蓦然回神，沉声喝道："住手！你要对付的是土司府，我可以帮你，你不要再牵连无辜！"

扎西看了眼石达，让石达停住手："你帮我？这话是什么意思？"

"丹增于我有杀父之仇，我可以帮你报仇！"多吉声音低沉，神情坚定。

待多吉的话说完，扎西忙去找索朗次仁。听说元丹是多吉的生父，索朗次仁倒是有几分相信。如果一切属实，多吉不失为一个报复丹增的好武器。父子反目，互相残杀，想想就痛快。

为进一步证实，扎西提议让央金去探探口风。索朗次仁点头，交代扎西顺便给她点压力，让她快些动手。至于跑掉的理查德终究是个麻烦，还要派人继续追杀，以免夜长梦多。

与金珠分开后，理查德谨慎地避开几个正在搜索的黑衣杀手，一路跑到土司府外，还未来得及上前敲门，一记木棍挥在他的脑后。待他醒来，发现自己被绑在地下室的一张椅子上。

威廉见他醒来，微笑道："理查德，我们终于见面了。"威廉说着拿起一本笔记，在理查德眼前晃了晃。

"这本笔记怎么会在你手里？你是曲晋的人！"理查德看清楚那正是自己的笔记，立刻起身向前，却被身后的两名下人结结实实地按住。

威廉打量着理查德，见他神色焦灼，不疾不徐地否定道："你说反了，应该说曲晋是我的人。只不过他办事不力，已经被我除掉了。理查德，你对动物的习性这么了解，我身边恰好需要一个能办事的人，如果你肯效忠于我，我愿意给你这个机会！"

"你妄想，我绝对不会为杀害藏羚羊的人效力，更不可能成为你的帮凶！"理查德怒道。

威廉脸上的微笑逐渐消失："看在你是大英帝国人的份上，我才给你这个机会，既然你不识抬举，那就别怪我没提醒你，就算你不肯为我效力，只要有这本笔记在，我照样能够达成我的目的！"

"你是传教士，做出这么十恶不赦的事情，难道就不怕受到天父的惩罚吗？"理查德质问道。

"惩罚？哈哈哈！"威廉笑着起身，展示着身上穿的长袍，"我又不是真的传教士，怎么可能受到惩罚？理查德，我给你一晚时间想清楚，如果明天我还是得不到想要的答案，曲晋就是你的下场。"说完，扬长而去。门砰的一声在理查德面前关上。

第十一章／陈年纠葛

一片漆黑的地下室,传来开锁的声音。理查德昏昏沉沉地睁开眼睛,朝进来的人看去。

"怎么样,想清楚没有?"威廉走到他面前。

理查德点点头,虚弱地张了张嘴:"我愿意听命于你,不过在此之前,我有件事想问你。你认不认识一个叫杰森的医学传教士,他二十二岁,来自大英帝国。"

威廉一怔,忙问:"杰森?你在哪儿听到的这个名字?你见过他?"

理查德掀起眼皮,嘴角露出一丝不易察觉的微笑。他看着眉头紧蹙的威廉,平静地回答道:"我们是在城外结识的,他告诉我他来卓康甲都寻找父亲,他的父亲也是一名传教士,住在城内的基督教堂里,我猜那个人就是你!"

威廉生气地一把揪住理查德的衣领:"他现在在哪儿?"

"被一群黑衣人带走了,我逃走报信却被你抓来了这里,希望他现在还没死。"理查德说道。

听到这儿,威廉慌忙让下人带路去找扎西。地下室的门重新被关上,理查德默默地闭上眼睛祈祷:"天父仁慈,请您开恩,保佑金珠和多吉他们还活着,阿门……"

数十名下人簇拥着威廉纵马赶到索朗次仁的宅院外，守门的下人不敢怠慢，将人请到正厅后，急忙去禀告。

索朗次仁狐疑地来到前厅赔笑寒暄，威廉却一脸冷淡。听到扎西误抓了他的儿子，索朗次仁赶紧叫石达去将杰森带过来。

见到杰森好端端出现在自己眼前，威廉彻底放下心来。杰森虽一时弄不清事情原委，但见自己自由了，便对威廉说道："Papa，牢房里还关着我的两个朋友，他们曾经救过我的性命，能不能将他们也放了？"

威廉为难地看了眼索朗次仁，转了转眼眸，微笑道："没问题，我会跟他们说的，你先回去休息，我一会儿再去找你。"

杰森放下心来，跟着门外威廉的下人先行离开。

威廉看着杰森走远，收回目光重新转向索朗次仁和扎西，但除了再次道谢并未提及其他。两人互相客气了几句，威廉告辞离开。

央金收到扎西的传信，要她彻查多吉生父，立刻想到多吉会有危险，将成为被人利用、争斗的棋子。央金托着下巴思索良久，决定在给扎西回信的同时，也送封信给木尔多寨的二当家，让他看住多吉，近日不要让他下山。只要多吉待在木尔多山，扎西的目的就不会得逞，就算知道真相，他也折腾不出什么花样来。

贡布接到央金写的"卓康甲都暗藏杀机，切记不可让多吉下山"的警示，意识到已经下山的三人可能会有麻烦，连忙带人心急如焚地赶往卓康甲都。

来到土司府，贡布不管不顾直接闯入丹增房间，询问金珠和多吉的下落。正在喝茶的丹增顿时停下动作，敏锐地察觉到他们可能出事了。

贡布又怒又急，抡起椅子砸在地上："到底是哪个混蛋干的好事？连木尔多寨的人都敢抓，等爷爷我找到他，一定要扭下他的脑袋当凳子坐！"

丹增皱起眉头，沉声道："贡布，你先少安毋躁，这件事内有蹊跷，我们要从长计议。"

贡布顿时来了气，冲着丹增骂道："人都被抓走了，是死是活都不知道，还计议个屁！你不找，爷爷自己去找！就算把卓康甲都翻个底朝天，爷爷也要将他们带回来！"放完狠话，径直朝外走去。

索朗次仁看过央金的信，笑道："跟我预料的一样，多吉没有撒谎。"

"阿爸，就算多吉真的与丹增有杀父之仇，也很难保证放他走后，他还会听命于我们。以防万一，不如把他留在这里折磨至死，再把他的头颅献给丹增，不一样能让丹增感到痛心吗？"扎西一脸担忧状，心里却有自己的算计。

"扎西，你说的这种痛只是小痛，比起被一手养大的孩子亲手刺中的痛根本不值一提，我要让丹增品尝到锥心之痛，让他到死都无法释怀！"索朗次仁站起身。

扎西百般不情愿却也没有办法。

贡布带着一拨土匪气势汹汹地一家挨一家地搜。百姓们惊恐万分，敢怒不敢言。搜到天黑，还是没有一点消息，愁眉苦脸的贡布低头叹气间，忽然注意到脚边有颗珊瑚珠。贡布端详着，弯腰捡起，向前看去，每隔一段距离，果然又有一颗珊瑚珠。贡布兴奋得大叫："快别搜了，都给爷爷滚过来！瞧见这个珊瑚珠没有，在周围仔细找找，看它到底通往何处。"

围过来的土匪们又快速散开，去寻找珊瑚珠的踪迹。

威廉回到教堂，给理查德松了绑，但为了以后能更好地控制理查德，他逼理查德吸食了鸦片。为了救人，理查德别无选择。

杰森听理查德说金珠和多吉还在那儿，吃了一惊，就要去向威廉询问情况。理查德忙拉住他，嘱咐他不要告诉他父亲。杰森一脸迷惑，正欲再问，理查德却哆嗦着慢慢闭上眼睛，人事不省了。

犹豫了一会儿，杰森还是悄悄返回了小院。他拿一根木棒偷袭了守门人，凭记忆偷摸着向院中走去。随后，贡布的人沿着珊瑚珠的指示也赶到了这里。确认珊瑚珠到此消失，贡布怒气冲冲地下令冲进去抢人。

正在这时，桑措匆匆骑马赶来，阻止了贡布。以免打草惊蛇，确保二人安全，桑措建议来个声东击西，以智取胜。贡布琢磨了一下，点头差人立刻去办。

待火箭准备好，贡布拉弓搭箭，对准屋顶嗖的射出一箭，整个屋顶迅速燃起一团火球。紧接着，贡布又将第二支箭对准马厩，射中草垛。接连几支箭射出，院子里顿时人仰马翻，乱作一团。

趁着火势，数十条身影跟着贡布，悄无声息地翻墙落入院中。

索朗次仁来到囚室，见皮开肉绽的多吉被吊在面前，忙假惺惺教训扎西："你怎么把人弄成这个样子了？还不赶紧放人。"

扎西朝身后的下人使了个眼色，下人打开多吉手中的铁链，将他放倒在地上。

金珠嘴唇干裂，病恹恹地抬眼看了眼索朗次仁："果然是你们，你们还想对他做什么？"

"这是一场误会，现在事情已经弄清楚了，扎西，还不赶紧将金珠姑娘请出来，送她回家。"索朗次仁吩咐道。

扎西亲自打开牢门，对一脸防备的金珠做了个请的动作，金珠厌弃地看他一眼，径直走到多吉身旁，跪在地上轻轻摇晃多吉："多吉，你怎么样？多吉？"

多吉气息微弱，费力地将眼睛睁开一条缝："我没事……"

"走，我带你回家！"金珠费力地搀扶起多吉，就要带他离开。

"慢着！扎西，先将金珠姑娘带出去，我还有话跟多吉说。"索朗次仁开口。

"我就知道你没有这么好心,你别想对多吉做什么!"金珠气愤道。

扎西上前将金珠拉开。这时,门外忽然响起一片嘈杂声,接着石达奔进来禀告火情。索朗次仁一怔,吩咐扎西先去看看。

扎西跟着石达赶到院中,发现四周一片混乱,火势从屋檐一路蔓延到马厩,几乎将整个府邸都燃烧起来。扎西拧紧眉头,问石达怎么回事。听到多个地方同时起火,知道是有人有意为之。扎西恨不得立刻去抓人,又不得不先救火,只能咬牙切齿道:"你最好不要被我抓到!否则,有你好受的!"

囚室内,多吉凝视着索朗次仁,凄惨一笑:"你支开金珠,到底要说什么?"

索朗次仁义正言辞道:"我只想告诉你,我们是同一类人,都受到过丹增的伤害,他将我们伤得那么深,自己却像个没事人一样继续逍遥生活,你说这公平吗?所以我们应该以眼还眼,以牙还牙,将身上承受的所有痛苦全部还给他,让他知道什么是痛,什么是血,什么是仇!多吉,我知道你跟格桑感情要好,他死了你很痛心,如果我说扎西不是故意要他的命,你会相信吗?"

多吉暗暗捏紧拳头,直视着索朗次仁:"这笔仇……我会算在丹增头上!"

索朗次仁见成功挑起多吉对丹增的恨意,神情安然地一笑:"那就好,我们应该互相帮助,这样才能让我们共同的敌人得到惩罚。这把火来得突然,应该是救你的人放的,看来土司府对你还有不舍之情。赶紧离开吧,他们不会怀疑你的。"

正在这时,杰森手举木棍闯进来,对着索朗次仁的后脑狠狠挥了下去,索朗次仁应声倒地。

"天父赎罪！"杰森丢下木棍，在胸口画了个十字。

多吉见到杰森和他身后的金珠，对二人露出一个虚弱的笑容，就晕了过去。

杰森背起多吉撤退，金珠举着木棍在前面探路。没走多远，正遇从另一侧搜索过来的贡布等人。两队人马相遇，金珠险些叫出声。大家话不多说，迅速变成一队，往院子的侧门撤去。

火势得到控制，扎西回到囚室，发现索朗次仁晕倒在地上，紧张地上前摇晃："阿爸？阿爸？"

索朗次仁悠悠转醒，头痛地扶了扶额："他们都跑了？"

"是，这些人真是胆大包天，竟敢放火烧我们的府邸，我这就去将他们都抓回来！"扎西愤怒道。

"不必，由他们去吧。这笔账我会算在丹增的头上，只要多吉回到土司府，那就是值得的。"索朗次仁一字一句道。

回到土司府，丹增立刻找来曼巴为多吉医治。好在多吉受的都是皮肉之伤，只要悉心调养便会恢复。贡布一直守在昏睡的多吉身边，生怕有半分闪失。

丹增见他熬了一夜，劝道："贡布，你先去歇着，我来守着他吧。"

贡布双手环胸，翻了个白眼："让你守着爷爷可不放心，要不是看你这土司府离得最近，爷爷昨晚就把人带回木尔多山了。"

丹增面色哀戚："你放心，我就是想多看他几眼，等他醒了，我们父子俩恐怕就不能再像现在这么相处了。贡布，你也是个当阿爸的人，应该能理解我这份心思，就当行个方便吧，拜托了！"

贡布噘了噘嘴巴，一甩手，向屋外走去，嘴里嘟囔着："想不到丹增这个老东西还有这样的一面，真让爷爷我不习惯！"走了几步，贡布瞅见四下无人，又回到门外，趴在门框上偷看。忽然，一只手轻轻拍了拍他的肩膀。

"谁啊？走开！"贡布不耐烦地扭过头，见是桑措，面露尴尬之色，然后一甩袖子，满脸不屑地转身走掉，"爷爷我才不稀罕他说什么呢，哼，造作！有这闲工夫做戏，还不如实实在在去教训教训那个让多吉受苦的孙子！"

跟在后面的桑措闻言，一把拉住贡布："二当家，昨晚的事您可千万别再出头了！"

贡布甩开桑措的手，瞪眼道："哼！你们土司府要当缩头乌龟，爷爷可不干！这该死的孙子将多吉折磨成这样，不踏平他的府邸简直难泄爷爷心头之恨！"

桑措犹豫了一下："其实多吉遭受劫难这件事也怪不得那宅院的主人，这都是冤孽啊。"桑措叹息一声，回忆起了往事。

当年的土司斯郎平措重病之时，将土司之位传给嫡子丹增，希望他能坚守信仰，保护好吉祥神藏羚羊。

平日里骑马狩猎、剿匪杀敌都胜过丹增的次子索朗次仁，因为走私藏羚羊绒失去了这个机会，但他不服，他认为大雪封山，百姓没了吃食的情况下，为了生存，他没有错。况且即使不杀藏羚羊，它们也会有生老病死，他并没有对它们赶尽杀绝，就没有坏卓康甲都的规矩，只是物尽其用而已。

索朗次仁认为斯郎平措根本就是从心底里看不起他，而新土司继位，土司的其他儿子有资格向其挑战。所以他提出跟丹增决斗。病床上气息奄奄的斯郎平措也只能同意。

二人对战之时，丹增很快不敌。在旁观战的夫人达娃见丹增频频吃亏，不由蹙紧眉头，低声喊丹增小心。索朗次仁趁机使出全力朝丹增砍去，丹增慌乱中奋力反手格挡，不慎砍中索朗次仁的大腿。伤口不深，却渐渐变黑，索朗次仁痛苦地捂住伤口怒斥丹增卑鄙，竟敢下毒。

完全不知情的丹增不敢置信地看着手中的刀，一脸震惊。几近疯狂的索朗次仁忽然忍痛快速抓过旁边的达娃，从腰间拔出一把匕首抵在她的咽喉上。他劫持着达娃一瘸一拐地离开土司府，并发誓要让所有人都后悔，更要一辈子诅咒丹增，让他永远活在痛苦中。

发生了这样的事，本就重病的斯郎平措当天就去了，达娃也再没回来过。死讯传来，已经是一年之后。为此，丹增一直无法释怀。后来，族谱中去掉了索朗次仁的名字，知道当年真相的下人也离开了。所以，卓康甲都城内没有几个人还记得这件事，更不知道丹增还有个弟弟活在人世。

听完这段往事，贡布单手撑着下巴，神色复杂："这笔仇哪算得清楚，难怪那孙子逮着机会把多吉折磨得不成人形。可是多吉也不能白白挨了打啊，这叫爷爷如何咽得下这口气？"

桑措劝道："二当家，老奴今日将此事对您和盘托出，就是希望您不要再跟索朗次仁有所牵连，他这个人城府极深，与他沾上关系必定没有好结果。至于多吉少爷的事，老爷会处理的。"

贡布拧紧眉头，静默片刻，只得叹出一口气作罢。

得知多吉回来，索旺很是心烦意乱。一个下人见主子忧心，谄媚献计道："既然杀不了，不如悄悄将他废了。"说着递上一个装着罂粟的布包，"这是小人家乡的一种果实，名为罂粟果。它能治病救人，更能让人上瘾中毒。只要每天在多吉的药汤内加一点，不出几日，他就会哭着求着来找这些罂粟果。到了那个时候，他就是少爷您手底下的一条狗，少爷叫他向东，他绝不会向西。这时丹增老爷还会要这个废物儿子吗？"

"哈哈哈，说得好！这比杀了他还要叫人痛快！"索旺接过那包罂粟果，拿起一枚，好奇问道："罂粟果真有这么神奇？"

下人神秘一笑："它是这世上最美丽的神花，也是最致命的毒药。少爷大可放心。"

央金听说多吉终于回来了，但受了很严重的伤，心里实在放心不下。虽经诺布提醒要冷静，不能被人察觉到异样，但除了让诺布去厨房熬滋补汤药送过去外，还是忍不住想亲眼确认他平安无事才能安心。

走廊里，央金还未走到多吉房间，金珠恰巧从另一头迎面过来。二人打了个照面，彼此都愣住了。一瞬间金珠激动地上前抱住央金："真的是你？央金，你瘦了，这段时间你过得不好吗？"

央金看了眼四周，将食指放到嘴唇上："这里说话不方便，你跟我来！"说着牵住金珠的手，往来时的方向而去。

两人进了兰苑，金珠打量着屋内的布置，不由得睁大眼睛一脸赞赏："没想到你住的地方这么雅致，跟多金寨完全不一样！更没想到，我们会以这种方式重逢！"

央金拉着金珠坐到床榻边："金珠，我很想你，见到你真的太开心了！"

"我也是，我一直很担心你，也有很多话想要问你。可是见了你，又不知道该从何问起。"金珠有些兴奋。

"如果你是问我为什么要嫁给丹增，我只能告诉你，我有不得已的苦衷。"央金惆怅道。

"我知道，是因为丹增杀死了你的阿妈，你想找丹增报仇对不对？这是你大哥亲口说的！央金，你大哥他对你……"金珠咬了咬唇，怎么也说不出口。

央金没有注意到金珠的犹豫，而是敏锐地抓住了前一句话，她紧张地抓住金珠的手："这么说，多吉也知道了？"

"是，他知道了，但是他从来没有放弃过你，他一直在等你。央金，你现在去跟他说出一切，告诉他你爱他还来得及。"金珠劝说道。

央金摇了摇头，目光悲伤："我进入土司府的任务还没有完成，我不能给他任何希望。"

"可是报仇真的有这么重要吗？为了它你可以牺牲一切？包括你的终身幸福？就算大仇得报，这一切又值不值得呢？"金珠急得抛出一连串问题。

"对于我来说，值得！"央金再次握紧金珠的手，恳求道："金珠，你是我的姐姐，也是我唯一的朋友。我请求你，替我好好照顾多吉，让他把我忘了。我这辈子最后悔的一件事就是说要嫁给他，要是没有爱上他，我现在就不会这么痛苦了！"

看着泪流满面的央金，金珠心疼地揽住她的肩膀，让她将头靠在自己怀中。

央金勉强挤出一丝笑容："我没事的，今天能跟你说出这番话，我心里好受多了。倒是你，怎么没跟理查德教授在一起，他还留在木尔多寨吗？"

金珠一怔："理查德先逃出来的，不是他向阿爸报的信吗？"

央金顿时警惕起来："信是我写的，理查德教授没有来过土司府，也没有回木尔多寨，难道他遇到麻烦了？"

"坏了，我们这次下山的首要任务是找回他的笔记，他不会扔下我们自己去查找笔记的线索了吧？"金珠紧张地站起身，向央金解释了笔记的重要性。如果落在了坏人手中，不只是木尔多寨，整个可可西里都将生灵涂炭。

"这么严重？那我们得尽快找到它！"央金听后吃了一惊。

金珠想了想："这件事知道的人越少越好，我去跟阿爸说一声，让他同意我在卓康甲都多留几天，好打听理查德的下落。"

"我帮你！"央金安慰地拍了拍金珠的肩膀。

多吉房间里，丹增一直忧心忡忡地坐在床榻边。见多吉终于缓缓睁开眼，疲累的丹增哑着嗓子欣喜道："你醒了？"

眼神迷茫的多吉打量了一下四周，发觉自己回到了土司府，挣扎着想起身，却被丹增按下："你伤得很严重，还是先躺着吧。想吃点什么，我让下人去给你做？"

多吉摇摇头，眼神疏离："不用了，丹增老爷。"

丹增怔了怔，强忍住心中酸楚，温和道："多吉，只要你愿意，你可以继续叫我阿爸，土司府还是你的家，一切都不会改变。"

"可是我不能容忍自己再叫一个杀死我阿爸的人为阿爸，他泉下有知，会不高兴的。丹增老爷，劳烦您照顾我，我这就走。"多吉忍着身上的剧痛，掀开被子起身，向门外跌跌撞撞地走去。

"你恨我？"丹增忽然在身后叫住他。

多吉脚步一顿，如实点头："恨，我恨不得亲手杀了你！但我不会这么做！"多吉转过身，看着丹增，眼中不带任何情绪，"你欠阿爸的，阿古已经替他向你讨还了。至于我欠你的，我会继续留在藏羚羊园守着那些羊羔子，你不用担心盗贼会打它们的主意。"

丹增语气急切："多吉！贡布都能跟我化敌为友，难道你就不行吗？除了土司府你还能去哪儿？难道你真的要有家不回，在外面游荡，当个牧民？"

多吉的眼神终于有了一丝起伏，冷冷道："当牧民没有什么不好，至少我问心无愧！告辞！"说完继续往屋外走。忽然一个踉跄，多吉摔在地上。丹增慌忙赶过去，还没等他伸手去扶，多吉又倔强地爬起来，扶着门框蹒跚而去。

丹增悲怆地望着他的背影，慢慢瘫坐在地上。

贡布和桑措闻讯赶来，贡布追上前一把拉住多吉，着急道："多吉，为什么非要着急走？你这样根本赶不回木尔多山！"

"我不想回木尔多山,我要留在卓康甲都。"多吉平静道。

"土司府能够让你静心调养身体,放着这么大的便宜不占,你带着一身伤要去哪儿?"贡布瞪着眼睛,疑惑不解。

"藏羚羊园。"多吉答道。

"那几间破茅屋哪儿是人能住的地方,阿古不准!"贡布阻拦。

桑措见二人争执不下,也察觉到多吉神色疲乏,忙抓住时机说道:"二位都别争了。多吉,你想跟土司府撇清关系,老奴不会劝你,但你若想继续守着园子,从编制上来说还是土司府的人,你有伤在身不便在外露宿,不如先在火铳队住的屋子安歇下来,等伤好后再作打算。"

贡布还是不准,多吉想了想,却默默点头:"好,伤好后我就离开。"

桑措暗自松了口气,微笑着看向贡布,贡布盯着桑措,表情讶异。

这时央金和金珠从对面走过来,金珠远远地就欣喜喊道:"多吉,你醒了?你要去哪儿?"

多吉抬眸看向央金,两人目光相触,央金捕捉到一抹悲痛,她微微一怔,下意识将目光移开。

贡布见多吉没说话,不耐烦道:"他要搬去火铳队跟那些下人挤在一起,算了,他爱怎么样就怎么样,爷爷可懒得操这个心,金珠,跟阿爸回木尔多寨吧,眼不见为净!"

金珠过来挽住贡布的手,撒娇道:"阿爸,我好不容易才见到阿姆拉,想留在土司府多陪她几天。要不,您先回去吧?"

桑措闻听此言,若有所思地朝央金看了一眼。

央金神色安然地说道:"二当家,我与金珠久别重逢,十分想念她,请您行个方便!"

贡布打量一眼央金,点了点头:"行了,阿爸自个儿回木尔多寨,你待腻了就赶紧回来,别让阿爸惦记着你。"说着拍了拍金珠的肩膀,又看了多吉一眼,径直向外走去。

"二当家,我送您。"桑措跟了上去。

剩下的三人站在原地，气氛一时有些尴尬。

沉默了片刻，金珠反应过来："我们先送多吉回屋休息吧，顺便看一下火铳队住的地方。"

"我还有事，金珠，你送吧。"央金说完转身离去。

金珠郁闷地嘟起嘴，转头看向多吉，见他一脸深沉，不由得摇了摇头。

诺布受央金所托，去厨房给多吉熬滋补汤药，却意外撞见索旺的一个下人鬼鬼祟祟地在多吉的参汤罐里放了一包东西。待那人走后，诺布上前查看，捡到了一枚不慎掉落在地的椭圆形果实，诺布想了想，将邻近的两个汤罐换了个位置。

过了一会儿，一个婢女端了一罐参汤送到了索旺的书房内。

兰苑内，愁思百结的央金坐在石凳上发呆。诺布回来后神色紧张地将手里的东西递给央金，并讲了刚才发生的事："奴婢不知道这是什么，又担心那人会加害多吉少爷，就将他的汤罐和其他的交换了。小姐，您可知这到底是什么？"

央金将果实放到鼻下嗅了嗅，闻见一股苦涩的清香。她摇了摇头，想到了梅朵。

来到梅朵房间，梅朵一眼认出央金拿的竟是罂粟果，不禁神色凝重。丹增明令禁止这种害人的东西流入卓康甲都，这又是哪里来的？梅朵对央金讲了罂粟及制成鸦片的危害，并叮嘱千万不能碰它，世上没有人能抵抗得了它的魔力。央金笑着让梅朵放心，心里却是一凛。

央金回去后嘱咐了诺布，然后去找金珠。听说索旺要暗害多吉，金珠吃了一惊，迷惑不解。央金给她讲了索旺对多吉的敌意，发狠道："我从来没有害人之心，但如果有人想害多吉，我就要让他也尝尝这份苦果！我已经让诺布看着厨房，将动过手脚的汤药全部与他的交换。"

"也好，就让他自食苦果吧。你放心，以防万一，我也会看着多吉。"

金珠说道。

茶肆里，索朗次仁有些戒备地看着丹增，这是他十八年来第一次主动约见自己，不知道葫芦里卖的什么药。

丹增神态平和，他早已想好，只要索朗次仁答应他两个条件，一是别再对无辜的多吉下手，二是不能动藏羚羊，他可以即刻退位，将土司之位给他。

索朗次仁听了丹增的条件，忽然大笑几声，愤怒道："丹增，你在说什么梦话！土司之位本来就是我的，是被你抢走的，你想抢就抢，想丢就丢，你当我是什么？我会捡你不要的垃圾吗？实话告诉你，这个位置早晚是我的，不需要你现在让给我。我会让你亲眼看着我是怎么坐上这个位置的，你不让我动藏羚羊，我就偏要动，你能奈我何？你想要保护它们，就先留着你的命，别让我得逞！"说完，直接推门出去。

丹增不敢置信地看着他的背影，叹了口气。

连日来，索旺神色愈发疲累，时常打着哈欠困倦不堪。倒是一天几次差人去厨房催问参汤。

给他出主意的下人见索旺的情况愈发不对，极像是服用了罂粟的症状。遂劝说索旺趁毒瘾未深，赶紧戒掉还来得及。

乍听之下，索旺蓦地瞪大眼睛，全身一震。

这时一名婢女端着煮好的参汤进屋，索旺一见，如同鬼魅上身一般冲了上去。下人见势不妙，立刻上前阻拦。

索旺一手端着参汤，一手颤抖着拿起盖子，痛苦挣扎了片刻，最终还是挥手推开下人，仰头将那碗参汤倒进了嘴中。接着一把将汤碗砸在地上，眼睛赤红："给我罂粟果，快给我！"

"没有了。"下人忙说。

"怎么可能没有？快给我！"索旺目眦欲裂，着魔一般上前掐住下人的脖子猛力将他推倒在地。

威廉得知索旺的近况，正中下怀。他特意带索旺到教堂的地下室吸食鸦片。尝过了福寿膏，索旺彻底沦陷在了吞云吐雾里。在威廉的花言巧语下，索旺放话等他当上土司，要让这城中开满烟馆，让所有人都好好感受一下它的妙处。听到这话，威廉不禁阴险地笑了起来。

金珠四处打听理查德的消息，一天在大街上偶然遇到了杰森。知道金珠在找理查德，杰森立刻跟她讲了理查德的情况，并带她去了教堂。

见到金珠，理查德神色激动，又有些担心。只告诉她自己有些急事需要处理，才没能去找她。而且笔记本也已经找到，担心的事不会发生了。

金珠听了很是高兴，牵着理查德的手就要带他离开。

理查德看向金珠牵住自己的手，眼神一瞬间有些苦涩："金珠，我还不能跟你走。有件事需要我去做，等一切都结束后我就去找你，我会想办法让贡布老爷接受我，到时候我们再也不分开。"

"你又要去做什么事？危险吗？"金珠的笑容凝固，关切地问道。

"危险肯定会有，不过我会小心的。金珠，我发誓我会保护你还有木尔多寨，不管发生什么事，你都要相信我不会背叛你，好吗？"理查德满眼温柔。

"我相信你！"金珠坚定答道。

理查德稍稍安心，欲将金珠搂入怀中，这时手指却忽然微微颤抖起来，他不动声色地缩回手，强忍住身体上的不适："你出来很久了，快回去吧。"

金珠依依不舍地离去。在门关上的刹那，理查德脱力跪倒在地上，蜷缩起身子陷入一阵抽搐中。

第十二章 / 请君入瓮

在许冠恒的操持下，卓康甲都的街道上连续开了几家汉人经营的新店铺。铁匠老魏挂上大门口的牌匾，安置好门口的铁炉，也在张罗开业。看到许冠恒走来，老魏笑呵呵地过去跟他打招呼。女儿翡翠也引着几人走过来："许先生，我和爹爹能在卓康甲都开铺子，有个安身之所，多亏了您啊。"

"翡翠姑娘不必客气，是丹增老爷让我留下你们的。况且，在下还要拜托魏师傅帮忙打造一批铁器。"许冠恒摆摆手客气道。

"应该的，许先生想要什么，吩咐一声就行。"老魏一脸憨笑。

其他几个汉人也你一句我一句地说着话。许冠恒微笑着听着，忽然，人群中一抹熟悉的身影引起了他的注意。

索旺餍足地走在街上，身后跟着一名下人，手上拿着一杆烟枪。许冠恒看着那杆烟枪，一下子变了脸色。

意识到事情的严重性，许冠恒随即拜访了丹增。听说索旺拿着吸食鸦片的烟枪招摇过市，丹增吃了一惊。城内已禁烟多年，怎么会又流出这种东西？遂命桑措去叫索旺。

书房内烟雾缭绕，索旺正躺在软榻上神情享受地抽着鸦片。桑措进来看到此等情形，不由得皱紧眉头："三少爷，老爷请您过去。老爷已经知道您抽鸦片的事情了。"

索旺一下子睁开眼，开始还有些紧张，旋即支撑起上半身，讥笑道："知道又怎样？在土司府我就是个多余的人。他不是喜欢多吉，看中多吉吗，去找他好了。"

桑措不动声色，再次劝道："三少爷，请您跟老奴走一趟。"

索旺脸一沉，狠狠吐了口烟："你这条老狗是不是听不懂人话，立刻给我滚！"

桑措眯起眼睛，向外挥了下手。两名下人进屋，抓住索旺的胳膊，将他从床榻上拽起来。索旺大叫着挣扎，却摆不脱两人，一路被架着向正厅走去。桑措捡起烟枪和剩余的鸦片，跟在后面。

见到那杆烟枪和精神萎靡的索旺，丹增又惊又怒："畜生！你，你竟敢抽鸦片，你知不知道这是害人的东西？知不知道鸦片在吸你的血！"

索旺无所谓道："阿爸，您懂什么，鸦片是世上最好的东西，怎么会吸我的血？"

丹增气得一巴掌打在索旺脸上："索旺，你为什么这么不争气？"

"争气？我不管做什么都比不过多吉，在阿爸眼里所有的一切都是我的错。有种你就打死我，免得我出去给土司府丢脸！然后你就可以名正言顺地将多吉叫回来，让他接替你的位置，这样大家就满意了！"索旺斜着眼睛，字字诛心。

"你！"丹增气得眼前一黑，伸手捂住胸口，缓了缓说道："索旺，多吉已经离开了这个家，就连这土司之位以后都是你的，你还有什么不满？你不思进取，误入歧途，我要是不让你好好清醒清醒，将来还有何面目去见先祖！来人啊！拉出去，打六十鞭！"

两名护卫上前将索旺拖出屋去。索旺竟仰天大笑起来："哈哈哈，打死我啊，打啊！只要我一天不死，我就会跟你们作对到底！"

丹增控制着怒火，捂在胸前的手轻轻颤抖着。

长鞭挥舞，索旺的笑变成一声一声的惨叫。

许冠恒有些不安地看向丹增："丹增老爷，这六十鞭下去，索旺少爷可吃不消啊。念在他是初犯，就饶过他一次吧！"

丹增态度坚决："许先生，你不必为他求情。不以规矩，不能成方圆，土司府的人更要以身作则。现在放了他，以后如何服众？"

许冠恒想了想又推测："索旺少爷年纪小，不懂沾染鸦片带来的后果。再者，鸦片的来源也很可疑，说不定少爷并非一时的好奇心，许是遭人利用呢？"

丹增闻言，蹙起了眉头，外面不断传来鞭打声和惨叫声。听到叫声越来越小，丹增叹了口气："好，看在许先生的面上，我这次就饶过索旺。桑措，去喊他们停下吧。把索旺关到后院，不将毒瘾戒了，就不要放他出来。"

桑措领命去传达。不一会儿，伤痕累累的索旺被护卫拖入牢房。

威廉很快得知索旺的事，以免自己被查到，他马上派人守住了供人吸食鸦片的教堂地下室。

边巴对于这件事倒是非常高兴，他不管什么鸦片，只要丹增的儿子受苦就解气。想起索朗次仁搬入城中已有半月，还没机会去拜会，若他听到这个消息肯定会更加高兴。于是边巴特意备了一份贺礼去拜访。

到了索朗次仁的宅院外，边巴正要下马，忽然留意到侧门停着一顶轿子。门打开，索朗次仁在石达的陪同下坐进轿子，一行人迅速离开。

"索朗次仁出府为何要从侧门走？他们要去哪里？"边巴目露疑惑，打马跟上。

索朗次仁来到教堂，威廉讲了担心鸦片被查缴的事，希望他帮忙转移。

"哈哈哈，好，当务之急是要将鸦片转移到安全的地方。那事不宜迟，趁着土司府还没回过神，得马上将这批鸦片运出城！"索朗次仁思索了片刻，"丹增不是最在乎那些藏羚羊吗？我们不妨先给他报信，就说有人要夜袭藏羚羊园。等他们将人手调离，再赶在宵禁之前，趁城门守卫不备运走鸦片，问题不就迎刃而解了？"

"次仁老爷真是好一招调虎离山之计，就这么办！"威廉大笑点头。

"好，今夜寅时我带人假意袭园，而你负责将鸦片运出城。之后我们再好好谋划一下如何得到这卓康甲都。"索朗次仁志得意满。

忽听一声细微的响动，威廉惊觉窗外有人，下意识掏出手枪。索朗次仁按住他的手，轻轻摇了摇头，向旁边的石达递了个眼神。石达悄无声息地闪出门外。

窗外，偷听到二人对话的边巴一脸震惊：想不到索朗次仁已经与威廉暗中联手，难怪他总让我按兵不动，原来一早就把我踢出了局。哼，我倒要看看你们打算怎么对付土司府，也好抢占先机，免得被你们害死了都蒙在鼓里！

正愤慨间，教堂的门忽然打开，有人走出来，边巴忙闪避到角落，稍后翻身上马，疾驰而去。

石达从屋顶纵身跃下，向走出教堂的索朗次仁禀告道："是边巴，老爷要杀了他吗？"

索朗次仁摆摆手，微笑道："不用，丹增没有那么好糊弄，想要将鸦片这件事混过去，正好需要一个替死鬼！你再去土司府跑一趟，替我送个消息给丹增！"

石达接过索朗次仁递来的字条，收入怀中，转身消失在了夜色中。

寝室内，丹增已脱下外袍准备就寝。忽然一支带着字条的短箭扎在了门框上。"今夜寅时有人运鸦片出城"，丹增一见上面的字迹便认出是索朗次仁的手笔，不过他为何要报信，目的是什么，却是猜测不透。

分析了各种可能，丹增还是决定亲自去一趟，见一见这贩卖鸦片的人到底是谁。

边巴回到府里，立即召集了两个部落小首领，商量如何对付索朗次仁和威廉。他原以为索朗次仁跟他们是同一条船上的人，只是猎杀藏羚羊牟利。但现在西洋人除了大肆杀戮外，还要传播鸦片、奴役他们，岂能坐以待毙？

经过商议，几人决定寅时去城门口抓他们个人赃并获。这些鸦片即使要不了他们的命，也足以将他们驱出卓康甲都。议定后，两人告辞去准备。

这一切，被跟来的石达窥探得一清二楚。回去后，石达禀告了边巴他们的计划，索朗次仁满意地点点头，看向身侧集结了一队下人的扎西："接下来就看你的表现了。"

扎西向索朗次仁拱了拱手，率众出了院子。

威廉那边也已准备妥当，只等他们入瓮。

夜深人静，城门口对面的街巷内，边巴带着人手埋伏在此。时间已经不早，两个小首领抬头看了眼月亮，神色有些狐疑，担心对方是不是更改了计划。

边巴让二人少安毋躁，因为他已收到消息，有人亲眼看见扎西在一炷香前出发去了藏羚羊园，威廉今晚肯定会出货。

片刻后，空荡荡的主街道上果然走来一支十余人的马帮，打头的正是威廉。

队伍来到城门口，两名兵丁按照惯例询问了两句，就敷衍地挥手放行。这时边巴做了个手势，所有人一窝蜂冲出来，将马帮团团包围。

守城门的兵丁不知道发生了什么事，一脸纳闷地看着边巴和其他两位首领:"边巴老爷,您这是做什么?"

边巴一脸得意地盯着威廉,露出阴笑:"城门检查何时变得这么松懈了,难怪卓康甲都城内鸦片都偷偷盛行起来。我现在怀疑威廉神父的货物有问题,想要开箱验货。"

威廉讪笑:"开箱验货自然没有问题,只不过边巴老爷劳师动众带着这么多人,不会是专门冲着我来的吧?"

"你误会了,我正好要出城办事,见他们如此敷衍了事才将你拦下!"边巴掩饰道。

"原来是这样。既然边巴老爷想检查我的货物,那你们出城的行装是不是也该检查一番?"威廉一笑。

边巴看向身后的马队,挑了挑眉毛,自信答道:"那是,必须一视同仁!"

威廉示意马帮的人将所有箱子搬到地上,打开,里面空空如也。边巴震惊不已,难以置信。这时威廉催促边巴打开他们带的东西。边巴已经预感到不对,但也只能打开。一箱箱鸦片赫然呈现在众人面前,边巴几人顿时浑身一颤。稍后,边巴闭了闭眼睛,竟不自觉地惨笑出声。

这时四周忽然火把通明,人声鼎沸。丹增带着桑措赶了过来:"边巴,没想到是你!"

"哈哈哈,我才没有想到,竟然会被你们给算计了!丹增,栽到你的手上,我认了,你想怎么处置我们?"边巴并不辩解。

"不,这是一个圈套,有人想陷害我们!"

"这些鸦片的主人不是我们,是他!"

两个小首领急忙将矛头指向威廉。

威廉一脸淡定:"鸦片是在你们的行装中搜出来的,可不要血口喷人。"

边巴见两人还要争辩,摆摆手:"好了,别再说了!一步走错,满盘皆输!不过我不后悔,你杀死了我的儿子早晚会得到报应!"

"边巴，郎嘎的死真的是个意外。"丹增开口。

"我亲眼看见他被你打死的，你还在这儿假惺惺，算你狠，你赢了！"边巴哪里听得进去。

"既是这样我也无话可说。明天我会在公堂审理此案，今晚就先委屈你们了。"丹增示意护卫队将三人押走。

翌日公堂上，误以为是丹增故意下套的边巴自觉申诉无门，也就三缄其口，任凭丹增定了罪。

边巴作为走私鸦片的元凶，本罪不可赦，但念在他曾为卓康甲都出征南蛮部落，立下汗马功劳，土司府决定没收其府中所有财物，将他们逐出卓康甲都，终身不得踏入。

至于缴获鸦片的处理，曾在中原参与过朝廷销烟的许冠恒自请全权负责，为土司府出一份力。

边巴没死，他知道的又太多，索朗次仁于是命扎西寻机会解决掉他们，免得带来不必要的麻烦。扎西领命，在一段隐蔽的山路上击杀了边巴夫妇及一起被逐的另两个部落首领和家眷。

丹增身体越来越差，索旺又难戒毒瘾，桑措思来想去，一个人去藏羚羊园见了多吉。

多吉见到桑措，未等他开口，就态度坚决地表示自己再也不会回去。

桑措有些激动，焦急道："老奴来这里并不是祈求你能回心转意，只是在你眼中，卓康甲都百姓的安危难道比不过你对丹增老爷的仇恨吗？老爷的身子你也知道，索旺少爷又抽上了鸦片，一旦老爷倒下，卓康甲都就会落入多金寨的手中。以索朗次仁的为人，他不可能保护藏羚羊。只要有人开个头，可可西里就会迎来可怕的杀戮。丹增老爷身边没有人能够帮他，卓康甲都岌岌可危啊！"

多吉没想到事情会变成这样，他拧着眉头，想了许久，最后下定决心:"我跟你回去,不过有个条件。等索旺戒除毒瘾,你不能再以任何理由阻止我离开。"

"一言为定。"桑揩松了口气。

多吉与桑揩回到土司府,先去牢房看望索旺。索旺衣衫褴褛,头发蓬乱,正抱着头在地上打滚。多吉担忧地让护卫打开牢门上的锁,进去将索旺扶起:"索旺,你没事吧?"

索旺抬眸看向多吉,神志忽然有些清醒,一把推开多吉缩到墙角:"走开!我不想看见你!快走,你走啊!"索旺抱紧膝盖,拼命地摇头抵抗住毒瘾,保持着一丝理智。不过似乎气力渐渐用尽,他闭了闭眼再睁开,忽然赤红着眼扑上去一把抓住多吉的手,苦苦哀求:"帮帮我,给我抽一口,就一口好不好?我真的受不了了,求求你了!我以为我能戒掉鸦片,但实在太难受了,这比死还要难受百倍千倍,你真的要看着我死在你眼前吗?多吉,你给我吧!"

多吉不忍看索旺如此痛苦,犹豫着没有说话。

"不能给他!"正在这时,丹增的声音从牢房外传来。后面跟着央金和诺布。

索旺闻言,仰天大笑:"哈哈哈,阿爸,我知道你讨厌我,看不起我,可我没有想到你会这么狠心!我是你的亲生儿子,你竟然眼睁睁看着我生不如死,连个畜生都不如!你将多吉叫回来不就是为了取代我?看到我这样你满意了?你开心了?"

"不是的,索旺,你听我解释,我……"多吉话没说完,就被突然扑上前的索旺双手扼住咽喉。

"掐死你!我要掐死你!我得不到的,别人也休想得到!"索旺的一双眼睛变得猩红。

多吉猝不及防地被索旺钳制在地,一时难以挣脱。索旺双手不断用力,多吉的脸慢慢涨红。

护卫们忙上前捉住索旺的手臂，将他强行拉开。索旺踉跄倒地，愤怒中摸出靴中的一把小刀，疯狂挥舞："来啊，谁敢来！"

"索旺，你冷静一点，你不就是想要鸦片吗，我可以拿给你！"央金试图缓解索旺的情绪。

"你想骗我！我可不会上你的当！阿姆拉、阿爸，你们不是都心疼多吉吗，我现在就送他去死！"索旺正要出手，多吉一拳撞在他的手臂上，他向后退了几步，反手将刀狠狠掷向了多吉。刹那间，丹增挺身挡在多吉身前，刀正中胸口，鲜血瞬间晕开。

"不！"多吉大惊，一把抱住丹增，撕心裂肺地大叫，"阿爸，您坚持住，您一定要坚持住啊！"

丹增听到这一声"阿爸"，无憾地闭上了眼睛。

索旺愣愣地看着自己发抖的手，呆若木鸡。护卫们一拥而上，将他拿下。索旺任凭护卫们拉扯着，神情已近疯癫。

多吉迅速抱丹增回屋，同时吩咐下人去请曼巴。丹增虚弱地看着多吉焦急的脸，微微笑了："有些话再不说出口就来不及了。我这一生最后悔的有两件事，一是杀死了你的阿爸，二是对不起我的夫人达娃。多吉，我从来没有奢望过你会原谅我，我也不想求什么。只是我一死，我很担心……咳咳，担心卓康甲都没有一位好土司，来履行先祖的遗志。多吉，只有你可以……"

"我没有资格担此重任。"多吉拒绝。

"多吉，你是老爷钦定的下任土司，绝对有资格担任土司一职。卓康甲都现在迫切需要一位强大的首领来带领他们，你是不二人选！"桑措补充道。

多吉拧着眉头，犹豫不决。

这时央金上前一步，附议道："我赞同大管家的话，老爷中刀的消息很快就会在城中传开，土司府不能一日无主，为了夺得土司之位，其他部落必定会掀起一阵腥风血雨。多吉,你现在站出来,才能阻止这一切!"

多吉垂下眼帘,仍低头不语。

丹增用力咳了几声,胸前的血汩汩涌出,染透毛巾:"答应我,多吉……求求你……"

多吉的心猛地一揪,默默握紧丹增的手:"我答应你!"

丹增痛苦地哼了一声,慢慢闭上眼睛,似是想要睡去。

多吉又加了一条毛巾,一并按在出血口上:"阿爸,您千万不能睡着,曼巴在赶来的路上了。"

丹增迷迷糊糊地应着。央金站在多吉身后看着这个老人,神情复杂。

一名老曼巴终于匆匆赶到,检查完却表示伤口太深,贸然拔刀怕丹增会扛不住,有些无能为力。

多吉着急地看着陷入昏迷的丹增,心一横:"横竖是危险,我亲自来吧。阿爸要是死在我手中,就当我替我的生父报了仇,阿爸要能活着,我和他的恩怨就一笔勾销!"这样想着,多吉慢慢将手伸向那把刀。

曼巴处理了伤口后,多吉替丹增捻了捻被子,手还有些颤抖。央金细心安慰道:"丹增老爷的命是你救回来的,别担心,他会醒过来的。"

多吉轻轻走开几步,痛苦道:"是他救了我,不是我救了他,索旺那一刀本该捅在我的身上。我以为他死了我不会难受,但当他真的倒在我眼前,我却宁愿死的人是我!他不该替我挡这一刀的,我根本不值得他这么做……"

"多吉,你别自责了,追究起责任的话,罪魁祸首是我才对,若不是你受伤时我让诺布将你们的参汤调换,他怎么会沾染上毒瘾呢。他变这样,我有责任。"央金说道。

"不,这件事与你无关。索旺对我的误会由来已久,是我没有跟他解释清楚,他才会恨我到这个地步。我想跟索旺谈一谈。如果他愿意戒掉毒瘾，我会将这个位置还给他。若他不愿意，我会尊重阿爸的意思，当好这个土司。"多吉思索了一下说道。

央金凝视着多吉的眼睛："不管你做出什么决定，我都会支持你。"

很快，多吉去牢房见了索旺，真心实意地表达了自己的想法，劝他赶快戒毒，早日接手土司之位。到时候，如果他还有怨恨，就算想杀自己，他也绝无怨言。索旺自然不信，多吉急切之下命人打开牢房放索旺出来，用行动证明他所言非虚。望着敞开的牢门，索旺倒是愣怔出神，一时不知如何是好。

土司府的事很快传开，威廉担心多吉上任后会影响到他们的计划，特意与索朗次仁商议要不要除掉他。

索朗次仁知道多吉疾恶如仇，若能为他们所用最好不过，若不行再除掉不迟。所以想先看清是敌是友再做决定。

另外，威廉的探子探知巴桑在城外深山中发现数十具尸体，看衣着打扮应该是边巴他们。虽然扎西将尸体都掩埋了，可能野兽闻到血腥味，将尸体刨出来吞食，碰巧被巴桑撞见。威廉担心巴桑将此事上报给土司府，土司府一旦介入此案，不免会怀疑到他们。索朗次仁表示他定不会让巴桑活着回卓康甲都。

扎西和石达很快领着一批弓箭手来到掩埋尸体的地点。巴桑正指挥人用白布将残破不堪的尸体逐一盖好，忽然一支箭擦着他的鼻尖飞过，扎在一旁的树干上。

巴桑警觉地躲到树后，喊大家小心。奈何一阵箭雨迎面袭来，众人难以躲避，最后只剩下巴桑和一个同伴背对背互相抵挡。两人边打边向树林深处撤退，巴桑死命拼杀，试图掩护同伴逃走去给土司府报信。同伴打马离去的瞬间，扎西扬手甩出一把匕首，正中那人后背。那人闷哼一声，伏倒在马背上。见击中要害，扎西未派人继续追赶跑走的马儿。巴桑见状，怒气上涌，不管不顾地扑向扎西。此时石达一箭射来，正中巴桑胸口。巴桑不敢置信地看向胸口的箭，松开扎西，倒在了地上。

扎西整理了下被弄皱的衣服，弯腰看向奄奄一息的巴桑，一脚踏在他的胸前。巴桑吐出一口血，眼睛大睁，蠕动着嘴唇艰难问道："是你？是你杀了他们……"

"没错，你知道的太多了，所以你也该死！"扎西的脚重重碾压在巴桑中箭的胸口上。

送信之人拼尽最后一口气打马来到土司府，断断续续说了地点和听见的一个名字后，终于支撑不住，去了。

央金过来时恰好听见"石达"两字，震惊不已。多吉也知道了此事必跟多金寨有关。央金答应会设法弄清楚事情的来龙去脉。事不宜迟，多吉立刻带着火铳队前去救援。

目送队伍远去后，央金想了想，低声吩咐诺布去给扎西捎个口信，她有话要问他。诺布点头，趁人不注意悄悄溜出土司府。

奶妈一直想逃走去找央金，却总不能如愿。这天晚上她瞧着院子四下无人，再次偷跑出去，不料刚出大门就被石达抓了回来。

索朗次仁头疼地看着跪在地上的奶妈，斥责她险些坏了他的大事。奶妈到现在才明白，原来一切都是索朗次仁为了复仇而有意安排的。索朗次仁假惺惺地说奶妈是唯一服侍过达娃的奴婢，表示不想要她的命。但她知道的东西实在太多了，遂命石达将她拉出去割掉舌头，挑断手筋脚筋，押入囚室。

稍后，院中响起几声惨叫，尔后安静。

诺布恰好来到院外，听到惨叫声，不禁吓了一跳。她认出这个声音好像奶妈，不由得担心起来。正探头张望时，扎西从侧门闪出，挡住诺布。诺布说明来意,约定了明晚酉时见面,然后疾步离去。

多吉举着火把,率领火铳队到达树林中。一路走来,并未见到任何尸体,看起来一切如常,空气中却弥漫着血腥味。多吉皱起眉头想了想,吩咐几个手下立刻去附近打探下有没有猎手,将他们的獒借来一用,试试看能不能找到尸体。

此时,寂静的山崖底下,遍布着几十具尸体。一群秃鹫蹲在尸体前,肆无忌惮地吞食着腐肉。忽然间,一根手指动了动,紧接着巴桑紧闭的眼睛猛地睁开。他抬起手,颤抖地摸向自己的脸颊,一道鲜红的伤口从额头横穿整个右脸,划到下巴。巴桑喘息着踉跄起身,插在胸口的那支箭跟着起伏颤抖,他咬牙坚持着一步一步向前走去。

旭日初升。多吉神情疲惫地牵着一只獒在树林中行走。其他人分散开,用手中的火铳拨开树枝,仔细寻找蛛丝马迹。

獒忽然冲着前面的悬崖叫起来,多吉觉察到异样,松开绳子,獒撒腿向前奔去。众人跟着向悬崖下跑去。

来到崖底,獒冲着堆积成小山的尸体大声叫着。多吉等人看到眼前被秃鹫啃得一片狼藉的尸山时,不由得震惊住了。

大家迟疑了一下,多吉带头走上前去检查还有没有活口。所有尸体翻遍,没有幸存者,也没有发现巴桑的尸体。

多吉的脸色沉下去,深深皱起了眉头,指挥大家扩大范围重新仔细搜索。

找遍所有地方,仍一无所获,多吉只好带着那些尸体返回土司府。大家都对巴桑的货队遇袭感到意外。梅朵更是惊得险些晕过去。多吉忙劝慰她不要往坏处想,既然没见到巴桑,说明还有活的希望,他承诺一定会继续寻找直到找到为止。梅朵泪眼蒙眬,不发一言。

对于巴桑的失踪，央金和诺布很是惊讶，若真是扎西出手，应该不会留下活口。可昨夜诺布见扎西时，他神情镇定，显然是没有后顾之忧的。但若巴桑没死，那他现在会在哪儿？难道扎西软禁了他？

两人分析着情况，诺布忽然告知央金，昨夜听到了奶妈的声音。听闻奶妈来了卓康甲都，央金忽然想到奶妈以前一直跟在阿妈身边伺候，或许她会知道些什么。这样一想，央金更加期待晚上出去的机会，不过大管家的人一直盯着她，她想了想，心里有了计划。

丹增昏迷前将土司之位传给多吉，按照规矩要准备继任大典，并向中原朝廷上奏，昭告整个可可西里。各部落首领依规来土司府商议此事，并探望丹增病情。多吉在桑措的提醒下，向大家隐瞒了丹增尚在昏迷的事情，只说他身体已无碍，但还需要卧床静养一段时日。至于祭祀大典，多吉主张一切从简。各首领见多吉体恤百姓，不大肆铺张，很是满意。

第十三章 / 忠心护主

夜幕降临，诺布悄悄走出兰苑，四顾无人，快步离去。稍后，苑门再次打开，婢女打扮的央金迅速往另一方向走去。

央金来到殓房，小心翼翼地环视整个屋内。里面空无一人，几十具尸体用白布裹住放置在地上。她掀开一块白布，看到一张狰狞的面孔，急忙闭上眼睛，双手合十虔诚祷告："对不起，打扰到各位，还请各位莫怪！"

这时屋外传来说话的声音。央金看向那些尸体，咬了咬牙，躺了下去。

屋门打开，多吉和桑措走了进来。货队的遇难者尸体已被认领走，还剩下或杀手或被逐的小首领及家眷无人认领。多吉听桑措介绍完情况叹了口气，嘱咐将他们都拉出去一并葬了，再请几个喇嘛超度一下。

躲在白布下的央金听着他们的谈话，暗暗屏住呼吸。桑措似乎察觉到异样，向前走到央金躺的位置，蹲下身。央金紧张得大汗淋漓。桑措伸手将旁边的白布拉好，随即起身离开。

很快，护卫们用板车将尸体运出土司府。央金夹在两具尸体中间，躺在其中一辆板车上。

一片荒地上已经挖好一个大坑,四个喇嘛在篝火堆旁恭候。车一到,喇嘛们开始诵经。

央金感觉到板车停下,偷偷撩起白布,看向四周。见护卫们正在搬运前面车上的尸体,没人注意后面,央金立刻跳下板车,隐蔽到土堆后。然后观察了一下路线,迅速离去。

桑措忽然转头望向央金离开的方向,嘴角露出一丝不易察觉的微笑。原来他早已发现白布下的央金身体轮廓完好,根本不是残缺的尸体,便将计就计,看看这个阿姆拉到底藏着什么秘密。借着夜色掩护,桑措悄悄跟上央金。

央金来到宅院外,谨慎地看了眼身后,确认无人跟踪,轻轻敲了三下门,门开了条缝,央金闪了进去。

藏在暗处的桑措不由得眉头紧锁:"阿姆拉真的跟多金寨有关?她到底是索朗次仁的什么人?难道……"桑措倒吸了口凉气,大惊,"难道她是达娃夫人的女儿?"

桑措看着大门想了想,也上前敲了三下,然后躲到一旁。守门的人打开门,刚探出一个头,就被桑措击中脑后,晕倒在地。桑措将那人拖到一旁,闪入门内。

央金来到后院,走向正等着她的扎西:"大哥!"扎西却忽然变脸,与此同时,石达从屋顶纵身跃下,一把将藏在暗处的桑措提起,揪到了月光下。

央金大惊,与桑措四目相对:"大管家,你怎么会跟来?"

桑措冷静道:"我猜对了,你真的是多金寨派来的奸细,只不过我没有想到,你会是索朗次仁的女儿!"

扎西冷哼一声,挡在央金身前:"别跟他废话,快进屋去,解决完他我再来找你。"

央金却忽然抓住扎西的胳膊，摇头道："大哥，我求求你，不要杀他。"

扎西口吻中带着不容拒绝的语气："桑措发现了我们的秘密，不杀他灭口，他一定会告诉丹增。你的身份一旦暴露，会很危险，那还怎么替阿妈报仇？"

央金急忙道："丹增还在昏迷中，他根本就不会知道这一切。再说多吉早就知道我的身份，我可以让大管家发誓不将今晚的事说出去，你就饶过他一命好吗？"

扎西冷着脸，紧盯着央金："央金，你怎么替一个外人求情？你到底是怎么了？这番话我就当作没听到，听话，快进屋去。"

"不，我不能让你伤害他！"央金急了。

二人正僵持不下，索朗次仁的声音忽然传来："怎么回事？"

扎西向央金使了个眼色，转头说道："桑措跟踪央金来到府邸，石达将他抓住了，我们正商议该如何处置他。"

索朗次仁看向桑措，阴阴地笑了起来："我的府邸岂是什么人都能闯进来的？桑措，你的胆子倒是见长！石达，将他带来我的房里，我要好好款待一下这位贵客。"

"阿爸！"央金焦急喊道。

"扎西，将央金带回房间，一会儿我还有话要问她。"索朗次仁打断央金的话。

扎西拽住央金强行带她到一个房间，然后锁上屋门。

央金急切地拍打着门："为什么把我锁起来？大哥，你开门啊，开门啊！"

扎西冷声道："央金，我是为了你好，桑措的事你最好不要插手，更不要跟阿爸提起，否则你只会引火上身。"说完，拂袖离去。

桑措脊背挺直，站在索朗次仁面前。石达用力踢向他的腿弯，桑措忍着疼痛，坚持不肯跪下。

索朗次仁摆摆手，示意石达退下："丹增倒是养了条好狗。桑措，你可知道今天进了我这里，就不可能再活着出去。"

"老奴明白，这么多年了，次仁老爷真是一点都没变。"桑措平静说道。

"住口！这么多年我一直活在痛苦中，我要让你们也尝到这痛苦的滋味！我为什么要变？只要丹增还活着，我和他之间的恩怨就不可能化解，除非他死了！"索朗次仁瞬间爆发。

"所以你将阿姆拉派到丹增老爷的身边，是想借她的手来报仇？可是老奴不明白，你怎么会舍得让自己的亲生女儿涉险，做出这种天理不容的事！"桑措质问道。

"阿姆拉？桑措，你那么聪明，难道还没有猜到阿姆拉根本就不是我的女儿？她是丹增跟达娃生的孽种，叫卓玛央金！"索朗次仁恨恨说道。

桑措大惊，不敢置信地看向索朗次仁："你说什么？"

"达娃的心里只有丹增，她从来就没有正眼瞧过我。不管我怎么对她好，她就是不肯让我碰她一下。后来才发现，她早已怀了丹增的孩子！"索朗次仁忆起当年的情景，双目盛满恨意。

电闪雷鸣中，达娃饱受折磨生下央金。索朗次仁以孩子要挟达娃委身于他，如若达娃同意，他答应会对央金视如己出，绝不伤害。

为了无辜的孩子能好好活下去，达娃别无选择。但那一刻真的到来后，达娃无法忍受自己的不洁，万般不舍地抱了又抱、亲了又亲自己的女儿，最终选择了自尽。

索朗次仁得知后，恨不得立即掐死央金。但他忽然想到一个更完美的计策，就是将央金培养成一把锋利的武器，亲手刺在丹增的心脏上。

桑措听到这些震惊到无以复加，看着如同恶魔般狰狞的索朗次仁，质问:"当年的事,老爷都不追究了,你又何必与他手足相残?难道在你心里,就没有一点亲情和良知吗?"

索朗次仁一掌拍在桌上,厉声道:"良知?是他不讲情义在先,非要跟我争。凭什么他能拥有一切,我却什么都得不到?他能当土司?不就是仗着他是嫡子!作为妾室的孩子,我再怎么努力,都不能让阿爸高看我一眼!"

"不,你错了。老爷当上土司不是因为出身,是他做到了斯郎平措老爷的要求。他有一颗仁慈之心,爱民如子,对待生命没有分别,他不杀生,信奉万物有灵,是天性慈悲的首领。只有这样的首领,才有资格继承土司之位,获得万民敬仰!至于你这样的小人,根本不配与他相提并论。"桑措毫不畏惧地点明事实。

气急败坏的索朗次仁一把拔出旁边石达的腰刀,捅向桑措的小腹,然后贴着他的耳朵,恶狠狠地说道:"既然你这条老狗这么忠心护主,一心求死,那我就成全你!"

欣赏着桑措脸上痛苦的表情,索朗次仁露出笑容:"石达,带他去囚室。那里有他的老朋友,见面一定有话要说。"

石达拎着桑措,转身出屋。

囚室里,奶妈蓬头垢面,衣服上沾满血渍,靠着墙闭目喘息。听到牢门打开的声音,她虚弱地睁开眼睛,看到桑措被拖了进来,不由得浑身一颤,挣扎着爬向牢门,口中发出呜呜的声音。

桑措听到声响循声望去,蓦地睁大眼睛:"玉珍?你没死!"

奶妈拼命点头,眼泪横流。

石达对这一切视而不见,粗暴地将桑措拖到木架前,捆绑住双手。又走到摆放刑具的案台上,拿起一根长鞭。

"玉珍为什么会被关在这里?你们对她做了什么?"桑措怒问。

石达回头看了眼奶妈,面无表情:"还是担心你自己吧。"说完,抡起长鞭打向桑措。

桑措被打得奄奄一息，却死死咬住牙，不肯发出一丝声音。石达气急败坏地拿起一把尖刀，刺向桑措的双眼。桑措猛地发出一声惨叫，奶妈也跟着呜呜哭起来。

石达满意地点了下头，挑断绑住桑措的绳子，将他丢进牢去。接着落锁，转身走人。

奶妈向桑措爬去。桑措也伸出手，摸索着爬向奶妈。两人的手终于触碰到一起，桑措紧紧握住奶妈的手，却发现她的手筋已被挑断，顿时泪流满脸。奶妈眼泪翻涌，呜呜哭着。桑措察觉到哪里不对劲，伸手摸向奶妈的脸："玉珍，你为什么一直不说话？跟我说说话好不好？你的舌头……他们竟然割断了你的舌头？"

奶妈点了点头，悲痛不已。

索朗次仁觉察到央金跟以前的不同，怀疑她已经起了疑心。但丹增还没有尝到诛心的滋味，在此之前绝对不能让央金知道真相。打发了桑措后，他走出屋，让扎西带他去见她。

被关在客房内的央金正想着怎么逃出去，门外忽然传来开锁的声音。见索朗次仁和扎西出现在门口，央金急忙问："阿爸，您把大管家怎么样了？"

索朗次仁走进屋，来到桌边坐下："你那样为他求情，阿爸自然不会处死他。只是你要明白，阿爸可以饶过他这一次，却没有第二次了。"

"我知道，谢谢阿爸开恩！"不明真相的央金高兴说道。

"说吧，你这次回来找扎西做什么？"索朗次仁问道。

想起此行目的，央金小心地开口道："多吉在城外的山崖下面发现了几十具尸体，这些尸体里有边巴老爷以及货队的人，巴桑的尸体失踪了，您知道这件事吗？"

"尸体不是处理干净了吗，怎么会少一具？"索朗次仁皱眉看了一眼扎西。

"儿子这就去查。"扎西忙转身去了。

央金表面装作平静,内心却波涛汹涌,她暗暗攥紧手心:"我还以为巴桑在阿爸这里,担心多吉会前来要人,如此看来他是落在了其他人的手中。"

"多吉对这件事知道多少?"索朗次仁探问道。

"他对石达有所怀疑,但没有证据,不会贸然出手。"央金回答。

"卓康甲都发生这么大的命案,多吉不会善罢甘休,他一定会设法找到巴桑。我们要抢先一步,让巴桑彻底开不了口!"索朗次仁眼中闪过狠厉,而后又迅速转为担忧,"央金,你目前的处境很危险。多吉知道你的身份,只是暂时没拆穿你,如果不能将他变成自己人,就只能除掉。我知道,你对他感情不一般,可你要记住我的话,不能对敌人心存怜悯,斩草不除根后患无穷。明白了吗?"

央金凝视着眼前这个人,点点头:"我知道该怎么做了。阿爸,我走之前能见奶妈一面吗?我很久没有看到她了,很想念她。"

索朗次仁脸色微变,镇定说道:"我说过现在不可感情用事,等你办完我交代你的事,我自会让你们相见。"

"那我回去了。"央金拱手,退出屋内。

索朗次仁深深地皱起眉头,满心疑惑:央金怎么知道奶妈来了卓康甲都?看来留不得她了。

央金回到兰苑后,一直心神不宁。她觉得依索朗次仁的性子,定不会轻易饶过桑措,可能是故意支开自己再下手。思来想去,央金决定晚上出府去救回桑措。

囚室里,桑措和奶妈依偎在墙角,忍着痛苦互相慰藉。这对年少时无奈分别的恋人,想不到多年后竟以这样的方式见面。虽是造化弄人,但两人也了无遗憾了。不过为了揭开央金的身世,阻止索朗次仁的恶行,两人互相鼓励着一定要撑下去。

牢门忽然传来声响，奶妈似乎意识到什么，呜呜地示意桑措从她怀中取出一幅唐卡。还未等表达清楚，门外的脚步声逼近，桑措下意识将唐卡藏入自己怀中。

扎西带着石达推门进来，一把将奶妈拉了出去。桑措叫喊着胡乱挥舞着手臂，奈何被一脚踢在地上。

一声闷响后，扎西开口："拖出去，找个僻静的地方埋了！"

桑措终于知道发生了什么，猛地扑到栏杆前大吼："畜生！你们这群杀人不眨眼的畜生！她犯了什么错，你们要这样对她！"

扎西睨了眼桑措，冷哼一声："老东西，你别着急，下一个就轮到你！"说完与拖着奶妈的石达一起走出牢房。

"魔鬼，你们就是一群魔鬼！"桑措发疯地抓着栏杆，用力摇晃着。

夜深人静，石达吩咐人用草席裹了奶妈的尸体，从侧门悄悄出府。对面的街巷中，藏在暗处的央金和诺布注视着石达一行人。草席忽然滑下一角，露出奶妈的脸。央金大惊，正要喊出声，诺布一把捂住她的嘴，将她的头按下，刚好避开石达的目光。

"是奶妈！他们真的把奶妈杀了！阿爸昨夜还说奶妈不在城中，让我安心等待，可……阿爸太残忍了，连我都欺骗，我要找他问清楚为什么要杀死奶妈！"央金几近失控。

"小姐，您冷静一点，现在进去质问老爷，他只会怀疑您来府邸的目的。趁石达不在，我们先进去救人！"诺布连忙劝道。

"奶妈怎么办？她一直跟在我身边伺候，待我如同亲生女儿，我不能看着她死后还被抛尸荒野！"央金泪流满面。

"小姐，奶妈已经死了，大管家可能还活着，能救一个是一个呀，奴婢相信奶妈一定会谅解您的！"诺布宽慰道。

央金擦了擦脸上的泪水，满脸不甘地看向石达远去的方向："你说得对，先救人要紧！奶妈，对不住了！"

两人摸到囚室外，央金向诺布使了个眼色，两人各自拿起一个花盆，悄无声息地靠近两个守卫，同时将花盆砸向他们脑后，二人应声倒地。

诺布捡起一人腰间的钥匙，打开囚室的门："小姐，奴婢在外面把风，您快进去吧。"

央金进入囚室，见一个人满脸血迹地坐在地上。她震惊地上下打量着，迟迟不敢上前相认，"大管家？"

桑措表情一怔，不敢置信地竖起耳朵："阿姆拉？不，央金小姐？"

央金反应过来，拿起钥匙去开牢门上的锁："大管家，我先带你走。"

桑措急忙出声阻止："小姐，老奴已经是个废人了，带上老奴只会连累到小姐。小姐的心意老奴心领了，老奴之所以能撑到现在，就是想亲口告诉老爷一件事。这件事跟小姐你的身世有关。"

央金一怔，停下手里的动作："我的身世？"

"不错，你真正的阿爸不是索朗次仁，是丹增老爷！"桑措清楚地说道。

"大管家，你胡说什么？丹增怎么会是我阿爸？他是害死我阿妈的凶手！"央金吓了一跳，立即打断桑措。

"小姐你扪心自问，倘若老爷是凶手，你早就对他动手了，何必三番五次去救他？况且，小姐也亲眼见过夫人的画像，你与夫人的相貌极为相似，是老奴糊涂了，没有想到小姐就是夫人的孩子。小姐，这一切确实令人难以置信，要是玉珍还活着，她一定会告诉你真相，只可惜她刚刚死在了扎西手中，只留下了一幅唐卡，老奴猜是留给你的！"桑措从怀中摸出卷好的唐卡，递出栏杆。

央金伸手接过，迫不及待地展开，映入眼帘的是绣在一张旧羊皮上的画像，画面从右往左，分为四部分，人物线条分明，栩栩如生："手艺是出自奶妈之手。大管家，你快告诉我当年到底发生了什么事？"

"好，老奴全都告诉小姐，这一切都是索朗次仁的诡计！次仁和老爷是同父异母的兄弟，因斯郎平措老爷要传位给老爷，次仁提出决斗。但是有小人在刀上涂抹了毒药，次仁误会老爷要杀他，便劫持夫人离开了土司府。你会成为阿姆拉，就是次仁为了报复老爷精心设计的圈套！"桑措简略讲了过往之事。

"难怪我翻阅土司府的族谱时，上面记载着斯郎平措土司有两个儿子，可是世人却只知道一个。族谱中间被撕去了一页。"央金惊异之下想起那日情景。

"此事是老奴所为。老爷念及兄弟之情，不想对次仁赶尽杀绝，但是次仁掳走夫人，气死斯郎平措老爷一事令老爷郁结成疾。老奴不想老爷为此忧心，就将知晓内情的下人都调离了土司府。久而久之，卓康甲都也就没人再记得这件事了。"桑措说道。

"那我阿妈呢，她的死又是谁造成的？"央金追问。

桑措正要说话，忽听外面传来一声咳嗽。

央金紧张道："不好，有人来了！大管家，我先带你走！"

"小姐，你不用管老奴了，记住一定要将此事告诉丹增老爷。老天有眼，让老奴死前说出了这一切，央金小姐，保重！"说完，桑措一头撞向大牢铁门，瞬间额上鲜血横流。他的脸上却带着笑意，平静安详。

央金抓着栏杆，泪流满面。

门外，诺布见扎西过来，额头上冷汗直流。扎西瞥了眼地上躺着的两个下人，勾起嘴角："跟我进来。"

诺布硬着头皮跟在扎西身后，朝牢内走去。听见脚步声逼近，央金跟跄着闪避到门后。

进入囚牢，扎西见桑措歪倒在地上，屋内并没有其他人："死了？谁准你死的！"说着返身朝跟在后面的诺布步步逼近，"你鬼鬼祟祟潜入府中在囚室外做什么？你的主人呢？她去哪儿了？"

诺布看到这一幕,蓦地提了一口气,随即镇定下来:"小姐自然是在土司府,奴婢是自己一个人来的!"

"你敢撒谎?再不说实话休怪我对你动手!"扎西神色狠厉。

"奴婢说的就是实话,大少爷要是不信就将这里搜一遍好了,看看奴婢到底有没有撒谎!"诺布平静答道。

扎西一把掐住诺布的下巴,逼近她说道:"好,那你就跟我解释清楚,为什么一个人半夜三更来到这府邸中,到底有什么不可告人的目的!只要你有一个字说得让我不满意,我就会认为你是央金派来的奸细!"

诺布柔弱地说道:"我说,不过大少爷能不能换一个地方说话,在这里奴婢有些害怕。"

扎西紧盯着诺布的眼睛,松开了手。

回到房间,扎西站在窗前,等诺布解释。楚楚可怜的诺布望着扎西的背影,默默褪下了外袍,然后壮着胆子走上前,抱住了扎西。

扎西浑身一怔,挥手将诺布推开,一脸嫌弃:"你这是做什么?"

"大少爷不是想知道奴婢为何来这儿吗?因为奴婢思慕少爷您!"诺布抬眸看向扎西,"奴婢自知身份卑微,一直将这份心思埋在心底,不敢对少爷袒露半分。可奴婢实在受不了相思之苦,又无人可以倾诉,只好跑来府邸偷看您。若今夜没有被您撞见,奴婢是绝不会将这番话说出口的。"

扎西的脸一阵白一阵青,显然没有想到诺布竟如此大胆:"住口!穿上你的衣服,立刻给我滚!"

诺布有些受伤地看了扎西一眼,捡起了衣服,正要开门离去,扎西忽然将她叫住:"慢着!你既然是来看我,为何要将囚室外的那两个下人打晕?"

诺布站住,平静回道:"他们想要对奴婢行不轨,奴婢心中只有大少爷，当然要极力反抗！"

扎西靠近诺布："你真的想做我的女人？"

"是。"诺布点头。

"好，我可以成全你，不过你要记住，当了我的女人就必须要听从我的命令，要是敢违抗不从，我就拿你的主人开刀，听明白了吗？"扎西邪魅一笑。

诺布颤抖着身体，脸色发白："奴婢明白。"

"脱掉，过来伺候！"扎西满意地命令道。

诺布强忍住眼中的失落，凄惨一笑，走向扎西。稍后，蜡烛熄灭，屋内陷入一片黑暗。

月亮渐渐升高，整座卓康甲都在静夜中沉睡。央金失魂落魄地走在街道上，满脸泪痕。

清晨，诺布在院中与石达擦肩而过。石达回头看过去，眼神黯淡。

诺布并未留意石达看向自己的眼神，径直向前走去。两名下人抬着桑措的尸体放到一张草席上卷起。诺布疾步上前："大哥，你们要将他带往何处？"

那两人上下打量着诺布，一人开口道："你一个小婢女，问这么多做什么？"

诺布从手腕上褪下一只金镯子，递给对方，恳求道："这位老先生于奴婢是旧识，奴婢于心不忍，求二位大哥行个方便，告诉奴婢他会被带往何处吧！"

那人接过金镯子，收入袖筒中："晚些时候你去教堂西面的小树林里认尸吧。"

诺布感激涕零："谢谢两位大哥！"

不远处，石达默默地注视着诺布，当诺布的身影离开他的视线后，石达立刻走到那两名下人的面前，伸出手。

那人急忙将金镯子交到石达手中。看着金镯子，石达的目光中难得露出一丝温柔。稍后石达藏起心情来到扎西房间，向他汇报了诺布看见桑措尸体的反应。

扎西恨恨道："我就知道，她来这里是为了替央金打探消息。为了得到消息，她宁可出卖身体，实在是心机叵测。"

石达闷声道："杀了她，小姐会不高兴的。"

扎西闻言，若有所思地看了石达一眼，见他面无表情，便打消怀疑："算了，留她一命吧。"

"桑措的尸体要怎么处置？"石达请示。

"央金想替桑措收尸，别让她失望，更没必要引起她的怀疑，就按照原先说的，丢在树林子里吧。"扎西吩咐道。

一大早梅朵推门出屋，就看到央金枕着手臂坐在院中的石凳上，似是等了一夜，忙招呼她进屋。

央金将唐卡递给梅朵："我自幼似男儿般长大，只懂得骑马射箭、提枪抡棒，不擅女红，实在是看不懂这幅画到底讲了什么。梅朵，你能看出些什么吗？"

梅朵将唐卡摊开在桌上仔细辨认着："这幅唐卡是用打籽绣法绣成的，技法精湛，巧夺天工。不过它的精妙之处不在于技法，而是讲了一个故事。你看，这幅绣品既成一体又可分为四个部分。第一幅画中，两个勇士决斗，输的那个劫走了对方的夫人，这位夫人腹部微隆，应该是怀有身孕；第二幅画中，夫人诞下了女婴，女婴却认贼作父，夫人自缢了。第三幅画中，女婴长大，举办摘金仪式，男人躲在暗中偷笑。而这第四幅画，是最令人匪夷所思的一幅。女孩杀死了第一幅画中的勇士，这位勇士正是她的父亲。"

央金忍住震惊和难受，捏紧拳头，手却还是不受控制地颤抖起来。

梅朵端详着画中的女孩，眉尖轻微挑了挑："不知为何，这女孩极为眼熟，倒是跟你有几分相似。"

央金垂下眼眸，不想让梅朵察觉出她的异样："人有相似罢了。谢谢你梅朵，我身子有些不适，先告辞了。"

梅朵望着央金匆匆离开的背影，目露担忧。

丹增迟迟不醒，巴桑也杳无音讯，一连串的打击让脆弱的梅朵认为是自己逆了天意，引来祸端连累了其他人。她来到寺庙，向嘉措问询是否有办法化解这一切，她愿意服从天命，去做圣女，侍奉殿前，成为莲花生大士的眼睛、耳朵和嘴巴。她愿意离开卓康甲都，游走四方，将英雄人物的事迹口传相诵，向众人传播教义，青灯常伴了此余生。

嘉措叹息一声，答应可以为她开坛祭祀，护送她离开。

诺布回来见央金失神地坐在地上，急忙上前扶起："小姐，小姐？"

央金涣散的眼神慢慢在诺布焦急的脸上聚焦，找回了理智。她一把抓住诺布，仔细打量着："诺布，你回来了？大哥他没把你怎么样吧？"

诺布轻轻摇头："大少爷对奴婢有所怀疑，彻夜盘问了一番没有结果，就只能将奴婢放了。奴婢回来的时候，得知他们要将大管家丢弃到教堂西面的小树林里，就请了背尸人送他回来下葬。"

听到这里，央金心里还算稍稍好过些。

土司府门口，护卫发现背尸人送来的桑措的尸体，赶紧通知多吉。多吉不敢置信地走上前，手指微微颤抖。他恨自己没有早加防备，被索朗次仁暗中下了黑手，害了桑措。还有格桑和那么多无辜的人都命丧他们手中，多吉发誓早晚要抓住他们，让他们得到应有的惩罚。但现在没有证据，就没有人会相信这一切，只有忍耐，等到他们露出马脚，才能将他们的罪孽全部公之于众。

夜色深深，央金和多吉在院中相遇。二人驻步，神情悲伤地望着彼此。

"多吉，巴桑不在索朗次仁的手中，他应该还活着。"央金首先开口。

"索朗次仁？这里只有你我二人，你为何直呼你阿爸的名讳？"多吉奇怪道。

央金咬了咬唇，将事情始末告诉了多吉，然后痛苦、茫然地说道："多吉，虽然你没有追问过我，但是你早就发现我是为了报仇才会当阿姆拉。以前，我的心中有仇恨，可以靠着恨的力量放弃一切，包括感情。我误信了索朗次仁的话，想要杀丹增报仇，可我怎么也没有想到，丹增才是我的亲生阿爸，我却好几次想要害死他。弑杀亲父天理难容，更何况我还以阿姆拉的身份进了土司府。我不敢想象以后要如何面对他，更不知道如何面对索朗次仁。他……他怎会狠心到视我为一颗棋子？！"

央金越说情绪越激动，多吉忍不住将央金揽入怀中，柔声说道："别怕，我帮你！你说不出口的话我来替你说，你做不到的事我去帮你做！等阿爸醒来，我会告诉他所有的真相，替你澄清身份，你做的一切都会被原谅，而伤害你的人我绝对不会放过他！"

央金低声抽泣着，缩在多吉肩窝里轻轻点头。

第十四章 / 祭祀典礼

杰森见理查德染上毒瘾，主动提出帮他戒毒，并且仔细观察发病症状记录在册。他打算办一个戒毒会，帮助吸食鸦片的人戒毒，尽自己的绵薄之力帮到大家。

经过一段时间的治疗，理查德的鸦片瘾发作次数越来越少，症状也减轻了很多。相信再过一段时间，就会成功戒掉。

理查德非常感谢杰森，但提醒他一定要保守秘密，不要让威廉知道这件事。

这日，祭祀典礼如期举行。多吉身着土司服，在全城百姓的注视下，一步步踏上祭坛。许冠恒上前，取出象征土司之位、带有藏羚羊图腾的嘎乌，恭敬地佩戴在多吉的胸前："这个嘎乌本该由你的阿爸为你亲自戴上，今天就由在下代劳了。恭喜多吉土司继位，汉藏民族血脉相连，今后我们一起携手共进。"

众部落首领均高举双手至眉间，齐声恭贺："多吉土司，我等愿意为您效力！"

祭坛下方坐着的喇嘛们捶响手中的嘎巴拉鼓，声音响彻天地，震耳欲聋。一队带着藏式护法面具的喇嘛开始表演藏戏。百姓捧着哈达载歌载舞，一片欢天喜地。

趁着典礼期间众人松懈，威廉选择这一天运送沙图什。理查德寻机向威廉历数了自己精通地理天文，方向感强，有丰富的野外考察经验等优势，请缨负责这次押送。威廉思忖片刻，答应了理查德的请求。

炎炎烈日下，理查德头上裹着纱巾骑马跟着马帮行走在荒漠中。

贡布接到马帮内部眼线消息，带着卓老三等人埋伏在一处岩石后，密切注视着动静。待马帮走近，贡布一挥手，扛起斧头带头冲了过去。

马帮首领正催促着众人加紧赶路，忽然间呐喊声震天。贡布率领三十余人从四面八方冲来，瞬间将他们十几人团团包围。理查德站在队尾，一眼认出贡布，不禁神色一喜。

自恃伪装得巧妙，马帮首领倒也不急，讨好道："贡布爷爷，我们这趟走的都是些俗物，值不了几个钱，不如您开个价，我让小的们给您送去府上可好？"

"闭嘴，再废话割了你的舌头！"贡布自然不会被骗，示意卓老三去打开木箱。却发现里面装的果真是竹筒和氆氇，再无其他。

贡布拿起一个竹筒掂了掂，又放到耳边摇了摇，一切都没有问题。正要放下竹筒，忽然留意到两端有蜡光，贡布冷笑一声，一斧头劈开竹筒，里面滑落出一条沙图什。

"沙图什！拿下他们！"贡布大喝一声。

马帮首领见势不妙，亮出藏在袖中的匕首，刺向看押他的小土匪。两边的人瞬间陷入一片混战。安插在马帮的那名眼线拔刀劈向帮首，被察觉后反而被其抢先一步杀死。

理查德小心翼翼避开打斗的人，向旁边溜去。

贡布挥舞着斧头如同砍菜般很快结果了马帮的其他人，最后擒住马帮首领逼问沙图什的由来。没想到这人笑了笑，脖子往前一送，自己撞在了斧头上。

卓老三注意到躲闪在远处的理查德，一把抓了回来。贡布又惊又怒："理查德？金珠对你一片真心，你小子竟然与索朗次仁勾结，替西洋人卖命！今天不砍了你的脑袋，爷爷就把名字倒过来写！"

贡布扬起斧头就要砍下去，理查德急忙出声道："杀了我，就没人能证明货物的主人是谁了！"

斧头瞬间停在了距离理查德脖子一寸的位置，贡布大眼一瞪："贪生怕死之徒！来人，将这个叛徒带回木尔多山！"

卓老三示意两名土匪将理查德押走，其余人拉着货物向远处的荒漠撤离。不远处的岩石后，一个黑衣人转身离去。

索朗次仁得到黑衣人的汇报，一脸愠色。好在理查德没跟他们接触过，最多只会供出威廉。不过两人知道威廉为人深不可测，是否会拖他们下水就很难说了。思索片刻，索朗次仁派人请威廉过来一同商议计策。

威廉听到货物被抢的消息，惊愕万分，立刻就想连夜带枪上山抢回沙图什。索朗次仁连忙阻拦。木尔多山地势险恶，易守难攻，仅凭他们之力根本无法撼动。威廉摸了摸下巴，眼中闪过一抹狠厉之色。既然他们上不了山，他就要贡布等人也下不了山！

贡布深知沙图什就是恶魔，它会诱发人心中的恶，让人变得贪婪、暴戾，永远不会满足。它夺走了元丹夫妇的命，还让丹增和索朗次仁兄弟反目成仇。他宁可山上的兄弟们饿死，也不要丧失人性，靠杀戮发财。

这批沙图什既然是从卓康甲都城内流出来的，他就不能放任不管，否则可可西里将会变成杀人的地狱，大家再也没有容身之所了。

计划好一切，贡布亲率货队整装待发。临行前特意交代理查德，到了土司府最好把知道的一切老老实实交代清楚，否则立刻送他去见阎王。随后两个小土匪将理查德押入一辆四轮马车，跟在贡布的马匹身后，一行二十余人浩浩荡荡向山寨外走去。

为了阻拦贡布，扎西率领数十名黑衣人设下埋伏。远远见到贡布的货队，两名黑衣人抓紧手中的绳子，在货队纵马而过的刹那，同时拉动绳子。荒漠表皮下出现一张巨网，将前方的马匹绊倒在地。

贡布及时勒住马，喊大家小心。土匪们迅速拔出腰刀聚拢成一个圈，将马车围在最中间，警惕地看向四周。

石壁后方，扎西带上面罩，拔出匕首，朝贡布冲去。其余黑衣人扑向马车，与土匪们打斗在一起。一番交战，黑衣人砍断绳子，打开木箱，却发现里面空空如也。

"大少爷，沙图什不在这里！"黑衣人气急败坏地喊道。

扎西浑身一怔，没有设防，被贡布的斧头划伤左臂。

贡布咧了咧嘴角，笑道："总算把你这龟孙子给引出来了！"

扎西捂住受伤的手臂："你怎么知道会有埋伏？"

"龟孙子，你也不打听一下爷爷我是谁，这片荒漠是木尔多山的地盘，任何风吹草动都逃不过爷爷的这双眼睛！"贡布大笑。

原来贡布等人刚刚行进到山脚，就有探子发现了前方的黑衣人。贡布将计就计，安排理查德和两名小土匪带沙图什绕路走，自己则要会会这些人到底什么来头。

"龟孙子，今儿你自己送上门来，爷爷我这就摘下你的面罩，看清楚你的真面目！"贡布举起斧头奋勇进攻，受伤的扎西只能勉强抵挡。

几个回合后，扎西寻到一个机会，一刀刺中贡布的腰部。然后趁其反应不及，由黑衣人护着迅速逃离。

多吉正和许冠恒、金珠等人商量接下来该如何应对索朗次仁的阴谋诡计，几人说话间，一名下人引领着理查德和两个土匪进来。"理查德？"金珠一见，惊讶万分。

理查德又惊又喜，急忙上前抱住金珠，轻啄了下她的额头："是我，我回来了！"说完放开金珠，对一旁的多吉张开双臂，两人友好地抱了抱。

多吉拍了拍理查德的肩膀，神色欣喜："理查德教授，这段时日我很想念你，你去哪儿了？"

理查德神色一动，他解开绑在身上的包袱，递给多吉："这就是我最近在做的事，你看了就会明白。"

多吉接过包袱打开，脸上的笑意瞬间僵住，抬起头沉声问道："这些沙图什是从哪来的？"

"是威廉的货物。你继位土司的那天，马帮将这批货运出城，想转手到沙阿王朝，再从中牟取暴利。我取得威廉的信任跟着他们去押货，想趁机弄清楚他们的交易对象和走私路线，没想到半路上被贡布老爷劫了货，这才有机会将这批沙图什带回土司府。"理查德简单讲了事情经过。

"阿爸怎么没有跟你一起来？"金珠急忙问。

"我们下山时遇到了突袭，贡布老爷让我带着沙图什绕路走，他去引开前来劫货的人。"理查德解释。

许冠恒听着眉头紧皱："这么说威廉就是走私沙图什的幕后主使？"

"不仅如此，威廉与索朗次仁狼狈为奸，他们都和沙图什有关。我亲耳听到过他们一起密谋。"理查德说道。

刚刚过来的央金站在门口，有些不敢置信。

"我还得知威廉利用教堂掩护马帮走私藏羚羊绒和沙图什，意图用可可西里所有的藏羚羊换成黄金，再用这些黄金购置洋枪洋炮，扩大势力入侵可可西里，索朗次仁就是威廉要扶持的新首领！"理查德将在教堂悄悄探听到的消息全部说了出来。

"我还以为他们只是贪图富贵，没想到有这么大的野心。"金珠惊叹一声。

多吉皱紧眉头："我们一定要想办法阻止，不能让可可西里落入他们的手中。但这些人有备而来，不会轻易承认罪行。只有被我们抓到现行，他们才会哑口无言。"

"我去试探扎西，可能会从他口中得到线索。"央金主动提道。

"扎西口风很紧，只会让你陷入危险之中。答应我，不要去！"多吉连忙阻拦。看着多吉关切的眼神，央金只能点了下头。

许冠恒想了想："这样吧，理查德提到马帮替威廉走私货物，或许可以从那边入手。我跟马帮有些交情，由我出面打探消息，他们不会怀疑。"

"这，太危险了……"多吉有些担心。

"多吉土司请放心，在下是汉人，背后也有清廷做靠山。在下来到这里，是经过官府允许的，算是维护汉藏两地和平友好关系的来使。威廉清楚这点，暂时不会对在下下手。可可西里大难，官府顾不上这里，唯有携手对抗外敌，才能阻止西洋人的阴谋。"许冠恒大义凛然道。

贡布击溃扎西等人后马不停蹄赶到土司府，见理查德已顺利到达才放下心来。金珠心疼地帮贡布包扎伤口，还不忘数落他爱逞英雄。

央金满腹心事地站在一旁听父女俩斗嘴，忽然开口问道："二当家，与您交手的那位黑衣人，看清楚他的长相了吗？"

贡布气哼哼道："那人带着黑色面罩，根本看不到脸！不过看起来很年轻，应该二十岁出头，擅使一柄匕首。爷爷听到有人喊他大少爷，可惜让他给逃了！要是落在爷爷手中，哼，非扭断他的脖子不可！"

金珠看向表情微妙的央金："该不会是你认识的人吧？"

央金愣了一下，沉吟道："他的身份，探过才能知道。"

诺布闻言，紧张地看向央金。

深夜，央金穿好夜行服，蹑手蹑脚掩上房门离开。与此同时，睡在隔间的诺布忽地睁开了眼睛。

央金驾轻就熟地翻过院墙，快步向扎西房间走去。突然，一把匕首冷不丁从背后抵住她的腰。蒙着面罩的央金浑身一僵，立即停在原地。

房门打开，左臂上缠着白布的扎西和索朗次仁走出来，身后跟着诺布。

"诺布,你出卖我?"央金看见诺布,心中一惊。

"对不起小姐,奴婢的主子是大少爷,请您不要怨恨奴婢。"诺布低头恳切说道。

央金怒极反笑,不再说话。

石达将央金带进房间,掩门退出。扎西紧锁着眉头,神情既担忧又心痛。

"说吧,你半夜三更穿成这样回府干什么?"索朗次仁开口。

央金看向眼前的索朗次仁,强忍住心中的恨意,平静说道:"贡布来了土司府,他跟我提到与一位擅用匕首的蒙面人交手,被刺中了腹部,而他也伤了对方的手臂。如果我没有猜错,去劫沙图什的人就是扎西!"

"不错,你想知道这个做什么?"索朗次仁不再隐瞒。

"沙图什是血造的披肩,你们不能打它的心思,它会让人变成魔鬼!"得到证实的央金痛心疾首。

"变成魔鬼又如何,只要能达成所愿我们什么都能做!"索朗次仁冷笑。

"不,我们来卓康甲都是为了报仇,不是为了沙图什,现在做的一切已经偏离了原来的计划。求求您,快住手吧,不要再伤害那些动物!"央金请求道。

索朗次仁死死地盯着央金的眼睛,冷笑一声:"央金,从刚才开始你就没有喊过我一声阿爸,你知道了什么?"

央金从怀里摸出唐卡:"全部!我真希望这一切都是假的,您不是那样的人,您那么宠我,把我捧在心尖上,怎么会舍得将我当成一枚棋子?可是奶妈死了,桑措大管家也死了,他们至死才告诉我,您对我这么多年的感情都是假的,您让我到底该选择相信谁?"

索朗次仁看清唐卡上的图案,脸色一变,但还是硬撑着答道:"你应该相信我!"

央金痛苦道:"是,我也想要相信您,可是您让我觉得越来越陌生。阿爸,您现在好可怕,奶妈、桑措、格桑,那么多无辜的生命,只要挡您路的人,您全都毫不留情地除掉。以前,你说是为了给阿妈报仇才会对付土司府,可现在呢?您跟威廉勾结,走私沙图什,这样的您让我怎么去相信?"

索朗次仁火冒三丈,一巴掌甩在央金的脸上:"你回来就是找我对质?你想要知道所谓的真相,知道你一直报错仇害错人,你就满意了?"

央金捂着脸抬起头,目光坚定:"我活着就是为了寻找真相,我有权利知道这一切!"

"好,你想知道我就告诉你。你不是我的女儿,是丹增和达娃的骨肉。达娃不是被丹增害死的,她不想跟我在一起,自缢而死的。"索朗次仁仰天大笑起来,"我恨她,更恨你!你知道吗?我每时每刻看见你,都恨不得把你给掐死,我是怎么忍住的?是仇恨!一想到丹增知道真相的表情,我就忍不住想笑,那一定很精彩!"

央金怒气上涌,拔出刀冲向索朗次仁:"您真是太残忍了,我要替阿妈报仇!"

索朗次仁一把夺走央金手中的刀,卡住她的脖子:"想杀我,你还嫩了点!当年离开土司府的时候,我就说过,我一定会加倍报复回来,现在我做到了,哈哈哈!"

央金拼命捶打索朗次仁卡在她脖子上的手,但无济于事,她的脸色逐渐泛白。

扎西见央金快要喘不上气,蹙眉道:"阿爸,丹增还在昏迷中,现在杀了央金毫无用处。"

索朗次仁看向眼前不再挣扎的央金,一下子清醒过来,他松开手,无意识地向后退了几步,双手微微颤抖:"将她关起来。"

两名下人架着央金扔进一间客房。央金无助地蜷缩在地上,眼泪簌簌而下。不知哭了多久，央金渐渐进入了梦乡。

天色微明，睡梦中的央金忽然被什么声音惊醒，桌子动了一下，发出轻微的响声。稍后，又一声细微的声音从桌后传出。

央金走过去，隐隐听到墙边有轻敲声，她伸手将桌布掀起，墙上的一块砖恰好被人抽走，露出一个洞口，诺布探出头来，看见央金，比了个嘘的手势。央金神色复杂，轻声问道："你还来做什么？"

"小姐，您可以怀疑奴婢对您的忠诚，但您若继续留在这里会很危险，您快离开吧。"诺布说着拿出一个包袱递给央金，"大少爷这会儿正在老爷的书房议事，小姐换上下人的衣服，从这个洞口离开，往后院一直走就能出府了。"

央金犹疑着没有说话，诺布恳切的眼神里盛满焦急。央金终于接过包袱去换装。

央金换上下人的衣服跟着诺布从洞口离开，两人躲开巡逻队伍，快步向后院走去。

"站住！"一个声音忽然从他们身后响起。

央金脚步一顿，看向身边的诺布。诺布僵硬地转过身子："石达大哥，你喊奴婢有事吗？"

石达走上来，盯着诺布身边的央金："不是你，是她！抬起头来！"

央金在石达的逼视下慢慢抬起头，二人视线相触的瞬间，诺布忽然挡在石达的身前大喊："小姐快跑，奴婢替您挡着！"

一条长鞭忽然甩出，央金虚晃一招，一把抓过诺布的手，向前跑去。

石达躲闪过长鞭，与下人们一起追了过去。

索朗次仁的房间里，扎西还在极力游说他不要杀央金，理由是可以利用她对付土司府。他知道多吉喜欢央金，若用央金威胁，多吉一定会乖乖听话，到时候土司府就会变成傀儡，任由他们所为。同样，也可以利用多吉的性命逼央金杀了丹增，这样岂不是一举两得。

父子两人正说着，外面忽然传来嘈杂声，紧接着一名下人跑进来禀告央金逃走了。

扎西浑身一震。索朗次仁立刻命令道："去将她抓回来，就按照你说的办。"扎西拱手，带着那名下人即刻出屋。

院中，央金和诺布背贴背，已被数十名下人重重包围。

金珠一大早风风火火赶去兰苑，发现央金和诺布都不在，心里顿时一揪。想起昨天央金有些古怪的神情，再仔细一琢磨，几乎可以确定贡布描述的蒙面人就是她那个禽兽大哥。因此她俩很可能落到了扎西手里。想到这儿，金珠赶紧去找理查德，两人决定一起去找扎西，救回央金。

这时候，刚溜进院子不久，隐蔽在假山后的金珠和理查德目睹了这一切。金珠凝神拉开弓弦，对准石达射出一箭。

石达感知到危险，凌空格挡。诺布和央金趁机试着突出重围。金珠飞快地搭弓又连续射出两箭，拖延住石达。理查德则持枪跑过去接应。下人们忌惮他手中的枪，不敢再上前，只握着藏矛围堵着。双方对峙，理查德的手开始微微颤抖，他极力忍耐住毒瘾的发作，紧盯着敌人。

扎西率人赶上来，看到眼前情景，迅速摸出一把匕首朝理查德掷去。理查德没有防备，左肩被刺中，身子一歪，枪落在了地上。

"除了央金，其余人格杀勿论！"扎西吩咐。

"你们谁敢靠前！"诺布一个箭步捡起枪，护在理查德身前。

"她不会开枪，快杀了他们！"扎西大吼。

诺布眼中蓄泪，在藏矛触到身前时，咬牙扣动了扳机。一声枪响，弹药击中扎西身后的柱子。柱子轰然断裂，屋檐一角塌落，碎石纷纷压向扎西。

下人们目睹此景，都惊住了。"大少爷！"石达箭步冲向前，去扒石块。

央金和金珠趁乱架起颤抖不止的理查德，诺布呆呆地看了一眼被石达抱起来的扎西，扭头与众人一道离开。

回到土司府，理查德已昏迷不醒，看着曼巴为他处理肩部的伤口，婢女端出去一盆盆的血水，金珠坐在床尾小声啜泣。央金站在外间自责不已。

赶过来的多吉简单了解了下情况，惊讶问道："索朗次仁为何要置你于死地？难道你和他已经……"

央金点了点头："我跟他反目成仇，正式开战了！没有想到，多年前，他们兄弟俩因为立场不同，成为生死对手。如今，我和他也站在了对立面。但是我不后悔，我要为所有被他害死的人和藏羚羊讨回一个公道！"

"央金，你跟他成为仇人，会很痛苦！"多吉满眼心疼。

"我不怕，我只担心木尔多寨被我牵连，成为索朗次仁的眼中钉。"央金坚强说道。

"木尔多寨的事我跟阿古会商量。央金，我很高兴你能平安回来。"多吉双手扶住央金的肩膀安慰道。

"对不起，是我太笨。多吉，以后我再也不想离开你了。"央金轻靠住多吉的臂膀，泪光闪闪。

金珠一直守在理查德床边照顾，贡布很是生气。深夜，他沉着脸走进屋内，一把拉起金珠来到外间，义正词严警告她不准与理查德来往。他不能眼睁睁看着自己的掌上明珠与一个心术不正、染上鸦片毒瘾的人在一起。

听到"毒瘾"，金珠愣住了，她睁大眼睛，怔怔地看着贡布，不知该从何问起。此时，屋内的理查德苏醒过来，听到二人的对话，幽幽开口："金珠，贡布老爷说得对，我们分手吧！"

金珠不敢置信地冲进屋子:"理查德,你要跟我分手?"

理查德面无表情:"我想过了,我们两个文化差异太大,根本不合适,在一起也不会开心。再说,我来可可西里是为了研究藏羚羊,现在我发现了沙图什的秘密,向外界公开后就是大功一件。家族为了奖赏我,会让我世袭侯爵,与地位相当的贵族小姐成婚,你只是个土匪的女儿,怎么能配得上我?"

金珠眼中闪烁着泪光:"理查德,我知道你在骗我。你染上毒瘾,我不介意,我陪你戒掉它。"

"我介意!你这种身份低贱的女人我早就厌倦了,还想让我娶你,是绝无可能的!"理查德故作高傲地偏过脸,不再去看金珠。

"别再让我见到你!"金珠一巴掌甩到理查德脸上,流着泪掩面离去。

理查德伫立在窗前,望着外面月华如水,紧握双拳克制住追出去的冲动,心里默念:金珠,对不起。

丹增房间里,一名婢女轻手轻脚替丹增擦拭完脸,忽然发现他的手指轻轻动了下,赶忙欣喜地跑出去告诉多吉。

多吉等人听到消息忙赶了过来,在大家的呼唤中,丹增终于醒来。知道多吉已顺利当上土司,丹增很是高兴。又听说索旺诚心悔改,已经有一段时间没碰鸦片了,甚感欣慰,遂随口问道:"桑措呢?把他叫来,我有话跟他说。如今你们兄弟俩能够和睦相处,我就知足了。"

多吉与旁边的央金互看一眼,没有说话。

丹增敏锐地觉察到异样,急忙问:"你们不要瞒着我,桑措出什么事了?"

央金不顾多吉眼神阻止,直截了当讲了当天的事。

丹增听罢猛地揪住被子,黯然闭起双眼:"是我对不起他,是我的错……"片刻后,颓然睁眼,"多吉,你先退下,我有话要问阿姆拉。"

多吉掩门退出，同时挥退门外的下人。

屋子里，丹增坐起身，从枕头下抽出一把刀来扔在央金面前，自嘲道："动手吧，你不是一直想杀我吗？你可以用这把刀插进我的心脏，但在这之前，请你告诉我，你到底是谁，不要撒谎！"

央金心里一惊，勉强坚持道："老爷，我就是阿姆拉，没有第二个身份！"

"真正的阿姆拉早就身首异处，我不说并不意味着我不知道真相。我再问你，为什么桑措会因你而死？你是索朗次仁身边的人，对吗？桑措服侍了我二十多年，他的性子我最为了解，就算受尽折磨，只要还剩一口气在，他都会活着回到我的身边。你说他撞门而死，也就是说，他死的时候你在场。"丹增步步紧逼。

央金睁大眼睛，心突地一跳，然后垂下眼眸跪在丹增身前："不错，大管家为了不连累我，才会死的！"

丹增深深叹了口气："我早该想到的，索朗次仁那么恨我，他知道我的弱点，找一个跟达娃长得相似的女子接近我，我完全不会设防。只是，你有很多机会可以杀我，也知道我已经怀疑你，为什么还要一直留在这里？你的目的到底是什么？"

央金愣了一下慢慢抬起头，凄凉一笑："因为我被索朗次仁欺骗了。他告诉我，我的阿妈是被老爷您害死的。可后来我渐渐发现，您宽厚仁心，而他才是一个十恶不赦的小人，所以就放弃了报仇，想留在这里寻找一处安身之所。我知道错了，如果您还是怀疑我，我可以离开土司府！"

丹增仔细观察着央金，见她一脸诚恳，想了想说道："若你真有悔改之心，以后就好自为之，切莫再听信谗言，遭受小人利用。也不必离府，就以阿姆拉的身份留下吧，跟梅朵做个伴，没有人会拆穿你。我有些乏了，你退下吧。"

"是，我记住了！多谢老爷！"央金低头退出，在转身的一刹那，眼泪决堤。

一直等在外面的多吉见央金流着泪出来，忙快步上前，轻声询问："阿爸责怪你了吗？怎么哭了？"

央金摇了摇头："不，他对我很仁慈。我向他禀明了大管家的死因，但隐瞒了自己的身世。他相信了，以后不会再怀疑我了。多吉，答应我，帮我保守秘密，我还没有准备好要面对他，如果可以，我希望他永远不知道我是他的女儿。"

"那你甘心吗？明明是父女却无法相认！"多吉问道。

"不甘心！可他的身体太虚弱了，再也受不了打击，我只希望他能够平平安安地活着。只要能够活着，知不知道真相、能不能够相认，我都不在乎！"央金隐忍答道。

"我在乎！我不想你活得这么辛苦！"多吉满眼心疼。

"多吉，你没有放弃我，我已经很满足了。答应我，让我陪在他身边，这是我唯一能为他做的了。"央金恳切道。

多吉低头拭去央金的眼泪，点头："我答应你！"

知道丹增醒来，梅朵喜极而泣。整理了一下心绪，她独自来到丹增房间，默然跪在床前连磕了三个头。正在闭目养神的丹增听闻响声，急忙睁开眼睛，大惊道："梅朵，你这是做什么？"

梅朵抬眸："阿爸，多谢您的养育之恩。"

"这是我们父女之间的缘分，你不必这个样子，快起来！"丹增挣扎着下床，伸手扶起梅朵。

"阿爸，如果哪天我不听您的话，做了让您生气的事情，您会恨我吗？"梅朵没有回答丹增，反而问道。

"怎么会呢？你最乖巧懂事，是阿爸没有给你最好的安排。巴桑出事我万万没有想到，你不要胡思乱想，多吉会给你一个交代的。"丹增安慰道。

梅朵咬了咬唇："我已经向活佛禀明想当圣母，只盼着阿爸醒来，我再离开。"

丹增顿时震惊："梅朵，你……"

"对不起，阿爸，是我不孝，我不想让您为我烦心，我知道我应该去往何处。阿爸，多谢您一直以来对我的照顾，此生此世，梅朵无以为报！"梅朵垂下眼帘。

"这不是儿戏！梅朵，你是阿爸的好女儿，阿爸怎么舍得让你离开，颠沛流离、孤单此生呢？"丹增极力阻止。

"我已经决定好了。我知道阿爸和二哥都舍不得我，但是我对这里已经没有了留恋，就算留下，我也不会开心的。阿爸，小时候，我就喜欢莲花生大士的故事。现在我有机会将他的故事告诉更多的人，让更多的人拥有信仰，得到大士的庇佑，这也算是功德一件。"梅朵坚持道。

"这真的是你想要做的事吗？"丹增缓了缓问道。

"能与佛经相伴，自由惬意，高原处处都是我家。阿爸，您放心，我会好好活着，为您还有卓康甲都祈福，求您让我走吧！"梅朵含泪。

丹增闭上眼睛，久久不愿做出回应。

在回教堂的路上，威廉忽然注意到索旺脚步虚浮地带着一名下人从对面的药材铺出来，似毒瘾发作。

威廉暗暗一笑，想了想，迎面走了上去："索旺少爷，我看你似乎有些累了，不如去我那儿稍做休息。"说着上前一步，贴着索旺的耳朵，用不容拒绝的口吻说道，"免得毒瘾发作起来被其他人看到，那土司府的面子可就挂不住了。"

索旺的身体轻轻一颤，不由得改变了脚步的方向，跟着威廉走进教堂。虽然痛苦万分，但还残存着理智的索旺没有碰威廉拿出来的鸦片，而是远远走开："我已经下决心要戒掉鸦片了。"

威廉有些意外地盯着他："为什么？你明明很享受这种快乐的！"

索旺咬牙忍耐住发作的毒瘾，面部痉挛，涕泪纵横："过去是我错了，我不再需要倚靠它了。"

威廉盯着索旺，没有作声，而是从抽屉里翻出一个针管，递到索旺的面前。

索旺十分惊讶："这是什么？"

"这是比福寿膏更高级的东西，只要往胳膊上扎一下，就能够快速止住毒瘾，同时也能够让人更加欲仙欲死。"威廉阴笑着给索旺解释，"来一支？"

"我不需要！"索旺本能地退后拒绝。

威廉慵懒地收起针管，深吸一口气，目光迷离："Thank God！这才是世界上最好的东西！"

打着哆嗦蜷缩在墙角的索旺，心中仿佛被一百只手狠命抓挠着，他终于忍耐不住，猛地起身扑向那支针管。

威廉斜目一瞟，笑着退出屋内。

误伤了扎西，诺布既内疚又担心，整日心神不宁，后来竟头晕呕吐起来。这天去看过曼巴后，诺布更加魂不守舍。她垂着头步履蹒跚地走在街上，险些被提着药包的石达撞倒。

石达一把揽住诺布，难得温柔地询问她怎么样。看到石达后，诺布再也忍不住，缠着他带自己去看扎西。担心扎西会报复诺布，但又实在拗不过她，石达只好提前做了准备。

诺布扮成一名婢女随其他人进入扎西房间，想着只看一眼就好。扎西却一下认出了诺布，起身一把撕去她脸上的伪装："果然是你，真是不知死活！你还来这里做什么？想亲手杀死我，好替你的小姐报仇吗？"

"大少爷，奴婢只是担心您……"诺布瑟缩着。

"担心我？你这个贱人连自己的主人都能背叛，现在还敢来跟我玩这一套？你以为我还会相信你吗？既然你跑上门来送死，那我就成全你！"扎西不由分说地伸手扼住诺布的咽喉。

诺布惊吓地拼命挣扎："大少爷，奴婢不能死，奴婢……怀……孕……"

扎西微微一怔，松开了诺布："你说什么？"

诺布喘了几口气，平复着气息，然后小声说道："奴婢怀了大少爷的孩子。"

扎西后退了几步，忽然笑起来："诺布，你该不会以为我睡了你，就会对你负责吧？还是说，你天真到想利用这个孩子让我对你另眼相待，重新得到我的信任？简直是痴心妄想！"

诺布低下头，眼中含泪："大少爷，奴婢从未想过从您这里得到什么，更深知没有资格留在您的身边。您可以杀掉奴婢，可孩子是您的骨肉，他是无辜的，求您……"

"无辜？他根本就不应该留在这个世上！"扎西不耐烦地打断诺布，一掌推了过去。

毫无防备的诺布瞬间被推飞，重重地撞在桌子上，顷刻间，血从她的腿间慢慢流下来，晕染了裙摆。诺布痛苦地扶住桌边，不敢置信地看向扎西。

站在门边的石达，暗暗缩紧瞳孔，紧紧握住手中的刀。

扎西拔出一把匕首，正要刺向诺布，石达将一把刀更快地扎入了诺布的胸口。诺布身子一滑，倒在了地上。

石达一贯冷漠地望着诺布："你在多金寨待了十几年，应该知道大少爷的眼中容不得沙子，你背叛了大少爷，这就是你的下场！"

"可孩子……孩子……"诺布吐出一口血，疲倦地闭上了眼睛。

"拖出去扔了，别让我看见。"扎西脸色铁青，厌恶地转过头。

石达扛起诺布走出屋子。到了院外僻静处，石达小心地将诺布放下来，轻轻呼唤。片刻，诺布睁开眼，摸出衣服内的银币："多谢你，石达大哥，你真是一个好人！"

"虽然刀伤不致命，但也伤得不轻，再加上你……我先带你去找曼巴！"石达皱眉道。

诺布抓住石达的手，轻轻摇了摇头，虚弱地说道："我想回土司府……见小姐……求求你……"

石达阴沉着脸，无奈点头。

黑暗中，诺布跌跌撞撞进了兰苑，一进屋就扑倒在地上。

央金惊了一跳，上前抱住满身血迹的诺布，满脸焦急："诺布？你怎么了？怎么会弄成这样？"

诺布微微露出笑容："小姐，您别担心，奴婢回来了……小姐，奴婢恐怕不能再陪着您了，对不起……"

"诺布，你的手好冷，你快别说话了，我去给你请曼巴。"央金急忙道。

诺布拉住央金的手，紧紧握住："小姐，来不及了。这是奴婢自己选择的路，走成这样完全是咎由自取……答应奴婢，别去找大少爷。是奴婢心甘情愿的。小姐，奴婢走了，就要靠您自己了，奴婢好舍不得您……"

"诺布，你会好起来的。"央金半抱着诺布，眼中噙满泪水，"我不许你离开我，你说过要永远留在我身边的！"

"小姐，别为奴婢掉眼泪，不值得！"诺布颤巍巍地抬手想要替央金擦拭眼泪，到了半空，却突然垂了下去。

"不！"央金的眼泪汹涌而出，发出一声撕心裂肺的叫喊。

金珠听到央金的哭喊，急忙跑了过来，上前将号啕大哭的央金搂入怀中。

到了约定好的日子，梅朵将一封信交给婢女卓玛，遣她去送给丹增。

然后自己坐在镜子前，取下头上的巴珠，将辫子散开，拿起梳子，边梳头边缓声低吟："一梳断相思，二梳斩过往，三梳凡尘过后再无牵挂。"

阳光透过窗棂照进来，梅朵脱下藏服，将一件白色披肩划过半空，披在肩上，拖过地面。梅朵如同出尘脱俗的仙女，一袭白衣，行走到院外。

一顶轿子停在土司府的门口，等候多时的小喇嘛为梅朵撩起轿帘："嘉措活佛正在祭坛等您。"

梅朵回头深深地看向土司府的牌匾，闭了闭眼，一滴清泪顺着脸颊流下。尔后毅然弯腰进入轿中，帘子在她眼前落下那一刻，已经隔断了她与这里的一切。

"阿爸，我走了，这是我的宿命，您不必悲伤。多谢您的养育之恩，让我成为您的女儿。大恩大德来世再报！勿念，梅朵绝笔。"丹增看完梅朵的信，禁不住手指颤抖，信飘然落地。

站在一旁的多吉弯腰捡起信，看了两眼就冲动地飞奔出屋，立誓要把梅朵追回来。多吉一路狠狠抽打着马匹，街道上的行人纷纷退避到两侧。

祭坛两侧，两排喇嘛举着长号对天长鸣。梅朵一身白衣跪坐在嘉措身前，进行圣母仪式。

嘉措用两指在旁边小喇嘛端着的一只碗里蘸取少许金色颜料，涂抹在梅朵的额间，形成一个"羊"的象形文字，金字在阳光下熠熠生辉。之后，嘉措朗声道："从此刻起，你就是圣母。你将担任格萨尔王大士在人间的神职，游走四方，传播教义，为可可西里草原部落的百姓，带去幸福、自由、和平。"

"信女必定恪守职责，此生侍奉大士左右。"梅朵满脸虔诚。

"起来吧，先去圣屋更衣，稍后进行坐床大典。仪式结束，我就派人护送你出城。"嘉措说道。

"多谢活佛!"梅朵起身谢道。

缓缓走上石阶,梅朵脑中陆续闪现丹增、格桑、多吉、索旺、琴格、巴桑等人的面孔,和曾经那些温暖美好的画面。在最后一层台阶前,梅朵驻足而立,两名喇嘛打开圣屋的门,梅朵脸上现出平静柔和的笑容,从容进入圣屋。门在她身后紧紧合上。

急匆匆赶来的多吉奔上石阶,却被两名喇嘛拦住。坐床大典已经开始,梅朵身着黄色法衣,眼睛微闭,双手合十,在嘉措等几位活佛的围簇下,坐在莲花圣垫上,对外面多吉的喊叫声置之不理。

长号与诵经声此起彼伏。一切已经尘埃落定。"梅朵,你怎么这么傻!"多吉望着圣屋,痛苦地抱头蹲了下去,眼泪打湿了台阶。

多吉回来,面色难看地向丹增拱手行礼。丹增已经猜到梅朵定不肯回来,叹息一声,满目忧伤道:"木已成舟,由她去吧,这是她的心愿,是她的命啊。"

第十五章 / 全城销烟

多吉来到兰苑外,刚要伸手敲门,屋内的蜡烛忽然熄灭了。以为央金睡下,多吉正要转身离去,一条黑影悄无声息地从屋内闪出,轻盈地跃上围墙,径直奔出土司府。多吉急忙跟上。

两条黑影先后翻入扎西的院落。央金警惕四顾,见石达不在附近,遂贴着墙壁摸到门边,迅速进入屋内。多吉躲在院落的暗处,默默观察。

央金握紧手中的长鞭,慢慢靠近床榻。在她扬起长鞭的刹那,似乎安睡的扎西忽然睁开眼,一把抓住她的长鞭:"我就知道你会来!"

央金扯了下鞭子,怒目质问道:"你对诺布做了什么?"

"你怎么不问她对我做了什么?这个贱人非要爬我的床,还想利用孩子博取我的同情,继续当你的眼线,可惜被我识破了。她有今天完全是咎由自取!"扎西冷笑。

"什么?诺布竟然有了你的孩子!扎西,你这样伤害她,她到死都还在为你说话,我真为她不值!"央金惊呆了。

扎西将鞭子往手背上缠了几圈,一把拉近央金,紧接着揽住她的腰往床上一带,翻身将她牢牢钳制在身下:"我只想要和你的孩子!央金,你占据了我的心,折磨了我那么久,却告诉我你爱上了多吉。你答应过要留在我身边的,为什么要变心?"

央金吓了一跳,拼命挣扎:"扎西,我对你只有兄妹之情,现在就连这一点情义也没有了,我只觉得你恶心,变态!"

扎西脸色立变,俯身死死盯着央金。一种变态的控制欲从心底升腾,令他感到莫名的兴奋。他紧紧偎依着央金,贴着她的耳朵说道:"你知道我忍了很久,这次是你自己送上门来的,就算我把你办了,也没有人会知道……"

正在这时,房门忽然被人用力撞开,多吉冲上前,一手拎起扎西将他掀翻在地,接着拉过央金的手,飞奔出屋。

两人跑到院落正中,只听扎西一声口哨,数十名下人现身,将他们团团围住。

"放箭!"扎西一声令下,无数箭雨飞向二人。两人背贴背,用腰刀和长鞭奋力抵挡,最终冲出包围圈,双双跃上墙头消失不见。

"大少爷,要追吗?"石达请示。

扎西看了他一眼,目光阴冷,劈手就是一巴掌:"追什么追?我还没问你,那个贱人不是你亲手杀的吗?她怎么会没有死,还回到土司府向央金报信了?"

石达立刻单膝跪下请罪:"是属下办事不力,请大少爷责罚!"

"石达,你记住,多金寨容不得背叛者,要是让我发现你背叛了我,你的家人也活不了!"扎西冷冷警示道。

"是。"石达眼神晦暗,低声应道。

多吉拉着央金跑到一处僻静的街道,见身后无人追来,二人都松了口气。

"你知不知道刚才有多危险?扎西是什么人,怎么还去找他?扎西和索朗次仁已经不是你原来认识的样子了,他们熟知你的一切,一不小心就会落入他们的陷阱。所以不能冲动，只有保持清醒的头脑，才能阻止他们的阴谋！"多吉说着，慢慢将央金搂入怀中，"我知道，你跟诺布的感情很深厚，她走了你很伤心，她在天上看到你这样也会很心疼。央金，好好打起精神，不要让那些离开我们的人失望，让那些想做坏事的人得逞。"

央金微微抽泣着："好，再抱我一会儿，一会儿就好。"

月色下，二人紧紧相依着。

威廉引诱索旺再次复吸鸦片，利用他打探土司府关于火药和改良枪的消息。好在许冠恒早已将那些铁匠转移到了安全的地方，索旺费尽心思，只听说了负责此事的许冠恒常往山里跑，具体哪座山却不清楚。威廉对此非常不满，命令他要想办法弄清楚他们的位置，在没有确切消息前，不准再到烟馆见他，免得引人怀疑。

然而烟馆已经吸引了很多人流连其中，包括许多部落首领的亲眷。一天晚上，多吉带着火铳队去巡园，半路瞧见几个首领匆匆赶往一个僻静的巷子，好奇之下，他遣其他人先去巡园，自己悄悄跟上那几人。

七拐八绕后，几人进了一间写有"极乐阁"的烟馆。多吉看了看屋顶，翻身跃了上去。原来他们是去寻找自己不争气的儿子，烟雾缭绕中，一个个吸食着鸦片的小少爷被打骂着拎了出来。

回到土司府，多吉向丹增讲了烟馆之事，丹增叹了口气，他最担心的事终于还是来了。如今，烟馆必须要清除，不能眼睁睁看着老百姓被祸害，最重要的，擒贼先擒王，必须查出鸦片的来源，才能从根本上消灭鸦片。多吉将此事交由旺堆负责。

放心不下山里的情况，丹增不顾身体虚弱，与贡布、多吉和许冠恒一起前去查看。一路上层峦叠嶂、小径蜿蜒，很是隐秘。四人边走边说笑着，多吉不忘时常四下观察，一条黑影跟了一段路只好离开。索旺见派出去的人无功而返，气愤不已。但知道了他们的方向是神山，倒也有了目标。

大家都筋疲力尽时，许冠恒擦了把汗，指着前面的一处山峰："丹增老爷，您看，这条小路走到底，就能看见主峰，我们就快到了。"

丹增抬头远望："这里林木青翠，人迹罕至，确实是一处好地方，不知许先生是如何发现它的？"

许冠恒眼神黯淡，轻轻地叹出一口气："在下是在寻人时，无意中发现的。"

丹增诧异问道："寻谁？人寻到了吗？"

许冠恒摇了摇头，目露遗憾："二十年了，在下寻访遍卓康甲都的每一寸土地，始终没有她的下落。"

贡布竖起耳朵，插话道："你要找人，只管跟爷爷说一声，爷爷有三四百号兄弟，他们出马，保准给你找回来！"

丹增点点头："是啊，许先生有何难处不妨直说，我们早就当许先生是自己人了，你且将那人的样貌特征说出来，我们帮你一起想办法。"

"实不相瞒，在下的女儿丢失时尚在襁褓中，她长得什么模样，叫什么名字，在下一概不知。"许冠恒叹了口气，将事情的来龙去脉讲了一遍。

二十一年前，在藏羚羊祭祀大典上，许冠恒偶然结识了一位藏族姑娘，与她结为夫妇。一次做生意回来，夫人抱着出生没多久的女儿出来迎接，经过树林时惨遭盗贼杀害。但许冠恒只找到了夫人和仆役的尸体，唯独没见孩子。便寻思着孩子被夫人藏了起来，抑或被好心人捡走，故此一直没有放弃打探她的下落。

贡布听到这里心中猛地一揪，冷不防问道："孩子身上可有什么信物？"

"在下曾赠予夫人一颗金珠，背后刻有一个许字，让她佩戴在出生后的婴孩身上，此物可以证明她是我许氏一族的人。"许冠恒说道。

贡布浑身一颤，手指微微抖着，不再言语。

大家并未发觉贡布的异常，多吉开口安慰道："有了这个线索就能追查下去。许先生请放心，你的事就是土司府的事，若是有了许小姐的消息，我会派人通知你，你且不必太忧心！"

"多谢！"许冠恒点了点头，目露感激之色。

一行人来到一处天然洞穴前，机关启动，石门打开。洞内中间设有一个大火炉，熊熊火光中，二十余名铁匠正忙得热火朝天。

丹增等人打量着眼前情形，满是赞叹。

老魏父女见到许冠恒，立刻停下手中的活计，迎上前。许冠恒微笑着向他们一一介绍其余三人。丹增环视一圈，询问了物资供给和突发状况的应对之策等。以防万一，他建议还是派人在外看守为好。贡布一听立刻包揽了这个任务，丹增连忙阻拦："贡布，不可再将木尔多寨拖下水了……"

贡布不高兴地说道："爷爷此次下山就是为了沙图什而来。丹增老儿，保护藏羚羊不光是你土司府的责任，它的安危还关系到整个可可西里的平衡，杀戮的天平一旦被打破，就再也没有净土了。如今明知道罪魁祸首是谁，爷爷岂能袖手旁观？"

"如此，我们是要背水一战了。"丹增面目肃然。

金珠决定到神山帮忙，还能跟贡布做伴，遂与央金依依不舍地告别。临行，见理查德站在门内，金珠怔了一下，装作不在意的样子，翻身上马，与贡布一起纵马离去。

旺堆带着随从四处搜查兜售、吸食鸦片者。一天恰巧遇见毒瘾发作的索旺跌跌撞撞进了烟馆。旺堆派了两人守在那里，带其余人直奔土司府。

旺堆召集了各部落首领齐聚大厅，将所见告诉大家，对多吉嘴上要求查处鸦片，帮百姓戒除毒瘾，实际上却放任索旺带头吸食鸦片非常不满。首领们听闻此事都情绪激愤，纷纷要求多吉给个说法，拿出一个整治鸦片的法子来。

多吉震惊之余对自己看管不力，没有及早察觉索旺复吸表示很自责，表明自己绝不会包庇。旺堆遂要求立刻将索旺抓回来，秉公处理，让大家看到土司府整治鸦片的决心。无奈之下，多吉只能同意。

躺在床榻上手拿烟枪的索旺，听到烟馆外传来嘈杂声，而且脚步越来越近，心知不好，立刻起身翻窗户跳了出去，神情慌张地跑去教堂向威廉求救。

旺堆等人进屋不见人影，立刻派人搜索整个烟馆。一番搜寻后，人没有找到，但许多鸦片和烟枪、烟灯等都被搜了出来，堆在一起。一个首领正要下令烧毁，急急赶来的许冠恒赶紧制止。他向大家讲解了鸦片的性质及正确销烟的方法，并答应帮忙销烟。旺堆差几位首领去继续寻找索旺，他与许冠恒负责处理这些鸦片及用具。

听说索旺被追捕，央金焦急不已。想起当初自己害他变成如今这样，后悔不已。她去求多吉，但为了公平，多吉却不能做什么，只告诉央金，如果没猜错，索旺可能会去找威廉。

几个首领率领一队人马举着火把在烟馆附近扩大搜索范围，后来根据路人提供的线索浩浩荡荡赶往教堂。

教堂里屋，索旺蜷缩着身子，抱紧膝盖，蹲在床的一角瑟瑟发抖。见威廉开门进来，索旺眼前一亮，急忙扑上前抓住其衣袍："威廉，求求你，看在我们以往的情分上，救救我！你不是说只要我还有用，就会帮我的吗？"

"我是说过这句话,现在你最后的一点用处马上就要用掉了。"威廉斜眼打量着索旺,"事已至此,你还不明白吗?你是带头吸食鸦片的罪魁祸首,你传播鸦片,开设烟馆,残害百姓……"

"不不,你胡说……不是我……这些全部都是你做的,与我无关,我是受害者!"索旺惊恐地睁大眼睛,连连摇头。

威廉步步紧逼,阴笑道:"不管你承不承认,他们要抓的人都是你,抓住之后,要杀要剐随他们高兴。现在没有人会来救你,谁也保不了你,包括土司府!因为上帝早就抛弃你了!听听外面的脚步声,那些都是来抓你的人!"

教堂外,脚步声渐近。旺堆领着众人赶到,迅速包围了整个教堂。

附近街巷的一面墙后,央金隐藏身形,观望着教堂的情形,一脸焦急。看了看四周,央金想了想,蹑手蹑脚地绕向教堂后门。

多吉终究放心不下,悄悄跟着央金来到教堂。见央金计划从后门进去,他瞅准时机捡了块石头扔向对面的暗处。守门的随从被声音吸引,其中一人拔出腰刀去查看。多吉箭步上前,从后面锁住留在原地的那名随从的脖子,一手肘将其击晕。央金惊异地看了多吉一眼,立刻趁机溜了进去。

"你是神父,也就是我的上帝,你一定有办法对不对?只要你肯救我,我一定会誓死效忠于你!威廉,我已经打听到了,他们就在神山,只要多派些人去搜山,一定能找到他们。"索旺抱住威廉的腿,苦苦哀求。

威廉转了转眼眸,冷酷地推开索旺:"看在你给我带来这个消息的份上,我给你最后一个忠告。上帝只会站在聪明人那一边,你不过是一个自作聪明、眼高手低的垃圾,不要用你的愚蠢玷污神圣的上帝。"

索旺忽然直起身,仰天大笑:"哈哈哈,威廉,你话别说得太早!

你做的那些肮脏事，每一件我都记在了账上，包括你让我偷的通关护照，你藏在地下室的枪支弹药，还有你想要掠夺藏羚羊的计划！等我被抓了，我会要求公审，我会在公堂上把你所有的阴谋诡计公之于众。如果你不怕的话，就去打开大门吧！"

"你敢威胁我？"威廉暴怒，手慢慢摸向腰间。

"是你逼我的，我是什么人你心里清楚，大不了我们同归于尽！"索旺狠狠地瞪视着威廉，抢先用小刀抵住他的脖子，"不许动，别以为我不知道你后面藏着什么！"随即夺下他的手枪。

威廉慌张中挤出一脸讪笑："冷静一点，我不会真的把你交出去！我也没打算用枪来对付你，刚才只是一场试探……听我说，你的烟瘾又发作了，先抽点鸦片冷静下来再去见那些人，只有保持清醒才不会上他们的当！"

索旺死死盯着威廉，呼吸急促："鸦片在哪儿？"

"在我屋子，我这就去拿给你！"威廉急忙答道。

"我只信你最后一次，不要耍花招，否则门一开，我第一个杀的就是你！还不快去！"索旺扬了扬手中的枪。

威廉慢慢退出里屋，央金闪避到一旁，看着威廉离开。

手中的枪跌落在地，索旺浑身颤抖地揪住自己的衣领，神情痛苦。央金看到索旺的样子，心急如焚地冲了进去："索旺！你怎么样了？"

索旺一个激灵，抓起枪对准央金。

"索旺，我是来帮你的，你相信我，快跟我走。"说着，央金眼神真挚地递出了右手。

索旺看着央金，迟疑地伸出了手，尔后又猛地缩了回来："不，你跟我非亲非故，为什么要帮我？要不是你，我也不会沾上鸦片！滚开！"

央金急得眼泪一下子流了出来："索旺，我错了……你是我的哥哥，我不该伤害你……"

情急之中，央金将自己的身世原原本本告诉了索旺。

目瞪口呆的索旺一时惊喜交加，喃喃道："难怪你跟阿妈长得一模一样，你真的是……"

央金点着头扑进索旺的怀中。索旺抚摸着她的长发，沉浸在惊喜和悲痛中无法自拔。正在这时，威廉突然举着手枪返回，索旺一把推开央金："此事跟她无关，放她走！"

"阿姆拉怎么在这里？她知道我们的秘密，我要让她闭嘴！"威廉正要扣动扳机，躲在暗处的杰森毫不犹豫地冲过来打晕威廉，然后扔下手里的凳子，朝愣住的索旺和央金说道："你们快走，这里交给我。"

屋外，传来重物撞击大门的声音。央金拉住打战的索旺，向杰森点了下头，迅速离开。

两人跑出后门，多吉迎上来。索旺立刻挣开央金的手，转身跑掉。"你别误会，多吉在帮我们！"央金解释着就要去追，多吉强行拉住她："别追了，他不会回土司府的。索旺很聪明，他知道现在回土司府会连累到我们，在外面反而更安全。我们快走吧，免得被人发现。"

满脸担忧的央金只得点了点头。

土司府内，丹增一个人站在院子里望着月亮出神，凉薄的月光包裹着他孤独的身影，仿佛瞬间苍老了许多。多吉回来后见此情景，神色黯然地默默走开。

山洞一角燃着一簇篝火。金珠摸出一把口琴，放到嘴边轻轻吹着。脑海里不由得响起理查德轻快流畅的口琴声。她停止吹奏，怔怔地看着手里的口琴。

贡布站在远处看着金珠孤寂的背影，走上前揽了揽她的肩膀，以作安慰。

金珠靠向贡布："阿爸，我是不是很傻？我不想再记起以前的事了。要是这一切都没有发生过就好了，我的心里就不会缺了一块。幸好还有阿爸愿意陪在我身边，阿爸，谢谢你！"

贡布看着眼前的篝火，眼神有些闪躲："金珠，你为什么从来不问你阿妈的事？"

"因为那是阿爸的伤心事，我问了你一定会难过，我不想让你伤心，也不喜欢你喝酒，所以我宁可不知道。"金珠懂事答道。

贡布一脸疼惜，长长地叹息一声："有些事情，你应该要知道的。"说完又慌忙避开金珠疑惑的目光，"阿爸的意思是，就算只有我们父女俩，也一样会过得很开心！金珠，阿爸是你的靠山，会永远陪着你。"

金珠微微笑着："我知道，我也不会离开您的。"

贡布默默垂下眼帘，稍后，他抬起头，金珠已经枕着他的肩膀睡着。贡布小心翼翼地扶着金珠躺下，替她盖好毯子。

篝火还在燃烧，贡布看着金珠的睡颜，陷入了回忆。

那一年，年轻的贡布骑着马在树林里打猎，正好遇到许夫人主仆被劫。当他赶到近前时，许夫人在弥留之际哀求他一定救救孩子。远处，两个盗贼正拼命追赶抱着孩子逃命的婢女。贡布愤怒地追了上去，然而迟了一步，婢女被砍了一刀当场殒命，被包裹得严严实实的女婴脱手滚落悬崖。

贡布三下两下结果了盗贼，攀着绳子爬到悬崖下方，将挂在树上的襁褓抱了上来。看着哭得满脸泪痕的小婴儿，贡布的心都化了。瞧见女婴小手腕上戴着一条金珠手链，贡布笑了："金珠，以后你就是我贡布的掌上明珠！"

女婴看着贡布，甜甜地笑了起来。

贡布扯了扯嘴角，心里嘀咕着："你是我贡布的女儿，谁也不能抢走！"想到这儿，他悄悄用刀尖割断了金珠手上的链子，金珠落地，背后刻着的"许"字格外刺眼。贡布飞快地将金珠捡起来用布包好，放入自己怀中。

没有抓到人的旺堆等人一大早气势汹汹闯入土司府，要求交出索旺。下人阻拦不及，一行人径直向索旺的别苑冲去。

来到索旺房间，屋内的东西已被翻动过，多吉沉着脸看向以旺堆为首的几位首领："你们这是干什么？我可以向神灵起誓，土司府不会包庇任何犯人。我也在找索旺，找到后自会给大家一个交代！"

旺堆躬身一揖："这，是我们鲁莽了。但犯人一日不缉拿归案，又如何让人放得下心？不如由土司府出面，张贴缉拿索旺少爷的告示，也好尽快寻到他的下落。"

"好，稍后我就命人去张贴告示。"多吉应下。

"有劳多吉土司了，我们走！"旺堆行礼告退，率众人离开。

第十六章 / 迷途知返

逃到树林中的索旺蜷缩着身体，在一棵大树下醒来。他打了个冷战，爬起身裹紧自己的外袍，继续向前走。穿过一片树林，忽然看见三四个小土匪在巡逻。索旺猛地停住脚步，躲避到旁边的灌木丛中："这里是神山附近？我怎么跑到这里来了？"

这时贡布从密林中走出，递给几个小土匪一包糌粑，众人拆开布包，分着吃起来。

索旺悄悄跟着贡布来到山洞外，藏身在一块石壁后，看着他按动机关进去，里面火光熊熊，铁匠们正在打铁铸枪。瞬间，石门重新关上，与外界隔绝。

"难怪找不着他们，原来藏在了这里，他们在里面私自铸造枪支，难不成是要起兵造反？此事若是让清廷官府知道，可是杀头的大罪！"思及此，索旺暗自吸了一口凉气，猛地拍了下自己的头，"不好，威廉已经知道神山的秘密，他一定会派人搜山。到那个时候，土司府岂不是要面临一场浩劫？阿爸他们……索旺啊索旺，你真是昏了头，为什么要答应替威廉办这件事啊！"索旺懊恼不已，一拳砸在石壁上。

金珠醒来发现自己的手链不见了，焦急万分。她扒开每一块石头仔细寻找。那是阿妈留给她的遗物，已经陪了她二十年，忽然不见了，她心里很是不安。见女儿如此，贡布连忙再三安慰，并答应再给她买一条新的。

金珠神色黯然，勉强点了点头。"乖女儿，阿爸带你出去散散心，顺便巡一巡林子，打些野味回来下酒，你看你最近都瘦了，得吃点肉好好补一补。"贡布哈哈笑着拉金珠向外走去。

父女俩一出山洞，就见索旺一身狼狈地站在洞口。贡布立刻将金珠拽到身后，防备地看着索旺："索旺，你怎么会在这里？"

索旺振作精神，急急说道："现在没时间解释这个，威廉的人很快就要到了，你们快将山洞里的东西撤走！"

贡布两眼一瞪："威廉怎么会知道这个地方？你小子跟他告的状？"

索旺意识到不妙，向后退了两步："我怎么会知道你们在私造枪支？这可是杀头的大罪，我还没有怪你们把土司府拖下水！趁他们还没发现这里，你们快走……"

"畜生！爷爷早就看你不顺眼了，你还是不是卓康甲都的人？竟然帮着西洋人对付自己人，吃里爬外，爷爷今天就替丹增老儿好好教训你这个叛徒！"贡布不等索旺说完，一拳打了过去。索旺站立不稳，向后跌在地上。贡布冲上去揪住他的衣领，又是重重一拳。

金珠急忙劝阻："阿爸，别打他了，快喊大家撤出山洞吧！"

贡布接连揍了索旺几拳，又狠狠一脚踢向他的肚子："金珠，不要相信他的鬼话！这小子诡计多端，连自己的兄弟也暗害，万一他让威廉的人埋伏在树林外，等我们自投罗网，岂不是中了他们的奸计！"

索旺浑身一颤，眼神受伤地抬起头："你们不相信我？"

贡布呸了一声："信你？你算什么东西，爷爷我才不会那么蠢！金珠，把他绑起来拖到山洞里去。少了你这条狗，爷爷我倒要看看，威廉还怎么找得到这里！"贡布一把揪起索旺，将他拖进了山洞。

远处，数十个蒙面杀手悄悄接近山洞方向，拉开弓箭隐藏在灌木丛中。几个巡逻的小土匪丝毫没有觉察到危险，还在互相闲聊着。

石达一挥手，一排箭雨射出，土匪们纷纷中箭倒地。一个小土匪胳膊中箭，忍痛艰难地爬起来，捂住胳膊冲进密林。石达立刻抬手制止了放箭，派人追了过去。

索旺被捆绑住双手双脚扔在山洞一角。金珠发现他嘴唇颤抖，额头满是冷汗，关切地上前询问情况。索旺蜷缩着身子，神情痛苦："金珠，你听我说，威廉的人很快就要来了，你们一定要走！我知道……我不值得信任，但是，我不会拿……我阿爸冒险。威廉是个可怕的恶魔，等他到了一切都来不及了……"

金珠迟疑地看向索旺，不知该不该相信。

这时焦急的索旺从袖筒中滑出一把小刀，在背后慢慢割开绑住手腕的绳子。绳子断开的一瞬，他忽然拿起火把，扑向放置火药的铁桶，大吼道："出去，所有人都出去，否则我立刻炸了这个山洞！"

其他人注意到索旺的举动，吓得停下手中的活计，一窝蜂向外跑去。

"索旺，冷静一点，不要靠近火药桶，他们已经出去了，你快过来！"金珠尖叫一声，马上冷静下来安慰索旺。

索旺挥舞着火把，额上汗如雨下："你也出去！"

"好，我出去……你不要冲动……"金珠一边安慰索旺，一边向外后退。

出了山洞，所有人集聚在一处，紧张地看向洞内。贡布拎着一只野兔从密林中出来，老远看见人们围在洞口，立刻冲上前，抓住老魏："发生什么事了，金珠呢？金珠在哪儿？"

"金珠姑娘跟索旺少爷还在里面……"老魏话音未落，贡布就扔下野兔，扛着斧头风风火火闯向山洞。

"好你个臭小子，竟敢用火药桶炸爷爷的山洞！爷爷这就让你尝尝斧头的滋味！"贡布双目圆睁，不管不顾地一斧头劈向索旺。

索旺打着哆嗦避开，火把上的火星不慎掉入火药桶内，火药发出吱吱的响声。二人皆愣在原地。金珠率先反应过来，抬脚踢落索旺手中的火药桶，一手拉住索旺，一手挽住贡布，猛地向外跑了几步，扑倒在地。

一声巨响，火光冲天。

正在林中逃命的小土匪听到震天巨响，吓得摔倒在地上。跟在他身后的蒙面杀手们也都驻足，面面相觑。

小土匪爬了两步再次跌倒，看着渐渐逼近的杀手们，他咬了咬牙，突然拔出胳膊上的箭插入咽喉，自杀身亡。石达看了小土匪一眼，领着人向不远处的火光跑去。

一阵浓烟过后，贡布睁开眼，咳嗽了几声，着急地摇晃身旁的金珠："金珠，金珠！快醒醒！"

金珠慢悠悠地睁开眼，贡布一脸紧张地将她抱入怀中："太好了，幸好你没事，你要是出事了，阿爸不知道该怎么办！"而后松开手，去扳索旺的肩膀，"这小子绝对是威廉派来的奸细，竟敢打我们火药的主意！今天火药炸不死他，我也得弄死他！"

索旺满脸灰垢，人还打着战，就被贡布提到了眼前。金珠连忙拉住贡布的胳膊劝解："阿爸，您先别冲动！索旺是想让大家撤出山洞，不是故意要点燃火药的，我觉得他说的有可能是真的！现在山洞已经炸毁，若有人在附近，听到响声一定会寻过来。阿爸，现在不是追究责任的时候，我们必须尽快将大家转移出去。"

贡布捏着拳头，想了想，愤愤地放下手："好，先去看看有没有人受伤，一切等撤出这个地方再说。"

金珠带着铁匠们向山体另一侧的小路撤离，贡布押着被布条塞住嘴巴的索旺断后。他们一行人前脚刚离开，石达就率领着杀手们从相反的方向抵达山洞外。

"你们几个进去搜，其余的跟我来。"石达吩咐完带着三四个杀手往人们撤走的方向追去。还没走几步，身后山洞猛地传来两声爆炸声，石达下意识俯卧在地。硝烟过后，石达回身看去，神色一凝。那几个进去的杀手浑身燃烧着火团，全被炸出了山洞。

原来为了阻挡敌人的追击，贡布临走前特意将仅剩的两个小型火药筒安置在了洞内。听到爆炸声，众人都疑惑地朝后张望。贡布不禁得意大笑。一旁的金珠神色不安道："他们这么快就能找到这里，或多或少是知道了山洞的秘密。我们得尽快将这个消息传给土司府，让多吉他们做好准备。"

老魏点头："金珠姑娘说得不错，此事若是被西洋人得知，对土司府很不利，得想个万全之策才行！"

"说到这儿爷爷就生气，还不都是索旺这小子搞出来的麻烦！爷爷这就带他去土司府找丹增老儿和多吉。至于你们，也得找个地方安顿下来才行！"贡布气哼哼道。

"可是我们不能回城，山洞也已炸毁，这上有老下有小，还能去哪儿？"老魏有些发愁。

"去木尔多山吧！这些山脉都是连在一起的，我知道有条小路可以通往城外，只要穿过前面那片树林，再翻越两座山，我们就能到达木尔多山。那里虽是不毛之地，但也算一处安身之所，只要你们不嫌弃那是土匪窝，就跟我走吧！"金珠热心说道。

"金珠姑娘愿意收留我们，又怎敢嫌弃？只要有地方能去，大家在一起，哪里都可以为家。"老魏很是欣喜。其他人也纷纷附和，表示同意。

贡布有些担忧地取下腰间的佩刀交给金珠："金珠，一路小心，阿爸办完这里的事就回去找你们。"

"我知道，您也要小心！"金珠郑重接过刀，带着铁匠及家眷们向树林深处走去。

贡布望着众人走远，回头抬脚踢向蜷着的索旺："臭小子，别装死，快给爷爷起来！"

到了土司府，贡布将索旺推到丹增和多吉面前，任其站立不稳倒在地上。多吉急忙去扶，然后取下他口中的布条，解开绑着的绳子。

索旺颤抖着抬眸看向丹增："阿爸，我是混蛋，我死有余辜。可您要相信我，我真的不是故意要炸毁山洞的，我也想帮您啊……您救救我，不要把我交出去！我一定会痛改前非！"

丹增闭了闭眼，狠心说道："索旺，你已经走得太远了，阿爸也无能为力。既然你知道自己错了，那就像个高原英雄一样敢作敢当，承担你犯下的错误！"

"阿爸，不！阿爸！"索旺绝望地看着转身离开的丹增大喊大叫。

多吉深吸一口气，示意等候在一旁的护卫长："将他关入地牢，明天午时游街示众，以示惩戒。另外，通知所有老爷午时到土司府商议处决索旺一事。"

"多吉，你不能这么对我，不能……"索旺号叫着被护卫长拖走。多吉抿紧嘴唇，面色凝重。

得到石达的汇报，扎西和索朗次仁确信威廉的消息果然没错，现在只要能收买铁匠当中的人，就能向清廷证明土司府谋反。私造枪支，滥用火药，草菅人命……这些罪名足以让土司府和木尔多寨甚至整个卓康甲都灭亡！等他们两败俱伤，多金寨就能坐收渔翁之利，索朗次仁和丹增之间的仇，也就能够得报了。

索朗次仁志得意满，命扎西速去追踪铁匠的下落。这次他誓要置丹增于死地。

"销毁鸦片,惩治烟犯。午时游街,引以为戒。从此以后,卓康甲都城内不允许再出现鸦片,违者必究,严惩不贷!"街上,告示栏左侧贴着索旺的通缉画像,右侧刚刚贴上一则新的处决告示。

老百姓对土司府能够大义灭亲都很敬佩,纷纷表示一定誓死追随土司府,拥护多吉土司。

听说索旺被抓,他又知道太多秘密,心有不安的威廉决定趁乱杀掉他,让他永远闭上嘴巴。

大街上,人潮涌动,百姓们站在街道两侧看热闹。索旺戴着枷锁,坐在木笼囚车内,在一队护卫押解下游街示众。百姓们同仇敌忾,纷纷拿起手中或身边的东西砸向囚车。索旺闭着眼睛,忍受着百姓的指责和投掷。

威廉站在偏僻的一角,趁乱举起手枪瞄准了索旺。正在这时,一匹快马向这边跑来,百姓们纷纷让开,威廉也迅速将枪收入袖袍中。

央金一身护卫男装,英姿飒爽,手握长鞭来到索旺的囚车旁:"我帮不上你什么忙,总要护你安全。这一路很辛苦,你要做好准备。"

索旺睁开眼怔怔地望着她,心情复杂。

游行的队伍继续行进,百姓们静默片刻,再次将烂叶蔬果砸向囚车。央金丝毫没有理会,没事人一样驱马前行。

索旺的眼眶慢慢湿润,迅速移开视线,深深低下头。

按照规矩,索旺传播鸦片罪大恶极,要处以火刑。可他毕竟是少爷身份,拥有土司府的贵族血脉。各部落首领也体恤丹增只有这一个儿子了,觉得只要他肯诚心认错,戒除毒瘾,取得百姓的谅解,也不必太过为难他。经大家商议,最后决定除了游街三天,再绑在刑场示众三天,也算是严惩了。

夜晚，索旺被绑在刑场内的一处高台上，面前堆满了柴火。不明情况的索旺冷眼看向多吉："怎么，现在就送我走吗？"

多吉温和说道："这只是个形式，我跟首领们商议过了，不会对你处以火刑。你忍耐些，熬过这三天就会没事的。"

索旺怔了怔："多吉，你……为什么要这么做？我对你做了那么多错事，你就真的一点不恨我吗？"

多吉凝视着索旺的眼睛，认真答道："我不会恨自己的兄弟！虽然我不是亲生的，但感情不是用血缘来区分的。我只知道，我有一个弟弟，我很高兴你能陪伴我一起长大。哪怕你不认我，也依然是我的兄弟！"

索旺将脸转向一边，喃喃道："傻子，你当成兄弟的人一直想杀了你……"

"索旺，不管你怎么想，我还是那句话，只要你能熬下来，我会答应你所有的要求，我说过的话也都会算话！"多吉仿若没听到索旺的话，朗声道。

索旺慢慢抬起头："好，这是你说的，那现在你就答应我一件事！别再说什么把土司之位让给我这样的蠢话，也不要将这个位置让给任何人，既然你已经当上了土司，就好好当下去！你不要多想，我还没有承认你，也不想做你的兄弟。你知道吗？从小到大，我从来没有像今天这样轻松过，我无时无刻不在想着跟你争。看到你不高兴我就高兴，看到你有喜欢的东西我就要全部抢过来，因为你抢走了阿爸，我就让你也尝尝被人抢走东西的滋味！"索旺嘲讽地笑了笑，"直到我沾上了鸦片，才知道原来自始至终，我一直都在跟自己斗，一直不肯放过我自己。我累了，我不想再继续这个游戏了，多吉，我现在放过你，你不用再为我操心了，你走吧。"

"索旺……"多吉一脸担忧。

"不要可怜我，我咎由自取，不需要同情！"索旺皱起眉头，额头上渗出虚汗，"别磨磨唧唧跟个女人一样，你若想给我留下最后一点尊严，就什么也别说，立刻给我走！"

"好，我走，你记住我的话，一定要撑住，我们都会等你回家！"多吉转身离开。

毒瘾发作的索旺猛地吸了口气，狠狠咬住下唇。

几只关在铁笼中的老鼠，饿得吱吱乱叫。威廉放下笼上的黑布，一手拎起来，另一只手提起旁边的酒坛，走出教堂。到了刑场附近一角，威廉悄悄地探出头，阴冷一笑。

高台四面燃着火把，各有两名兵丁看守。威廉的目光落在索旺身边的柴堆上，然后掀开黑布，打开铁笼放出老鼠，"宝贝们，去享用你们的美餐吧！"老鼠们吱吱叫着蹿向不远处的兵丁们。

兵丁们听到老鼠的叫声，互看一眼，有些奇怪。下一秒老鼠们就一路嗅着跑到他们脚边，一下钻进裤腿里开咬。兵丁们嗷嗷怪叫起来，扔下手里的藏矛，一把捏住裤腿跳了起来。在兵丁们手忙脚乱地抓老鼠时，威廉悄无声息地避开他们，向高台上走去。

夜风强劲，威廉来到毒瘾发作后剧烈喘息的索旺面前，不待他说话，抬手用一块布塞住他的嘴："索旺，上次让你逃走了，今天看谁还会来救你！"然后有条不紊地将酒坛中的酒洒在索旺四周及柴堆上，随即一脚踢翻炭火盆，火遇到酒迅速燃起，蔓延向柴堆。

索旺惊恐地望着借着风势熊熊燃烧的大火，死命挣扎着试图摆脱绳索的束缚，但根本无济于事。发不出任何声音的索旺隔着火苗，愤恨绝望地盯着威廉，渐渐停止挣扎。

消息传回土司府，丹增痛不欲生。老百姓们却都认为是神灵收走了索旺，为卓康甲都除去了祸患，不由纷纷欢呼庆祝。多吉和央金很快将索旺运回土司府，含泪将其下葬。

这时候，遍寻多日毫无消息的巴桑突然出现在土司府门前，大家惊喜交加。原来伤势严重的他被好心牧民救下后,一直在养伤。如今伤好,他迫不及待回来揭发扎西的所作所为。

听说梅朵已离开,脸上落下刀疤自觉配不上梅朵的巴桑,心里反倒坦然了。

大家听巴桑说了事情经过,个个义愤填膺。厅堂内气氛凝重。贡布一拍桌子咬牙切齿道:"丹增,索朗次仁那个狗崽子一直跟你过不去!我们有巴桑作证,不如现在就杀去他的老窝,看他还如何狡辩杀了四十余条人命的事实!"

急于报仇的巴桑也向丹增拱手:"丹增老爷,二当家说得对,我一定要找索朗次仁父子算这笔账!"

丹增镇定说道:"不要莽撞!次仁城府极深,他与威廉联手布下了这么大一盘棋局,让他承认罪行只会逼他造反。到时候打起仗来,危害的又是百姓。我们必须小心行事,不到万不得已不能轻易开战!"

赤手空拳终究抵不上洋枪洋炮的威力,多吉传信给木尔多寨,让铁匠们继续打造枪支。至于火药,巴桑的救命恩人的部落曾经遭受战争的侵袭,流传下来一部分秘术,恩人已全都教给了巴桑,研制火药就靠他了。

森林里一栋偏僻的木屋附近,巴桑一天到晚专注地摆弄着马粪。一起干活儿的伙计们都用布巾遮住鼻子,还是忍受不了这熏天臭气,个个叫苦连天。

这天,多吉过来查看火药的进展情况,巴桑笑着从桌子上一堆大大小小丸子样的东西里拿起一颗递给多吉:"给,秘密武器!"

多吉半信半疑,拿到手里急忙扭过头:"这东西奇臭无比,用来做什么的?巴桑,我们要对付的那些人很厉害,可不是能熏走的臭虫。"

"来,我们到外边试试!"巴桑顺手拿起挂在墙上的弹弓,转身出屋,多吉跟上。

来到外边，巴桑对准一棵树打出一颗丸子，爆炸声响起。多吉跑上前一看，树上被炸出一个小洞，不由赞叹："小小弹丸居然有如此之威力，太好了……真是太好了！"

巴桑收起弓："只可惜这马蹄炮的威力还是小了点。它本是牧民用来看管马群的，目前的威力只能伤人不能杀人，我们用它对付威廉和索朗次仁，只是给他们挠痒痒而已。"

多吉忙鼓励道："巴桑，不要泄气，我觉得马蹄炮一定大有用处！你还需要什么尽管说，只要能研制出威力更大，能对付威廉和索朗次仁的火药弹，我全部照办！"

"多吉，我等的就是你这句话，需要用到的东西我已经列在了单子上，我这就去拿给你。"巴桑一笑。

二人回到屋内，巴桑拿起桌上的一些图纸铺开："这些是配方。马粪，铁粉和硫黄。我加了一些木炭灰，这样会更容易引爆，只要一摩擦就能引爆它。还有最重要的一点，马粪必须是干的，如果稍微湿一点，就会影响到整体的爆炸效果。多吉，我们现在只能靠太阳晒干马粪，这太费时了，我需要一些人手来烘干它们。"

"没问题，我回去就安排人手过来。"多吉拍了拍巴桑的肩膀，"巴桑，辛苦你了！我们全靠你了！"

拂晓，过来帮忙的贡布宿醉后醒来，发现巴桑一直坐在地上刮一块铁皮上的铁粉，不由得皱眉："小子，你这块铁要刮到几时？爷爷倒有个法子，俗话说得好，十偷不如一抢，把索朗次仁的枪支弹药全给抢过来，这不就结了吗？收拾他那样的孙子，咱们没必要守什么江湖规矩！"

"听您这么一说，好像也有点道理！"巴桑摸了摸头。

"看吧，连你都懂的道理，丹增就是看不明白！这面子值几个钱？好了，小子，别磨蹭了，改明儿爷爷就叫上所有弟兄，将他们的货全部抢过来！"贡布说走就走。

巴桑只得起身与贡布一道离去。

杰森在威廉房间里发现了可可西里的地图，这地图若落到其他小国和部落的手中，定会酿成一场灾难，到时候不光是卓康甲都，整个可可西里都会爆发战争，成为一片废墟。事情严重，杰森马上约了金珠，将地图交给了她。另外他还会拿到更重要的东西，两人约好夜里酉时在教堂的后门见面。

回到教堂，杰森到耶稣圣像前翻出抽屉里的圣经，检查藏在里面的字条。这时有隐隐的说话声从里屋传出来，杰森将圣经放回原处，蹑手蹑脚靠了过去。

屋内，扎西和威廉正在商议出货的细节。

"今晚酉时三刻我们的货就要运出城去，这是路线图。"扎西将图纸递给威廉，"我们的人会走这条最近的小路，也比较安全，神父务必看仔细了。而你们的马帮负责充当吸引土司府的诱饵，比我们的货队早一刻从大路出发，切记不要误了时辰。"

威廉点头笑道："没问题，我的人手早就埋伏好了。等他们一进入山谷，就会受到前后夹击，被彻底堵死在这个山谷里，等部落的老爷们一到，土司府还不是束手就擒。"

"那就好，我先走一步，等你的好消息。"扎西说完告辞。威廉出去相送。

避到门后的杰森趁机潜入屋内，拿起桌上的路线图折叠好放入怀中。

威廉返回后来到耶稣圣像前，将手覆在圣经上祈祷：上帝保佑，让太阳的光辉照耀在这片土地上，我必定要得到卓康甲都，阿门……

低头在胸口画完十字，威廉正要离开，忽然注意到圣经里有纸的边角露在外面。他皱起眉头，翻开圣经，只见里面夹杂着很多纸条。其中一张上写着他们的枪支、人数等情报。威廉的脸色瞬间变得惨白。

杰森藏好路线图后来拿其他情报，一进屋发觉威廉脸色有异地站在那儿，又注意到圣经放在一旁。他立刻抓起圣经，护在胸前。

威廉咬了咬牙，抬起头看向杰森："是你吗？出卖我的人，是不是你？"

杰森装出无辜的模样："我听不懂你在说什么。"

"事到如今，你还敢骗我？"威廉一把夺过杰森手中的圣经扔了出去，里面的纸条飘飘洒洒掉落一地。

杰森见事情败露，转身就跑。威廉飞快地揪住儿子将他扭到房间，绑在床上。杰森不断挣扎叫喊，愤怒的威廉用布条堵住他的嘴巴，居高临下地俯视着："听着，今晚的事情一结束，明天你就会被送上回大英帝国的船，我不会让你毁掉我的计划！"说罢拿起枪走出屋子。

动弹不得的杰森眼睁睁看着威廉锁了房门离去，内心绝望又无助。

金珠拿着地图回到土司府，众人纷纷猜测威廉手里怎么会有这么完整详细的地图。金珠看出这正是理查德所画，正犹豫着怎么开口，理查德忽然出现在门口："这幅地图是我亲手绘制的，原本是想对可可西里的藏羚羊进行更细致的研究，了解它们的迁徙习惯和迁徙路径，没想到它会落在威廉的手中，给卓康甲都带来这么大的危害，是我对不起大家！"理查德说完真诚地鞠躬致歉。

贡布一个箭步上前，猛地揪住理查德的衣领："爷爷就知道，你这小子能干出什么好事？既然你的伤已经养好，就赶紧滚回你们大英帝国去，我们这不欢迎你！"

理查德站在原地，没有避开，神情愧疚："贡布老爷说得不错，我确实不配留在这里，只是在我离开之前，请允许我加入你们今晚的战斗。我知道你们要对付威廉，我期待这个时刻很久了，让我加入你们吧，我保证不会连累你们。"

"哼，戒了你的毒瘾再说吧！"贡布气呼呼地将头转到一边。

理查德低着头，轻声说道："上次真的对不起，我的毒瘾已经能控制住了。"

贡布眼皮都懒得抬一下，一脸不想搭理他的表情。金珠的眼睛则亮了一瞬，很快又克制住。

多吉想了想说道："理查德教授，我们今晚的行动很危险，万一打起来我无法顾及你。"

理查德坚定地说道："没关系，我会负责我自己的安全，你只要给我一把枪就行了。"

"好，既然你这么想去，我也无法阻止你。那我们就按照原定计划行事。阿古、巴桑和理查德跟我走，金珠和央金去教堂接应杰森，你们二人一拿到东西就立刻回府，千万不要在教堂处逗留。索朗次仁和威廉非常狡猾，他们一定不会让我们顺利劫到货物，甚至还有可能布下陷阱等我们钻进去。所以，这次大家一定要打起精神，务必小心行事。"多吉安排完，众人散开，分头行动。

夜色笼罩，金珠和央金在教堂后门等了多时，不见一点动静。

金珠知道杰森一向很守时，除非他遇到什么麻烦了。想到这儿，两人决定进去一探究竟。

教堂内漆黑一片，央金拿出火折子照路，两人摸索着向前。忽然前面的屋子中传来奇怪的声音，央金一脚踹开屋门。只见杰森被绑在床上，不断挣扎撞击身下的木板，发出响声。

金珠吃惊地瞪大眼睛，赶紧上前给杰森松绑。两人问明事情原委，听到杰森说多吉拿到的路线图是假的，央金顿时急了。幸亏杰森看了真的路线图，回忆起扎西要走的是通往太阳湖的水路，央金立刻安排金珠送杰森去土司府，自己则赶去给多吉报信。

多吉与贡布、巴桑、理查德，以及二十余名手下马不停蹄往山谷赶。

艰难翻过一个山头，众人再次打马飞奔，身后忽然传来急促的马蹄声。只见央金快马冲到多吉身前，简单说明了情况。大家听闻索朗次仁的歹毒招数都气愤不已，幸好央金知道另外一条捷径可通往太阳湖，如果马上去追应该还来得及。

大家都气恼地准备掉转马头，理查德却说道："等等！如果我们都去追扎西，货是能拿回来，可威廉怎么办？他布下天罗地网就是为了捉住我们，如果我们没有出现，以后再想要抓住他可就难了！多吉，要不我去应付威廉，你们去追扎西吧！"

多吉怔了一下，立刻阻拦道："不行，你一个人绝对不是威廉的对手！"

巴桑自告奋勇："要不我陪理查德教授一起，威廉存心想要我们的命，若是今晚让他跑了，以后一定会祸患无穷！"

多吉面露迟疑。

"行了，爷爷也一块去！这总该放心了吧！"贡布说道。

"好，事不宜迟，我们快些出发。扎西就交给我和多吉，至于威廉就麻烦你们三位了！"央金当机立断。

贡布率先驱马离开，理查德和巴桑跟上。多吉赶紧命那些手下随三人而去，然后与央金对视一眼，二人打马飞奔而去。

草原上，胸有成竹的扎西率领马帮慢悠悠地赶着路。突然间，一阵马蹄声由远而近，多吉和央金截住了队伍。

扎西等人一惊，很快纷纷端起枪，摆开阵势。扎西定睛一看，发现只有多吉和央金两人，不由得弯了弯唇角，嘲讽道："你们俩是来送命的还是来送行的？"

"扎西，把货留下，我们就饶你一命！"央金开口。

"央金，没想到有一天，你会站在我的对立面，和这个傻小子一起来对付我！"扎西紧盯着央金，神色复杂，"你的本事都是我教的，你以为你能打赢我吗？只要你肯回来，我可以向阿爸求情，让他宽恕你，我们还能像以前那样继续生活在一起。"

"你想多了。"央金牵起身边多吉的手，"我已经找到这辈子最深爱的人，不会再回多金寨了。扎西，我奉劝你一句，迷途知返为时不晚，不要再帮着索朗次仁助纣为虐了！"

扎西看向二人紧牵着的手，深深地吸了口气，眼中妒火燃烧："你太自不量力了，既然你们不识抬举，那就来吧！看看今晚到底谁死在谁手中！"说完一挥手，数十发子弹朝多吉和央金的方向射出。

两人从马背上跳下，滚落到一旁。多吉迅速从腰间的布袋内掏出一把马蹄炮，扔向朝他们开枪的人群。

一阵爆炸声响过，枪手们的枪全落在了地上。多吉冲向正要捡枪的扎西，将他扑倒在地。扎西很快反应过来，用膝盖猛烈攻击多吉，脱身后掏出一把小刀，两人再次缠斗在一起。

另一边，央金用长鞭解决了几个手下，而后与石达交手。

双方激战正酣，远处忽然人声鼎沸，金珠带人呐喊着朝这边赶来。

"多吉，你竟然还留有后手！"扎西神色一凛，转身面目狰狞地对众手下嘶吼："现在我们已经没有退路了，都给我挺住，谁要敢退一步，我就先杀了他！"

手下们看着杀气腾腾赶来的金珠，有些惊慌，又听到扎西的命令，都惶恐不安起来。

金珠到了跟前，高声冲扎西的队伍喊道："大家听我说，你们的主子是要让你们送死，只要你们肯投降，我保证不会杀了你们，该怎么做，你们自己选吧。"

众人互相看看，一人率先放下了手中的武器。其他人刚要效仿，扎西一刀插入那人胸口："我说过，谁敢退一步，我就杀了谁！"

多吉等人惊住。

余下的几名手下握紧手中的武器，忽然不约而同地冲向扎西。扎西脸色微变，出手将他们一一击倒。一人倒地后恰好摸到一把手枪，他迅速对准扎西的后背扣动了扳机。子弹穿过扎西的后背，从胸膛飞出，他还没意识到怎么回事，便轰然倒地。其余人一拥而上，将手里的藏矛刺向扎西。

惊呆的央金反应过来，急忙跑上前。扎西看向央金担忧的双眼，笑起来："你在为我伤心，原来我死了你也会伤心。"深深地看了央金最后一眼，扎西闭上了眼睛。

令人捉摸不透的是，自始至终，石达如同旁观者一样冷漠地看着，面无表情。

贡布做好安排，一行人进入山谷。威廉的货队停在一处空地歇息，似在等候他们。双方见面，立即开火。树林中威廉早已安排好的弓箭手从四面八方射出利箭。贡布挥舞着斧头大喊巴桑。

山谷上方，巴桑带着数十人提前埋伏好，听到指令，立刻掏出随身带的马蹄炮丢向树林。瞬间，爆炸声不绝于耳，林中惨叫声一片。威廉的队伍乱作一团。

"冲啊！"巴桑带领众人冲下山，与贡布和理查德汇合。

混战中，双方人马死伤过半。威廉看准时机，一枪正中理查德的胸膛。巴桑看着理查德倒在自己眼前，大吼一声冲过去抱住他。看见理查德鲜血喷涌，巴桑怒火中烧。这时贡布也不敢置信地跑了过来，巴桑将理查德交给贡布，猛地起身朝威廉冲去。

贡布小心翼翼地抱着理查德："臭小子，理查德……你要坚持住啊！"

"日……记……"理查德颤抖着掏出来一本笔记，"交给，金珠……告诉……金珠，我……爱，她……"

眼睁睁看着理查德停止了呼吸，贡布攥紧笔记，难受地闭上了眼睛。

威廉被疯狂的巴桑吓到，胡乱射击着向山谷边缘跑去。子弹用尽，威廉被逼到一处陡峭的山坡。实在走投无路,他咬了咬牙,纵身一跃,滚落漆黑的山坡。巴桑阻止不及,只能看着威廉消失在眼前。

土司府灯火通明,贡布指挥着下人将尸体抬进院子,放置在空地上。巴桑押着石达等人朝牢房走去。

双方互换了消息,大家心情都很沉重。

当金珠看见冰冷的理查德时,眼泪瞬间汹涌而出,一下瘫坐在地。贡布走到金珠身边,将女儿搂在怀中,轻抚背部:"金珠,你别这样!理查德走之前,让阿爸把这本笔记交给你,还让我转告,他爱你。"

金珠接过沾满鲜血的笔记,眼泪簌簌而下:"阿爸,我能接受他离开我,但是没想到他会死。他还这么年轻,如果他没有来到卓康甲都,就不会失去性命。"

"理查德有血性,是条汉子!可惜人各有命,这是他自己的选择。用生命保护圣地不受侵犯,也算是死而无憾。"贡布尽力安慰着,"金珠,人死不能复生,早日接受才能走出痛苦。理查德将他的笔记交给你,难道你还不明白他的心意吗?"

金珠颤抖着双手,捧起笔记捂在自己胸前。贡布再次将金珠搂入怀中,如同哄着一个孩子:"这本笔记中记载了藏羚羊和沙图什的秘密,只有将它送出去,让世人知道这一切,理查德才不会白白牺牲。这件事,只有你能办到!"金珠泪眼婆娑地望向理查德,眼神慢慢坚毅起来。

第十七章 / 欲加之罪

丹增不顾身体欠佳,亲自叮嘱多吉将死去的扎西、威廉的手下拉至城中,让他们的家人认领回去,毕竟他们也是遭人利用而已,家人一样痛不欲生。至于扎西,该怎么做,还要多吉自己权衡。

尸体被认领后,大家知道了威廉的丑恶行径,纷纷自发包围了教堂,吵嚷着要烧掉他的老巢,铲除祸患。

多吉与央金急忙赶到,好言向大家解释,请求给杰森一个机会,让他继续掌管教堂,庇佑卓康甲都。许多人都接受过杰森的治疗,受过他的恩惠,又见多吉如此诚恳,大家不约而同选择了相信,陆续散去。

理查德的送别仪式在杰森的主持下进行。金珠头披白色的镂花纱巾,双手交扣在胸前,闭目在十字架下祈祷,眼泪顺着她的脸颊缓缓滑落。

"上帝指引他来到你身边,以爱的名义,交换彼此的灵魂,爱恨相随,上帝也给了他离开你的方式,愿逝者自由的灵魂,得到救赎,愿生者不安的心远离痛苦,阿门!"杰森读完圣经,在胸前画了个十字,"金珠,理查德已经回到天父的身边,进入永恒之门,你不必太悲伤。"说着安慰地在金珠肩上拍了一下,转身离开。

一直沉默不语地站在棺木前的央金和多吉也相继离去。

良久，金珠睁开眼睛，凝视着理查德的脸庞："理查德，我很后悔没有相信你。这算是对我的惩罚吗？我唯一能做的就是将你的笔记带回大英帝国，向所有人公开你在可可西里研究的心血。你再等等我，等亲手为你报完仇，我就带你走。"金珠擦了擦眼泪，强作欢颜。

多吉深思熟虑后，决定将扎西还给索朗次仁，让他们父子见最后一面，然后入土为安。毕竟人已经死了，若再利用扎西做些什么，那和索朗次仁又有什么区别。丹增也希望索朗次仁还有回头的机会，不要走上绝路。于是多吉大张旗鼓地派人将扎西拉到了荒郊，他和丹增暗中跟随观察。

果然，消息灵通的索朗次仁冒雨亲自寻了过来。他披着蓑衣，小心地慢慢靠近盖着草席的扎西："扎西，阿爸来了，阿爸带你回家，别怕，我们回家了。"索朗次仁悲伤地掀开草席，扶起扎西，接着解下身上的蓑衣，披在扎西身上，仔细绑好，"来，披上，不要着凉了。"说着背起尸体，步履蹒跚地离开。

树后，丹增和多吉都神色动容。

回到宅院，索朗次仁给扎西举行了火葬。他没有想为什么会这么顺利地带回儿子，为什么丹增不设伏捉拿他，他扭曲的心里只有愤怒。火光中，索朗次仁咬牙发誓："扎西，你放心，丹增他们很快就会去陪你，你不会孤单！"

疯狂的索朗次仁很快联合了两个部落首领，一起谋划推翻土司府。除去土司的位置，他还要毁掉丹增的一切。他要利用央金做最后的利剑，狠狠插在丹增的心上，让丹增十倍百倍千倍地尝到他的痛苦。

翌日清晨，土司府的大门还紧紧闭着，外面早已人满为患。所有部落首领都手拿一封书信，站在门外交头接耳，摇头叹气。人们互相比对着信里的纸条，每张上面都写着：阿姆拉罪孽深重，丹增欺天欺人，父女媾和,必遭祸患,三天之内,天降灾祸!

从园子里回来的多吉自然也看到了这些纸条,他满脸震惊地将手中一张纸条揉成一团,翻身上马奔回土司府。

咳喘不止的丹增撑着病体来到正厅,看了下人递上来的纸条,不禁手指微颤,内心翻腾。各首领七嘴八舌的诘问谴责都变成了嘤嘤嗡嗡声,一句也听不清。

众人见丹增沉默着一言不发,更加认定此事为真,愈发义愤填膺,咄咄逼人,纷纷喊着要丹增以死谢罪。

丹增好不容易缓过神,心里做好决定,面色平静地说道:"好了,大家不要争执了,这件事我会给大家一个说法。我明白各位老爷的意思,吉祥神在上,我不会躲藏,是该了结这一切了。"

天空中,一只孤鹰盘旋飞过。空旷的草原上,贡布坐在一堆柴火前,干柴之上摆放着一具用白布包裹成木乃伊样的尸体。想到理查德在自己怀中死去的画面,贡布仰天长叹一声,拿起酒壶闷了一口酒,将剩下的酒绕着干柴堆洒了上去:"小子,你有种!到死还不忘让我的金珠伤心一回,下辈子,你要再敢这么欺负我的金珠,爷爷我定然饶不了你!"说着,贡布的眼眶红了起来。

他扔下酒壶,转身抹了一把眼泪,将一支火把伸向柴堆。浓烟滚滚,理查德的尸体瞬间被大火吞没。

一直哀伤不已的金珠再次走到殓房去看理查德,却意外扑了个空。焦急中询问看守殓房的下人,才知道是被贡布带走了。

金珠正要去找贡布,却被跑来的卓玛喊住:"金珠小姐,您快去看看吧,阿姆拉把自己关在屋子里一整天了,谁叫门都不开,您和她关系最为要好,或许能劝得住她。"金珠想了想,转身朝兰苑走去。

房门外,金珠再三敲门喊话依旧得不到回应。急切中多吉走过来,劝金珠放心,让央金一个人静一静,她需要些时间消化。

金珠点头,与卓玛一道离开。多吉却守在屋外,没有动。

惨淡的夕阳斑驳地映照在央金满是泪痕的脸上。她眼神呆滞,右手握着一把佩刀,缓缓伸向自己的手腕。

一直站在屋外廊下陪伴的多吉,似是觉察到什么,忽然开口:"央金,你知道眼睁睁看着心爱的人受伤而我却什么都做不了时,那种无力感,让我,我……"多吉握紧右拳打在门框上,痛苦地摇了摇头,继续说道,"多希望这一切都没有发生,我知道你说不出口,那样的真相阿爸也无法承受。不过现在也好,阿爸知道了,你总算可以放下心里的负担。央金,不要伤害自己,会有办法的,相信我,一定会有办法扭转乾坤,让所有的事情都回到原来的轨迹上。"

央金握着佩刀的手开始颤抖,手腕上冒出几滴血珠。忽然,佩刀落地,央金泪如泉涌,放声大哭。

金珠回到自己屋内,看到放置在一旁的理查德的笔记,重重地叹息了一声。

这时,屋门被醉醺醺的贡布一下子用力推开,看到金珠,贡布摇摇晃晃走进来,脚下一个不稳,把酒壶一下扔了出去,金珠连忙上前搀扶。

贡布甩开金珠的手,自己扶住桌角:"没事,阿爸没事。"说着拍拍怀中稳稳抱着的一坛骨灰,递给金珠,"拿着!理查德这臭小子活着让你伤心,死了还让你流泪,孬种!"

金珠听到理查德的名字,瞬间眼泪涌出:"为什么……阿爸为什么不让我见他最后一面?"

"金珠,不要哭!阿爸就是怕你伤心,才瞒着你葬了那家伙,呐,骨灰给你带回来了,你就别哭了!"贡布递过坛子。

金珠抹了一把眼泪,有些生气地扭过头去,不理会贡布。

贡布一把拉起金珠的手,将骨灰坛塞到她手上,然后径直走到桌前坐下来,从后腰上又解下一壶酒。

金珠见贡布又开始喝酒,便放下骨灰坛,抢过酒壶:"阿爸,您别喝了,都醉成这样了,还喝!"

忽然,贡布趴在桌上号啕大哭起来:"金珠,阿爸对不起你,不该瞒着你!阿爸不是故意的,阿爸这么做,只是因为舍不得你!"红着眼睛的贡布低头从怀里掏出那颗刻着"许"字的金色珠子。

金珠看到珠子,惊讶问道:"这不是我的珠子吗?我还以为丢了,阿爸,是您捡到了?"

"这颗珠子不是你丢的,是阿爸从你身边拿走的……因为,它能证明你的身世。金珠,今天阿爸要告诉你一个秘密,你其实不是阿爸的女儿。"贡布絮絮说道。

"什么?阿爸,您真的醉了!"金珠摇头苦笑。

"这颗珠子背面刻着一个'许'字,你小时候总问阿爸这个字是什么意思,阿爸就哄你说那是'许诺'的意思,阿爸向吉祥神许诺想要一个女儿,结果你就来到了阿爸身边。其实不是的,那个'许'字是你的姓,你姓许,你的父亲……"贡布还没说完,金珠霍地一下站起来,大声制止:"您别说了!我不想听!"

贡布愣了几秒钟,接着急促说道:"你的亲生父亲是许冠恒,他找了你整整二十年!"说完,一头栽倒在桌边醉死过去。

金珠望向贡布,眼中不知不觉涌出了泪花,她缓缓伸手拿过那颗珠子,握在了手心。

清晨,金珠独自穿过热闹的街道,步态缓慢地来到许冠恒商号外,抬头看着上面的"许"字,有些愣神。

忙碌的许平注意到门口的金珠,热情地过来招呼。金珠却仿佛神游天外般径直进了商号,仔仔细细地扫视着里边每一个角落。

许平跟在后面满是疑惑:"金珠小姐,你是买货啊还是……"

这时金珠才梦醒般回头看了一眼许平:"许先生在吗?"

听到许冠恒不在,金珠想了想,解下手腕上的金色珠子,郑重交到许平手中托他转交,然后转身离去。

许平望着手中的珠子,注意到背面的"许"字,欣喜万分。

"朝廷御赐的逍遥丸,也是悬在土司头顶上的尚方宝剑。如果土司在位之时做了天怒人怨之事,就吞下一颗逍遥丸,然后头朝东,脚蹬西,自敛入棺。"密室内,斯郎平措临终时的话再次回响在丹增耳边,他看着小铁盒里静静躺着的三粒黑色药丸,仰头重重地叹息了一声。

忽然密室外响起了贡布的喧哗声。丹增急忙收起盒子,重新放回灯座下面,起身出了密室。

贡布心急火燎地拉着丹增回到房间内,将他按在座椅上,双手一拱:"丹增,帮帮我!"话没说完,又停顿下来,涨红着脸不停挠着头,一副被捆住手脚无法动弹的窘态,"咳,都怪爷爷我酒后胡言,告诉金珠她亲生父亲不是我……是许冠恒……"

"许先生在找的女儿是金珠?"丹增大吃一惊。

"正是。爷爷我一时起了私心,怕金珠知道真相离开我。哎,爷爷现在里外不是人,既无颜面对金珠,更无颜面对许冠恒,爷爷我……哎!"贡布唉声叹气,不知如何是好。

丹增端起茶碗,喝了口茶,思忖道:"事已至此,想必许先生是通情达理之人,不会怪你的。若想化解你们二人之间的尴尬,不如在土司府中办个认父仪式。到时候,你和许先生当面说清楚,大家也不至于伤了和气。"

"好!爷爷就知道,只要有你丹增老儿在,什么事就能解决啊,哈哈哈!"贡布满意地仰头大笑。丹增无奈地摇了摇头。

请帖很快送到商号。许冠恒回来后许平先递上帖子，又从怀中掏出金珠手链，满脸喜气："我怀疑金珠小姐她就是……"

许冠恒还没来得及看请帖，一眼注意到手链上那颗珠子。他眼睛发直，双手颤抖，半天说不出话来。良久，顾不上掉落在桌上的请帖，许冠恒双目闪着泪光："是她，是她！快，去土司府。"说着踉跄起身，大步朝外走去。

土司府正厅内已设起一张祭桌，上面燃着一对香烛，摆放着供品。
贡布和许冠恒隔着祭桌面对面站立着，气氛静穆。
"二当家……"许冠恒刚一开口，就被贡布截住。
"许先生，要杀要剐随你开口，爷爷眼都不眨一下，但是金珠……"贡布大无畏的气势弱了下去，嗫嚅了几下，道，"金珠这些年长得很好，爷爷也没有让她受罪，爷爷虽不是她的亲阿爸，但至少也担得起阿爸这个名头。"

"二当家说的哪里话，在下感激还来不及呢！在下有生之年还能再见她一面，就算死也无憾了。二当家，你是我们许家的大恩人，对金珠也有再造之恩，在下无以为表，请受在下一拜！"许冠恒满心感激，就要跪拜下去。

贡布听到这里，急忙将他扶住，然后哈哈一笑："不用！许先生，实话告诉你吧，爷爷我白捡了一个女儿，当了人家二十年的阿爸，爷爷开心还来不及呢！"

许冠恒被贡布豪爽的性格逗笑："二当家，你是什么时候发现金珠是在下的女儿的？"

贡布有些不好意思："上次进山时听你说起寻女之事，就察觉到了。"

这时一旁的丹增笑着站起来："话都说开了，那就坐下慢慢说。上茶！"

说话间，一身新衣的金珠低着头，神情忐忑地被央金拉进正厅。

贡布和许冠恒眼神期盼，全程盯着金珠，大有各自争取，希望金珠站在自己面前的意思。金珠则不偏不倚地停在了两人正前方的中间位置上。

许冠恒眼含泪花："好孩子，二十年了，我终于见到你了。"

贡布心中五味杂陈，忽然起身走到金珠跟前，将她一把推向许冠恒："金珠，好好地叫一声阿爸！"

金珠看了一眼贡布，许冠恒急忙劝阻道："不着急，不要为难孩子。"

央金站在一旁注视着这一切，有所触动，情不自禁看向丹增。丹增的目光同样停留在央金身上，二人眼神交汇，似有千言万语却无从说起。

许冠恒从怀中掏出手链戴在金珠手腕上："这是你我父女相认的凭据，也是你母亲留给你的唯一遗物。不管你选择今后跟谁一起生活，都没有关系！"

金珠抚摸着手腕上的珠子，终于喊出："阿爸！"

"哎！"许冠恒哽咽擦泪。

贡布感动地别过脸去，心中不禁有些落寞。这时金珠忽然一手拉住贡布，一手拉住许冠恒，认真说道："我想好了，或许我很贪心，但你们两个都是我的阿爸，一个是生我的汉族阿爸，一个是养我的藏族阿爸。你们谁也别想离开我，我也不会放弃你们中的任何一个！"

许冠恒和贡布互看一眼，都是又惊又喜。

丹增适时起身："这么一来倒是皆大欢喜，金珠有了两个阿爸，你们二位也各自得了女儿，好事啊！"

"不错，许先生，爷爷我今天就认下你这个义弟，我们还是一家人！"贡布豪放应道。

"好好好，一家人啊！"许冠恒喜笑颜开地连连点头。

厅堂内传出开心的笑声，唯有央金看上去十分落寞。

索朗次仁身穿土司服饰，召集各部落首领齐聚自己宅院，声讨丹增的恶行。

旺堆等人见到索朗次仁的打扮，心中一惊。见大家表情异样，索朗次仁义正词严道："丹增传位于异人，多吉不是丹增的亲生儿子，身上流淌的也不是纯正的血脉！而我，斯郎平措的小儿子，才是名正言顺的继承者！二十年前，丹增为了夺得土司之位，下毒暗害自己的亲弟，如今又将魔爪伸向自己的亲生女儿，简直畜生不如！这对伪父子欺天欺人，一手遮天，你们为什么还要效力于他们，而不是我？"

听到这些，首领们都大吃一惊，很快窃窃私语起来。某些信以为真的部落首领则情绪激动地表示愿意支持索朗次仁。

索朗次仁不动声色道："大家盛情难却，那我就不再推辞了。之后还要劳烦各位老爷按计行事！"

金珠父女团圆，丹增感慨之下决定迅速了结他与央金之间的事。央金和达娃长得那么像，他早就应该想到，天底下怎么会有那么巧合的事？事已至此，都怪自己当初没有问清楚一切，连累了央金。

考虑好后面要走的路，丹增平静地找来多吉，郑重嘱托他道："我死后，你立刻废除阿姆拉，为央金正名。"

"阿爸！"多吉握紧了拳头，"这又不是您的错，您怎能……"

话没说完，丹增伸出一只手，阻止了多吉："先听我说完……我和次仁的恩怨终须面对。我已经安排好了一切，但最放心不下的就是央金，她很坚强也很柔软，是个聪明心善的孩子。答应我，你一定要替阿爸完成心愿，为央金正名。"

多吉沉痛地点了点头，哽咽道："阿爸，对不起……我应该早一点告诉阿爸这件事，那样的话，或许就不会……"

"傻孩子，这是我自己造的孽，我和次仁，你们谁都帮不了。"丹增再次打断多吉，勉强笑道，"阿爸看得出来，你很喜欢央金，有你照顾她，阿爸很放心。"

多吉已是泣不成声。丹增拍了拍多吉颤抖的肩膀："回去歇着吧，后面还要打一场硬仗呢，你是土司，不能轻易掉泪！"多吉眼含泪光，坚定地点了点头。

屋外，本是晴空万里的天气突然黑云滚滚，电闪雷鸣，不多时便狂风暴雨，冰雹肆虐。

街道上百姓们纷纷惶恐惊呼定是神灵降罪，开始惩罚丹增犯下的错误了。

索朗次仁则狂喜地感受着扑面而来的狂风和冰雹，仰天大笑："哈哈哈！苍天有眼！终于应验了！丹增，天怒人怨，我看你这次还怎么翻身！"随即通知众人按照约定马上行动。

夜幕降临，各部落首领们带着人陆续来到土司府外，百姓们也举着火把前来助阵。众人吵吵嚷嚷要求交出央金，只有烧死这个祸根才能躲过吉祥神的惩罚。

叫喊声传入土司府，丹增明白一定是索朗次仁趁机鼓动大家闹事，为尽快平息此事，他交代护卫长去告诉大家，明天他会亲自前往藏羚羊园以死谢罪，只希望他们不要再为难央金。

闻声赶来的多吉和央金正好听到丹增的话，不禁惊呆。

注意到央金，丹增温和问道："怎么，你也被惊动了？"

央金咬了咬嘴唇，上前一步："让我去吧，他们要找的人是我，您这样做是没用的。"

"孩子，他们要惩罚的人是我。"丹增仔细打量着央金，动情说道，"央金，你站在我眼前，我竟然没有认出你，对不起，让你受了这么多的委屈！"

"不，如果没有我，这一切都不会发生。"央金摇着头泪流满面，"阿爸……是我对不起您！我错了，是我错了！"

突然听到央金叫自己阿爸，丹增稍稍一怔，随即将她轻轻拥入怀中，低声安慰道："好孩子，我的好孩子！"

多吉眼眶湿润，默默转过身。

门外，护卫长传达了丹增的意思，众人还是不肯罢休，坚持要丹增亲自出来说清楚。吵闹中，一个百姓愤怒地将手中的火把扔进土司府院内，其余人纷纷效仿。趁着护卫们慌乱救火之际，群情激愤的人们一窝蜂往土司府内冲去，护卫长全力阻挡，但无济于事。

突然，护卫们自动让开，丹增和多吉一并走出。首领们安静下来，不自觉地往后退了两步，周围瞬间鸦雀无声。

丹增望向众人，诚恳说道："我丹增罪孽深重，愿意以死谢罪，但是，还望各位首领老爷们放过我的女儿，她并不知情，我愿意承担一切罪责。明日午时三刻，藏羚羊园外，我将自焚慰天，告慰祖宗，安抚神灵！"

"好！这话可是你说的，我们没有逼你！"

"我提议让次仁老爷来审判，主持祭天仪式！"

…………

首领们你一言我一语表示认可这个提议，多吉则愤恨地捏紧拳头。

央金望着屋外的一切，火光下，她的眼泪簌簌而落。

很快到了第二天，丹增步履沉重地走上藏羚羊园外的山坡。坡上竖着一根石柱，四周已堆满柴火，部落首领们和百姓围聚在一旁。有人含泪不舍，有人怒目而视，有人幸灾乐祸。

这时索朗次仁迎面走过来，脸上现出阴笑："丹增，今日就是你的死期！"

丹增循声转过头，平静地冲他微笑："如果这就是你想要的，我这条命你尽管拿去。只是在死之前，我还是想劝你一句，停手吧，不要再制造更多的杀戮了。"

"停手？怎么可能！从你要跟我争夺土司之位起，我就跟你势不两立。"索朗次仁满眼狠厉。

"我从来没有想过跟你争土司之位，我只想要保护藏羚羊。我们观念不同，才会导致兄弟分心，但你要相信我，我一直都把你当兄弟！"丹增真诚说道。

"你还想狡辩？你害我跛了一条腿。还有那场比武，你为了确保能打赢我，竟偷偷在刀刃上淬了毒。现在又来假惺惺地跟我说是兄弟，你把我当做什么？"索朗次仁冷笑。

"下毒的事是手下的人做的，我已经处罚他了。我们从小一块长大，你知道我根本不会做出卑鄙下毒之事。之所以答应跟你比武，是因为你在当时根本就胜任不了土司之位！次仁，你到现在还没有明白阿爸的苦心吗？他一开始看中的人就是你，你聪明，有本事，但是没有藏族人的传统信仰，没法做到平等对待生命，不杀生。你不是一个合格的首领，阿爸让你跟我竞争，就是想要让你学会仁慈。可是你却越走越远，辜负了阿爸对你的期待。"丹增一口气说完，忍不住咳嗽起来。

索朗次仁目露震惊，却故作镇定："事到如今，你还想欺骗我！我不信！"

丹增忍住咳嗽："你知道我为什么会选择在这里结束吗？这里是引起我们之间误会的源头，也是结束这一切最好的地方。小时候咱们骑马与藏羚羊赛跑，你生气我们跑不过它就想用箭伤它，被我一吼惊了马，箭意外插入你的大腿落下了残疾，你心里就一直对我有恨。藏羚羊是我们部落的图腾，我们的信仰，我们的责任是守护它们。可是，你背叛了神灵，一切就都变了。你不反思自己的行为，反将过错都推到别人身上。你知不知道，阿爸最爱的人是你！他在临终前念的也是你的名字。不然我怎么会放任你在外十八年，让你有机会成立多金寨！"

"人都死了，你说这些话又有什么意义！午时三刻已经到了，来人，将丹增绑上石柱，进行祭天仪式！"索朗次仁心虚地急忙下令。

站在石柱旁的一排小喇嘛对天吹响长号。两名下人上前，用锁链将丹增捆在石柱上。丹增没有反抗，只是一脸遗憾又痛心地望着索朗次仁。

旺堆拿起火把正要递给索朗次仁，贡布和巴桑骑马赶到。

"住手！索朗次仁，你跟所有老爷说阿姆拉是丹增的女儿，爷爷我倒有些不明白了。金珠曾到你的多金寨做过客，那时央金还是你的女儿，怎么这会儿就成了丹增老儿的女儿了？不说清楚这件事，你休想进行祭天仪式！"贡布骑在马背上，粗声大气喊道。

众人看向贡布，顿时窃窃私语起来。

索朗次仁愣怔了一下，匆忙答道："我收养过央金，所以她是我的养女。"

这时多吉从土司之位起身，走到人群前面："央金是你的养女，她却成为土司府的阿姆拉，这里面谁有问题，需要我多说吗？"

多吉此话一出，周围人的议论声更大。

巴桑也逼问道："神灵在上，次仁老爷，这件事你该给大家一个解释了！"

索朗次仁一时语塞。"我来解释！"人群中忽然传来央金的声音。众人循声回头，央金未施粉黛、一身白衣，在金珠的陪伴下疾步而来。

"今天，我卓玛央金，以我死去的阿妈发誓，丹增老爷是无辜的，他根本不知道我的身份，我们之间也很清白。命令我潜入土司府刺杀丹增老爷，把我从央金小姐变成阿姆拉的人，正是养育了我，却也与我有杀母之仇的索朗次仁老爷！他策划了这一切，他等了二十年，他一手将丹增老爷推向了死地，接着他就会逼多吉土司退位，自己当土司！"央金两眼冒火，含恨地用手指向索朗次仁。

众人哗然，齐刷刷看向索朗次仁。索朗次仁意识到不妙，一把抢过旺堆手中的火把丢向柴堆，丹增瞬间被火包围。

央金见状立刻冲进火中想要施救。而丹增被铁链束缚住,根本无法脱身。索朗次仁被央金的举动震惊,他又惊又怒,掏出手枪就向火中的丹增射击。央金拼命挡在丹增身前,子弹穿过她的肩膀。

"央金,央金!"丹增悲痛呼喊。

多吉与贡布、巴桑交换了一个眼神,迅速跳入火中。贡布扛起斧头冲向索朗次仁,巴桑则负责掩护百姓们撤退。

石柱前,丹增喘着粗气冷静催促道:"将央金带走,记住阿爸的话!快走!"

多吉别无选择,一把抱起央金冲出火堆。等他将央金交给金珠返身看时,火光已经将石柱吞没,看不见丹增的身影了。

"阿爸!"多吉和央金同时撕心裂肺地大喊。

索朗次仁一边开枪,一边踢开栏门冲进藏羚羊园。羊群受到惊吓,乱作一团。

"你不是最在意这些藏羚羊吗?好,今天,我就杀光它们,让它们去天上陪你!丹增,你不会寂寞的,你在天上可以继续守着这些牲畜!"索朗次仁目眦欲裂,正要对藏羚羊开枪扫射,一条人影忽然从栏顶跃下来,手中的弓箭对准他:"老爷,收手吧,不要再残害生灵了!"

索朗次仁眼底满是惊愕,不敢置信:"石达?你竟敢背叛我!"

"我没有背叛您,是您选错了路。"石达语气冷硬。

"丹增害得我失去一切,还杀了我的儿子,我这么做有什么错!"索朗次仁愤怒狂吼。

"大少爷是自食其果,死在了随从们的手中,跟土司府无关。"石达平静说道。

"你说什么?"索朗次仁忽然疯癫大笑,正要扣动扳机,一支箭倏地插在了他的心口。索朗次仁捂住伤口,慢慢倒下。

"老爷,我不会背叛多金寨,我这就来陪您和少爷!"石达掏出另一支箭，狠狠插进自己胸口。他微笑着倒在地上，从腰间摸出诺布那只金色手镯，紧紧攥在手里。

贡布扛着斧头追上来，看到索朗次仁和石达的尸体，不禁目露惊讶。

回到土司府，多吉来到兰苑看望央金。脸色惨白的央金躺在床上依然昏迷不醒，包扎好的肩头有鲜血渗出，染红了白衬内衣。

一直在旁边照顾的金珠见多吉一脸担忧，安慰道："你不用担心，杰森已经将子弹取出，血止住了，烧也退了。她很快就会好起来。"

多吉连连道谢："这两天我忙着筹办阿爸的出殡事宜，多亏有你照顾她。"

说话间，贡布急急忙忙寻到这里，对多吉使了个眼色，两人走出屋子。

厅堂内，首领们各个惶恐不安，互相指责不该相信索朗次仁，造成如今这个局面。

多吉和贡布走进屋内，众人立刻安静下来。

旺堆率先开口："多吉土司，我们此次前来，一是担心阿姆拉，二是向你亲自赔罪！索朗次仁巧言令色，欺骗了我们，我们不知道阿姆拉悲惨的身世，一时着了索朗次仁的道，才轻信了小人，逼死了丹增老爷。多吉土司，请你念在吉祥神的面子上，给我们一次改过自新的机会吧。"

"是啊，多吉土司，原谅我们吧！"众首领纷纷附和。

多吉见众人言辞恳切，想了想说道："诸位老爷请安静！我知道你们是遭人利用，现在阿姆拉已经度过了危险期，我阿爸和次仁之间的事也已经了结，以后这件事谁都不要再提起，往后只希望我们百姓安康，人畜和谐，这才是卓康甲都的头等大事。现在，大家就都回去吧！"

"好好好，多吉土司宽宏大量，我们必定誓死追随！"首领们感恩戴德，起身准备离开。

正在这时,两位钦差与许冠恒一起走进来。首领们面面相觑,再次坐回自己的位置。

多吉主动走出来,行礼道:"我是土司多吉。请问大人有何贵干?"

钦差两手朝天一拱,高声道:"我接到密报,你们这里私造枪支和火药,是否确有此事?"

多吉看了眼许冠恒,见他点了点头,心中了然:"钦差大人明鉴,我等并没有私造枪支火药,更没有谋逆之心。此事,许先生可替我们作证。"

许冠恒接话道:"在下以项上人头担保,土司府绝对不会背叛朝廷。"

钦差装模作样道:"好,既有许先生作保,我就相信土司府。但为表忠心,卓康甲都需向官府进贡十万大洋,充作军费。除此之外,土司府还要销毁所有枪支,永不滋事,才能保证卓康甲都的平安。"

多吉等人一惊。

送走钦差,多吉几人来到书房。贡布一拳砸在桌上,气愤大骂:"十万大洋!官府怎么不去抢?爷爷当了一辈子土匪,也比不上那些狗官狮子大开口!要钱没有,要命一条!"

"贡布兄弟息怒,要钱罢了,筹给他们就行,只要卓康甲都没事。"许冠恒劝道。

"许先生说的是,只是这么一大笔钱,我们该怎么筹呢?"多吉面露愁容。

"在下的商号里还有一些积蓄和货物,折算下来应该值个两万两,可以先拿来应急。"许冠恒说道。

许冠恒很快送来了几箱黄金、珠宝和丝绸等物,土司府也搜罗了所有现银、金器及藏品,还有央金派人从多金寨运来的财物,所有这些加起来还是不够。正在发愁之际,旺堆带着几个部落的首领运来好几箱黄金、藏品等物。大家纷纷尽心尽力，希望保住卓康甲都，保住自己的家园。

听闻消息的一些百姓也拿着碎银和首饰赶过来，尽自己的一份绵薄之力。

多吉看着这一幕，感动得热泪盈眶。

驿馆内，两名钦差看见满满十箱黄金和珠宝，神情满意。多吉借机请两人作为朝廷重臣见证为央金正名一事，这样就能至上顺应天意，至下顺应民意，圆满完成丹增的心愿了。

祭坛上，两名钦差与多吉坐在中间。下首依次坐着旺堆等其他部落的老爷们。

兵丁将所有的枪支和研制的火药筒全部丢入一个大水池中，将它们销毁。许冠恒和贡布站在台下目睹此景，神色感慨。多吉站起身："我以神灵起誓，卓康甲都永远是大清朝的圣土，卓康甲都所有族人，永远是大清王朝忠诚的子民。"

"说得好，希望从现在开始，卓康甲都能够成为真正的和平圣都，此后这里没有硝烟，更没有战争！汉藏两族也永远缔结和平友好的关系。接下来开始正名仪式吧。"一位钦差说道。

高台两侧的喇嘛敲响震天手鼓，长号声随之响起。号声毕，多吉走到高台中央："今天，我奉阿爸的遗愿，正式废除卓玛央金的阿姆拉身份，至此，卓玛央金就是土司府的千金小姐，不再是卓康甲都的阿姆拉。"

卓玛扶着一身白衣、眼睛上蒙着哈达的央金从高台后走到前面，钦差起身，轻轻揭去她眼前的哈达。

百姓们齐声欢呼，喜悦的鼓声和号声再次响了起来。

第十八章 / 强敌入侵

钦差走后，卓康甲都仿佛又回到了以前。草原上，成群的牛羊悠闲地吃着草。帐篷里，年轻的女子挤了羊奶做酥油茶，男人们把酒言欢，孩童们愉快地玩耍着。一派宁静温馨的画面。

巴桑非常享受这种生活。这日他和贡布纵马在草原上追逐着，经过一片帐篷群时，猛然发现到处横尸遍野，血流成河。二人大吃一惊，忙跳下马背查看。

尸体横七竖八地躺着，甚至包括女人和孩子，可见凶手之狠毒。贡布发现伤口是洋枪造成的，四周还有遗落的石矛，基本断定是南蛮部落所为。想到多吉提过他们常年隐居的岛屿淹没了，想必此次前来就是为了夺得卓康甲都作为他们新的家园。

事态严重，两人立刻上马向土司府疾驰而去。

多吉听到这个消息哀恸不已，后悔离开岛屿时太过大意。他早该想到那个古都不会轻易罢手。如今也只好派巴桑多领些人手去疏散草原上的其他牧民，若他们愿意进城，就全部放入城中，然后封闭城门，加紧看守，警惕南蛮的探子进入。

酋长古都率领一支南蛮军队一路烧杀抢掠，气势汹汹地向卓康甲都袭来。当城门远远地出现在视野里，骑在马上的古都眯着眼极目远眺。这时跟在后面的威廉走上来，掏出怀中的望远镜递过去："头领，用这个能看得更清楚！"

古都接过望远镜，一脸赞叹："威廉，你们西洋人真有头脑，不但能造出厉害的枪支，还有这么多新鲜玩意。"

"酋长若是喜欢，我还有更多宝贝献给你，只要你能帮我得到藏羚羊。"威廉一笑。

"这有何难？我对那些藏羚羊完全没有兴趣，我感兴趣的只有多吉，还有这卓康甲都！"古都举着望远镜注视着远处的城楼，"全军听令，离城十里扎营，明日大军一到，立刻攻城！"

兵丁们情绪高涨，高举长矛和枪支尽情欢呼起来。

城楼上，贡布举着一只望远镜观察远处的队伍，多吉在一旁四处查看。

贡布惊觉威廉的身影，不敢置信地又仔细看了一次，怒骂道："威廉那个西洋走狗竟然还活着？还成了古都身边的幕僚军师！那些枪支肯定是他联络购入的，真是个祸害！"

这时许冠恒疾步走来，拱手道："多吉土司！看来真的是要打仗了。"

多吉叹了口气："他们现在有洋枪洋炮，已经不再是原始部落的装备了。如果真的打起来，我们没有武器，绝对不是他们的对手！"

许冠恒点点头："在下的顾虑也在这里，两军对阵必将生灵涂炭，百姓是最大的受害者，如果有办法避免这场战争就好了！"

多吉默而不语，愁容满面地望向远处。

大批难民涌入城内，多灾多难的卓康甲都一时间乱成一锅粥。天气寒冷，这么多人没处安置，没有吃食，久了肯定会生出事端。央金和金珠知道情况后立刻让人准备了食物和御寒的衣物去街上看望大家。

正在这时，大家的头顶上空突然传来怪叫声。央金警觉地抬头看去，夜空中一只大木鸟正在盘旋，上面有一簇簇的星火。"不好，危险，快带他们撤离，不要待在城门附近。"央金话音刚落，大木鸟上忽然射下来一支支火箭，所落之处爆炸声四起，将房子、风马旗全部点燃，城内顿时乱作一团。

金珠立刻疏散难民，央金则向远处的城门跑去。

站在城门上的多吉忽然见央金爬上来，不由得惊道："这里很危险，央金，你怎么来了？"

"多吉，快命令所有人躲起来！"央金气喘吁吁，来不及多做解释。

许冠恒心念一闪，脱口问道："央金小姐认识此物？"

"我在书中看到过，鬼火戟是南蛮部落最厉害的武器！上面绑着利箭和火药，所到之处，非死即伤！"央金着急答道。

"原来那只大木鸟比长矛刀枪都要厉害！"旁边的贡布刚说完，又有两架鬼火戟朝着卓康甲都城中飞来。

在鬼火戟的突袭下，城中百姓伤亡惨重，哭喊着四下逃窜。多吉等人躲避在一个角落，所见之处不忍直视。

"有什么办法能躲开这些鬼火戟？"多吉紧锁眉头。

央金想了想："找一处宽敞的地方藏起来，供应足够的食物和水，鬼火戟找不到我们，就不会给我们造成伤亡！"

"教堂，教堂可以容纳很多人！"金珠立刻抢着说道。

多吉眼睛一亮："快，通知百姓和难民去教堂！"

此时，一群南蛮士兵抬着一根粗木猛烈撞击城门，发出阵阵声响。贡布指挥着一群兵丁死死堵在门口，同时大喊："多吉，你们先走，这里就由爷爷来守着！"

多吉和央金等人急忙离开城门。

街道上，央金带着许平组织流离失所的百姓向教堂撤离。很快，教堂内拥挤起来，除了安置的难民和百姓，还有被人们带来的家畜家禽跑来窜去。

金珠挎着篮子依次给众人分发食物，杰森打开药箱，为受伤的人包扎伤口。

安排好老百姓，接下来最重要的就是怎么齐心协力对付南蛮大军。多吉走到桌前，拉开一幅卓康甲都的地图，面向众人："我们没有枪支和火药，人手不到南蛮大军的三成，严格说来，不管是武器还是人手，这一场仗我们都输定了！这张地图或许已经落在了敌军的手中。地形本来是掩护我们最天然的优势，但是我们现在要依靠的不再是它，而是必胜的信念。我相信，只要我们齐心协力，就可以战无不胜！"

巴桑等人都神色肃穆，紧盯着多吉。贡布大大咧咧说道："多吉，说吧，你想我们怎么做？"

"阿古，我需要你协助巴桑将我们剩下的马蹄炮全部从山中运出来。许先生，你将训练场的人集中起来，清点好人数和装备，来土司府待命。至于我，今晚就守在城门口，继续救助被困的百姓。南蛮人畏冷，今晚不会再攻城，但是我们不能放松戒备，大家听明白了吗？"多吉环顾大家，见几人相继点头，马上道，"不能再耽搁了，行动吧！"众人纷纷起身向外走去。

夜色中，一支板车车队行进在树林中。贡布举着火把，走在队伍最前面，指挥兵丁们小心谨慎，加快速度。

林子里木屋前的空地上，巴桑将烘干的马蹄炮装入木箱中，几个兵丁将装满的木箱封盖，搬到一旁的空车上。

贡布巡视一圈后大步走过来，边走边问："巴桑，我们还剩多少马蹄炮？"

巴桑抬头："火药桶被当众销毁了，除去原先制作好的，我们只剩下不到两成。"

贡布想了想，忽然问道："有没有办法再弄一批硫黄和铁粉进来，重新研制火药？"

巴桑摇摇头："我看不太可能。多吉答应了朝廷不会再制造枪支和火药，就算他肯这么干，也来不及赶制马蹄炮。这一场仗，只能硬扛！"

贡布若有所思地摸了摸下巴，而后拍了拍巴桑的肩膀。二人沉默着，继续装载烘干的马蹄炮。

月色当空。来自中原的一些散兵和火铳队的成员在林中训练场集结，许冠恒站在队伍前方，许平手举两面旗帜跟在他身侧。所有人队列整齐，严阵以待。许冠恒扫视了一遍大家，点点头："出发！"许平挥舞着手中的旗子，队伍有序地向林外走去。

天亮后，鬼火靫又进行了一轮扫射，城内到处烽火硝烟，瓦砾断垣。街道两旁的民屋和商铺被炸塌，冒着缕缕青烟，飘扬的经幡或折断或烧毁，一片惨状。

城楼上的墙边堆满了马蹄炮，连续守城的兵丁们有些精神不振，但依然死守城楼。前排的弓箭手们箭在弦上，蓄势待发，后排手持藏矛的兵丁们严阵以待，随时等候开战的命令。

"南蛮子不会是在使诈吧？怎么打着打着就没动静了？"贡布满腹疑惑地从城楼的豁口望向南蛮部落的营帐。

"不管他们使用什么战术，我们都要严防死守，守住城门。他们畏寒，只要能继续拖延下去，他们的气势就会没了，到时候就是反击的最好时机！"多吉目光坚定。

贡布挠挠头："可阿古总觉得心里头怪怪的，南蛮人素来诡计多端，怕是没那么简单。"

多吉没有再说话，紧紧盯着南蛮部落的营帐。

城外营帐内，古都与威廉果然在一起谋划攻城策略。威廉指着摊开的地图说道："酋长，你请看，卓康甲都其实是个死城，只要我们进城后第一时间占领水源，守住城门，捉住他们易如反掌！"

古都思索着："这确实是个好办法，只不过他们的城门非常牢固，让我们损失了不少勇士。这样下去，只怕会耽误更多的时间。"

"酋长，战争本来就需要牺牲，用一部分士兵就能换来更辽阔的土地，这难道不是一笔很划算的买卖吗？"威廉一副理所当然的语气。

古都眯了眯眼睛，看向威廉："你说得不错，传令下去，不要让多吉有任何喘息的机会，继续攻城！"

安静了一段时间的城外忽然呐喊声震天，古都率领大军冲到城门外，摆开阵势，准备全力攻城。持着石盾和石矛的士兵们虎视眈眈，洋枪队和弓箭手更是威风凛凛蓄势待发。

古都骑在马上分开众人，对着城楼的方向喊道："多吉，你现在打开城门投降，我还能留你一个全尸！等我的大军攻进城后，你可别怪我大开杀戒！"

贡布在城楼上见古都如此嚣张，气得暴跳如雷，抄起石斧怒骂道："瞎了你爷爷的狗眼，赶紧滚回你们的峡谷去，要是晚了一步，呵呵，别怪爷爷我一把火烧光你们的地盘，让你们无处容身！"

多吉拉住贡布，冷静说道："古都，废话少说，我们绝不可能让你们进入卓康甲都！"

古都把玩着手中的手枪，沉着脸："那就是没得商量了？进攻！"随即对天开了一枪，南蛮士兵听到号令，立刻向城门发起冲锋。

城楼上，多吉一声令下，无数利箭从天而降，朝南蛮士兵们射来。士兵们戴着铁头盔，身披铁衣，镇定自若地挥着石矛挡开利箭。

"南蛮贼休要嚣张，爷爷这就喂你们吃点定心丸！放！"随着贡布一声号令，兵丁们纷纷向城墙下投掷马蹄炮。

爆炸声四起，恶臭迅速弥漫开来。冲到城墙下的南蛮士兵被马蹄炮打得摸不着头脑，恶心干呕、惨叫声不绝，不由得连连后退。

"不许后退，继续进攻！"古都在后面凶神恶煞般大喊。

南蛮士兵们强忍着恶心，拿出绳梯抛上城墙，继续攻城。城上城下，一时之间双方打得难分难解。

夜幕降临，南蛮士兵仍没有停下来的迹象。许多受伤倒下的兵丁依旧趴在城墙上坚持着。

贡布灰头土脸，两眼如同充血一般，死死用圆木抵住城门。旁边还有十余名兵丁，也都竭尽全力撑在城门后。

城楼上，多吉不知疲倦地用弓箭射杀着爬上来的南蛮士兵。但是，南蛮士兵如同蚂蚁一样，不断攀爬上来，越来越多。

多吉改用腰刀抵抗，砍杀中听见巴桑喊马蹄炮已经用光，多吉面色一沉："你带着兄弟们先撤！再不撤，我们的人会死光的！"

"怕什么？说好了要死一起死，我们绝不做逃避的懦夫！"巴桑说着，挥着两把腰刀冲了上来，砍杀掉多吉身后的一个南蛮士兵。二人对视一眼，彼此鼓励着。

教堂里，央金望着眼前的许平，一脸愁容："不是说南蛮部落一到天黑就会休战吗？怎么还没有停止攻城？"

许平叹口气："是啊，马蹄炮和弓箭都用尽了，多吉土司他们撑不了多久了。"

这时一位老阿妈走到他们二人面前："央金小姐，让我去吧，我去跟他们打仗！"

央金一愣，一时间更多的老人和孩子都围了上来。

"央金姐姐，让我去，我要赶走那些南蛮人。"

"他们烧毁了我家的房子，我的小羊也死了，让我加入你们吧！"……

央金本能地摇头:"不行,你们谁也不能离开教堂,我们必须要保护你们!"

老阿妈慈祥地看着央金:"央金小姐,我们不需要保护,现在南蛮人作乱,都欺负到我们的家门口,我们应该像男人们一样上战场,共同保护我们的卓康甲都!央金小姐,让我去吧,哪怕是救一个人,搬一块石头也行啊!"

众人纷纷附和:"是啊,让我们去吧!"

"石头?"央金忽然眼前一亮,顿时有了主意,"许平,立刻找人搜集石块和乌尔朵送去城楼。我们差点被他们打糊涂了,卓康甲都的百姓个个都是赶牛羊的高手。只要会使乌尔朵的,无论老弱妇孺,全部都去城楼集合,这一次我要让他们知道,我们绝不是好惹的!"

"好!"众人意气风发,欢呼起来。

百姓们在央金的带领下摸黑来到城楼上。他们人人手持一条乌尔朵,背着一兜石头,迅速分散开后,纷纷找好位置瞄准城楼外的南蛮士兵投掷石头。

央金赶到精疲力竭还在死撑的多吉身旁,甩出长鞭,解决掉两个敌人。

"你怎么来了?"多吉担心问道。

"不只是我,还有所有的百姓。"央金眼睛里闪着光。

多吉皱起眉头:"你怎么能让他们……"

央金立刻打断多吉:"我知道你会怪我,但是除此之外我们没有其他办法。你说过,要想打赢这场仗,只有凭着坚定的信念,现在大家万众一心,合力来守住我们的城门。只要能熬过今晚,其他的事我们晚点再说好吗?"

多吉想了想,只得默许。

经过一番残酷的激战,众人齐心协力,终于打退了南蛮士兵的进攻。

昏暗的火把下，古都看到城楼上黑压压的一片，不明白多吉怎么突然多了那么多援军，加之士兵们伤亡严重，只得下令停止攻城，收兵回营。南蛮士兵吹响号声，所有士兵们开始撤退。

城楼上众人欢呼雀跃。央金和多吉望着城下的情形，终于松了一口气。

气愤的古都一夜未眠。

一名探子来到营帐，向古都汇报了卓康甲都城内的真实情况。得知是城中的百姓趁天黑故意混淆视听，制造出援军到场的情形，从而逼他们退兵，古都更加愤怒，立即下令继续攻城。

黎明，天色阴沉。城楼上，守了一夜的兵丁们有的在打盹儿，有的席地而睡。

南蛮大军兵分三路，发动了进攻。一波士兵推着战车悄悄地来到了城墙底下，另一波士兵升起绳梯攀上了城墙。同时间，空中突然飞来三只鬼火戟扫射而过，惊醒了守城兵丁。接着一声巨响，南蛮人开始推着战车，用圆木用力撞击城门。

守城的兵丁们急忙拿起武器和南蛮人展开拼杀。一时间硝烟四起，杀喊声震天，死伤无数。

贡布指挥兵丁们全力抵住城门，自己转身去找人支援。这时有两个被收买的随从偷偷拿掉门上的木栓，城外的南蛮士兵们一举撞开了城门。

南蛮士兵们呐喊着长驱直入。贡布见状，拿起斧头冲上去一阵砍杀，但越来越多的士兵涌入了城内。他们手拿枪支，对着守卫们一路扫射，所过之处，大火连绵，房屋烧成一片，整座城郭彻底沦为炼狱。

许冠恒带着中原散兵和火铳队火速前来支援，双方杀成一片。多吉也及时赶到，他一边赤手空拳与南蛮士兵们厮杀，一边盼咐许平："快去告诉央金，城门沦陷了，让她把百姓们都转移到那个山洞中。"

许平正击退一个南蛮士兵，微微有些惊讶，随后了然地转身跑开。

多吉又来到许冠恒的身边："许先生，你先撤吧，我来掩护你们。"

许冠恒看向城门，南蛮人已经占领城楼，挂上了他们部落的旗帜。他咬了咬牙，只得点头："好，我们在山洞会面，你一定要回来！"

多吉点头，随即抄起一把石矛，冲向扑上来的敌军。

央金和金珠一接到消息，迅速组织百姓和伤员以及牛羊牲畜撤离教堂。金珠和许平走在最前面，央金和杰森断后，众人相互扶持着抓紧时间赶路。

大家一路紧赶慢赶，终于安全到达了山洞。不久，多吉和贡布带领剩下的兵丁们也撤到了山洞内，所有人到齐，洞口的石门缓缓合上。

往里走，别有洞天，山洞向里边延伸了好多，能容纳更多的人。兵丁和百姓们或坐或站，神色哀伤。

南蛮大军大摇大摆进入卓康甲都城，所到之处民房全部被烧毁。既已成为囊中之物，野心勃勃的古都在士兵们的簇拥下饱览了城内景致，然后提出找一个适合驻扎的地方。威廉立刻将他们带到了土司府。

府门口的牌匾已经斜歪在一旁。不久，院子中央燃起了一大堆篝火，南蛮士兵们放肆地喝酒吃肉，欢庆胜利。古都也抱着一坛酒，倚靠在火堆旁仰头大灌。

夜幕落下，土司府内篝火熊熊，照得院内一片通红。南蛮士兵们个个喝得满脸通红，仍意犹未尽。

树林里，央金带着一队护卫趁着天黑来砍伐树枝。她知道南蛮人早晚会找到山洞这里，所以必须抓紧时间多制作一些利箭，才能保护百姓，击退他们。

困在山洞里的贡布急吼吼地在空地来回踱步，嘟囔着催促多吉快想想办法，不然这样下去，迟早会被困死。

多吉眉头紧锁，思索了一会儿后问向一旁坐着的许冠恒："许先生，你手里还剩多少人？"

"不到五百。"许冠恒答。

"我们能战斗的士兵不到一半，南蛮那边的情况也比我们好不了多少，如今我们被他们抢占了水源，没有水我们最多只能撑三天。阿古，接下来取胜的关键恐怕就要靠您了。"多吉说着看向贡布。

"我？"贡布一时间有些摸不着头脑。

多吉肯定地点头："不错，木尔多山有四五百号弟兄，如果他们肯来支援我们，从城外包抄南蛮大军，我们或许还能够反败为胜。"

贡布一拍脑门，欣喜道："对啊，爷爷怎么就没想到。那些弟兄们个个身怀武艺，对付南蛮贼还不是小事一桩！只不过爷爷来卓康甲都之前，让他们分了家当各自谋生去了，不知道还有多少弟兄留在那里！"

"贡布兄，不管有多少弟兄，也得去碰碰运气。若是真的能找到支援，赶走南蛮人就有希望了。"许冠恒也看到了希望。

"阿爸，有条小路可以通往城外，我跟您一起去。"金珠提议道。

"不，这里需要人手，你留在这里，阿爸很快就会回来！"贡布拒绝道。

"那您要小心啊！"金珠担心地嘱咐道。

贡布拍了拍金珠的肩膀，重重点头。

第二天一大早，古都率领南蛮士兵推着战车来到山下，摆开阵势。

听到古都要传令放火烧山，威廉急忙在旁边劝阻："酋长息怒，火烧神山并不能显示出酋长的威风，可如果我们活捉了多吉，酋长在各部落心中的威望将会不言而喻。到那时候，你想要收服圣地之外的各方力量，包括喜马拉雅山脉的洛域小国，称霸可可西里都是顺理成章的事。"

古都拧着眉头,看向威廉:"活捉多吉谈何容易?他们躲进了山里,敌在暗我在明,除非你有活捉他的方法?"

威廉微微一笑:"我确实有一计策,可以跟他们谈判。利用谈判作为借口在府中设下陷阱,正好将土司府余孽一网打尽!"

古都一愣,接着哈哈大笑起来,拍着威廉的肩膀:"好,果然是好方法!既然神父能出此妙计,那谈判一事就全权交给神父负责,你这就上山谈判!"

"这……"威廉顿时愣住,试图推脱此事。

"那我就回去等你的好消息!"古都一挥手,手下们将威廉推到了队伍的前方,松开手。

威廉握紧一把匕首,望向密林深处,稍后大步而去。

树林中,巴桑和许平各自带着一队散兵在林中巡逻。有人发现威廉,将其捉住。威廉装出一副无辜的神情求饶:"自己人,是自己人!"

"西洋神父?谁跟你是自己人!揍他!"许平一挥手,散兵们围住威廉一顿暴揍。

巴桑听见动静从对面的林子里赶过来:"住手,怎么回事?"

散兵们退开,巴桑看清鼻青脸肿的人是威廉,不禁怒骂道:"威廉,你这混蛋怎么还没死!"说着,一把拔出插在腰间的两把腰刀,就要冲上去。

威廉吓得立刻举手投降道:"你们不能杀我,自古两军交战不斩来使,我是来送信的!"

许平看了眼威廉,上前一步拦住巴桑:"什么信?"

威廉立刻从怀中掏出一封信,恭敬地递给许平。许平接过信封,想了想,又命令手下:"将他押回山洞,听候多吉土司发落!"

两个散兵押着懊恼的威廉向山洞走去。

到了山洞，金珠看到威廉，抡起袖子就冲了上去："威廉！你杀了理查德，今天我就要你偿命！"

许冠恒急忙拉住金珠，众人同样群情激愤。

"金珠小姐，用不着你亲自动手！这个混蛋给圣地带来灾祸，又充当南蛮贼的军师，他敢活着回来，我就亲手宰了他！"巴桑揪住威廉的衣领，一拳将他打倒在地。

周围的百姓们也叫喊着："杀了他！杀了他！"

就在巴桑将威廉揪起来要打第二拳时，多吉上前拦住："巴桑，不要冲动。"多吉轻柔地拍了拍巴桑的肩膀，"放开他。"

巴桑缓缓放下拳头，怒目瞪视着威廉，双眼似乎要喷出火来。

多吉走到威廉面前："威廉，你来干什么？"

一旁的许平递上信："多吉土司，这是他送来的信。"

多吉看完信，交给身旁的许冠恒。许冠恒看后，两人交换了个眼神。

"威廉，我这里的情况你也看到了。你不用害怕，我不会杀了你。他们也不会对你动手！但你要知道，他们原本很开心地生活在卓康甲都，现在被南蛮士兵逼上山躲在这里，没有食物没有水，趁此机会，你好好看看他们吧！"多吉刚说完，巴桑就架起威廉，强扭着他的头："你给我睁大眼睛看清楚！要不是你，卓康甲都怎会成今天这个样子？"

巴桑押着威廉走进人群，百姓们的眼神中透着愤怒，但没有一个人动手，包括攥紧拳头的金珠。威廉向周围看了几眼，又不由自主地埋下头去。

多吉示意许冠恒，二人进入僻静的偏洞单独议事。

"许先生，我们现在应该怎么做？"多吉虚心问道。

"古都酋长在信中提出谈判不过是一个幌子。与其说那是一份谈判书，不如说是一份战书，派威廉亲自上山就是想要打探我们的虚实。但我们还是要答应跟他们谈判。"许冠恒分析着说道。

"明知山有虎，偏向虎山行？"多吉有些疑问。

"不错，以我们现在的兵力跟他们打，必输无疑。贡布兄的援军还没有到，所以我们不能打，只能与他们拖延时间。这次谈判就是一个时机，古都酋长点名要你亲自去谈判，这是一个局，但我们没有其他的办法。不过我们可以利用地形优势，将谈判的地方定在神山脚下。只要事先埋伏好，应该不会有性命之忧。"许冠恒解释。

"我明白了。"多吉恍然大悟，"就算死，我也会去。许先生，接下来的事就交给你了。"

二人说话间，杰森走进来："让我去吧！我来的目的就是想阻止我父亲犯下更多的错，我是他的小儿子，或许他会看在我们父子的情分上，悬崖勒马。"

两人有些惊讶地看着杰森，又互相对视了一眼，许冠恒想了想："虎毒不食子。多吉，不如就让杰森充当我们的信使，争取更多的时间。"

"好，杰森，无论能否说服威廉，你一定要活着回来！"多吉叮嘱。

"上帝会保佑卓康甲都的。"杰森虔诚地在胸前画了个十字。

商议完毕，多吉写了封信亲手交给威廉："威廉，你回去转告古都，我同意和他谈判。不过谈判的地点由我来选，明天午时，我会准时在神山脚下的树林外等他。"

威廉不敢相信地看着多吉："你真的要放我走？"

多吉摆了摆手："你走吧。哦，还有一个人要和你一起去。"说话间，杰森迎面走过来。

"杰森？"威廉满脸诧异。

"Papa！"杰森直接走向威廉。

威廉皱眉看向多吉，欲言又止。犹豫了一下后只好与杰森一道下山离去。

威廉一回到土司府,立刻大喝一声叫人拿下杰森。院中的南蛮士兵马上齐刷刷地将枪支架在了杰森的脖子上。

"Papa,你这是做什么?"杰森有些绝望,"看在上帝的分上,不要让卓康甲都染上血的颜色!上帝在召唤我们,放下手里的枪吧,不要变成恶魔!"

威廉阴冷一笑,走到杰森身边凝视着他:"杰森,你知道我不是一个真正的神父,但我也有我的使命,是上帝亲手交给我的使命!上帝愿意站在我这边,所以我的事,你不需要过问。"

"那就送我去见上帝吧!我想亲吻他的脚趾,向他忏悔我的父亲犯下的过错,请他不要降罪于你。我是你的儿子,我愿意替你受过!"杰森说着拼命挣开南蛮士兵,夺过一把枪就朝自己扣动扳机。

威廉见势不妙,一掌将他推开,子弹打偏。威廉怒吼着吩咐士兵将杰森关了起来。

第十九章 / 敬畏自然

贡布率领着数十名铁匠奔波在各个山头，将手里拿着的经幡插在寸草不生的山上，远远看去五彩斑斓，如同涌动的五色长河。

经幡在山头漫延，贡布望着五色长河，祈祷道："神灵在上，我贡布从不信鬼神，今天我向你跪下磕头。请你保佑我们木尔多山的兄弟们看到这些经幡，能够及时赶回来，助我们夺回卓康甲都！"说着，贡布对着远处的山头重重地跪下。

一只藏羚羊似乎听见了贡布的祷告，出现在了山头。

约定的时间到了，多吉与古都、威廉差不多同时到达树林外。林中，巴桑和央金等人带着火铳队和弓箭手埋伏在暗处。与此同时，山脚下五里之外，南蛮的士兵们也都全副武装，等候命令。

双方见面，古都气焰嚣张地上下打量了多吉几眼："多吉，你也有今天！我定要你为你的目中无人付出代价！"

多吉无比镇静："如果你是要我一个人的命，我可以给你，不过你要答应我，放过卓康甲都所有的百姓！"

"我不答应呢？"古都满眼轻蔑。

"那就没什么好谈的了。"多吉毫不畏惧。

"多吉，你最好认清眼前的形势！我的大军已经占领了卓康甲都，你们那些士兵根本不是我的对手，只要我一声令下，他们就会放火烧山，到时候躲在山洞里的那些人只有被烧死的份！"古都威胁道。

"古都，你太贪心了。这么多年，我们卓康甲都从来没有主动侵犯过你们的峡谷，而你们屡次发动战争，我们同样都生活在雪域高原中，为什么不能和谐相处，而要自相残杀？"多吉怒声诘问。

"勇士本来就应该征服其他部落，让所有人都俯首称臣！你们的先人丧失了血性，甘心窝在这个小地方，我们不过是帮你们找回血性而已！"古都振振有词。

"你错了，真正的勇士想要征服百姓，靠的不是武力，而是仁义之心。我们不会向你投降，对于不义之师的入侵，坚决反抗到底！"多吉字字铿锵有力。

古都恼羞成怒，举起手中的手枪："多吉，你不要后悔！今天我就与你决一死战！"

"这句话我应该送给你！"多吉飞快地甩出腰间的佩刀，击落古都正要发号施令的手枪。

二人赤手空拳厮打起来。趁着这个机会，威廉鬼鬼祟祟地掏出枪，瞄准了多吉。树林中，洞察一切的金珠搭弓射箭，朝威廉的手腕射出一箭。威廉有所察觉，慌忙躲避，子弹射向了空中。

埋伏在山下的南蛮士兵听到号令，立刻向山上冲来。央金见此情形，指挥着身旁的巴桑："上，跟他们拼了！"两人各自带领着火铳队和散兵们向前冲去，金珠带着弓箭手们率先向南蛮士兵们发起了攻击。

一时间，石块、木头、利箭齐飞，兵刃交接，喊杀声震天。混战中，多吉一个躲闪不及，被威廉开枪打中腹部，他一身血污，仰面倒在地上。古都正要趁此反击，央金双目迸发出怒火，甩动着长鞭再次狠狠挥向古都，同时吩咐许平："许平，快带多吉走。"

许平背着血流不止的多吉在两人的掩护下迅速离开。

木尔多寨的院子里，贡布等到天黑，也没有一个土匪前来。他看向同样失落不已的铁匠们，猛地站起身来："不能再等了，我们现在就出发！"

众人互看一眼，不约而同起身向院外走去。一行人刚走到院门口，忽然听到外面传来说话声，声音越来越大，众人向山下看去，只见崇山峻岭中点燃的火把如同舞动的长龙，正向这边聚集而来。

走在最前面的土匪高兴地大喊："二当家，我们回来了！"

"太好了，你们终于来了！"贡布擦了擦湿润的眼睛，上前一一拥抱。

打头的一个土匪解释道："我们听说卓康甲都在打仗，就都躲去了荒漠里。后来有只藏羚羊闯入了我们的领地，一直不肯离去。我们跟着它来到外面，一看到山上的经幡，就想起我们跟二当家的约定，这就赶回来了。"

"吉祥神，吉祥神显灵了，它真的听到了我的祷告。"贡布激动不已，"南蛮贼侵犯我们的家园，兄弟们，我们一定要保护卓康甲都，把南蛮贼都给赶出去！"贡布举起拳头。

"誓死捍卫家园，赶走南蛮贼！"土匪们齐声高呼。

取出子弹的多吉由于失血过多昏迷不醒，大家都很焦虑。还好南蛮人不擅长夜战，入夜便收了兵。金珠和巴桑仍守在树林牵制他们，央金顾不上自己的一身伤痕，急忙赶回洞内看望多吉。

许冠恒询问外面战况，央金简单介绍了情况，叹气道："我们支撑不了多少时间，如果明天二当家还不回来，就真的要被困死在这里了。"

"唉，我们缺乏水和食物，力气都没有，还怎么打仗！一旦他们攻上来，我们没有什么可以抵挡的，只能束手就擒了。"许冠恒满面愁容。

"水，水……"多吉忽然动了动，嘴里含混不清地呢喃着。

央金心疼地看着多吉，皱眉想了想，将手指递到唇边咬破，将血滴在了多吉破裂的嘴唇上。

"央金小姐！"许冠恒一惊。

央金用眼神阻止了许冠恒，坚定地说道："我们必须要找到水源。"

清晨，央金背着一个竹篓，系紧腰带和脚上的束带，正准备出发去找水源。金珠提出跟央金一起去，多一个人背水，就能多救活一个人。

两人巧妙地躲过关卡和巡视的南蛮士兵们，来到水源附近，看见两个士兵在一旁看守。金珠弯弓瞄准，射出两支箭，两个南蛮士兵相继倒地。接着，央金迅速背着竹篓朝湖边奔去。

到了湖边，央金放下竹篓，取出里面的水囊，开始猛灌湖水。谁知刚装满一袋，埋伏在周围的南蛮士兵突然从草丛中冒了出来，用枪支对准了她。

古都从众人身后走出来，对央金奸笑道："又见面了，小美人！昨晚让你给跑了，今天我们再好好过个招！"

央金一惊，飞快地拧紧水囊的塞子，慢慢放到身后。

"把水放下！"古都喝道。

央金盯着古都，没有动弹。突然，她以迅雷不及掩耳之势转向树林的方向，奋力将水囊丢了过去，同时大喊："快跑！"

"抓住她们！"古都一看不好，忙下令捉拿，自己则迅速朝央金扑过去。

金珠顾不上多想，捡起水囊转身跑走。央金来不及抽出长鞭，只能与古都近身肉搏，整个人完全被牵制住。

树林中，金珠一边躲避飞来的子弹，一边竭力奔跑着。身后忽然传来一声惨叫，金珠猛地顿住脚步，眼泛泪花。她转身看去，见央金倒在了血泊中，一动不动。她不忍再看，握紧来之不易的水囊飞速逃离而去。

回到山洞，金珠将水囊中的水喂给多吉，多吉轻咳两声苏醒："哪来的水？"

金珠默而不语，眼泪流了下来。

多吉环视着周围，哑着嗓子发问："央金呢？她怎么不在？她去哪儿了！"

金珠急忙起身，抹着眼泪转身离开。多吉挣扎着起来，在山洞里到处寻找着央金。

这时许冠恒走进来，一脸沉痛地拦住多吉："多吉，不要找了，央金小姐下山去找水时被古都酋长抓了。"

多吉浑身一颤，跌坐在地上，喃喃道："我要去救她！"

"多吉，不要冲动！我们会救回央金的，而你必须先养好伤，南蛮人还在山下布阵，我们必须……"许冠恒还没有说完，多吉伸出一只手打断他的话，然后摇摇晃晃朝洞内走去。

山洞内，许冠恒几人正在商讨如何救人，忽听山下枪声震天，人们急忙走出洞口察看。

一个兵丁跑来回报："多吉土司，南蛮子突然开枪示威了！"

"去看看！"多吉不顾伤口，率先往山下而去。

山下树林外，南蛮士兵将央金绑在一根柱子上当众示威。多吉远远看见央金身上缠着锁链，被绑在柱子上暴晒，踉跄了一下险些摔倒。身旁的许冠恒急忙将他扶住："撑住！"

突然间，山下的南蛮士兵们举起石矛欢呼起来。欢呼声中，古都骑在马背上，举起弓箭对准石柱上的央金："多吉，我知道你已经来了，你要是不敢现身，我就杀了你的女人！"说着看向树林，见林中没有动静，古都故意射出一箭。

多吉猛地捏紧拳头。央金却是一脸无畏。这一箭没有射中，而是扎在了她的头部上方。古都又接过第二支箭，再次拉开弓："多吉，你真的要当一个缩头乌龟吗？好，那我就成全你！"

箭扎中央金的胳膊，血流不止，她硬生生忍住，冷眼瞪向古都。

多吉见到此景，眼前一黑晕了过去。许冠恒急忙扶住多吉，巴桑将他背起，二人急忙离开。

不知过了多久，躺在地上的多吉突然坐起身来。金珠正费力地往一个嘴唇干裂的士兵嘴里挤着水囊里的最后一滴水，见到多吉起来，欣喜道："多吉，你醒了？"

多吉愣愣地没有说话，缓缓从怀中摸出一幅唐卡。他依稀记起夜里昏迷不清时，央金似乎曾来到他的身边，将折叠好的唐卡塞入怀里，并轻声叮嘱："如果明天我没有回来，就帮我好好保管它。这是我最珍贵的东西，由你保管我很放心，所以你一定要尽快醒来。"而后悄悄离开。

摩挲着手里的唐卡，显然这一切都是真实的。多吉忽然将唐卡塞回腰间，一语不发地转身走出山洞。

烈日下，多吉庄重地跪倒在地，跟随着出来的百姓们也都齐齐跪下。

"格萨尔王大士，卓康甲都百姓的性命全都交到你的手上了，难道你真的要放弃我们吗？南蛮当道，侵略圣地，百姓流血，生灵涂炭……神啊，我求你开开眼，救救我们这些可怜的人吧！"多吉祈祷完毕，躬身跪趴在地。

百姓们也全部磕头跪拜。

天空中忽然阴云密布，紧接着下起了倾盆大雨。百姓们不敢置信地抬起头，在雨中欢呼着：下雨了！我们有水了，我们有救了！

多吉抬起头来，水滴打在他的脸上，早已分不清是雨水还是泪水。

山下，电闪雷鸣大雨倾盆，古都带着南蛮士兵心情复杂地注视着山上。

雨越下越大，令人睁不开眼。一阵雷鸣过后，山体滑坡，泥石流朝他们冲来。

"酋长，是泥石流！"威廉惊叫。

"撤！快撤！"古都慌忙下令。

南蛮大军还没来得及撤走，身后泥石滚滚，淹没了树林和士兵们。

央金被绑在柱子上，坦然地看着眼前的一切。就在泥石流快要淹没到她身前时，巴桑举着两把腰刀蹿到她跟前，将铁链斩断："央金，快跟我走！"说完背起央金快步向远处跑去。

受伤加上淋雨，央金到了山洞已经昏迷不醒。偏洞里，金珠帮央金换了衣服，包扎了伤口，然后用湿毛巾轻轻地敷在她的额头。

多吉走进来，将唐卡塞回到央金的手中，忽然发觉她的手指动了动。紧接着，央金慢慢睁开了眼睛。

"你醒了？"多吉欣喜地盯着央金。

央金虚弱地点点头，二人的双手隔着唐卡，交握在一起。

这时，洞门口响起众人的呐喊声："决战！决战！"

多吉回头去看，感觉到手被人握紧，他低下头，央金正冲他点头。多吉松开手，起身朝洞外走去。

所有士兵都集结在洞口外。多吉迎面走过去，望着大家高声喊道："天怜甲都，救我于水火之中，明天一早，我们就和南蛮大军决一死战！"

兵丁们手举藏矛，齐声呼应："决一死战！"

"现在是生死关头，就让我们也出一份力吧。"许冠恒带着一拨藏族小伙子快步走过来。

多吉看着那些年轻人点了点头。

突然，一个兵丁跑进山洞禀报道："多吉土司！下雪了，外边下雪了！"

多吉走到洞口，望向洞外纷纷扬扬的雪花："神灵终于睁眼了，明天这一战，我们势在必得！"

土司府内，古都裹着被子缩在房中，看着窗外飞扬的大雪叹气道："这鬼天气一会儿出太阳，一会儿下雨，一会儿又下雪，简直是反复无常！都说卓康甲都气候多变，今天我算是领教到了！"

见威廉沉默不语，古都无奈地用力裹紧自己，大声吩咐："火，快生火！"

南蛮兵们进进出出，抱着柴火堆在地上点燃。窜动的火苗带着一丝暖意，让古都无比想靠近。

黎明，雪停了。整个卓康甲都到处白茫茫一片，遮盖住了战后遍地的尸体和被血污浸染的大地。

南蛮士兵们冻得浑身僵硬，蜷缩在土司府的各个角落，宅院内外一片死寂。

一个士兵刚刚打开院门，就被一支飞来的利箭射中，倒在了地上。埋伏在院外的多吉等人，举着弓箭，进入院中。

南蛮士兵们被打得措手不及，纷纷从睡梦中惊醒，拿起枪支。古都闻声冲到屋门前，一拉开门，多吉就站在门外："古都，你的这些士兵不会是我们的对手，要让他们活命，就投降吧！"

古都咬牙："南蛮的勇士只会战死，不会投降。"

正在这时，一名南蛮士兵慌张地冲进来，大喊道："酋长，一大群土匪朝我们这边围过来了！"

"土匪而已，有何所惧？"古都训斥道。

话音刚落，又一名南蛮士兵也跑了过来，禀报有一大帮百姓正朝这边涌过来，目测有几百人。

接二连三的坏消息让古都向后退了两步，不敢置信地看向多吉。

"古都，不要再挣扎了，想想你的族民，他们是无辜的。"多吉说道。

古都犹豫再三："我杀了你们这么多人，你真的会饶过我的族民？"

"只要你们愿意放下兵器，我保证会让你们所有人平安离开。"多吉平静答道。

"好，我投降！"古都虽心有不甘，但还是痛快地做了决定。

所有正在厮杀的南蛮士兵都放下了手中的武器。

一轮红日徐徐升起，照在这片洁白的雪地上。

躲在客房的威廉探头看到当下形势，迅速收拾好包袱打算逃走，杰森却扑上来抱住他的腿："Papa，你不能逃走，你必须留下来赎罪！上帝会宽恕你的，相信我！"

威廉用手枪抵住了杰森的胸口："放开！否则别怪我不客气！"

杰森仍苦苦劝道："不要走，上帝就在这里，相信我，只要你诚心忏悔，会得到宽恕的。"

"根本就没有什么上帝！"气急败坏的威廉一枪打在了杰森的胸口上。

杰森低头看向自己胸前汩汩流淌的鲜血，挣扎着对威廉说道："回来吧，回到我身边，Papa……"话没说完，杰森躺倒在地，闭上了眼睛。

威廉不为所动地收起枪，正要逃走，巴桑堵住了他："威廉，你还往哪儿跑！金珠！"

一支箭应声从巴桑身后射来，正中威廉的胸膛。威廉踉跄倒下，一把拔出胸前的箭，然后伸手想要拿枪，第二支箭又射向了他的胸前。

金珠手握弓箭一脸愤怒地朝威廉走来："第一箭是为了理查德，第二箭是为了杰森。这最后一箭，是为了所有的百姓！"

第三支箭射出，威廉倒在地上，他不再挣扎，而是艰难地侧过头，看向血泊中杰森的尸体。

一切都结束了，树林中堆起了几座新坟。一座坟前的木板上写着杰森的名字。稍远一些是诺布的旧坟，旁边紧挨着躺着的是石达。石达的坟前，一只金手镯在阳光下熠熠生辉。

经此一役，卓康甲都到处断壁残垣，入眼一片狼藉。

一缕晨光照耀着同样千疮百孔的土司府。大厅内，多吉与古都相对而立，身边站着的随从各自端着一份结盟文书。

多吉郑重说道："和平条约各式一份，你我世世代代遵守，子子孙孙奉行！卓康甲都和南蛮部落，永不互犯！"

古都点头："我答应你，我的部落不会主动挑起战事，侵占你们卓康甲都。"

"古都，我相信你是一个说话算话的勇士，既然你答应我不会再入侵卓康甲都，那你也要答应我，跟我一起守住可可西里。"多吉认真说道。

"这是什么道理？你少得寸进尺！"古都翻了翻眼睛。

"可可西里不只是你的家，也是我的家，是所有藏民们的家。我们在自己的圣地上争得你死我活，反倒是疏忽了对可可西里真正怀有恶意的人，这难道不是最讽刺的一件事吗？"多吉反问。

古都默而不语。

"天珠一事是我不对，我必须要向你道歉。但是你要明白，只有对自然怀有敬意，与它和谐共处，我们才能继续在这里生存下去。古都，你是个好酋长，你的族民们也很信任你，拿出你的勇士精神，跟我一起守住我们的家园吧！"多吉说着伸手放到古都的肩膀上。

古都没有拒绝，半晌，他点了点头："好，我答应你！"

站在多吉身旁的随从呈上一条洁白的哈达，多吉将哈达披在古都的肩上，二人友好地拥抱了一下。

几日后，金珠踏上一艘轮船，告别了家乡。茫茫大海上，金珠倚着船栏眺望着远方，心中默念：再见了，卓康甲都！再见了，可可西里！

许冠恒拿着一件外袍走到她身边，细心地给她披上。

金珠回头，冲着许冠恒露出一个微笑："谢谢许阿爸，愿意陪我去大英帝国完成理查德的心愿。"

"你想去哪儿，阿爸都会陪在你身边，你只要做你喜欢的事就好。对了，这个是我们离开前，央金小姐让我转交给你的，说是给你的送别礼物。"许冠恒说着拿出一个包好的布包，递给金珠。

金珠想起初见往事，不禁笑出声来。她打开布包，里面放着一幅唐卡，正是隐藏着央金身世之谜的那一幅。

"这是央金最珍贵的东西，她送给我，应该是打算放下过去，开始新的生活了。央金，以后只要看到它，我就能想起你，我永远不会忘记这片圣地的。"金珠轻柔地抚摸着唐卡，眼神清澈。

海风拂过金珠的脸庞，身后传来贡布浑厚苍凉的歌声。金珠和许冠恒回头看去，贡布正抱着酒坛躺在甲板上，唱着一首雪域高原的民谣。

满目疮痍的卓康甲都终于回归了平静，仔细思考历经的过往，多吉心中有了新的打算。

这日清晨，金色的阳光泼洒向整个大地。央金站在土司府门前，深深地凝望着，似乎想要记住这里的一切。

"央金，我们该启程了。"多吉走到她的身边，轻声说道。他的身后跟着一众马队还有车队，和几乎所有背着包袱赶来的百姓。

"我们要去哪儿？"央金问道。

"卓康甲都！"多吉脱口而出。

"这里不就是卓康甲都吗？"央金眼神迷惑。

"不是这个被毁掉的卓康甲都，是新的卓康甲都。"多吉的语气充满希冀。

"它在什么地方？离这儿远不远？"央金追问。

"不远，它就在我们的心里。以前，我认为守住这里就守住了我们的家园，后来我才发现，有族民和你的地方，才是我们的家。央金，你愿意和我一起跟着藏羚羊迁徙，永远保护着它们，过流浪牧民的生活吗？"多吉轻轻地拥抱住央金。

央金望着多吉英俊的脸庞，轻轻地吻了上去："我期待这一天太久了。"

第二十章 / 神圣使命

这个传奇又神秘的故事终于讲完，围坐在火堆旁的几人长长舒了口气，讲累了的老人蜷缩在一角，不再出声。板楼里一时寂静无声，气氛难得的平静。

静默片刻，克丽丝率先开口："幸好这个故事的结局很圆满，他们赶走了外来侵略者，保护住藏羚羊，也有了新的家园。"

晋美紧跟着说道："多吉土司本来只是一个普通人，他临危受命，勇敢站出来跟所有恶势力做斗争，最终得到了所有百姓的认可，成了草原上最传奇的英雄。回去后，我想再开办一个藏羚羊图片的慈善展览，让更多的人了解这里的故事。"

"我倒觉得光在国内展览还不够，应该推向国际，让更多的人知道。到时我也来给你帮忙。"克丽丝积极说道。

"好啊！"晋美爽朗应道，二人彼此会心一笑。

"唉，可可西里是藏羚羊重要的栖息地，如果没有杀戮，这里绝对是个天堂。"克丽丝叹息了一声。

"因为人类贪婪，他们肆意捕杀野生动物，破坏生态平衡，藏羚羊能够活动的栖息地越来越少，面临着严峻的生存危机，已经成为我国的濒危动物。我真希望这些盗猎者被永远禁枪，再也不会出现在这里。"晋美严肃起来。

"我记得藏羚羊是中国的一级野生保护动物。1999年，来自中国、英国、尼泊尔、印度等7个国家的代表们就在中国西宁发布了关于藏羚羊保护和贸易控制的《西宁宣言》，为制止这项非法活动提供了严厉的法律保障！难道现在还有盗猎者吗？"克丽丝充满疑问。

晋美无奈道："盗猎者一直都在，他们从未离开。在这片高原上，有过很多因为保护藏羚羊而牺牲的无名英雄，我没能加入巡山队，能做的只有将这里的故事说出去，呼吁人类回归善良，回归和谐自然，尊重自己的根源。"

克丽丝点点头："我很赞同你的观念。人类是自然的一部分，违背大自然的规律，人类是会受到惩罚的。我们都不希望看到这样的局面。"

话题严肃起来，两人一时间陷入沉默。

"今晚还会下雪，我们先在这里过夜，等明天一早再离开。"索朗多杰开口对大家说道，然后试着靠近角落里的老人，"老人家，这里的环境不适合居住，您也跟我们一起走吧。"

老人摇了摇头，用力抱紧自己缩进黑暗中："我不走，我要留在这里。"

"这里已经是废墟了，除了您，我们没有发现第二个活人。跟我们走吧，相信政府，他们会给您最好的生活保障。"索朗多杰耐心劝导着。

"不能走，这里是我的家，是藏羚羊的家，我答应过阿爸要保护它们，不能离开这里……"老人絮絮的声音越来越小，但很坚持。

索朗多杰被触动，尽量放柔声音，温和地说道："老人家，您做得已经足够了，保护藏羚羊的事就交给我们来接手。我可以向您保证，没有人会伤害到它们！"

老人抬起头："你……你用什么保证？我不信！"

索朗多杰凝视着老人的双眼，静默片刻，从胸前的衣服内掏出嘎乌，上面带有藏羚羊的图腾，正是代表土司身份的圣物。

老人的双眼瞬间一亮，立刻躬身跪拜在地："土司老爷！你终于回来了！"

所有人的目光都被老人的举动吸引，纷纷神情讶异地来到索朗多杰的身边。

索朗多杰将老人扶起，一脸真挚："老人家，我不是土司，现在也没有土司了，您快起来！"

"不，这是土司老爷的嘎乌，你就是土司老爷！"老人倔强地说道。

晋美发现老人精神状态有些不对劲，便顺着他说道："没错，土司老爷来接您回家了。您愿意跟他走吗？"

老人立刻欣喜地连连点头："土司老爷，我愿意，我愿意。"

索朗多杰看了眼晋美，抿了抿嘴，握住了老人的手。老人双手颤抖着，也紧紧握住了索朗多杰。

寒风呼啸着，漫天雪花飘落下来。篝火的亮光从门缝中透出来，给这片寂静苍白的土地增添了一丝暖意。

雪越下越大。几人各自挨着火堆沉沉睡去。当所有人都入睡后，索朗多杰悄悄起身，离开了板楼。他冒着飞雪，走过长廊，来到一间不起眼的阁楼前停下。阁楼有两层，已经被大火烧毁，露出黑黝黝的主墙体。索朗多杰走到门口，看到一块破损的石匾上刻着个"苑"字。他怔望着那块石匾，轻轻抚摸着。

不知过了多久，索朗多杰的身上落满了一层雪花。他忽然回过神来，摸了摸胸前的嘎乌："没想到，我还有机会回到这里。你们放心，天一亮，我们就带着老人家离开，以后不会再有人进来打扰你们了。"索朗多杰转身下楼，正要沿着原路回去时，忽然注意到雪地里有一个黑影鬼鬼祟祟朝土司府外走去。

欧文在耸立的基督教堂的塔尖指引下，很快来到教堂。四处翻找了一阵后,在供奉耶稣的圣像前,他找到了一本封皮上落满了灰尘的圣经。拭去灰尘,欧文急忙打开,看到上面写着威廉的名字,禁不住一喜:"找到了,果然是这里。"他从自己贴身的衣袋内翻出几张影印纸,纸上复印的都是英文,正是理查德笔记中记载的有关卓康甲都和藏羚羊的几页内容。

跟随而来一直躲在暗处观察的索朗多杰这时闪身出现:"欧文,你来这里干什么?"

欧文一惊,迅速起身,防备地看着走进来的索朗多杰。索朗多杰指了指欧文手上的圣经和笔记影印资料:"这就是你来卓康甲都的目的,你要找它?"

"这本圣经不能给你。"欧文说完,快速将圣经和资料一起塞进包中,从后门退出教堂的祷告室。

索朗多杰追了出去,发现欧文不知何时准备了两块木板和绳子。绳子穿过木板固定在鞋底绑好,做成了一双能在雪地中行动的木板鞋。欧文看了一眼追出来的索朗多杰,嗤笑一声,踩着木板轻松向远处滑行而去。索朗多杰追了几步,回身看向教堂门口,焦急中直接徒手拆掉一扇门板,然后伏在上面滑了出去。

欧文操纵着木板鞋,疾驰在雪地中。后方,索朗多杰借助门板,紧追不放。忽然,前面的欧文一个趔趄,整个人啪地摔在雪地上,继而向下陷进去。索朗多杰急忙猛地向前用力,翻身跳下门板,试图伸手抓住欧文,却不想竟跟着一同跌了下去。

两声沉重的声响过后,索朗多杰和欧文摔到雪洞底,一时疼得缓不过劲来。

"哎哟,疼死我了,我的骨头好像断了。这下该怎么办?"欧文哭丧着脸。

索朗多杰挣扎着爬起身,摸向欧文的身体,按压几下:"没断,最多骨裂了。"然后摸出一支手电筒,照了下深深的洞穴,"洞穴大概有五米深，没有绳子根本爬不上去，我们得想想其他办法。"

"真是见鬼，我们不会死在这里吧？"欧文丧气道。

"什么声音？"索朗多杰隐隐听到一声微弱的叫声。他将手电筒照向洞底四周，终于在角落里发现一只长得像羊的小动物。

欧文也跟着看了过去："这里怎么还有只羊？"

索朗多杰试着靠了过去，将它从角落里抱了出来："是藏羚羊。小家伙，你怎么会自己掉进这里？你的爸妈呢？"

小藏羚羊靠在索朗多杰怀里，微弱地叫了一声。索朗多杰注意到它的左前腿骨头错位，站不起来，于是在背包里翻出一条布带，将骨头接好后用布带缠绕起来："好了，别怕，你会没事的！"小藏羚羊得到安抚，睁着一双湿漉漉的眼睛怯生生地望着索朗多杰。

处理好小藏羚羊的伤势，索朗多杰将它抱起来拉开衣服拉链，塞进胸口的位置。小藏羚羊乖巧地从领口探出头。

欧文自始至终旁观着索朗多杰的动作，很是不解："我们都出不去了，你还要救它？"

索朗多杰摸了摸小羊的头："你想被救，它也想。"

欧文看了索朗多杰一眼，有些挫败地坐了回去。

片片雪花落了下来。

初升的太阳在地平线升起，大雪骤停，院中一片白色。

火堆早已熄灭。晋美醒来，见对面没人，遂伸手摸向毯子，然后脸色立变："克丽丝，快醒醒！哥哥和欧文不见了，毛毯是冷的，他们昨晚就没在这里。"

克丽丝揉着眼睛坐了起来。听到晋美的话，也紧张起来，立刻查看了一遍物资："我们仅有的包不见了，唐卡也在包里。现在该怎么办？外面下了这么厚的雪，我们该去哪里找他们。"

晋美想了想："咱们先别慌。哥哥很警觉，他一定是发现欧文跑了，就追了上去。我们先不要擅自行动，待在这里等他们回来。"

"好吧，那位老人家呢？"克丽丝点点头，忽然又想起那位老人。

晋美环顾了一下四周："他可能回他住的地方了，我去找他，顺便找些食物，你在这里等我，一定不要乱跑。"晋美说完起身朝外面走去。

后院，那位老人待在自己搭建的一间木屋内，正在啃食风干的肉条。地上还有一些植物的根茎。发现晋美站在门口后，他急忙缩了缩身子。

晋美没有直接闯进屋内，她停在门口看着屋内的环境："你好，老人家，这里就是您的住处吗？"

老人点点头，没有放松警惕。

"您别怕，我不会伤害您，我只是想问您借一些食物。等离开这里，我会还给您的。"晋美轻声细语说道。

老人见晋美没有恶意，拿了几块肉干和植物根茎丢给晋美。晋美弯腰拾起食物，露出脖子上挂着的九眼石天珠项链。老人的目光一下子被吸引了。

晋美尝了一块根茎，试着坐下跟老人聊天："这是人参果吧，好甜啊。"

老人盯着天珠，终于忍不住指了指。

晋美领会了老人的意思，下意识解释："这是我阿妈给我的，老祖宗留下来的物件，它能够保佑我平安。我听老阿妈说，我也是卓康甲都的后人，所以我们对您没有任何恶意。带您走，是出于政府的规定。这一带是无人区，您不能独自留在这里。您在这里生活多久了？知道外面发生的事吗？"

老人没有介意晋美靠近，也没之前那么害怕了。听了晋美的问话，他掰着指头数了数，有些混乱。

晋美看到空地上的一个匣子里面有一些货币和串珠，询问道："我能看看那个吗？"

老人将木匣子推给晋美。匣子里有几张人民币，面值十元的居多，都是旧钞。还有一封用藏文写的信。

"我能看吗？"晋美拿起信。

老人点头。

"你好，看到这封信的好心人，佛祖会庇佑你。我的孩子智商不高，不敢接触人，我死后最放心不下的就是他，所以我们才会躲在这里生活。如果你遇见了他，请不要伤害他，我会为你祈祷。2005年5月，德勒。"

晋美读完信放下，看向老人："德勒是你的阿爸吗？"

老人听见这个名字，重重点了下头："阿爸，是阿爸。"

"原来这十几年，您自己躲在这里生活啊。您的阿爸很担心你呢，不过有政府在，以后您会有新的家，他们都很好，会照顾您的。"晋美微笑着把信放好，拿上食物与老人道别。

吃了东西，晋美和克丽丝站在廊下，看着外面厚厚的雪。极目远眺，晋美发现了远处直刺天空的教堂的塔尖，于是对克丽丝指了指："这个故事里有个英国人，我猜，欧文会知道卓康甲都，应该跟此人有些关系。不管他的目的是什么，遇到多杰，就没有机会得逞。"

克丽丝赞同地点点头，又目露好奇："你喊队长哥哥，你们是亲人吗？"

晋美一笑："我们不是亲兄妹，但的确是一家人。听我老阿妈说，我们的曾祖父是卓康甲都的最后一任土司，他带领我们的族人离开了卓康甲都，以游牧的方式去守护藏羚羊，陪伴它们一同迁徙。再后来，我们接受政府安排，搬出了无人区，把这片雪域彻底还给了藏羚羊，还给了野生动物。可是我们的使命依然还在。藏羚羊是高原生态链中重要的一环，如果它们绝种，不但会对高原生态造成冲击，甚至可能毁坏整个地球的生态系统。我说这些并不是危言耸听！保护动物生存的环境，就等于拯救人类自己。"

克丽丝由衷感慨道："其实我一直赞同你的观点。地球几十亿年的历史,充分向我们人类证明了自然灾难会导致物种灭绝。如果人类想保命,就应该立刻行动起来,从保护环境做起,爱惜所有的生灵。"

"所以,我们每年都会向进入可可西里旅游的群众进行讲解。我们非常欢迎他们来到这片美丽的净土,但我们也希望他们能够跟我们一起保护环境,保护野生动物,反盗猎,不穿越无人区。在这些群众中,也有不少人会主动参与到我们的宣传行动中来。"晋美说道。

"可见群众还是很有环保意识的,我相信在你们的宣传下,总有一天这里再也没有盗猎,会成为真正的野生动物天堂。"克丽丝充满希望。

"是啊,当你亲眼看见那些精灵成群结队在雪地中奔跑的姿势,就会发现,它们天生属于这里,会在这里生活得很好。至于我们,就尊重自然规则,把可可西里留给它们吧。"晋美望向远方的皑皑白雪,眼睛里闪着光。

一天时间很快过去,索朗多杰却一直没有回来,两人有些着急。无人区是野生动物的天堂,高寒缺氧,地貌复杂,虽然这里确实充满了未知的危险,但晋美担心的却不是野兽,而是欧文的为人。他进入这里是有备而来,否则也不会挟持自己,更不会冒着生命危险逃走。所以索朗多杰跟他在一起,比巡山遇到偷猎者的风险还要大。但若出去找人,又很容易迷失方向。并且,在雪地中长时间行走,极容易患上雪盲症,或者引发高原反应。万一索朗多杰只是在路上耽搁了,反而会给他惹来麻烦。

两人商量了许久,觉得在跟救援队汇合前,首先要保证自己还活着,就是给他们帮了最大的忙,况且还要负责带老人家平安出去。因此决定还是先等等,如果天亮人还没回来,再想办法出去寻找。

雪洞里,索朗多杰胸前揣着小藏羚羊,举着手电筒在洞壁四周勘察,意外捡到了一个真十字架。欧文接过来看了看:"这是基督教的象征物品。看起来有百年的历史了。如果我没猜错,这个雪洞,曾经有人掉下来过，他们来过卓康甲都。也不知道那个人有没有出去。"

"洞里没有发现人类的骸骨，我猜他获救了。"索朗多杰说道。

"这么说，我们也能出去了？"欧文兴奋起来。

"前提是有人来救我们出去。"索朗多杰淡淡说道。

欧文顿时有些泄气："那看来没戏了。对了，你妹妹她们会来找我们吗？"

索朗多杰摇了下头，反问道："你那本圣经，到底有什么用？"

欧文注意到索朗多杰盯着圣经，也不想隐瞒了，索性打开扉页，递给他："看这里。这个威廉是我的曾祖父，曾经来过卓康甲都，后来再也没有回去。我在偶然的情况下看到一位叫理查德的人向外界公开的笔记。里面提到一百多年前的卓康甲都和藏羚羊，说这里有无尽的财富。所以，我才会来到这里探明真相。如果真的有数不尽的藏羚羊，我就会拥有几辈子也花不完的黄金了。我费了很大的劲，才打探到青海湖的藏族博物馆里面有它的照片，之后就绑架了你妹妹，想要她为我带路。我只是想要财富，没想要杀人，但是现在，我们可能要死在这里了。"

索朗多杰定定地盯着欧文："你是为藏羚羊而来？"

欧文看了眼从索朗多杰衣领下钻出头的小藏羚羊："是，就是它。死前见到它，或许这就是对我的惩罚吧。"

雪后初霁。小藏羚羊窝在索朗多杰的脖子下面，经过一夜的休息，恢复了一些生机，眼睛睁得大大的。

"欧文，醒醒。"索朗多杰睁开眼，见欧文一动不动地睡着，忙招呼道。

欧文迷迷糊糊地呻吟几声，脸色不太对。索朗多杰伸手探向欧文的额头，又拉开他的裤腿查看："水肿。头很疼吗？想不想吐？"

"我的头好疼，喘不上气。"欧文虚弱应道。

索朗多杰从身上的口袋里翻出一板治高原反应的药，拉起欧文：

"来，把药吞了。"

欧文配合地张嘴，将药片干咽下去，又闭上了眼睛。

"这样不是办法，昨晚下了那么大的雪，掩盖掉了我们的足迹。晋美也不一定知道我和欧文在这里！得想个办法出去！"索朗多杰打开背包，将里面的所有东西都倒了出来。除了他要找的工具外，竟发现了唐卡。他看了欧文一眼，将唐卡捡起，塞进自己的口袋。随后拿起一把小铲子，开始在洞里面铲雪，扒洞。

欧文听见声音，睁开眼："你在干什么……要打洞吗？"

索朗多杰手上的铲子没有停："只有这个办法可以尝试，我必须带你出去。"

欧文看着背对自己的索朗多杰，终究还是闭上了眼睛。

早晨，依然没有等到索朗多杰的晋美和克丽丝背着用毛毯包住的剩余物资，来到老人的木屋。

老人身上盖着毯子垂着头缩在墙角，似乎还没有醒。

"老人家。"晋美上前，用手轻轻碰了下老人的肩膀。老人无力地滑倒在地上，脸色惨白但很温和，已经停止了呼吸。

克丽丝吓得拉住晋美的胳膊："怎么会这样？"

晋美查看了下旁边刚熄灭还散发着热气的火炉："不是冻死的，他在梦里走的，很安详。"

克丽丝难过地说道："真是太遗憾了，还以为我们能带着他出去呢。"

晋美沉默着，蹲下身替神秘人拉上毛毯，用藏语念了几句佛经："老人家，您安心去吧。我以我的生命向您起誓，我们先祖的坚持不会白费，我会竭尽一生保护可可西里，守护我们共同的家！"然后起身，"克丽丝，我们走吧。"

门外，雪光照进来，亮堂堂的。

两人出了土司府，在积了厚厚的雪的街道上走着。晋美在一栋建筑的显眼处绑了条红布带。这是索朗多杰教给她的办法,万一他回来了,就会跟着这个标记找到她们。

太阳升上天空,一群藏羚羊从地平线上飞奔而来。

雪洞里,索朗多杰一点点地在洞壁上挖出了条一米多长的斜沟,再将泥土堆砌起来。欧文一觉睡醒,看到洞里的沟,整个人都惊呆了:"你,真的挖了个地道?"

索朗多杰看了眼欧文的气色:"挖地道还不现实,但堆一条路出去,或许能够成功。"

已经明显好转的欧文看着那一米高的斜沟,有了些信心:"我来帮你。"

两人一起动手,将泥土踩实,作为奠基石用。两人正忙活间,忽然听到一阵野兽奔腾的声音,由远及近而来。

"什么东西?"欧文有些慌张。

"护好头部,小心上面有雪块掉下来。"索朗多杰边嘱咐边拉着欧文躲到一角,双手护头。

雪洞上方一群藏羚羊飞驰过去,扬起的雪花落了他们一身。与此同时,一只母羚羊在洞口上方停下,似乎在辨认气味,叫了一声。

索朗多杰怀中的小藏羚羊忽然抬头,应了一声。

"是你的妈妈?"索朗多杰心念一动。小藏羚羊又叫了一声。

欧文难以置信道:"这也太奇幻了吧,藏羚羊的妈妈居然来找孩子了。"

"这不奇怪,母羚羊很爱孩子。有很多怀孕待产的母羚羊在遇到生命危险时,优先考虑的就是拼死生下孩子,母爱很伟大,并且它们还很聪明。"索朗多杰说起藏羚羊来滔滔不绝。

欧文没功夫细听索朗多杰的解释,只感觉到母羚羊在雪洞上方的呼唤越来越焦急:"它,要下来救孩子吗?"

索朗多杰笃定道:"等着吧。"

母羚羊在洞口绕了几圈,忽然扬蹄离开。停在周围的藏羚羊群也都跟着跑走,却剩下一只似乎在看守。

没多久,一截树枝从洞口上方抛了下来。更多的藏羚羊都衔着树枝丢下来。

欧文被眼前的一幕给震惊了,又惊又喜道:"它们怎么会想到这样的办法?真是太聪明了!"

索朗多杰将树枝捡起来,爬上斜沟,将树枝横着插在洞壁上。树枝两端嵌入洞壁,刚好能让人踩着爬出雪洞。索朗多杰将这些树枝每隔三十厘米固定住一截,铺出了一条用树枝做的路。

"我先上去试试,再拉你上来。"索朗多杰说道。

欧文急忙说道:"这么高的洞,我肯定爬不上去,你不会一个人走吧?"

索朗多杰想了想,将小藏羚羊掏出来,塞给欧文:"好好护着它。"

欧文看着小藏羚羊湿润润的眼睛,下意识紧紧抱住。索朗多杰背着包转身一步步爬了上去。

茫茫雪地中,克丽丝和晋美匆匆赶路,偶尔用红布带做一个记号。忽然,克丽丝被雪中的什么东西绊住,一下子狠狠摔在地上。

"克丽丝,有事没有?"晋美急忙伸手去拉。

克丽丝一脸疲惫地爬起来:"我没事。等等,这是什么?"

晋美接过克丽丝手上的木板,仔细看了下:"这种木板是基督教堂用的,看截面还很新,应该是哥哥他们留下的。这说明他们从这里走过。"

克丽丝环顾四周,看到被大雪覆盖的门板露出的一个角:"这边也有!"

晋美拂去门板上的雪,肯定了心中的猜测:"是他们,不知道往哪个方向走了。"

两人正有些着急，忽然注意到雪地上有一道熟悉的动物脚印。克丽丝蹲下身仔细查看："不是猛兽。这种动物身体很轻盈，可能是鹿或者是牛科类。"

晋美想了想："动物的方向感肯定比我们要强，要不试一试跟着它们走。"

克丽丝点头："也好，只要我们沿途留下记号，肯定会跟队长他们顺利会合的。"

雪洞旁，刚刚爬上来的索朗多杰趴在雪地上剧烈地喘息着。一群肥肥壮壮的藏羚羊羊角对外、围成一个圈，站在稍远的地方看着他。

气息平稳后，索朗多杰翻身爬起来，将外套和毛衣脱下来系成一条绳，再将洞口剩余的一根树枝绑在上面，从洞口放了下去："上来吧，抓稳了。"

欧文揣着小藏羚羊，站在斜沟上，试着够住垂在头顶上方的树枝，往上攀爬。忽然咔嚓一声，脚下的树枝断掉，欧文惊险地抓住上方的树枝，有些头昏眼花："我没有力气了，帮帮我。"

"抓紧。"索朗多杰小心地将身子往下探，不料被毛衣绑住的树枝忽然往下一滑，眼看欧文要掉下去的瞬间，一条毛毯忽地从洞口上方丢了下去。

"抓住。"晋美大声喊道。欧文抓住毛毯，停止下坠。

晋美趴在索朗多杰身侧，后面跟着克丽丝。三人齐心协力将欧文从雪洞中拽了出来。欧文斜瘫在地上，小藏羚羊从他胸口钻出脑袋。

克丽丝好奇地看过去："这小家伙是……"

晋美瞪大眼睛一脸不可思议："他会救藏羚羊？"

索朗多杰笑了笑，将小藏羚羊抱了过来："欧文遇到危险，你们也会救他啊。只要诚心悔改，就不算无可救药。"

看见小藏羚羊，母羚羊走到队伍前面，发出叫声。

克丽丝惊叹道:"天哪,你们救的小藏羚羊,不会是它的孩子吧!"

索朗多杰温柔地摸了摸小藏羚羊毛茸茸的脑袋,将它推到雪地的前方:"去吧,小家伙!"

小藏羚羊蜷起受伤的腿,跛着脚向前走了几步,又回头看向索朗多杰。忽然,它回身伸出舌头舔了舔索朗多杰的手背,接着又舔了舔欧文,目光似有不舍。

欧文一下子惊呆了,任由小藏羚羊亲昵舔舐。

远处,母羚羊又往这边靠近了几步,叫了起来。

小藏羚羊依依不舍地扭过头向羊群的方向跑去。它回到羊群后,所有藏羚羊都默契地收起羊角,列为一排驻足望向索朗多杰他们,似乎在行注目礼。

"它们这是在做什么?"克丽丝好奇发问。

"感谢!藏羚羊是有灵性的生灵。只要你不伤害它,它就会用自己的方式传达出它的善意。其实,它们很喜欢跟人类做朋友。"索朗多杰解释道。

远处,藏羚羊群已经离开,一只雄性藏羚羊却留了下来,站在原地望着他们。

"那只藏羚羊怎么没有离开?"克丽丝再次问道。

"它想回报我们,应该是要为我们引路。"晋美回答。

索朗多杰也点点头:"嗯,跟着它走,一定能走出雪山。"

整理好衣物,索朗多杰一行四人向着藏羚羊走过去。前方的藏羚羊每走几步就停下来,回头望望,再继续往前走。

天色暗下来,几人找到一个山洞进去休息。那只藏羚羊独自卧在洞口等待,角笔直地挺立着。

他们燃起一簇簇火,高原反应严重的欧文闭眼躺在里侧。克丽丝挨着晋美,与索朗多杰坐在火堆边。

听说晋美她俩是跟着藏羚羊的脚印找过来的，索朗多杰感慨："我们都很幸运。本来就有藏羚羊是吉祥神的说法，看来所言非虚啊。"

克丽丝真诚说道："我觉得很惭愧，动物都有报答之恩，想想我们这些人类，因为贪图它们身上的皮毛，大肆猎杀，害得它们濒临灭绝，实在是太不应该了。"

索朗多杰看了一眼睡在旁边的欧文："我相信欧文经历此事，会对藏羚羊有新的看法。现在，我最担心的是我们的食物不够吃。欧文的高原反应很严重，带着他行动速度太慢。如果不及时出去，大家都会有性命之忧。"

"如果我们把食物都给一个人，会有机会走出这片雪地吗？"克丽丝忽然问道。

"克丽丝说得对，只要有一个人能走出去，我们就还有希望，比大家都在这里等死强。哥哥，这里只有你可以做到！"晋美立刻看向索朗多杰。

索朗多杰想也不想拒绝道："我不会扔下你们自己走！再给我一点时间，我会想到办法带你们离开。"

"哥哥，你听我说，这里只有你最有经验，体力也最好，这件事只有你能办到。如果你不走，大家都会死在这里。尤其是欧文，他等不起。"晋美劝说道。

索朗多杰皱着眉头看向饱受高原反应折磨的欧文，不发一言。

"队长，别犹豫了！这只是权宜之计，我们相信你会回来，你没有丢下我们！"克丽丝也劝道。

索朗多杰眉头紧蹙，好一会儿才咬牙道："好，你们在这儿等我，我一定回来接应你们！"说完，从口袋里掏出唐卡，递还给克丽丝，克丽丝惊喜接过。索朗多杰又看了看三人，毅然拎起背包甩到肩膀上，向洞外走去。等在洞口的藏羚羊起身带路，一人一羊扎入了雪山中。

看着人影渐远，克丽丝开口道："如果等不到救援，晋美，你会后悔进入卓康甲都吗?"

晋美收回目光:"怎么这么问?"

克丽丝低下头,轻声道:"我们每个人都有秘密。我是因为那幅唐卡,想要知道卓玛央金的故事,才会寻找卓康甲都。欧文是为了藏羚羊,他的祖先来过这里。只有你和多杰队长是被我们拖累的,如果不是我,你们也不会进入那里,就不会面临现在的困境了。"

晋美安慰地拍了拍克丽丝的肩:"我不后悔。虽然我在博物馆工作,但是我没有来过卓康甲都。所有关于多吉土司的故事,都是老阿妈告诉我的。我很崇拜他,也想进来看一看。不过我们这么做,从法律角度来说,是不被允许的。如果没有欧文带我来这里,我肯定不会自己进来的。"

"我明白了,如果我们能活着出去,我想戴罪立功,为保护可可西里的环境和野生动物多做一些事。"克丽丝认真说道。

"那真是太好了,我们欢迎你的加入。"晋美伸出手,笑语盈盈。

前线指挥所里,干警们都在为搜救紧张忙碌着。经过无人机的搜索,冰川上的四个雪盲症患者很快被发现救回,但其他人却始终不见踪影。天气太冷,无人机在零下 30℃的环境中无法长期作业,加之风雪太大,通信系统损坏,寻人的难度成倍增长。

龙威听到汇报,眉头紧蹙。一只苍鹰呼啦啦飞起,落到他的掌心啄食肉片。喂饱苍鹰后,龙威找人给它戴上了追踪脚环,轻轻抚摸了几下它光滑的羽毛:"小家伙,这回就靠你了。"吃饱喝足的苍鹰似乎听懂了龙威的嘱托,仰头发出一声尖利的鸣叫,展翅冲上天空。

电脑屏幕上,可可西里的电子地图上出现了一个闪烁的红点,从楚玛尔河延伸向长江源北区,又向长江源头前行。

索朗多杰两年前捡回了这只苍鹰,顺手把它扔在森林公安局,它就认定了这里是它的家。现在龙威让它去找它的主人,对它来说不过是个小小的考验。但追踪苍鹰终究只能起到一个辅助的作用，真正要靠的还是前线搜救队的同志们。龙威心里的那根弦依旧绷得紧紧的。

彭措一身风雪，凭借常年往雪山里跑练就的方向感，带领着搜救队一点点展开地毯式的搜查。积雪越来越厚，巡护车根本不能正常前行，只能弃车徒步。以免更多的人迷失方向，彭措主动请缨由他带一人往前方探索，其余人留在车里等待接应。

周队长别无他法，只好掏出自己的卫星电话交给彭措，叮嘱二人千万小心。

不知走了多久，两人俨然成了两个移动的雪人，在雪地中蹒跚而行。忽然，彭措蹲在一处灌木丛前，仔细辨认上面的一条红布带。他与索朗多杰搭档了近十年，太了解他的习惯了，这东西只有他会随身带着，以防突发的高原反应。

彭措兴奋地指着红布带让身边的王警员看。王警员下意识一怔，不解地问道："怎么用这个治疗高原反应？上面没给你们巡山队配备药物么？我记得每年都有按时发放的啊？"

彭措意识到说漏了嘴，有些不好意思："那些药物，队长都拿去发给藏民还有志愿者了。这不，不能增加上面的开销，就用土办法把头都包起来，效果都是一样的！"

王警员有些动容，张了张嘴，什么也没说。

"他们往这个方向去了，我们快走吧。"彭措飞快地转移了话题。

王警员点头，默默地再次看了眼那根红布带，似乎想要将它牢牢记在心里。

苍鹰迎着风雪掠过重重的雪山、广袤的冰川、奔腾的河流，不断向可可西里腹地深处飞去。

索朗多杰精疲力竭，强撑着身体迫使自己不断迈出脚步，跟上前面的藏羚羊。走着走着，藏羚羊仿佛意识到什么，仰头看向天空。

苍鹰欢快地鸣叫着俯冲下来，在索朗多杰面前盘旋。索朗多杰眼前一亮："是你？你怎么找来了？"苍鹰扑棱着翅膀，落到雪地中，一双圆圆的眼睛望着索朗多杰，又叫了一声。

索朗多杰注意到苍鹰脚上闪烁的脚环，心里顿时放松下来，全身的力气仿佛一下子都用尽了，大笑着瘫倒在雪地中。

指挥所的电脑屏幕上，苍鹰脚环的位置被锁定，显示出具体坐标。很快，一架贴着救援标识的直升机平地起飞，向着目标飞去。

目送直升机远去，龙威一脸感慨。

国际大救援圆满结束，欧文认罪伏法，克丽丝在离境前将自己珍贵的唐卡捐给了青海湖藏族民俗博物馆，这件出自百年前卓康甲都古城的老物件也算是物归原主了。

经过一段时间的筹备，晋美推出了一个关于保护藏羚羊的国际巡回慈善展览会，效果非常不错。最后一站来到伦敦，克丽丝履行承诺，帮忙做了非常多的工作。

展会除了展示藏羚羊不同姿态的照片和各方面的详细介绍，一方电视屏幕里还循环播放着克丽丝之前做的采访视频，通过生动形象的画面，警员们对可可西里、对藏羚羊的介绍，给大家留下更加鲜明深刻的印象。

可可西里在藏语里是"美丽的少女"的意思，在这片土地上，虽然条件艰苦了一点，还随时会有危险发生，但许多人祖辈都生活在这里，巡山、保护藏羚羊，他们早已对这片净土产生了深厚的感情，选择留在可可西里让他们觉得不枉此生。

2009年以后，可可西里就再也听不到盗猎枪声，藏羚羊的种群数量达到了6万多只。到了2016年9月，藏羚羊的栖息环境越来越安全，种群数量不断增加，从濒危降为近危，发展到现在的 30 多万只。这一切正是得益于大家的守护，以及第一代守护英雄索南达杰的牺牲。

可可西里于 2017 年 7 月 7 日成功入选世界自然遗产名录。从过去到现在，一代一代可可西里人把保护自然当作自己的事情，把保护生灵当做神圣的使命，他们的生命血脉已经与这片高原以及高原上的生灵融为一体。

第一次参加这样的慈善活动，克丽丝觉得内心非常充实。她终于明白，为什么那些志愿者一旦加入保护环境和野生动物的活动中来，就会舍不得离开。仿佛受到可可西里的召唤，她还想做更多更多。

苍茫辽阔的草原上，成群的藏野驴跑过。欢快的歌声中，一辆吉普车在蓝天绿草间由远及近驶来。克丽丝打开车窗，风拂过她伸出的手，抬头看看蓝蓝的天、盘旋的苍鹰，无比惬意。

忽然间，车子经过一段碎石遍布的坑洼路，晃动了几下竟熄灭了。克丽丝尝试着发动了几次无果，只好下车，靠在车身前拿出手机。

五道梁保护站的电话铃声响起。"新的志愿者？行，我跟队长马上去接。"彭措放下电话，走出屋子。

院中，停着一辆老旧的巡护车。彭措和索朗多杰上车，发动了引擎。

巡护车一路向前。夕阳如血，将无边无际的草地和天空连成一片橘红色。

路的那头，一个长发女子盘腿坐在车顶，悠闲地欣赏着眼前极致的美景。她整个人沐浴在橘色的光辉下，散发出独特的女性魅力。

彭措将车稳稳地停到路边。索朗多杰拉开车门，逆着光走到克丽丝的车前："有什么能帮忙的？"

克丽丝微笑着看向浑身发着光的索朗多杰："车坏了。队长，你顺路吗？"

"去哪儿？"

"五道梁保护站。"

"上车。"

…………

草原上，巡护车在前面开路，后面拉着一辆吉普车。

夕阳无限美好。